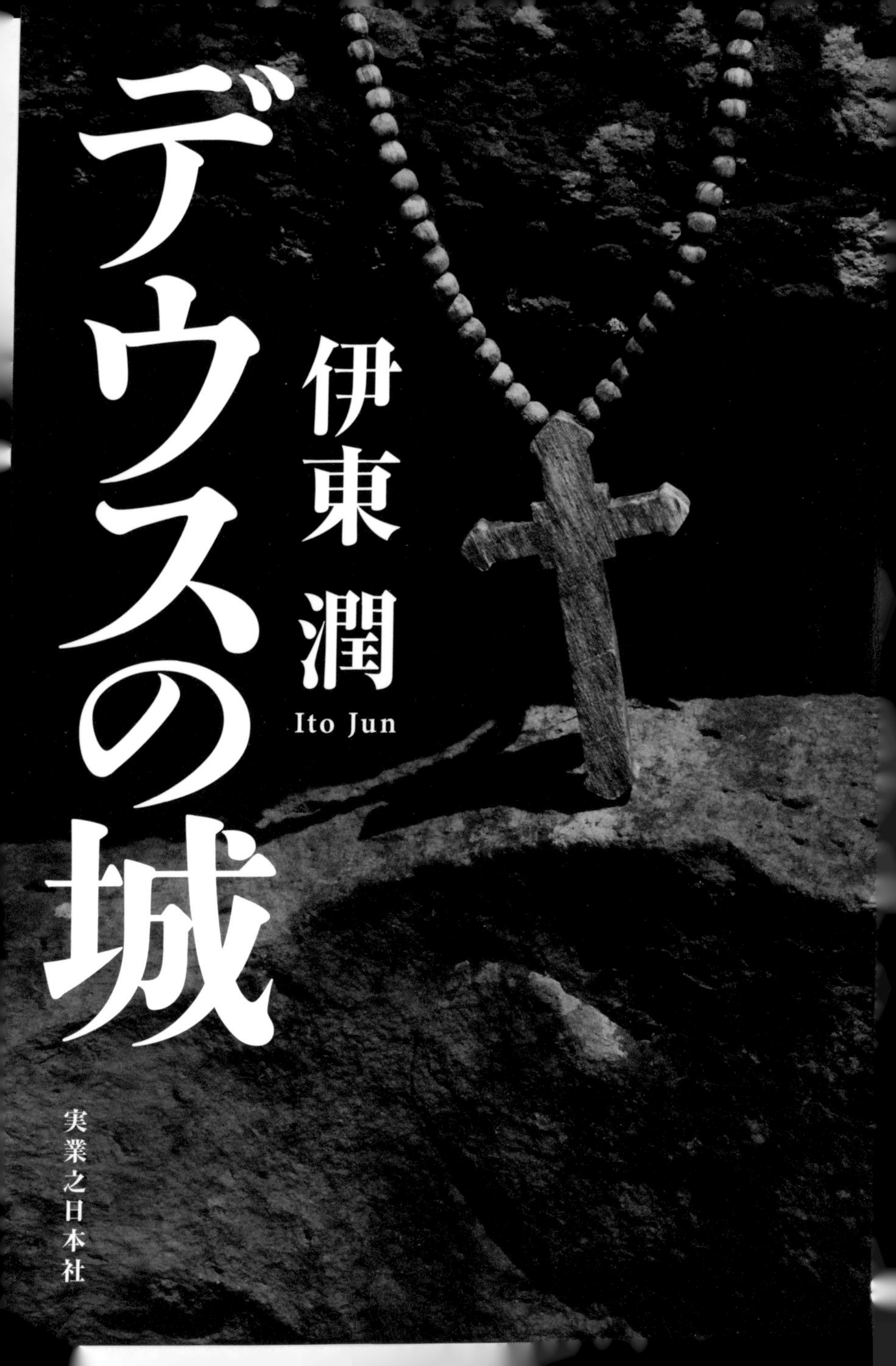
デウスの城
伊東 潤
Ito Jun
実業之日本社

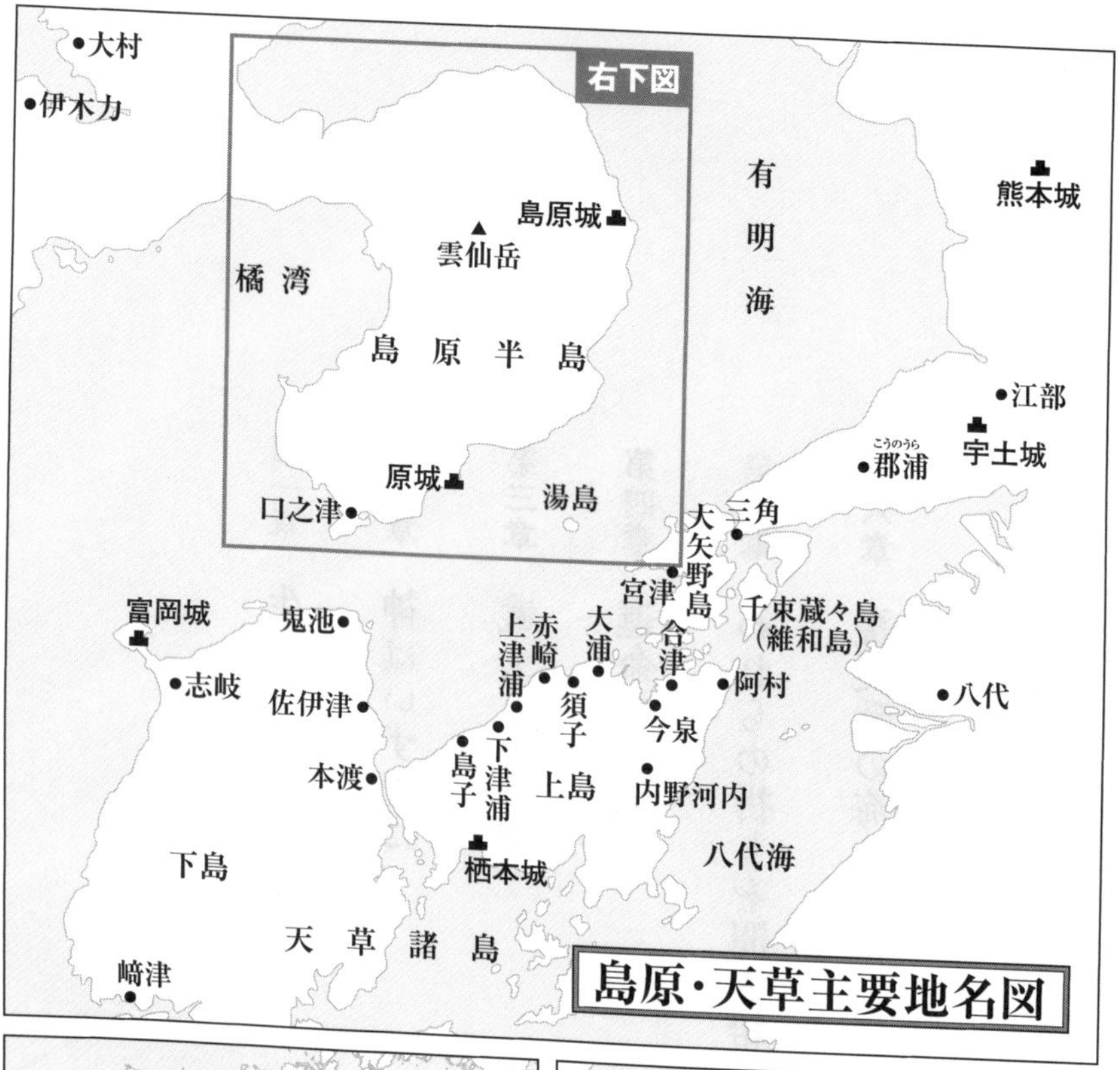
島原・天草主要地名図
右下図
大村
伊木力
有明海
熊本城
島原城
雲仙岳
橘湾
島原半島
江部
郡浦《こうのうら》
宇土城
原城
湯島
口之津
三角
大矢野島
宮津
千束蔵々島
(維和島)
富岡城
鬼池
赤崎
上津浦
大浦
合津
阿村
八代
志岐
佐伊津
須子
今泉
島子
下津浦
本渡
上島
内野河内
八代海
下島
栖本城
天草諸島
﨑津

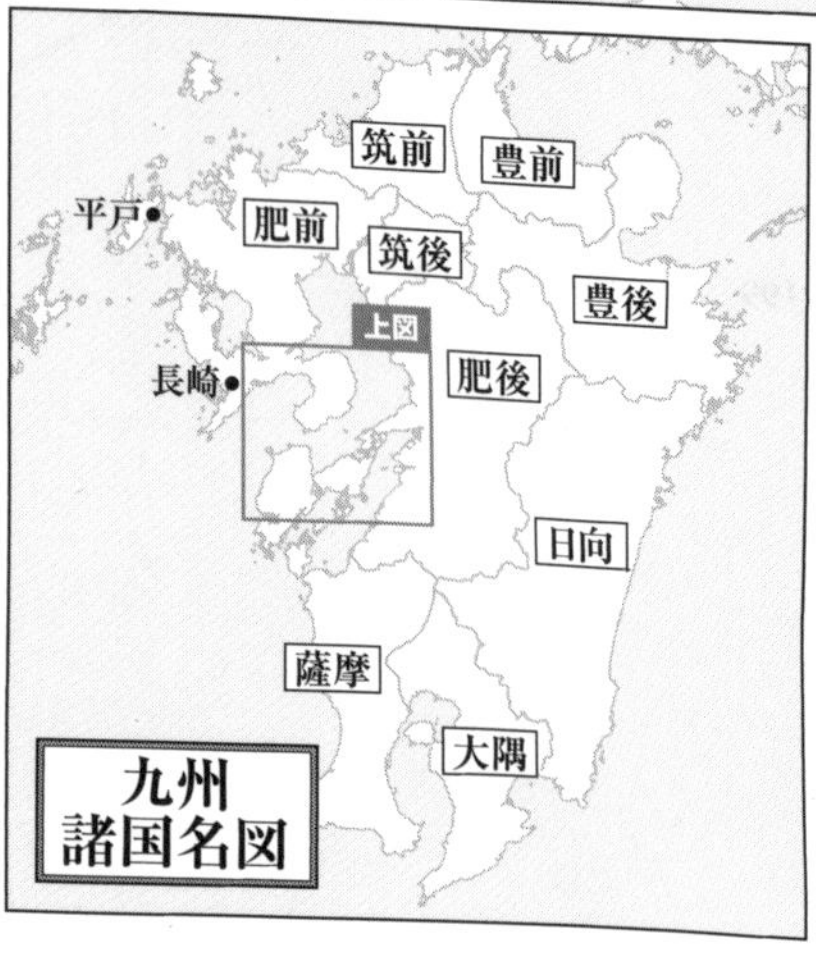
九州
諸国名図
筑前
豊前
平戸
肥前
筑後
豊後
上図
長崎
肥後
日向
薩摩
大隅

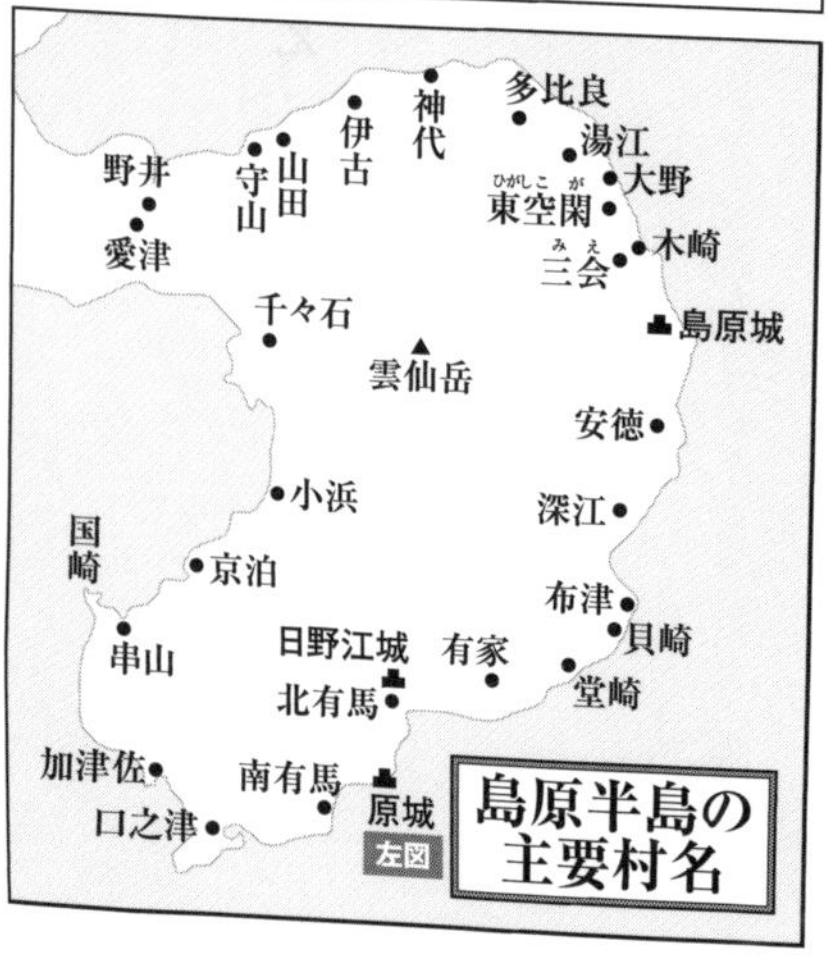
島原半島の
主要村名
神代
多比良
伊古
湯江
野井
山田
守山
東空閑《ひがしこが》
大野
愛津
三会《みえ》
木崎
千々石
島原城
雲仙岳
安徳
小浜
深江
国崎
京泊
布津
串山
日野江城
有家
貝崎
北有馬
堂崎
加津佐
南有馬
原城
口之津
左図

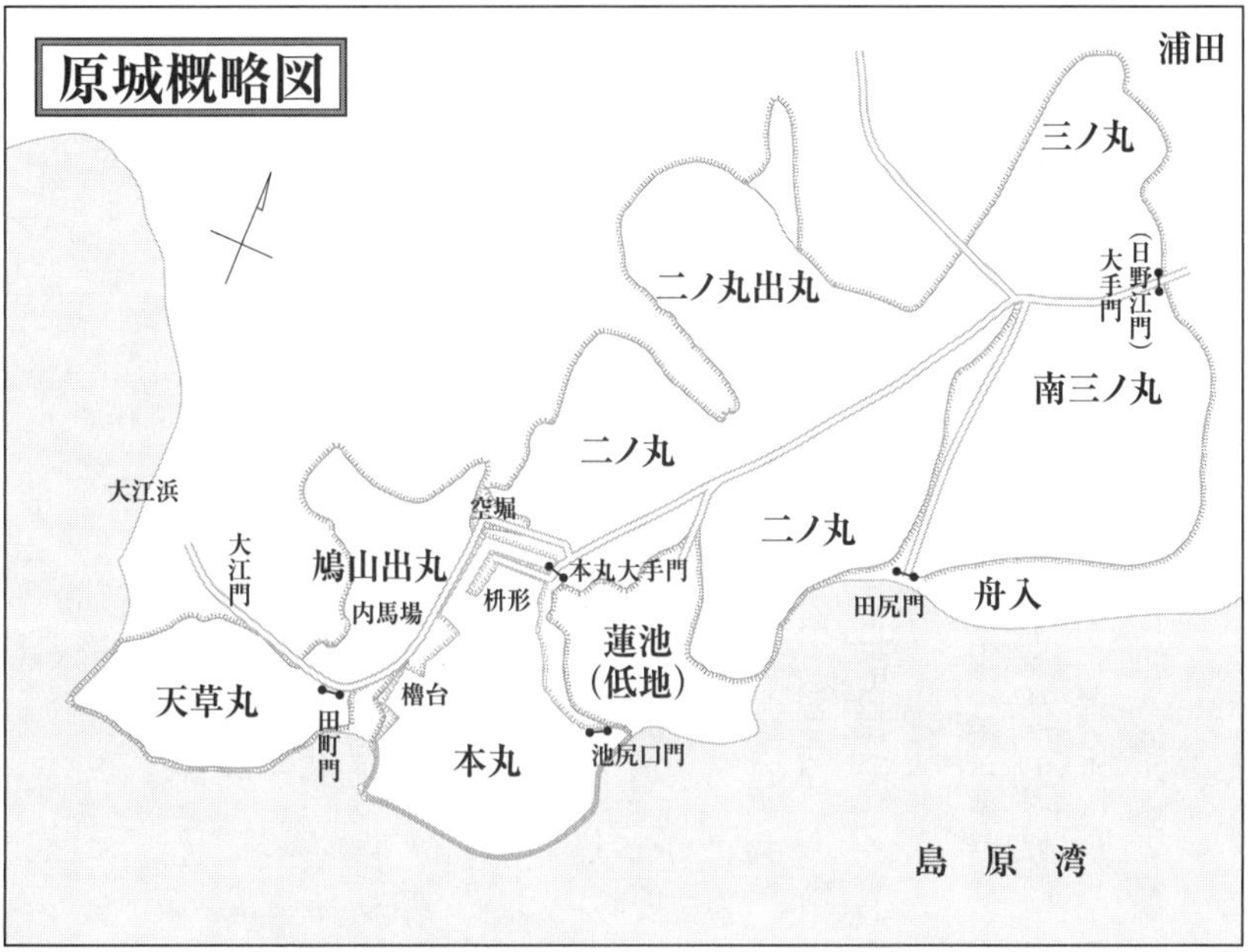
原城概略図
浦田
三ノ丸
二ノ丸出丸
大手門（日野江門）
南三ノ丸
二ノ丸
大江浜
空堀
二ノ丸
大江門
鳩山出丸
本丸大手門
内馬場
枡形
蓮池（低地）
田尻門
舟入
天草丸
櫓台
田町門
本丸
池尻口門
島 原 湾

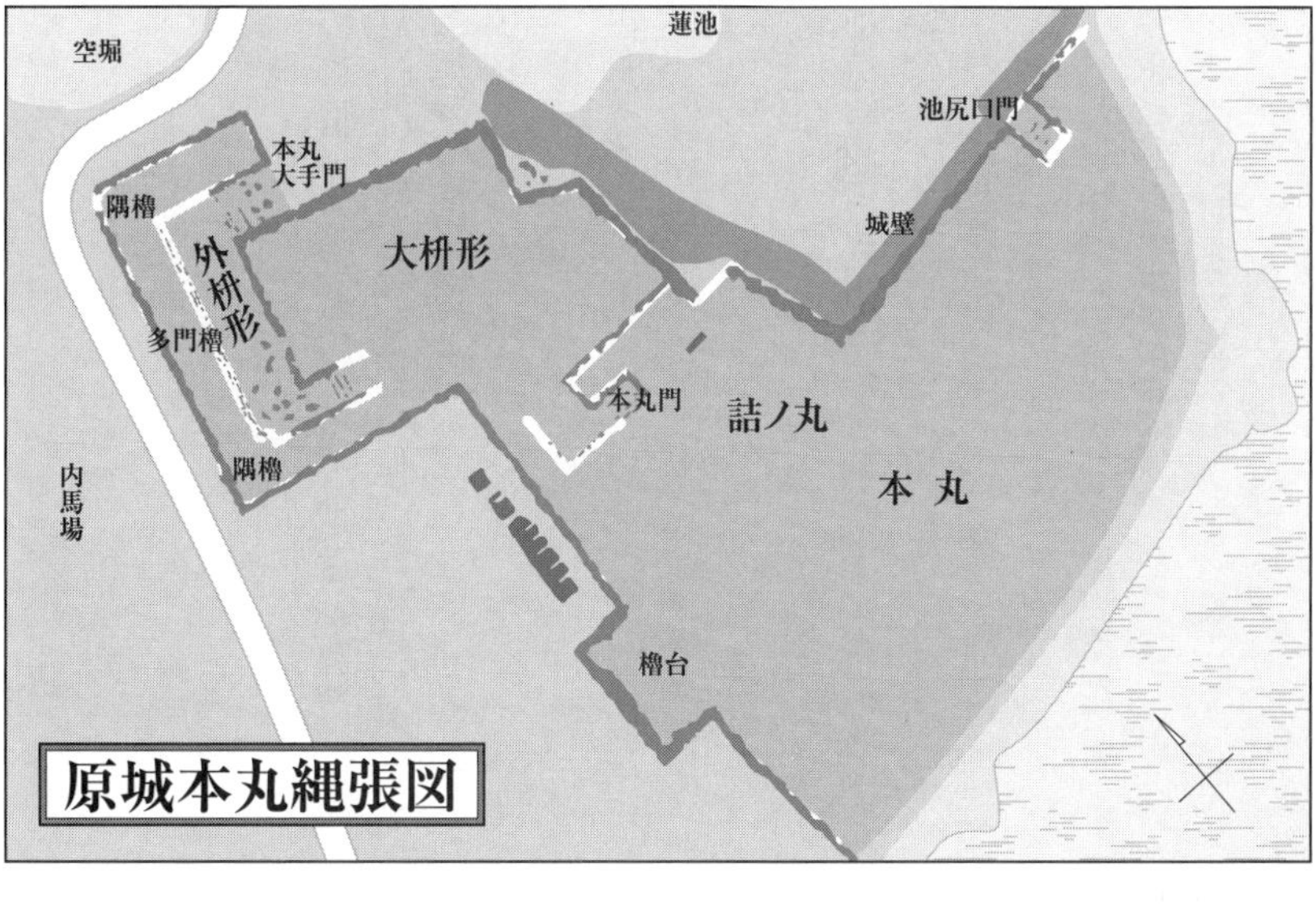
空堀
蓮池
池尻口門
本丸大手門
隅櫓
外枡形
大枡形
城壁
多門櫓
本丸門
詰ノ丸
隅櫓
内馬場
本 丸
櫓台
原城本丸縄張図

◉主な登場人物

駒崎彦九郎範茂……小西行長の小姓。洗礼名アンドレ。のちイエズス会のイルマン（平修道士、助祭）に叙階。
日吉善大夫元房……小西行長の小姓。洗礼名コンスタンティーノ。のち以心崇伝に仕える。
松浦左平次重能……小西家家臣。洗礼名セバスチャン。のち加藤清正の近習となる。
久乃……彦九郎の姉。宇土では指導的立場のキリシタン。

小西行長……肥後国宇土城主のキリシタン大名。洗礼名アグスティノ。
加藤清正……肥後熊本藩初代藩主。
徳川家康……徳川幕府初代将軍。
服部半蔵正就……徳川将軍家に仕える武将。
金地院（以心）崇伝……「黒衣の宰相」と呼ばれた高僧。家康の下で幕政に参画。
南光坊天海……崇伝とともに家康に仕え幕政に関わる高僧。

ヴィセンテ洞院……若狭国出身のイエズス会修道士。
アレッサンドロ・ヴァリニャーノ……イタリア人宣教師。司祭（パードレ）。イエズス会東インド管区巡察使。
クリストヴァン・フェレイラ……ポルトガル人宣教師。司祭。イエズス会日本管区長代理。
マテウス・デ・コウロス……ポルトガル人宣教師。司祭。イエズス会日本管区長。

高山右近……元キリシタン大名。マニラに国外追放処分となる。

トマス荒木……ローマで叙階を受けた日本人司祭。

千々石清左衛門……天正遣欧少年使節団の一人。洗礼名ミゲル。異端とされイエズス会を脱会。

中浦ジュリアン……天正遣欧少年使節団の一人。


庄林隼人一心……肥後熊本藩加藤家家臣。

長谷川権六藤正……幕臣。長崎奉行。

末次平蔵……元キリシタンの長崎商人。

益田甚兵衛好次……大矢野島生まれの小西家旧臣。洗礼名ペイトロ。

益田四郎時貞（天草四郎）……甚兵衛の息子。洗礼名フランチェスコ。

渡辺小左衛門……大矢野島の大庄屋で甚兵衛の縁者。

山田右衛門作……元有馬家家臣。口之津の庄屋。


松倉勝家……肥前国島原二代目藩主。初代藩主・松倉重政の子。

板倉重昌……島原の乱で幕府より派遣された第一の上使(正使)。京都所司代・板倉勝重の次男。

石谷貞清……島原の乱で幕府より派遣された第一の上使（副使）。

井上筑後守政重……幕府宗門改役。惣目付。幕府のキリシタン禁教政策を指揮。

松平信綱……三代将軍徳川家光の側近。島原の乱で幕府より派遣された第二の上使（正使）。

装丁／泉沢光雄
カバー写真／Kindler, Andreas, Chris Clor/gettyimages

デウスの城

第一章　生きてこそ

一

空に懸かる厚い雲は黒味が増し、先ほどから降っていた雨も激しくなってきた。しかし西の空は明るんできているので、半刻（約一時間）ほどすれば、この雨もやむかもしれない。

小姓の駒崎彦九郎範茂《こまざきひこくろうのりしげ》は、主君の小西行長《こにしゆきなが》愛用の鉄錆地南蛮帽子形兜《てつさびじなんばんぼうしなりかぶと》が雨に濡《ぬ》れないよう、布を掛けると言った。

「殿、こちらにお入り下さい」

陣所の上には雨除《あまよ》けの天幕が張られているが、行長は雨を気にせず、身を乗り出して前方を見つめている。

——さもありなん。この一戦ですべては決まるのだ。

両軍の緊張が最高潮に達しているのが、湿った空気を伝わってくる。

「このままにらみ合いが続くかもしれん」

行長が床几《しょうぎ》に戻った。その顔は強張《こわば》っている。

行長は四十二歳。今は亡き豊臣秀吉《とよとみひでよし》に重用され、肥後国《ひごのくに》の宇土《うと》・益城《ましき》・八代《やつしろ》三郡十七万五千石を拝領した。『太閤記《たいこうき》』には、「力あくまで強く、智謀《ちぼう》衆に秀で、色白く、長高《たけだか》（背が高いこと）にて、尋常の者と見えず」とあり、秀吉好みの美しさと才知を兼ね備えた武将だったと分かる。

行長が胸に下げたロザリオを掲げ、天に向かって何事か呟《つぶや》いている。デウス（神）のご加護を願っているのだろう。

行長は、泉州堺《せんしゅうさかい》の商人・小西隆佐《りゅうさ》の次男として生まれた。初めは宇喜多直家《うきたなおいえ》に仕え、その使者として秀吉のところに行った時、その才を見込まれて武士に取り立てられた。そうした経緯からキリシタン文化に触れる機会も多く、高山右近《たかやまうこん》に勧められて入信し、敬虔《けいけん》なキリシタン大名となった。

――殿の祈りが神に届きますように。

同じくキリシタンの彦九郎も瞑目《めいもく》し、心の中で祈りを捧《ささ》げた。横を見ると、相役の日吉善大夫《ひよしぜんだゆう》元房《もとふさ》も祈っている。二人とも手が空いていないので、瞑目して俯《うつむ》くことしかできないが、思いは天に届いているはずだ。

その時、激しい筒音が轟《とどろ》いた。彦九郎がはっとして顔を上げると、喊声《かんせい》と馬のいななきも聞こえてきた。

陣所内の動きが慌ただしくなる。

「始まったか！」

行長が見通しのよい場所に移動したので、彦九郎もそれに続いた。行長の太刀を捧げ持つ善大夫も一緒だ。

美濃国関《みののくにせき》ヶ原《はら》には乳白色の霧が低地にまで立ち込めており、五間（約九メートル）から十間（約十八メートル）先も見えない。

重臣の小西清左衛門《せいざえもん》が報告する。

「大谷《おおたに》勢に福島《ふくしま》勢が突き掛かったようです」

時は卯《う》の下刻（午前七時頃）を回っている。

西軍の陣形は、松尾《まつお》山北麓の藤下《とうげ》村に石田《いしだ》勢、宇喜多勢、小西勢、その背後の山中《やまなか》村に島津豊《しまづとよ》久《ひさ》勢、さらに背後に島津惟新《いしん》入道勢といった布陣で、この集団から少し離れた東方の不破《ふわ》の関辺りに大谷吉継《おおたによしつぐ》が陣を布《し》いていた。東から追尾してきた福島勢と立ちはだかる大谷勢の間で、まず戦闘が始まったのだ。

筒音は次第に激しくなり、会話もままならないほどだ。

「よし、敵に備えよ！」

行長が軍配を振るうと、一番備えから順に、整然と前方へと移動していく。その様を見れば負けるとは思えないのだが、彦九郎は先ほどから武者震いが止まらない。それは善大夫も同じらしく、足を小刻みに震わせている。

二人とも十五になったばかりの初陣なので仕方がない。

しばらくすると間近で筒音が聞こえ、流れ弾が雨を弾《はじ》くように飛んできた。

――これが戦なのだ。父もこうした弾雨の中で死んだに違いない。

彦九郎の父は行長と共に朝鮮国に渡り、平壌《ピョンヤン》攻防戦で行方不明になった。最後まで一緒にいた傍輩《ほうばい》（同僚）の話によると、前線で敵を防いでいるうちに裏崩れ（後方の部隊から逃げること）が始まり、前線に取り残されたという。

「そなたの父は、敵に背中を見せて死んだのではない。殿を守る盾となったのだ」

父の傍輩の言葉を聞いた時、彦九郎は泣いた。そして「私も殿の盾になります」と返すと、父の傍輩は彦九郎を強く抱き締め、共に泣いてくれた。

「おい、身を低くしろ」

茫然《ぼうぜん》と前方を眺めていた彦九郎の袖を、善大夫が引く。

「すまん」

二人は首をすくめるようにして行長の背後に拝跪《はいき》した。

「筒衆、種火に点火しろ！」

行長は流れ弾を恐れず軍配を振るう。さすが半島で苦戦を強いられてきただけのことはある。

福島勢と大谷勢の戦いは続いているらしく、風に乗って雄叫《おたけ》びや絶叫が聞こえてくる。だが小西勢は、当面は守勢に徹するという西軍の方針を徹底すべく守りの陣形を保っていた。

実は、小西勢が積極的な攻勢を取れない理由があった。本来なら小西勢は、朝鮮半島でも明《みん》・朝鮮連合軍相手に戦ってきた精強な軍団だ。しかし平壌の戦いで名だたる武士の大半を失ったので、関ヶ原に連れてきた部隊は新たに徴募した者が多く編入されていたからだ。

「大谷勢は敵を押し返せないのか！」

大谷勢が福島勢を破れば、宇喜多勢、続いて小西勢の順で東方へと移動する手はずになっている。だが霧は深く、最前線の様子は摑《つか》めない。

「はっ、見てまいります！」

そう言うや、小西清左衛門が最前線へと馬を走らせた。

その時、使番が駆け込んできた。

「松尾山が動きました！」

「おおっ、金吾《きんご》が動いたか！」

行長の顔が喜色に包まれる。金吾とは小早川秀秋《こばやかわひであき》のことだ。秀秋は官職名が左衛門督《さえもんのかみ》なので、その唐名の金吾という名で呼ばれていた。

「よし、これで勝った。われらも平寄せするぞ！」

行長を取り巻いていた者たちの顔に歓喜の色が広がる。全軍が一斉に攻める平寄せとなったので、浮勢《うきぜい》（遊撃部隊）から陣を飛び出していく。その中には彦九郎の兄もいる。

――兄上、功を挙げて下され。

その背に向かって彦九郎は祈った。

「よし、行け、行け！」

行長は勝った気になっていたが、小早川勢の位置がやけに近い気がする。

――小早川勢が突入した位置にいるのは、大谷勢ではないのか。

彦九郎は思い切って問うてみた。

「殿、卒爾《そつじ》ながら、小早川勢は大谷様の陣に突入したのでは」

「何だと――」

行長が啞然《あぜん》として松尾山山麓の方を眺める。ちょうど霧が晴れてきたので、遠方まで視界が利くようになった。

「ああ！」と、行長が声を絞り出す。

「何ということだ！　金吾め、寝返りおったか！」

行長の声音が悲壮感を帯びる。しばらくすると、次々と走り込んでくる使番が「小早川殿、裏切り！」を伝えてきた。

「なんたることか！」

行長が軍配を取り落としたので、彦九郎がそれを拾った。

「殿、気をしっかりお持ち下さい。戦は負けと決まっておりません」

善大夫も言い添える。

「殿、まだ宇喜多勢も石田勢も健在です。勝負はこれからです」

「分かっておる。これくらいのことで負けられるか！」

しかし次々と飛び込んできた使番たちは、凶報ばかりを伝えてくる。

「福島勢と戦っていた大谷勢の右翼に、小早川勢八千が突き掛かりました。大谷殿は奮戦中！」

「同じく大谷殿と行を共にしていた脇坂《わきさか》（安治《やすはる》）・朽木《くつき》（元綱《もとつな》）・小川《おがわ》（祐忠《すけただ》）・赤座《あかざ》（直保《なおやす》）の諸勢が、われ先にと裏切りました！」

「大谷勢の前衛を担っていた戸田《とだ》（重政《しげまさ》）勢、平塚《ひらつか》（為広《ためひろ》）勢、木下《きのした》（頼継《よりつぐ》）勢が壊滅！」

「大谷勢が敗走を始めました！」

しばらく持ちこたえていた大谷勢も壊乱した。後に知ることになるが、乱戦の最中、吉継は腹を切った。

やがて敵勢が目前に迫ってきた。だが行長は先ほどまでの闘志を失ったのか、「わがこと終われり」と言って床几に腰を下ろした。彦九郎も善大夫も言葉はない。

――われらもここで死ぬのか。

突然、死の恐怖が襲ってきた。逃げ出したいという衝動に駆られる。だが彦九郎は行長の小姓なのだ。最後まで付き従い、場合によっては主君の盾となるのが小姓の役目だ。

その間も敵勢は近づいてきており、筒音と喊声が間近で聞こえてきた。そこに飛び込んできたのが、前線の督戦に行っていた清左衛門だった。

「殿、真に無念ながら、もはやこれまでです」

行長は俯いたまま何も答えない。

「われらの構えは小半刻（約三十分）も持たないはず。今のうちに、いずこかへ落ちて下され」

「どこへ落ちろというのだ」

「大坂城には、毛利《もうり》勢四万がとどまっております。豊臣勢と合わせれば五万から六万。勝負はこれからです」

「そうか。そうであったな」

行長は気を取り直したようだ。

「この場は、それがしにお任せ下さい。殿が落ちる時を稼いでみせます」

「そうか。すまぬな」

「なんの。当然のことです。では殿になりすまします」

そう言うと清左衛門は、彦九郎が捧げ持っていた行長の南蛮兜をかぶった。

「そなたのことは忘れぬ」

「さようなことは忘れて下され。それより早くお逃げ下さい。デウス様のご加護を！」

「うむ、分かった。すまぬ！」

そう言うと、行長は背後の藪《やぶ》の中に向かった。

「おい、彦九郎、水と食べ物はあるか」

「ああ、さような時のために用意していた」

二人が笈《おい》を背負っていると、突如として陣幕が蹴倒された。

「古田織部助《ふるたおりべのすけ》家臣、鈴木左馬助《すずきさまのすけ》に候！　小西弥九郎《やくろう》殿とお見受けするがいかが！」

清左衛門が床几を蹴って立ち上がる。

「そうだ！」

「お命頂戴いたす！」

「ただではやらぬわ！」

清左衛門が槍《やり》を構えると、二人は激しい突き合いを始めた。

「おい、行くぞ！」

善大夫に袖を取られ、彦九郎はわれに返った。

「殿はいずこに」

「まださほど行っておらぬはずだ」

「善大夫、そなたの父はどうした」

善大夫の父は侍大将として従軍している。

「先ほど馬を駆って出ていったきりだ。そなたの兄は――」

「兄も同じだ」

「案じていても仕方がない。われらの仕事を全うしよう」

「よし、行こう」

後ろ髪を引かれる思いはあったが、二人は行長の後を追って伊吹《いぶき》山へと踏み入った。

二

九月十九日、小西行長の本拠の肥後国宇土城では、挙国一致体制で籠城支度が行われていた。籠城軍の指揮を執るのは、行長の弟の行景《ゆきかげ》だ。

天正《てんしょう》十六年（一五八八）、行長が肥後三郡に入部してから十二年もの歳月が流れており、小西氏の善政によって領民との間に絆《きずな》もできていた。そのため領民は武士たちと一緒に堀をうがち、木柵を結う作業に従事していた。

そもそも肥後国では戦国大名が育たなかった。十六世紀初頭に守護大名の菊池《きくち》氏が没落した後、肥後国では国人たちが割拠する状態が続いた。その後、薩摩《さつま》から北進してきた島津氏の支配下に置かれるが、天正十五年（一五八七）五月、秀吉の九州征伐によって島津氏は肥後国から追い出され、佐々成政《さっさなりまさ》が肥後一国五十四万石で入部する。

秀吉はこの時、「肥後の国衆はうるさいので、三年間は検地をせず、融和策を貫くように」と成政に申し渡した。しかし肥後に赴任した成政は自らの蔵入地（直轄領）がないため、家臣たちにも知行を割り振れない。そこで密《ひそ》かに検地に着手した。

ところがこれに反発した国衆は反乱を起こし、成政だけでは鎮圧できなくなる。これを聞いた秀吉は、この時に行われていた北野大茶湯《きたのおおちゃのゆ》を中止にし、九州諸大名に出兵を命じた。

二万余の軍勢に踏み込まれては、いかに屈強な肥後国衆でもひとたまりもない。瞬く間に反乱国衆や同調した百姓一揆《いっき》は鎮圧された。

降伏してきた国衆を次々と斬首刑に処した秀吉は、喧嘩《けんか》両成敗の掟《おきて》から成政に切腹を命じた。

これにより佐々家は肥後入国から一年と経ずして改易となった。

ところが成政の改易があまりに突然だったので、肥後一国を治められる適任者が見当たらない。そこで秀吉は、子飼い家臣の中から抜擢《ばってき》することにした。

白羽の矢が立ったのは、加藤清正《かとうきよまさ》と小西行長の二人だった。秀吉は肥後を二分し、北半分を清正に、南半分を行長に与えた。清正が十九万五千石、行長が十七万五千石もの大領を拝領した。残るは球磨郡人吉《くまぐんひとよし》二万二千石の相良《さがら》氏領と秀吉の蔵入地になる。この時、秀吉は小西領の南にある葦北《あしきた》郡の半分を飛び地として清正に与え、残る半分を相良氏領とした。島津氏が北上してきた際、行長に遠慮せず清正に備えさせるためだ。

行長は宇土を本拠に定め、新城を築いた。宇土城である。この城は行長の領民保護を第一とした理想から、惣構《そうがまえ》で囲まれた広大な城となった。その後、文禄《ぶんろく》・慶長《けいちょう》の役によって小西家中は疲弊し、それを再編している最中、上方で徳川家康《とくがわいえやす》と石田三成《みつなり》ら奉行衆との間で確執が起こる。

これまでの経緯から奉行方となった行長は、六千余の兵を連れて上方に向かった。そのため宇土城に残っているのは、年老いた者か十代前半の者になっていた。

十五歳で元服したばかりの松浦左平次重能《まつらさへいじしげきよ》も、城に残ることを命じられた一人だった。

――あの二人は今頃どうしているか。

左平次の友の駒崎彦九郎範茂と日吉善大夫元房は、行長の小姓として従軍していった。

同じ中級武士の家に生まれ、幼い頃から共に育った三人だったが、左平次は武芸も学問も二人の後塵《こうじん》を拝していた。将来を嘱望された二人は競うように武芸と学問に励んだので、さらに差がついた。そして今回の上方への出兵で、二人は行長の小姓に抜擢された。それに対して左平次は、居残り部隊に配属されて城の修築作業に駆り出されていた。

――わしだけが、なぜにかような仕事をしているのか。

行長の傍らで勝利の快哉《かいさい》を叫ぶ二人を思うと、居ても立ってもいられなくなる。だが左平次は、自らに課せられた仕事を全うせねばならない。

惣構を深くうがち、柵列を張りめぐらせる作業に駆り出された左平次は、宇土城の出城の石《いし》ノ瀬《せ》城に来ていた。石ノ瀬城は宇土城の北東に位置し、宇土城の前衛の役割を果たしている。

「物頭《ものがしら》は集まれ！」

その時、物頭に招集が掛かった。

――何かあったのか。

皆が不安げな顔でそちらを見る。呼び出した武将を中心にして円陣になり、話を聞く物頭たちの顔は真剣そのものだ。

早速、左平次の物頭が戻ってくると告げた。

「皆聞け。豊後《ぶんご》方面に向かっていた加藤勢が南下し、こちらに向かってきているようだ」

双方の対立が顕在化した当初、九州で徳川方に与《くみ》したのは加藤清正と黒田孝高《くろだよしたか》だけだった。その一方の雄がやってくるというのだ。

九月十三日、孝高が毛利氏の後援を受けた大友吉統《おおともよしむね》と交戦状態に入ったと聞いた清正は、有馬《ありま》直純《なおずみ》や大村喜前《おおむらよしあき》ら国人衆も含めた七千四百の兵力を引き連れ、十五日には熊本を発して救援に向かった。しかし十六日、黒田方の勝利で勝敗が決したと聞き、十八日には南下を始めたという。

領土拡張意欲旺盛な清正としては、行長が留守の隙を突いて小西領を併呑《へいどん》し、あわよくば島津領まで掠《かす》め取ろうとしているのだ。

「皆で殿が戻るまで、この城を守り切るのだ。さすれば必ず光明は見えてくる」

誰かが問うた。

「上方の戦の帰趨《きすう》はいかがか！」

「まだ何も伝わってきてはいない。だが大坂城には毛利勢も豊臣勢も健在だ。戦いは一度では終わらない」

――そうだ。この戦は長引く。いつの日か、わしが武功を挙げる機会もめぐってくる。

左平次は気を取り直すと、惣構の堀底をさらに深くするため、鍬《くわ》を振り下ろし続けた。

夕闇迫る頃、この日の作業は終わった。城に戻ると、女子衆《おなごし》が握り飯を笊《ざる》いっぱいにして待っていた。大人には酒も出るが、まだ酒の味を知らない左平次は、握り飯二つと水をもらうと、城の一隅に座してそれを頬張った。

そこに彦九郎の姉の久乃《ひさの》がやってきた。久乃は彦九郎、善大夫、左平次の三人より二つほど年上で、同世代の指導者的立場のキリシタンだった。

「左平次さん、あちらの様子を何か聞いていますか」

「何も伝わってきていません。ただ加藤勢が、こちらに向かってきているようです」

「となると明後日にも、戦は始まるのですね」

「おそらく、そうなります」

久乃が隣に腰掛けたので、左平次は驚き、食べかけの握り飯を竹包みに戻した。

「どうしたのですか。握り飯は温かいうちがおいしいのですよ」

「は、はい。そうですね」

竹筒の水を一口飲むと、左平次は再び握り飯にかぶりついた。

「たくさん食べて下さいね。左平次さんは働きがよいと皆が言っていました。だからお腹《なか》も減りますよね」

「ええ、まあ」

「今頃、兄上や彦九郎たちはどうしているのやら」

久乃が東方を見ながら、クルスに唇を当てた。その姿は眩《まぶ》しいばかりだ。そこから視線を外した左平次は、照れを隠すように言った。

「おそらく戦は勝ちます。何と言っても、こちらは秀頼《ひでより》様を擁していますから」

常の場合、貴人を実名で呼ぶことは憚《はばか》られるが、秀吉が秀頼を実名で呼んでいたので、家臣たちも自然にそうなった。秀吉は秀頼を四歳で元服させ、その事実を周知させるために実名で呼んだらしい。

「果たしてそうでしょうか。徳川殿というのは、東国の戦いを勝ち抜いてきたお方。あの殿下でさえ成敗しきれず家臣にしたのです。容易には勝てますまい」

左平次には何とも答えようがない。

「勝敗は別として、私は兄上、彦九郎、善大夫たちが心配です」

「善大夫も――」

左平次がつい問うと、久乃の頬に紅が差した気がした。

「は、はい。二人は幼い頃から仲のよい友ですから」

「そうでしたね」

「左平次さんも含めた三人は、いつも一緒に遊んでいましたね」

――だがわしは、いつも二人の付物だった。

付物とはおまけのことだ。

「あの頃が懐かしいですね」

幼い頃は皆同じ立場で遊んでいた。だが武士の社会は厳しい。いつしか武芸と学問で、左平次は二人に水を空けられていた。

「いつまでも童子のままではありません」

そう言い切ると、左平次は二つ目の握り飯にかぶりついた。

「頼もしいお言葉です」

久乃にそう言われ、左平次はうれしかった。

「こうした戦乱の日々は、いつ終わるのでしょう」

「私には分かりませんが、いつの日かデウス様が降臨し、天下を静謐《せいひつ》に導いてくれるでしょう」

「そうですね。それを祈っていましょう。では――」

そう言い残すと、久乃は振り向かずに行ってしまった。その後には、喩《たと》えようもない芳香が漂っていた。

左右から行長を守るようにして伊吹山に分け入った善大夫と彦九郎だったが、案に相違せず道に迷った。

三

伊吹山は山岳修験の聖地として知られており、行長が頼りにしていたのは、弥高寺《やたかじ》の修験たちだった。豊臣家の奉行時代、行長は秀吉の命で弥高寺に多額の献金をしたことがあり、その時の恩に報いてくれることを期待していたのだ。

行長は修験に化け、弥高寺の一団と共に大坂城に入るつもりでいた。だが行長は何の根回しもしておらず、弥高寺に飛び込みで頼み入っても、話に乗ってくれるかどうかは分からない。

それはよいとしても、肝心の弥高寺の正確な場所が分からない。肥後国生まれの善大夫と彦九郎はもとより、行長でさえ伊吹山に入るのは初めてで、その南側中腹にあるという弥高寺に至るのは容易でなかった。

追手から姿をくらますため、十五日は月の位置を頼りに夜通し歩き、翌十六日の昼も山の奥深くへひたすら向かった。だがその夜、さすがに疲労の極に達した三人は、山中で野営することにした。

秋も深まり、山地には寒気が押し寄せてきていた。そのため火を熾《おこ》さざるを得なかった。だが山中の火は遠くからでも見つかりやすい。そのため小さな祠《ほこら》を見つけ、その中で火を熾し、入口に衝立《ついたて》のように樹木をかぶせた。

人心地《ひとごこち》ついたのか、行長は早速舟を漕《こ》ぎ始めた。善大夫と彦九郎は運んできた小さな鍋で湯を沸かし、行長が常用している薬湯を作った。行長は泉州堺の出で、父の隆佐の時代から薬種問屋だったので、薬には詳しい。

　薬湯の匂いで行長が目覚めた。それを見た善大夫は茶碗《ちゃわん》に薬湯を注ぐと「殿、これを」と言って渡した。その時、行長の手が震えているのが分かった。

「ああ、生き返った気分だ。そなたらも飲め」

　行長が安堵《あんど》のため息を漏らす。

「ありがとうございます。いただきます」

　胃の腑《ふ》に熱いものが収まり、生きた心地がする。

「負けたな」

　そう言うと、行長が逃避行に入って初めて笑みを浮かべた。その顔には疲労の色があらわで、かつての精悍《せいかん》さは微塵《みじん》もない。そんな行長を善大夫が励ます。

「殿、いやアグスティノ様、これも天の思《おぼ》し召しです」

「負けたのも天の思し召しか」

「そうです。神はわれらに苦難を与え続けます。それを乗り越えてこそ、ハライソ（天国）が見えてくるのです」

「ハライソか――」

　行長がクルスに口付けしたのを機に、三人は瞑目して祈りを捧げた。

「すぐに蕎麦《そば》焼きを作ります」

　祈りが終わると、彦九郎は蕎麦粉と水を慣れた手つきで練り始めた。その作業を彦九郎に任せ、善大夫は行長に話しかけた。

「アグスティノ様、希望を捨ててはいけません。大坂城に入りさえすれば、お袋様（淀殿《よどどの》）が内府（徳川家康）と交渉し、われらを故国に帰す算段をつけてくれるはずです」

行長が自嘲的な笑みを浮かべ、首を左右に振る。

「さようなことはあるまい。此度《こたび》も治部少《じぶしょう》（石田三成）は秀頼様にご出陣を懇請した。だがお袋様はうんと言わなかった。それで安芸《あき》宰相（毛利輝元《てるもと》）も出陣の機を失ったのだ」

「たとえそうであろうと、秀頼様のために戦った西軍の皆様を、お袋様が見捨てるでしょうか」

「われら武士は勝てば大領を得、負ければ味方からも見捨てられ、身ぐるみ剝がされる。その覚悟がなければ、かような稼業はやってられぬ」

「では、身代を差し出し、商人に戻るということで話をつけたらいかがでしょう」

「難しいな。それでは、内府に敵対した者に対する処罰としては軽すぎる。ほかの武将たちに示しがつかぬからな」

「何事もやってみなければ分かりません。とにかく今は修験に化けて大坂城に入りましょう」

行長があきらめたように言う。

「先ほどから考えていたのだが、さようなことをすれば、秀頼様の迷惑になるのではないか。われら敗軍の将がこぞって大坂城に駆け込んでは、秀頼様も戦わざるを得なくなる」

「しかし福島（正則《まさのり》）殿、黒田（長政《ながまさ》）殿、細川《ほそかわ》（忠興《ただおき》）殿、池田《いけだ》（輝政《てるまさ》）殿らは、秀頼様に弓引けぬはず。彼奴《きゃつ》らがひるんでいる間に態勢を整え直せれば、勝機も見出《みいだ》せるのでは」

しかし行長は、「そうだな」と気のない返事をすると、再び大きなため息をついた。

——気力を失われたのだ。

当初から行長はこの戦いに乗り気ではなかった。以前から石田三成と緊密な関係を築いてきた行長は、成り行きから西軍に加わったのだが、その心の内は別だった。元々商人でキリシタンだった行長は戦を好まない。ところが文禄・慶長の役で先陣を任され、多くの家臣を失った。それゆえ行長は家中の再編に取り組んだが、どこの家中も半島での戦いで一人前の武士たちを失っており、いかに好条件を提示しても、なかなか武勇の士は集まらなかった。

それもあってか、行長は豊臣家の天下を安定させるために尽力した。その考えの根幹には「家康が死に秀頼様が成長すれば、静謐は訪れる」というものがあった。しかし三成らは政権から家康を早急に排除することが静謐への早道と信じ、無謀な戦いを挑んだのだ。

「できました」という彦九郎の声で、善大夫はわれに返った。

竹包みの上に六つの蕎麦焼きが載っている。

蕎麦焼きは、蕎麦粉を水で練って耳たぶくらいの硬さにし、団子のように丸めて十五分ほど蒸し、味噌《みそ》を付けて五徳の上で焼くと出来上がる。

「すまぬな」と言って、天に向かって手を合わせると、行長が一口食べた。

「うまい」

「ありがとうございます」

二人にとって行長に喜ばれることほど、うれしいことはない。

「そなたらも食べよ」

「しかし――」

これまで二人は、主君の前で物を食べたことなどない。

「構わぬ。共に食べたいのだ」

「では、ご無礼仕《つかまつ》ります」

二人が遠慮がちに食べ始めたが、行長は蕎麦焼きを見つめながら呟いた。

「こうしたものを食べられるのも、いつまでか」

彦九郎が行長を励ます。

「希望を失ってはいけません。必ずや再起の道が開けます」

「そなたらは十五だ。まだ先が長い。だがわしは四十二だ。もはや再起は叶《かな》わぬだろう。後は天に召されることを祈るだけだ。唯一案じているのは子らのことだ」

行長には五人の息子と二人の娘がいる。

「大坂に豊臣家が健在な限り、内府とて勝手なことはできません」

「それは分からぬ。子らは殺されるだろう」

案に相違して、行長の子らは一命を救われる。

行長が無念そうに言う。

「もう一つの心残りは、この国をデウス様の国にできなかったことだ」

行長と三成の間では、かつて秀吉が出した禁教令を撤回させるということで話がついていた。だが家康は、これまでキリシタンに対して冷淡だった。

彦九郎が蕎麦焼きを頬張りながら問う。

「これから、どのような世になるのでしょうか」

「そうだな」と言って、行長が遠い目をする。

「わしには分からんが、身分が固定化され、太閤殿下のように、何者でもない草莽《そうもう》が出頭《しゅっとう》(出世)の階《きざはし》を上れるような世は来ないだろう。それでも、そなたたちは生きていかねばならぬ」

善大夫が首をかしげる。

「われらは、どのように生きればよいのでしょう」

「まず、自分の信念をしっかり持つことだ」

「デウス様を信じよということですね」

「それだけでは駄目だ。そなたらは、自分の力で道を見出していかねばならぬ」

彦九郎がおずおずと問う。

「道とは何ですか」

「これからはすべてが激変していく。これまでのように、武士という武士がこぞって出頭を目指すような世は終わった。おそらく武功を挙げる機会も減るだろう。それゆえ個々が、世のため人のために尽くしていける道を探すのだ」

――そうか。これまでのように、先祖から受け継いだ所領や禄《ろく》を守っていくだけでは駄目なのだ。おのおのが何のために生きているかを見出し、世のため人のためにどうすべきかを考えていかねばならぬ。

善大夫が遠慮がちに問う。

「それをアグスティノ様も一緒に考えていただけるのでしょうか」

「いや、わしはもう死んだも同じだ」

気まずい沈黙が訪れる。

「さて、わしはもう寝る」

そう言うと、行長は横になり、すぐに寝息を立て始めた。

「彦九郎、アグスティノ様の話が分かったか」

後片づけをしながら、善大夫が問う。

「ああ、父や兄とは違った存念（価値観）を、われらは見出していかねばならぬのだ」

「そうだな。そなたにそれができるか」

「分からん。そういうそなたはどうだ」

「わしにも分からん」

二人は口を閉ざし、それぞれの将来に思いを馳《は》せた。

四

九月十九日早朝、林立する加藤勢の旗幟《きし》が見えてきた。おなじみの「南無妙法蓮華経《なむみょうほうれんげきょう》」と大書された旗印だ。物見の叫び声が轟き、石ノ瀬城に緊張が走る。

肥後・薩摩両国を結ぶ薩摩街道の起点・石ノ瀬口に築かれた石ノ瀬城には、三千余の小西勢が配されていた。左平次は、石ノ瀬城を小西行景から託された内藤如安《ないとうじょあん》の使番に配属されていた。

内藤如安は松永久秀《まつながひさひで》の弟の長頼《ながより》の息子として生まれ、その後も戦乱の中に身を置いてきた歴戦の雄だ。文禄・慶長の役では明へ使者として赴き、一年ほどの抑留生活を送ったこともある。

「使番！」と呼ぶ如安の声に、「はい」と答えて左平次が進み出る。

「そなたは確か――」

「松浦左平次重能に候」

「おお、松浦殿のご子息か。大きゅうなったな」

左平次の父も兄も石ノ瀬城に配されており、逆襲部隊として、城の大手口付近にいるはずだ。

「おかげさまで十五になりました」

「そうか。この使いは重大だ。心して聞け」

「承知仕りました」

「敵が攻撃陣形を取ろうとしている。どうやら石ノ瀬城に攻撃を集中してくるようだ。隼人正《はやとのしょう》殿に浮勢三百と鉄砲百を派遣するよう伝えよ」

隼人正とは小西行景の通称になる。

「分かりました！」と答えるや、左平次が石ノ瀬城の搦手《からめて》に向かおうとすると、如安が左平次を呼び止めた。

「宇土城に行ったら、こちらに戻らずともよい」

「えっ、どうしてですか」

「そなたは隼人正殿をお守りするのだ」

「いや、しかし――」

如安が左平次の両肩を摑む。

「そなたはまだ若い。命を無駄にするな」

陣前逆襲は城門を開け放って打って出ることなので、極めて危険な戦い方になる。父と兄はその部隊に配されている。それゆえ松浦家の血が途絶えぬよう、如安は左平次に「戻ってくるな」と言ったのだ。

「承知しました」

「よし、行け！」

石ノ瀬城の搦手門の先に宇土の城下町が広がり、さらにその先に宇土城がある。

宇土城下の本町筋を左平次は走り抜けた。いつも賑《にぎ》わっている本町筋も、すべての見世棚が戸を締め、猫一匹いない。

「使番！　内藤様の使番！」

使番の背旗を確かめるや、次々と門が開けられていく。

行景は本丸の広大な庭に陣を構えていた。

「申し上げます」

左平次が如安の要求を伝える。

「よし、分かった。南条《なんじょう》殿、浮勢を率いて石ノ瀬城の後詰を頼む」

「承知仕った」

南条元清《もときよ》が立ち上がるや、出陣の法螺《ほら》を吹かせる。周囲に控えていた浮勢が集まり、筒衆と共に整列する。

「出陣！」という元清の命令に応じ、小西家最後の余剰戦力が動き出す。

「そなたはどうする」

元清の問いに左平次が答える。

「お供仕ります」

「ここに残れというのが、内藤殿の命ではなかったか」

「どうしてそれを――」

「さようなことが分からず将が務まるか」

元清が笑うと言った。

「では、その通りにせよ」

元清ら後詰勢は土煙を蹴立てて出陣していった。

そこに残された左平次は、己の臆心を恥じた。

――善大夫や彦九郎だったら、何があっても戻ったはずだ。

その時、隼人正が床几を蹴倒して立ち上がった。

「敵が寄せて来たぞ！」

空に筒音が鳴り響き、喊声や馬のいななきが聞こえてきた。

その時、新たな伝令がやってきた。

「石ノ瀬城への敵の攻撃が始まりました。われらは事前の手はず通り、防戦しております」

「如安殿は何と申しておる」

「敵の攻勢が弱まったところで、陣前逆襲を仕掛けるとのこと」

「よし、分かった。奮戦を期待しておる！」

「承知仕りました。では！」

使番は駆け去ろうとしたが、その時、左平次に一瞥《いちべつ》をくれた。それには「此奴《こやつ》は小僧だから、ここに残れるのだ」という憐《あわ》れみとも羨望ともつかない感情が籠もっていた。

左平次は、その使番から視線を外した。

日が落ちると、筒音と喊声はいっそう激しくなっていった。行景らが深刻な顔で今後の方策を論じているところに、新たな情報が入ってきた。

「敵が城下町への侵入を開始しました！」

「何だと！　惣構が破られたというのか」

「そのようです！」

宇土城は出城の石ノ瀬城との間に城下町が広がっていた。それらを取り巻く形で惣構が造られていたが、そのどこかが突破されたというのだ。

「致し方ない。これで石ノ瀬城との間を分断されたが、それぞれ城を守るしかない！」

行景が悲壮な面持ちで言う。そうした皆の様子を見ながら、左平次は戦の恐ろしさに歯の根が合わなくなっていた。

翌二十日になり、敵の攻勢は一段と激しいものになった。そして日が昇ると、また新たな報告が届いた。

「加藤清正殿の馬標《うまじるし》が茶磨《ちゃうす》山に揚がりました」

茶磨山とは、宇土城の東南半里ほどにある小高い丘だ。清正は宇土城を攻めるにあたり、南から回り込む形を取った。というのも宇土城は、西にある西岳という高台から攻めるのが最も効果的だからだ。加藤勢は石ノ瀬城を包囲したまま、大きく南に迂回《うかい》し、さらに主力部隊を西岳に展開させた。

二十日の朝から加藤勢の猛攻が始まった。この日の攻撃は何とか凌《しの》いだものの、翌二十一日には石ノ瀬城が降伏し、五つの方向から宇土城は攻撃されることになる。

五

九月十九日、依然として三人は伊吹山中をさまよっていた。地図もなく、ただ太陽だけを頼りに方角を見定め、あてずっぽうで道なき道を行くのだから、弥高寺ほどの大寺でも見つかるはずがない。遂に食べ物も尽き、どこかの村に助けを求めねばならない段階に来ていた。

年かさの行長の消耗は、とくに激しかった。歩くこともままならなくなり、二人の肩を借りなければならないほど弱っていた。

その時、善大夫が何かを見つけた。

「アグスティノ様、あそこに煙が上がっています。集落のようです。助けを求めましょう」

彦九郎もその煙を認めたが、心の中で何かが警鐘を鳴らした。

「善大夫の申す通り、あれは朝餉《あさげ》を作る煙です。しかし下手に助けを求めれば、落ち武者狩りに遭うかもしれません」

だが善大夫は譲らない。

「このままでは野垂れ死ぬだけだ。もしかすると情けを掛けてくれるかもしれない」

「いや、戦が終わって四日も経《た》ったのだ。この辺りにも、西軍の落ち武者を捕らえるようにという触れが回っているはずだ」

「だからと言って、このままでは大坂にはたどり着けない」

用心深い彦九郎も、その現実は認めねばならない。

「アグスティノ様、いかがいたしますか」

行長が大きなため息をつくと言った。

「わしはもう歩けぬ。村人に助けを求めよう」

その言葉に従い、二人は行長の肩を支え、里に向かって歩き出した。

――果たして、これでよいのか。

だが彦九郎自身、肉体が限界に来ていた。一椀《わん》の粥《かゆ》と己の命を引き換えてもいいとさえ思うくらいだ。しかし里人に助けを求めるのは危険すぎる。

やがて集落に入ると、童子らが遊んでいた。

「すまぬが庄屋を呼んできてくれるか」

だが童子らは逃げ散り、外で仕事をしていた女たちも、悲鳴を上げて家の中に駆け込んでいった。男を呼びに行く声も聞こえる。

「善大夫、これはまずい。おそらく触れが回っている。やはり逃げよう」

「逃げたところですぐに捕まる。ならば賭けてみようではないか」

やがて男たちがやってきた。一人は鉄砲を持っている。

「アグスティノ様！」

二人が行長の前に立ちはだかり、両手を広げた。

「待て！　われらは怪しい者ではない。大坂の衆だ！」

善大夫が大きく手を振りながら近づこうとした。

「善大夫、よせ。伏せろ！」

だが彦九郎の声が終わらぬうちに、筒音が轟いた。

「うわっ！」

善大夫は倒れると、左膝を押さえてのたうち回っている。

「善大夫！」

彦九郎が駆け寄ると、弾丸は善大夫の左膝を砕いていた。

「ああ、痛い――」

「善大夫、しっかりせい！」

だが次の瞬間、誰かに覆いかぶさられると、彦九郎は殴る蹴るの暴行を受けた。

「アグスティノ様！」

村人たちにも、行長が高い身分の武将だと分かるのだろう。暴行はせず、左右から肩を取って立たせている。

そうした混乱の最中、「待て」という声と共に白髪の老人が駆け寄ってきた。

「ああ、何ということだ。すぐに血止めせい！」

善大夫の治療を女たちに命じると、老人が行長の前に拝跪する。

「いずこかの名ある武将とお見受けいたします。ここは伊吹山の東北の粕川谷という集落です。私は庄屋の林蔵主《はやしのぞうす》という者です」

――全く見当違いの方に来ていたのだ。

弥高寺は南側なので、どこまで歩いても見つからないのは当然だった。

「わしは小西摂津守《せっつのかみ》行長に候」

その言葉に、左右から肩を取っていた村人も驚き、その場にひざまずいた。

「小西様でしたか。此度は無念でございましたな」

「ああ、勝敗は兵家の常とは申せ、極めて無念だ」

その間も善大夫の治療は続いていた。

林蔵主が村人に命じる。

「負傷した者はわが家に運び込み、水と食べ物を与えよ」

村人の放った弾で負傷させておいて、その言い草はないが、今は行長の安全を図ることが先決なので、彦九郎は言葉をのみ込んだ。

「林蔵主とやら、内府から回状は来ているか」

「は、はい」

「何と書かれていた」

「西軍の落ち武者を捕らえた者には、黄金の大判十枚を下賜するが、匿《かくま》った者は死罪に処するとありました」

「そうか」と言って、行長が空を見る。

「そなたらに迷惑は掛けられぬ。わしを見逃せば必ず追及の手が及ぶ。わしを差し出し、褒美をもらえ」

「アグスティノ様、何を仰せか！」

突然のことに、彦九郎は動転した。

「ここで捕まれば、交渉の余地なく死罪にされます。村人に弥高寺まで道案内させましょう」

「弥高寺に行ったところで匿ってくれるとは限らぬ。だいいち善大夫はもう歩けん。ここに預けて去れば、この村はわれらを見逃したことになり、罰を受ける。もはや万策尽きたのだ」

「アグスティノ様――」

確かに、どう考えても逃れる道はない。

「林蔵主とやら、ここの領主は誰だ」
「竹中重門《たけなかしげかど》様です」
「ああ、かの御仁なら情け深い。竹中殿に、わしがここにいると伝えよ」
「よろしいのですね」
「うむ。ただ一つだけ願いがある。迎えが来るまで、飯をたらふく食わせてくれ」
「分かりました。どうぞこちらへ」
二人は林蔵主の家へと向かった。

この後、通報を受けた竹中重門は馬を飛ばしてやってきた。重門は行長との再会を喜ぶと、「望みを捨ててはなりませぬ」と言い、丁重に送り届けることを約束した。重門は新品の小袖や袴を行長に与え、家臣の一人に、行長の身柄を家康の許に送り届けるよう命じた。彦九郎は当然自分も随行するものと思っていたが、行長は「善大夫を頼む」と言い、二人の同行を拒んだ。

林蔵主の屋敷前まで見送りに出た彦九郎に、行長は「そなたらの忠義は忘れぬ。いつまでも達者でな」と言うと、形見分けした後、背後を振り返らずに去っていった。

これが行長を見た最後となった。

この翌日、草津《くさつ》に陣を張る徳川家中の村越茂助《むらこしもすけ》に、行長の身柄は移管されることになる。

一方、重門は彦九郎と善大夫の二人が若いことに同情し、「そなたらは、いなかったことにする」と告げた。さらに「これはそなたらの忠義に報いるためだ」と言って、旅費までくれた。

かくして彦九郎は傷に苦しむ善大夫と共に、粕川谷の小さな集落に残された。

六

石ノ瀬城は包囲されて降伏開城したものの、九月二十二日の惣懸《そうがか》りを凌いだ宇土城は、その後も加藤勢の何度かの攻撃を防いでいた。それでも十月二日の攻撃によって二ノ丸と三ノ丸を攻略され、本丸を残すのみとなった。

石ノ瀬城が開城した折、内藤如安と南条元清が城兵の命と引き換えに切腹を申し出たが、清正はそれを許さず、二人を捕らえた。

左平次は父と兄が心配でならなかったが、全く動静は伝わってこない。

そんな中、城方が唯一頼みとしているのは、上方からの勝報だった。

しかし二十日、不穏な噂《うわさ》が城内に流れてきた。

仲間からその話を聞いた時、左平次は信じなかった。

「奉行方が敗《やぶ》れ、アグスティノ様が加藤家の矢文に捕まっただと！」

「わしも見せてもらったが、加藤家の矢文にはそう書かれていた」

「さようなことはあるまい。大坂には豊臣勢も毛利勢もおるのだ。しかも秀頼様は奉行衆を支持している。負けるはずがあるまい」

「そうだとよいのだがな」

仲間は肩を落として去っていった。

――まさか。さようなことはあるまい。もしそうだったら、彦九郎と善大夫はどうなる。

一人思案顔で佇《たたず》んでいると、久乃が走ってきた。

「左平次さん、聞きましたか」

「あっ、たった今聞きました」

「われらが上方で大敗を喫したというのは本当ですか」

「分かりません。しかし、さように簡単に片がつくとは思えません」

左平次としては味方の敗戦など信じたくない。おそらく加藤方の偽計だろう。しかし加藤方の勢いを見れば、事実のように思えてくる。

「本当にそうでしょうか。兄上たちはどうしているのか――」

「心配には及びません。彦九郎と善大夫は必ず戻ってきます」

その時、「皆、集まれ」という声が聞こえた。

「久乃さん、行きましょう」

二人は集合場所に走った。しばらくして現れたのは行景だった。行景は急造の盾机の上に上り、集まった者たちから顔が見えるようにした。

久しぶりに見る行景は、かつての精悍な面影は薄れ、憔悴《しょうすい》があらわだった。

「皆、聞いてくれ」

「先ほど、上方から加藤図書《ずしょ》（吉成《よししげ》）殿が戻ってきた」

加藤図書とは小西家きっての勇将として文禄・慶長の役で多くの武功を挙げ、二千石から五千石に加増された豪の者だ。

「おお」というどよめきが起こる。

吉成が戻ってきたということは、確実な情報がもたらされたということだ。

皆が固唾《かたず》をのんで、行景の次の言葉を待っている。だが行景は「わしが話すよりも、図書殿から話を聞いてもらいたい」と言って下がった。

行景に替わって、吉成が盾机に上がった。だが吉成は沈痛な面持ちをしていた。その様を見れば、上方で何があったかは歴然だった。

「無念ながらお味方は大敗を喫した。アグスティノ様は伊吹山中に逃れたが、後に投降し――」

吉成が言葉に詰まる。それでも気を取り直し、大声で告げた。

「十月一日、京の六条河原《ろくじょうがわら》で斬首された！」

一瞬、時が止まったかのような沈黙が訪れた。誰もが唐突にもたらされたこの話を信じたくないのだろう。

愕然《がくぜん》とする皆を前にして、再び盾机の上に上がった行景が言う。

「皆、今聞いた通りだ。われらは負けた。これ以上、籠城戦を続けることはできない」

行景が吉成の肩を叩《たた》く。吉成は悄然《しょうぜん》として下がっていった。

「真に無念ながら、われらは城を開く。ただし加藤殿と交渉し、そなたら全員の命が保証された。それゆえ安堵して城から出ていくがよい」

その時、誰かが問うた。

「隼人正様はどうなされる！」

「わしのことは案ずるな。己のことは己で始末をつける」

この後、行景は見事に腹を切り、兄の後を追うことになる。

――終わったのか。

周りの者たちはしばし声もなかったが、しばらくすると、すすり泣きが聞こえ、やがてその場に胡坐《あぐら》をかき、男泣きに泣く者もいた。

――これが敗れるということなのだ。

突如として訪れた運命の変転に、左平次は茫然とするほかない。

「左平次さん、これからどうなるのです」

それは久乃も同じだった。

「しばらく待てば、彦九郎たちが帰ってきます。今はそれを待つしかありません」

いつの間にか、左平次は年長者のような口ぶりになっていた。

「左平次さんはどうなさるのです」

一瞬、何と答えてよいか分からなかったが、左平次は胸を張って言った。

「まずは父上と兄上の安否を確かめ、それからどうするか決めます」

「そうですね。お互い頑張りましょう」

「ああ、負けてたまるか！」

そうは言ったものの、左平次の胸中には、様々な不安が渦巻いていた。

七

慶長六年（一六〇一）の正月も終わり、善大夫は杖《つえ》がなくても歩けるまで回復した。

時折やってくる行商人から、昨年の十月、主君の小西行長が斬首刑になり、国元の宇土城も降伏開城したという話を聞いた。むろんそれが事実かどうかは分からない。だが行商人の話は詳しく、行長が天に召されたことは確かなようだ。

国元に残してきた父母や弟妹のことも心配だった。しかし敗軍に属せば、すべてを失うのは戦国の習いだ。武士の端くれとして、その覚悟はできている。だが善大夫には、もう一つの大きな懸念があった。

――この足では、歩くことはできても走れない。もう武士には戻れないだろう。

善大夫は父祖代々武士なので、武士以外の稼業に就くなど考えてもいなかった。

たとえ他家に仕官できたとしても、戦場に出られないとなれば、吏僚や御殿勤めとなる。負傷してそんな仕事に就くことになった武士たちを、善大夫も見てきた。その中には、かつて輝かしい武功を挙げた者もいた。しかし戦えなくなった武士たちは精彩を欠いており、その面《おもて》にも一抹の寂しさが漂っていた。それに引き替え、戦える者たちは輝かしい存在だった。功を挙げて戦場から帰ってくる彼らの雄姿には、後光が差していた。

――もうわしは、彼らのようにはなれぬ。

それを思うと胸が張り裂けそうになる。

武功の一つも挙げられずに負傷者となった者は、牢人《ろうにん》となるか帰農するしかないのだ。

――わが夢は潰《つい》えた。

主家も滅び、自らも立身出世の道が断たれたことで、善大夫は落ち込んでいた。

しかし行長や村人たちが言っていたように「これで戦乱は収まるのではないか」という憶測が事実だとしたら、武士という稼業自体が不要になるかもしれない。

様々なことを考えながら村の中を歩き回り、林蔵主の家に戻ると、彦九郎が薪《まき》を割っていた。

「戻ったか。傷はどうだ」

首に掛けた手巾で額の汗を拭きつつ、彦九郎が問う。

「痛みはまだ残っているが、何とか歩けるようになった」

「それはよかった。では、あと半年もすれば山を下りられるな」

積まれた薪の上に座りながら、善大夫が答える。

「彦九郎、考えたのだがな」

「何を考えていた。そなたの考えることは、ろくでもないからな」

彦九郎が高笑いする。鉄砲で撃たれた時のことを揶揄《やゆ》しているのだろう。

「まじめな話だ」

「分かった。なんだ」

「先に山を下りたらどうだ」

彦九郎の動きが止まる。

「そなたを置いていけるか。共に国元に帰ると誓ったではないか」

「そうしたいのはやまやまだが、そなたに迷惑を掛けられぬ」

「何を言う。逆の立場だってあり得たのだ。気にすることはない」

「わしは気にしない。だがわしと一緒だと、いざという時にも逃げられぬ。徳川方は年が明けてからも、落ち武者狩りをやっているというではないか」

すでに西軍の大物たちは捕まったが、どこかに隠れている指揮官や侍大将級の武士は多い。そうした者を見せしめのために摘発するのが、家康の方針なのだ。

「われらを買いかぶってどうする。たとえ堂々と名乗ろうと見向きもされぬわ」

彦九郎はそう言って笑うが、善大夫にはそうは思えない。

「足軽なら見向きもされぬだろうが、われらのような武士なら、何がしかの褒美は出るはずだ」

斧《おの》を置いた彦九郎が善大夫の隣に座る。

「善大夫、どうしたのだ。そなたは、何事にも無理を承知で突き進んできたではないか」

確かに、かつては善大夫の蛮勇を、彦九郎が押しとどめることが多かった。

「そうだな。足を痛めて弱気になっているのやもしれぬ」

「いずれにせよ、ここを出る時は一緒だ」

再び薪を割り始めようとした彦九郎だったが、家の中から出てきた人影に挨拶した。

「これは林蔵主殿」

「精が出ますね」

「少しでも恩返しがしたいと思い――」

「困った時はお互い様だ。気にしないで下され」

少し逡巡《しゅんじゅん》した後、善大夫が林蔵主に言った。

「今、彦九郎と話していたのですが、先に彦九郎だけ帰そうと思うのです」

「おい、待て」と言う彦九郎を手で遮って善大夫が続ける。

「行商人から聞いたのですが、落ち武者狩りも厳しくなっていると聞きます。このままでは村に迷惑がかかると思い――」

「そうでしたか。村のことを考えていただき、ありがとうございます。実は竹中様から、落ち武者狩りが来るかもしれないので、気をつけるよう使者が来ました」

彦九郎が考えに沈む。二人を庇護《ひご》してくれた竹中重門に迷惑が掛かる可能性が出てきたからだ。

しばしの沈黙の後、彦九郎が言った。

「では、私だけ先に山を下ります」

「それがよいかもしれません」

彦九郎が善大夫の方を向く。

「善大夫は、しばらくここに残るのだな」

「うむ。もう少し歩けるようになったら、わしも山を下りる。それより、いつここを出る」

「そうとなれば早い方がよい。明日にはお暇《いとま》いたす」

それで今後の方針が決まった。

その日の夜、ささやかな送別の宴が開かれた。村の人たちも総出で別れを惜しんでくれた。

宴も終わり、二人は藁蒲団《わらぶとん》に入った。酒は入っているが、睡魔はやってこない。それは彦九郎も同じらしく、しきりに寝返りを打っている。

沈黙に耐えきれず、善大夫が問う。

「どうやって国元に帰る」

「小西家はなくなった。大坂にも京都にも屋敷さえないだろう。かくなる上は自力で何とかするしかない」

「大坂に出て、肥後行きの船にもぐりこむのだな」

「そうなるだろう。ただ一つ頼るべきものがあるとしたら教会《エクレジア》だ。『いるまんひせんて』様も南蛮寺におられるに違いない」

「いるまんひせんて」とはイエズス会の修道士のことで、ヴィセンテ洞院《とういん》とも呼ばれる。若狭国《わかさ》出身で医術に通じ、細川ガラシャをはじめとした多くの者の改宗に力を尽くした。とくに行長と親しかったので、幾度となく行長に付き従っているうちに、二人はヴィセンテ洞院と顔見知りになった。

ちなみにイルマンとは平修道士、または助祭のことで、司祭（パードレ）の下に位置する。伴天連《バテレン》というのは宣教師全体を指すが、パードレがなまったものになる。

「ヴィセンテ様の迷惑にならぬか」

「わしもそれを考えていた」

「だが、ほかに頼るべき人はおらぬだろう」

「そういうことだ。そなたも後から大坂の南蛮寺に参れ。その後のことは、ヴィセンテ様に任せるしかない」

「ああ、わしもそうする」

「それにしても――」

彦九郎がため息をつく。

「どうして、お味方は負けてしまったんだろう」

「われらには、どうすることもできなかったではないか」

「それはそうだ。しかしすべてが一変するというのも、不思議なものだな」

彦九郎の言わんとしていることが分かってきた。

「それが戦国の常だ。たとえ主家が滅ぼうと、われらはキリシタンだ。決して自害はできぬ。だとしたら新たな道を探すしかない」

足の悪い善大夫にとって新たな道も限られてくるのだが、今更それを言っても始まらない。

「その通りだ。新たな道をそれぞれ見つけていかねばならぬ」

「そなたは、どこぞの家に再仕官するのだな」

「いや――」

彦九郎の言葉には、逡巡の色が表れていた。

「再仕官したところで、また戦に敗れれば牢人となる」

「さようなことは当たり前だ。だから勝ち抜けそうな家に仕官すればよい」

「さような家などあるもんか」

「お隣の加藤様はどうだ」

加藤様とは加藤清正のことだ。清正は東軍の九州の抑えとして活躍し、小西家をはじめとした西軍大名の討伐に活躍した。これから論功行賞が行われるはずだが、大幅な加増が見込まれ、おそらく肥後一国を拝領するだろう。

「いかにも加藤家の前途は明るい。だがな――」

彦九郎がため息交じりに言う。

「加藤様は熱心な法華宗の信者だ。おそらく棄教せねば仕官できぬだろう」

「そうだった。では、黒田様はどうか」

黒田如水《じょすい》・長政父子はキリシタンだったが、秀吉の「伴天連追放令」が出るや、いち早く棄教し、近頃はキリシタンの弾圧に転じているという。

「黒田様は難しいだろうな」

キリシタンを弾圧するような者が、新たにキリシタンを召し抱えるとは思えない。

「それよりも、そなたはどうする」

彦九郎が善大夫に水を向けてきた。

「わしのことはよい。そなたは己のことだけを考えろ」

善大夫は辛《つら》かった。戦場を疾駆できない己が、仕官などできないのは明らかだからだ。

「傷は癒えるかもしれぬぞ」

「わしとてそう信じたい。だが戦場で働ける体に戻れるとは思えぬ」

傷の様子から、善大夫にはそれが分かる。

「つまらぬことを言ってしまい、すまなかった」

「いや、よいのだ。それで、わしの考えが知りたいか」

「ああ、知りたい」

善大夫が大きく息を吸うと言った。

「イルマンとなり、布教に努めたい」

「そうか、素晴らしいことではないか。そなたは、わしよりも熱心なキリシタンだったからな」

それは思いつきで言ったことだったが、考えてみれば希望に溢《あふ》れた道でもある。

「かような体になってしまったゆえ、己にできることを考え、そうしようと思ったのだ」

「いかなる理由であれ、見上げたものだ」

「で、そなたはどうする」

「もう戦はこりごりだ。島原《しまばら》の縁者を頼って百姓でもやろうかと思っている」

「そなたが百姓か。そなたのような文武に秀でた者がもったいないな」

「それを言ったらきりがない。主家は消えてなくなったのだ。キリシタンでもない主人に仕えるくらいなら、帰農して一人のキリシタンとして生きてみようと思う」

善大夫は彦九郎の覚悟に感銘を受けた。

「そうか。いずれにせよ、別々の道を歩んでいくことになりそうだな」

「ああ、そうだな。これまでのように──」

彦九郎が唇を嚙《か》み締める。

「いつも一緒というわけにはいかないはずだ」

「もちろんだ。だが、いったん天が与えてくれた縁は永劫《えいごう》だ。だからこそデウス様を信じ、互いによき生涯を歩もうではないか」

「そうだ。たとえ道は違っても、デウス様を信じるという点において、われらはずっと一つだ」

二人は期せずして上体を起こすと、天に祈りを捧げた。

──どうか彦九郎の前途が明るいものになるよう、見守っていて下さい。

善大夫は彦九郎のために祈り、おそらく彦九郎も善大夫のために祈っていた。

八

「父上、お疲れさまでした」

父の顔に掛かった髪をたくし上げた左平次は、祈りを捧げた。

父は石ノ瀬城と町家を隔てる船場川の河畔で息絶えていた。その顔には疲労の色が濃く、五十代という年齢からすると、限界まで戦ったのだろう。兜《かぶと》や太刀はどこかに消え失《う》せ、鎧《よろい》もぼろぼろになっている。致命傷は槍傷だったらしく、脾腹《ひばら》深くに槍が刺さった跡がある。

本来ならキリシタンとして秘蹟《サクラメント》を施してもらい、懇《ねんご》ろに葬りたかったが、敗軍にそんな余裕はない。加藤家の雑兵たちが大穴をうがち、そこに遺骸を放り投げているのを見て、父の遺骸を運び出すのをあきらめた。

――父上、申し訳ありません。いつの日か、天で会いましょう。

心中でそう言うと、左平次は父が愛用していたロザリオを外して懐に入れた。

名残《なごり》惜しげにその場を後にした左平次は、続いて兄の安否を尋ねて回った。聞くところによると、兄は石ノ瀬城から出陣したまま行方不明となっていた。

おそらく兄は首を打たれた上、甲冑《かっちゅう》も脱がされて持ち去られたのだろう。とくに体に特徴などないので、遺骸を見つける術《すべ》はない。

終日、兄を探し求めたが見つけることはできず、左平次は宇土城に戻ろうと町家に入った。

町家の中心の四辻《よつじ》近くに至った時、「下がれ、下がれ！」という小者の声が聞こえた。片づけをしていた町人たちが平伏する中、加藤家の蛇目《じゃのめ》紋の旗印を押し立て、行列が向かってくるのが見えた。その中央部には、馬高五尺の葦毛《あしげ》に乗り、周囲を睥睨《へいげい》しながら悠然と進む巨漢の武将がいた。そのすぐ背後には、九本馬簾《きゅうほんばれん》の馬標が続く。

四辻に着いた巨漢が軽く左手を挙げると、近習《きんじゅ》が「止まれ、止まれ！」と触れて回った。

馬を下りた巨漢、加藤清正の頭上に屹立《きつりつ》する長烏帽子《ながえぼし》形兜の銀箔《ぎんぱく》に、日光が反射している。その兜の前立《まえだて》には、金箔押し日輪に「南無妙法蓮華経」という題目が書かれ、清正の信奉するものを明白に主張していた。

——異教徒《ゼンチヨ》め。

沸々と怒りが込み上げてくる。

だが皆がそうしているように、左平次はその場に拝跪して頭を垂れるしかない。

すかさず加藤家の馬廻衆《うままわりしゅう》らが清正の周囲を取り巻く。どこから鉄砲を撃ってくるか分からないからだ。

「聞け、町衆よ」

清正の声は銅鑼《どら》のようによく響く。

「そなたたちには、一切の危害は加えぬ。これまで通り、商いを続けるがよい。だが小西家の残党を匿った者は同罪とする！」

周囲は水を打ったように静まり返る。

「今日から、そなたらはわが民だ。わしの庇護の下、安んじて暮らせるようにする！」

清正の着る黒羅紗《くろらしゃ》の陣羽織が風になびくと、黒塗りの桶側《おけがわ》二枚胴の中央に描かれた金箔の蛇目紋が姿を現し、見る者の目を射る。袖も咽喉輪《のどわ》も草摺《くさずり》も、小札《こざね》はすべて金箔押しされ、濃紺の糸で縅《おど》してある。

清正は再び馬上の人になると、宇土城に向かった。

その行列の上げる砂埃《すなぼこり》にまみれながら、左平次は小西家が滅んだことを実感した。

行列が去ってからしばらくして宇土城に向かうと、もう城内には入れなくなっていた。中には私物もあるが、それを取りに行かせてくれるはずもない。逆に城から小西家の者たちが押し出されてきた。まるで牛馬を追い立てるように乱暴だ。荷を背負った者や衣類を抱えた女房もいるが、加藤家の足軽たちは、それらを引き剝がすように奪っている。

左平次が久乃の姿を探していると、やっと最後の方になって久乃が現れた。

「久乃さん、こっちです」

「あっ、左平次さん」

「よかった。無事だったのですね」

「ええ、でも小西家のものは、すべて奪われました」

「生きているだけましではないですか」

雑踏の中、二人は再会を喜び合った。二人が知己の安否を気遣っていると、城門前に制札《せいさつ》が掲げられた。人の流れがそちらに向かったので、二人も流されるままに制札を見ることになる。そこには、こう書かれていた。

「加藤家に仕官したい者は、明日の朝ここに来て名を記帳すべし。なお個々の信教は不問とする」

――信教は不問か。

加藤家に仕官したければ、法華宗に宗旨を変えねばならないと思っていたが、清正は、その必要がないという。

「左平次さん、これは本当でしょうか」

「分かりませんが、加藤様は武士の中の武士と言われる御仁。よもや嘘《うそ》はつきますまい」

「では、キリシタンのまま仕官できるのですね」

「そういうことになります」

小西家の牢人が増えれば、地域の社会不安が高まる。また清正には、武芸に長じた者たちをいち早く自軍に取り込みたいという思惑があるのだろう。

──だが小西家の出身者は、加藤家中でろくな扱いを受けないだろうな。

清正と行長は不倶戴天《ふぐたいてん》の敵だった。元々性格的に合わないこともあったが、文禄・慶長の役での先陣争いで互いに出し抜き合い、また行長の讒言《ざんげん》によって、清正が切腹寸前まで追い込まれたのは、二人の間の亀裂を決定的なものとした。

──その挙句に関ヶ原の戦いだ。さぞや加藤家中は、うれしいだろう。

だが小西家が滅んだ時、清正は城を守っていた行景や重臣たちが自裁する余裕を与え、降伏開城の際も、小西家の関係者たちを屈辱的な目に遭わせなかった。それが戦国の習いとはいえ、清正の評価を高めることにつながっていた。

「左平次さんは、これからどうするのです」

「牢人すれば食べていけないので、仕官の道を探るしかありません」

「これからも武士として生きていくのですね」

「父と兄亡き今、そうすることが父祖に報いることですから。ただし信仰を捨てるつもりはありません」

「それを聞いて安堵しました。これからもよき神の子でいましょう」

小西行長の影響で、小西家中の大半はキリシタンとなった。行長はキリシタン大名だったが、高山右近や大村純忠《すみただ》ほど激烈ではなく、黒田如水・長政父子ほど信仰心が弱いわけではない。

そんな状況だったので、秀吉の「伴天連追放令」が出ても、小西領国はこれまでと変わらず、キリスト教を信じる自由を謳歌《おうか》していた。

「彦九郎と善大夫も――」

左平次が東の空を仰ぐ。

「われらと同じ思いでしょう」

だが戦乱は、どのような変化をもたらすか分からない。それでも左平次は、信仰だけを寄る辺に生きていこうと思っていた。

九

慶長六年三月、大坂の町は慌ただしい雰囲気に包まれていた。

――よくぞここまで来たものだ。

彦九郎は、農民の姿で伊吹山の粕川谷集落から大坂まで歩いてきた。各地に関が設けられているとは聞いていたが、これほど多いとは思わなかった。林蔵主が万が一に備えて過所《かしょ》（通行手形）を書いてくれたのが幸いした。

大坂に入ってからも十を数える関を通り抜け、ようやく天満橋《てんまばし》近くにある南蛮寺に着いた。入口にいた者に事情を説明すると、中からヴィセンテ洞院がやってきた。その背後には、太った外国人の宣教師も付いてきている。

「そなたは確か――、ああ、小西殿の――」

「はい。アグスティノ様の小姓を務めていました駒崎彦九郎範茂、洗礼名はアンドレです」

洗礼名を名乗ったことで、波濤《はとう》のように安堵が押し寄せてきた。

――よくぞ、よくぞ、ここまでたどり着けたものだ。

その場に膝をついた彦九郎の背に暖かい手が当てられた。

「もう心配は要らぬ」

「ありがとうございます」

眼前には外国人の宣教師が両手を広げていた。

「ようこそ神の家へ」

「あなた様は――」

「皆は『うるがんばてれん』と呼びます」

「ということは――」

ヴィセンテ洞院が耳元で教えてくれた。

「このお方がグネッキ・ソルディ・オルガンティーノ様だ。いつもは京都におられるが、大坂の信者が心配で、こちらまで来られた」

「ああ、何とありがたい」

彦九郎は思わず手を合わせたが、その手を優しくほどくと、オルガンティーノが言った。

「私にではなく神に祈り《オラショ》を捧げましょう」

三人は、そこにいるほかの信者たちと共に礼拝堂に赴くと、神に祈りを捧げた。

慶長三年（一五九八）八月の秀吉の死は、長崎や有馬に逼塞《ひっそく》するイエズス会士たちに希望を与えた。「伴天連追放令」が有名無実化すると思ったのだ。

長崎にいた東インド管区の巡察使のアレッサンドロ・ヴァリニャーノは、文禄・慶長の役の後始末で博多《はかた》に来ていた石田三成に接触し、今後の布教活動について打診した。三成は今後の混乱を見据え、キリシタン勢力を手なずけておくために好意的な返答をしたので、ヴァリニャーノはオルガンティーノを京都に復帰させた。

かくしてヴァリニャーノは、『一五九九年度年報』に「一五九八年二月から今年の十月までに約四万人もの新たな信者を得た」と誇らしげに書くことになる。

ここに至るまでの彦九郎の足跡をオルガンティーノやヴィセンテに語ると、二人がうなずきながら言った。

「たいへんでしたね」

「これも神が与えてくれた試練《テンタサン》です」

「だが、こうして神の家に導かれたのです。もう心配は要りません」

彦九郎が話題を転じる。

「風の噂で聞いたのですが、アグスティノ様が天に召されたというのは、本当ですか」

オルガンティーノが悲しげな顔で答える。

「はい。昨年の十月一日、六条河原で処刑されました」

「やはり――」

ヴィセンテが話を替わる。

「敗軍の将として致し方なきことですが、死に臨んでの告解《コンピサン》の秘蹟を行うことを許されず、アグスティノ様は無念のうちに天に召されました。しかしご遺骸だけは下げ渡されたので、京都の南蛮寺で、あらためてカトリックの葬儀を行いました」

「アグスティノ様は、どこに葬られたのですか」

「京都のさる場所です。しかし墓所については、誰にも漏らしてはならないのです」

イエズス会としては、行長の墓が荒らされることを案じているのだ。

オルガンティーノが元気づけるように言う。

「アグスティノは天に召されました。神の御許《みもと》から、われらのことを見守ってくれています」

――アグスティノ様、無念でございましたな。

行長の死は、小西家が滅んだことにとどまらず、イエズス会にとっても痛手だった。行長ほど政権の中枢近くにいるキリシタン大名はいないからだ。だが無念の死を遂げた主人の遺志を継ぎ、布教に邁進《まいしん》せねばならないのが、生き残った者たちの務めでもある。

その後、夕食となり、その後の詳しい状況も分かってきた。関ヶ原の戦いで反対勢力を一掃した徳川家康は実質的な天下人となり、大坂の豊臣秀頼とも和解した。だが蔵入地を含めて二百二十万石あった豊臣家の所領を、家康は功のあった者たちに分け与えたので、豊臣家は摂河泉《せっかせん》三国六十五万石の大名に落とされたという。

――あまりに酷《むご》い。

西軍に加担していなかった証《あか》しとして、豊臣家は秀頼の名で、東軍諸将に自らの所領を分け与えねばならなかったのだ。

不安を押し殺しつつ彦九郎が問う。

「これから、われらはどうなるのです」

オルガンティーノが答える。

「われらには交易という手札があります。それをいかにうまく使うかに懸かっています」

ヴィセンテが詳しく説明する。

「おそらく徳川殿は朱印船による交易を盛んにするため、しばらくはわれらと友好的な関係を築くか、われらの布教を見て見ぬふりをしてくれるでしょう。われらもフィリピンやメキシコとの交易の利を説き、目こぼししてもらうつもりです」

関ヶ原の戦い後、九州のキリシタン大名として、有馬晴信《はるのぶ》、大村喜前、伊東祐兵《いとうすけたけ》は残っていたが、柱とも言うべき小西家が改易となったことで、布教活動が難しくなるのは明らかだった。

オルガンティーノが顔をしかめる。

「アグスティノの土地は加藤殿に下されるでしょう。となると肥後国の布教は難しいことになります」

まだ正式な国分けは発表されていないが、清正が小西領を併呑することは、確実視されていた。

「では、徳川殿を信者にするのは難しいのでしょうか」

オルガンティーノが首を左右に振る。

「家康殿に洗礼を受けさせるのは、とても難しいことです」

家康は若い頃に一向衆との血みどろの戦いを経験し、さらに信長《のぶなが》と本願寺《ほんがんじ》の死闘を横から見てきた。それゆえ宗教の恐ろしさを骨身に染みるほど知っており、外交顧問としてウィリアム・アダムズ（三浦按針《みうらあんじん》）やヤン・ヨーステンを重用するようになっても、キリスト教に興味を示すことはなかった。

アダムズとヨーステンの二人はそれぞれイギリスやオランダの出身で、カトリックのイエズス会と対立するプロテスタントだった。それがこれまでの「イエズス会による布教」と「ポルトガル人による長崎交易」という単純な図式に、複雑な構造を持ち込むことになる。

「では当面、布教は差し控えるおつもりですか」

ヴィセンテが答える。

「目立たないようにやっていくしかありません。とくに肥後は布教して信者を増やすことよりも、『転び』を防ぐことに力を入れた方がよさそうです」

「転び」とは、いったんキリシタンになったものの、様々な事情から仏教徒に戻る者のことだ。

――加藤殿は熱心な法華宗の信者だ。おそらく旧小西領の領民たちにも棄教を勧めてくるだろう。それを防いでいかねばならない。

「ところでアンドレ」

オルガンティーノが優しげに問う。

「あなたは故郷に帰ったら、どこかの大名家に仕官するのですか」

善大夫の言葉が突然思い出された。

「イルマンとなり、布教に努めたい」

ここに来るまで、彦九郎は百姓にでもなるつもりでいた。だが行長の無念と布教状況が悪化していることを思うと、少しでも貢献したいという気持ちが頭をもたげていた。

「武士をやめて、イエズス会の布教に携わりたいという気持ちが芽生えてきました」

オルガンティーノが慈愛に溢れた声音で言う。

「本来なら『それはよい』と言って、両手を広げてあなたを迎えるところです。しかしあなたの人生は、あなたのものです」

「どういうことですか」

ヴィセンテが補足する。

「オルガンティーノ様のお立場からすれば、あなたが布教に邁進することは大歓迎です。しかしながら、あなたは一時の情熱からそう思っただけではないですか」

それを指摘されてしまうと、黙り込むしかない。

「そうかもしれません。私は武士の道を歩んでいく以外の道を考えたことはありませんでした」

「しかし主家はありません。ということは――」

「おそらく私の家もありません。もはや帰るべき場所はなくなりました。ですから――」

彦九郎が言葉に詰まる。

「ここに置いていただけないでしょうか」

「お待ち下さい。では、こうしたらどうでしょう」

オルガンティーノが笑みを浮かべて言う。

「いったん肥後国に戻り、縁者の方々の安否を確かめながら、今後の道をじっくりと考えたらいかがでしょう」

「それを許していただけるのですか」

オルガンティーノがうなずく。

——どうする。

このまま肥後国に帰っても牢人になるしかない。となると何をやって生計を立てていくか見当もつかない。「転び」を強要されると思われる加藤家にだけは仕官したくない。

「オルガンティーノ様、ヴィセンテ様、まずは肥後に戻り、縁者の消息を確かめます。それでも布教への情熱が冷めなかったら、受け容《い》れてくれますか」

「神の家は、いつでも門を開けています」

オルガンティーノがうなずくと、ヴィセンテが付け加えた。

「数日後に長崎行きの船が出ます。それに乗って共に行きましょう」

「ということは、ヴィセンテ様は長崎に——」

「そうです。早急に長崎に向かい、『転び』を防ぐ手立てを講じねばなりません」

「分かりました。ご一緒させて下さい」

オルガンティーノが満面に笑みを浮かべる。

「よし、これで決まった。あなたに神の祝福あれ」

「ありがとうございます」

だが彦九郎には、もう一つ頼んでおくことがあった。

「オルガンティーノ様、しばらくすると、ここに善大夫という者が来ます」

彦九郎が事情を話す。

「善大夫という方は足を痛めているのですね。ここで治療しますので、心配は要りません」

「ありがとうございます。よろしくお願いします」

「では、もう一度、祈りを捧げましょう」

オルガンティーノがキリスト像にひざまずいたので、二人もそれに倣った。

「ラウダーテ・エウム（主をたたえよ）」という言葉と共に、オルガンティーノの祈りが始まった。その声は心地よく、彦九郎は久しぶりに安らぎを感じることができた。

かくして彦九郎は慶長六年三月、長崎行きの船に乗る。その未来に何が待っているかは分からない。だが彦九郎は神と共にあれば、恐れるものは何もないと思っていた。

この後、オルガンティーノは長崎のコレジオ（キリスト教の高等教育機関）に移り、若者たちを指導した後、慶長十四年（一六〇九）、七十六歳で客死することになる。

十

その城の天守は、大坂城の天守に匹敵するほどの大きさと威厳を兼ね備えていた。

――これが加藤殿の城か。

天守はできていたが、城としては普請作事の途中なのだろう。城の内外には多くの者たちが行き来し、大石を修羅に載せて運んだり、吊《つ》り上げたりしている。

「新たに仕官した者はこっちだ」

差配役の差図に従い、小西家の旧臣が集まってくる。

「これから、そなたらには普請作事を手伝ってもらう」

差配役が作業の内容を説明する。

「お待ちあれ」

恰幅《かっぷく》のよい武士が声を上げる。

「われらは武士であり、夫丸《ぶまる》や黒鍬《くろくわ》のような仕事をするつもりはない」

それに同調する声が相次ぐ。どうやら小西家の上級家臣たちらしい。

「何を申すか。そなたらは加藤家に仕官したのだ。仕事の割り振りは、こちらに任せてもらう」

「とは申されても、さような仕事は夫丸や黒鍬がやるものだ」

「では、仕官は取り消しにされるぞ！」

その言葉に、さらに不満の声が高まる。それに辟易《へきえき》した差配役は「待っていろ」と言い残すや、いずこかに消えた。

やがて物頭らしき者が現れた。

「わしは普請を司《つかさど》っておる北川作兵衛《きたがわさくべえ》と申す。殿は『小西家旧臣は夫丸同様に普請作事に携わってもらう』と仰せだ。それが不本意な者は、この場から立ち去ってもらって構わぬ。残る者はこちらに集まれ」

その言葉を聞き、諸所で侃々諤々《かんかんがくがく》の議論が始まった。大身でない者は「致し方ない」などと言って残ったが、大身らしき者たち数人は、「では、退転いたす」と答えた。

「よろしいか」

北川作兵衛と名乗った者が大声で問う。

「加藤家を辞すというなら構わない。だが殿からは、『いったん仕官したにもかかわらず、退転いたす者は敵と見なす』と言われている。その謂《いい》がお分かりか」

——これはまずいぞ。

左平次の直感がそれを教える。すでに周囲には加藤家の足軽たちが、槍を持って駆けつけてきている。

旧小西家の上級武士たちが輪になって談合する。それで何人かは残る者たちの中に加わった。

だが五人ほどは、その場に立ち尽くしている。

「そこもとらは、敵と見なされても退転いたすか」

「もとより！」

その返答によって、加藤家の足軽たちが槍を構えた。同時に五人も白刃を抜く。

——破れかぶれになっているのだ。

退転組は自暴自棄になり、ここで死ぬ覚悟をしたのだろう。だがこれほど無駄な死はない。

「お待ち下さい！」

口をついて言葉が出た。

「何を待つ！」

作兵衛が左平次に問う。

「私が申し聞かせます」

「そなたは大身なのか」

「いいえ、百石取りの家の次男です」

周囲から笑いが漏れる。

「そなたは、彼奴らに申し聞かせられるというのだな」

「はい。やらせて下さい」

「分かった。待ってやる。だがわれらも寸刻を惜しんで普請作事にいそしんでおる。小半刻は待たぬぞ」

「承知しました」と言うや、左平次は五人の方に向かった。

――何と言って申し聞かせるのだ。

左平次は、何かよい考えがあって名乗り出たわけではない。

「そなたは誰だ」

恰幅のよい武士が問う。

「松浦左平次重能と申します」

「松浦だと。誰の組にいた」

左平次が小西家時代の寄親《よりおや》の名を出して所属を告げる。

「分かった。だが、われらは夫丸のまねなどせぬぞ」

「では、ここで殺されます」

別の者が言う。

「それでも構わぬ。どうせ宇土城で死ぬつもりだったのだ」

「お待ち下さい。皆さんはキリシタンですね」

五人がうなずく。

「では、神の教えに背くことになります」

「どういうことだ」

五人が顔を見合わせる。

「『マタイによる福音書』の十六章二十六節の言葉をご存じですか」

左平次は、「人はたとえ世界を手に入れても、自分の命を失ったら何の益があるだろう。その命を買い戻すのに、人は何を差し出せばよいというのか（命に替わるものはないということ）」と語った。

五人の顔に動揺の色が走る。

「『ヨハネの手紙I』四章九節にもこうあります。『神はそのひとり子（キリストのこと）を世に遣わし、その方によって、われらに命を得させて下さいました。それによって神の愛が私たちに示されたのです』と――」

左平次の真摯《しんし》な姿勢に、五人は厳粛な顔つきに変わりつつあった。

「われらには、誇りよりも大切なものがあります。それが神から授かった命です。今は屈従に耐え忍ぶ時なのです。神は必ずやわれらを見ていてくれます」

五人の中の一人が言った。

「分かった。わしは耐え忍ぶ」

その一人にもう一人が付き従ったので、残るは三人になった。

「どうか神の言葉を受け容れて下さい。いつか光明が見えてきます」

恰幅のよい男が大きく息を吸うと言った。

「分かった。神の言葉に従おう」

残る二人も恰幅のよい男に従った。

――よかった。

左平次は重圧から解放され、その場に片膝をついた。

「そなた、名は何と申す」

その時、背後から声が聞こえた。作兵衛の声とは違う。

慌てて振り向くと、作兵衛の隣に六尺にも及ばんとする大男が立っていた。

――まさか！

作兵衛が怒鳴る。

「こちらが加藤主計頭《かずえのかみ》様だ！」

「はっ」と答えるや、左平次は弾かれたように近くに行って拝跪した。

「そなたの名を聞いておる」

「はっ、松浦左平次重能と申します」

「まだ若いな」

「はい。十五歳に候」

「どうやってかの者らに申し聞かせた」

清正が顎で先ほどの男たちを指し示す。

――正直に言うべきか。

清正はキリシタンではない。それゆえ聖書の言葉を出すのは憚られる。

「構わぬ。キリシタンの書物に書かれていることを思い出させたのだろう」

左平次は覚悟を決めた。

「仰せの通りです」

「やはりな。たとえ邪教であっても、正しいことを説いているものもある」

――邪教ではない。

その言葉を左平次はのみ込んだ。

「どのような手を使おうと、かの者らを無駄死にさせなかったことは天晴《あっぱれ》だ」

「ありがとうございます」

「さて、小西家の者どもよ」

清正が小西家旧臣たちに向き直る。

「わしは、そなたらに夫丸仕事をさせるつもりはない。わしはそなたらを試したのだ」

――そういうことか。

清正が声を大にする。

「今日からそなたらは加藤家中だ。過去のことは一切忘れ、忠勤してくれ。これからそなたらの経験に応じ、新たな仕事を決める！」

「ありがとうございます！」

先ほどの恰幅のよい武士が、感涙に咽《むせ》びながら、その場に平伏する。そこにいた小西家旧臣たちもそれに倣った。

「それでよい。わしは小西家から来た者を一切差別せぬ。立身は、そなたらの力次第だ」

「おう！」

期せずして声が上がる。

「よし、では励め！」

――このお方が、われらの新たな主君なのだ。

清正はキリスト教に偏見を持っているようだが、人として立派な人物のように思える。

左平次が俯いていると、その前に大きな足が見えた。

「あっ」と思って顔を上げると、目の前に清正がいた。

「左平次とやら、そなたは機転が利きそうだ。わしの側《そば》近くに仕えよ」

「側近くと――」

「そうだ。そなたを近習にする」

「あ、ありがとうございます！」

左平次が地面に額を擦り付けた。

「そなたの働き次第で、これからも小西家の者どもを取り立てる。それゆえ心して励めよ」

「はい！」

それだけ言うと、清正はその場から去っていった。

左平次は感動に打ち震えていた。

十一

慶長六年四月、善大夫が粕川谷集落を出る日がやってきた。

善大夫は杖をつきながら集落を回り、世話になった村人たちに礼を言って回った。その中には善大夫に向けて鉄砲を撃った男もいた。男は「すまなかった」と言い、泣きながら善大夫の左膝を撫《な》でてくれた。善大夫は「もはや終わったことです」と答えて男を慰めた。

林蔵主は、彦九郎が出ていった時と同じように過所を書いてくれた。足を引きずる善大夫は、彦九郎の時のように農民の使者というわけにはいかない。そこで僧に化けることにした。頭を剃《そ》るのは気が引けたが、林蔵主や大坂の様子を見てきた行商人によると、僧にでも化けないと、過所があっても徳川方の関を通過できないとのことだった。落ち武者狩りが続いているのだ。

善大夫は村外れまで見送りに来てくれた人々に、幾度となく頭を下げつつ道を下った。山道は厳しかったが、あえて杖をつかずに歩いた。左膝はわずかしか曲がらないが、それでも何とか山を下りることができた。

その後、野宿しながら何とか大坂にたどり着いた。大坂に入ると関の数が多く、その度に過所を提示せねばならなかった。

とくに足の傷について誰何《すいか》されることが多く、遂に四天王寺《してんのうじ》に設けられた関で足止めとなった。吟味は翌日となり、善大夫は寺内の牢に収容された。

――今頃、彦九郎はどうしているのか。

彦九郎がどうなったか、その消息を摑む術はない。だが機転が利く彦九郎のことだ。何とか南蛮寺までたどり着き、肥後に帰り着いていることだろう。

――だが、わしは彦九郎のようにはいくまい。

片膝に怪我《けが》をしていることは戦に結び付く。それだけならまだしも、僧に化けたにもかかわらず、善大夫は経の一つも唱えられないのだ。

――どうとでもなれ。

ずっと歩いてきた疲れから、善大夫は気づかぬ間に眠りに落ちていた。


翌朝、牢を出され、白洲《しらす》に敷かれた蓆《むしろ》の上に引き据えられると、上段の間から吟味方が問うてきた。

「この林蔵主なる者の書状によると、そなたは伊吹山中の粕川谷の出で、僧堂修行をすべく大坂に出てきたというのだな」

「そうです」

「で、どこの寺に行く」

「崇禅寺《そうぜんじ》です」

崇禅寺の住持は林蔵主と親しい間柄ということで、林蔵主が書状を書き、口裏を合わせるよう頼んでいた。

「そうか。そういうことなら通ってよいぞ」

吟味は簡単に終わった。後がつかえているのだろう。

善大夫が頭を深く下げた時、壁に寄りかかり、腕を組んでいた若い武士が、「ちょっと待て」

と呼び止めた。

「今、そなたの襟の中で何かが光ったぞ」

「えっ」

善大夫はロザリオを外していないことに気づいた。

――しまった！

「見せてみろ！」

武士は近づいてくると善大夫の襟を押し開き、ロザリオをむしり取った。

「これは何だ」

そこにいた者たちの視線が集まる。

――わがこと終われり。

覚悟を決めた善大夫は、空を仰ぐと答えた。

「見ての通り、ロザリオです」

「ということは、そなたはキリシタンか」

「そうです。小西家家臣、日吉善大夫元房に候！」

その言葉を聞いた者たちが一斉に身構える。

「分かった。その潔さに免じて許してやりたいが、わしの立場ではそうもいかぬ。牢に戻せ」

善大夫の運命は決まったも同じだった。

――無念だ。

だが神の御許に行けると思うと、喜びも湧いてくる。善大夫は牢役人に両脇を取られ、牢に向かった。

牢役人の背後から付いてきた若い武士が問う。

「そなたはやけに若いが、小西家で何をやっていた」

「小西摂津守様の小姓です」

「ということは、文武に秀でていたのだな」

「だから何だというのです。早く殺して下さい」

武士が「やれやれ」といった顔をする。

「まあ、先を急ぐな。ここの牢でしばし待て」

「何を待つのです」

「そなたの運よ」

善大夫が自嘲する。

「死ぬだけの者に運も何もありません。それよりあなた様は関所の番役には見えませんが、誰なのです」

「ああ、わしか。そういえば名乗ってなかったな」

武士は威儀を正すと言った。

「わしは服部半蔵正就《はっとりはんぞうまさなり》。尤《もっと》も著名なのは、わが父の服部半蔵で、わしは息子だがな」

唖然とする善大夫を尻目に、半蔵は高らかに笑った。

その身の丈は五尺八寸（約百七十六センチメートル）に及び、いかにも俊敏そうな筋肉をしている。しかもその眼光は鷹《たか》のように鋭い。だがどこか愛敬《あいきょう》があり、憎めない気がした。

半蔵は「よいのが見つかった」などと言いながら去っていった。

一刻ほどして牢番が来ると、善大夫は牢の外に出された。そのまま外に出されると、待っていた駕籠《かご》に押し込まれた。その行き先がどこかは分からない。

――これが、わしの運だというのか。

開き直りに近い気持ちで、善大夫は一刻も早く神の御許に召されることを願った。

十二

――帰ってきたぞ！

伊王《いおう》島と神《かみ》ノ島の間を通り抜けると、長崎港が見えてきた。

船は順風に乗って長崎港に滑り込んでいく。彦九郎は舳先《へさき》に立ち、高揚感に浸っていた。

――わしは神と共にある。

胸のクルスに触れると、力が湧き出してくるような気がする。

――われらは敗れた。だが神が敗れたわけではない。アグスティノ様が望んでいた神の国を、われらが作り上げるのだ。

これまでは小西家に尽くすことが、日本を神の国にすることだと教えられてきた。しかし小西家は潰え、これからは一人ひとりが、別の方法を考えていかねばならない。かといって彦九郎に具体的な方法は思い浮かばない。それでも彦九郎の若さが、何でもやってのけられるという自信につながっていた。

――必ずや、この国を神の国にしてみせる。

彦九郎はクルスを天にかざして誓った。

「着いたな」

いつの間にか背後に来ていたヴィセンテ洞院が、彦九郎の肩に手を置く。

「はい。一刻も早く国元に戻り、無事な姿を姉に見せたいです」

「そうだな。それからのことは、ゆっくり考えればよい」

「そうさせていただきます。しかし神に仕えるという気持ちは変わっていません」

「もちろんだ。まずは教会に行き、向後のことを共に考えよう」

「はい」と力強く答えたが、故郷の宇土がどうなっているのかさえ分からない。もしかすると、姉の久乃も殺されているかもしれない。親類や知己のことも心配だ。

――左平次は生きているだろうか。

左平次は愚直で不器用なので、討ち死にしている可能性は高い。無事でいてほしいが、それも天命なら、いち早く天に召されたことが幸いなのかもしれない。

少年の頃、彦九郎、善大夫、左平次の三人は、宇土城下を走り回っていた。とくに教会に行くのが好きで、イエス様やマリア様の描かれた御影を見て、日本とは全く違った何かが、この世に存在することを知った。その憧れは真摯な信仰へと昇華し、いつしか三人は敬虔なキリシタンとなっていた。中でも左平次は聖書をそらんじるまでになり、まれに巡回してくる外国人の司祭から褒められていた。善大夫も左平次に引けを取らないほど信仰心が篤く、その器用さを生かし、十字架やマリア像を彫っては子供たちに配っていた。

――だがわしは、そこまでではなかった。

盲目的にキリスト教を信じる二人を、彦九郎は少し冷めた目で見ていた。だからと言って信仰を捨てる気はなかったが、宣教師の言うことに、しばしば懐疑的になることがあった。

ある時、旅の僧が小西領に入ったことがあった。僧は上方から来たらしく、秀吉の「伴天連追放令」が出ていたため、いかにキリシタン大名でも小西領は安全だと思っていた。ところが、ある寺に至った時、僧はその寺が打ち壊しに遭ったことを悲しみ、捨てられていた阿弥陀《あみだ》如来像を廃墟《はいきょ》の中に飾り、一心不乱に名号を唱えた。だが次第に集まった村人たちから罵声を浴びせられ、殴られ、蹴られ、石を投げられ、僧は血まみれになり、阿弥陀如来像を抱えて加藤領へと逃げていった。その時、いつもは温和で優しい人々が、罪もない僧を汚い言葉でののしり、暴力を振るう様を見て、彦九郎は疑問を抱いた。

——なぜ他者を否定するのか。

世の中の人々は、すべて同じではない。それぞれの生まれ育った環境に応じ、生き方も考え方も異なる。それらを容認しなければ、人の世など成り立たない。だがキリシタン信仰は一律の考えを押し付けてくる。それがいかに正しいことでも、押し付けられた側は反発を抱く。だが多くのキリシタンは、短絡的に自分たちだけが正しいと思い込み、神仏を信じる人たちを否定する。

ある時、日本人のイルマンに「どうして仏教を排撃するのか」と問うたことがある。その時、イルマンは険しい顔をして「間違いを正してあげねばならない」と言った。だがそのイルマンが、どれほど仏教のことを知っているか問うと、「悪《あ》しきものは知る必要がない」と切り捨てた。

彦九郎は納得がいかなかった。排撃する対象を知ろうとしない限り、判断のしようがないではないか。

それをイルマンに指摘すると、「ひたすら祈れ」と言われて頭を小突かれた。

事はそれだけで済まなかった。その問答が子供たちの間に知れ渡り、彦九郎は仲間外れにされた。善大夫と左平次でさえ、少し距離を取っている気がした。

彦九郎は寂しかった。常の者なら、仲間に戻るために、率先して神仏を否定し、神を讃美する言葉を並べただろう。だが彦九郎は沈黙を守った。

——きっと誰もが疑問に思っているのだ。だが仲間外れにされたくないので、教えに従っているに違いない。

そのことに気づいた彦九郎は、皆から距離を取って勉学に励んだ。その姿を見ていた者たちは、いつしか彦九郎との関係を旧に復した。少年から青年に成長する過程で、誰もが同じ疑問を抱いたからだろう。

だが彦九郎は、二度とその疑問を口にしなかった。仲間外れになることが恐ろしかったわけではない。いつの日か、真実を自らの手で見つけねばならないと思ったからだ。


ヴィセンテ洞院に従って長崎の教会に着くと、信者たちが歓迎してくれた。

この頃の長崎のキリシタンの盛り上がりは空前のものだった。というのもルイス・ニアバラとセバスチャン木村《きむら》という二人の日本人が初めて司祭に叙階され、天正遣欧少年使節の一員だった伊東《いとう》マンショと中浦《なかうら》ジュリアンがマカオのコレジオに派遣され、被昇天のサンタマリア教会、司教館、コレジオなどの建設も進み、キリスト教の将来が祝福されているかのようだったからだ。

その中心にいるのが、アレッサンドロ・ヴァリニャーノだ。

「ようこそ神の家へ」

ヴァリニャーノに抱擁された時、彦九郎は自分の居場所がここだという確信を得た。その理由は定かではない。おそらく故郷に近い場所に帰ってきた安堵感とないまぜになり、そんな気持ちになったのだろう。

――そうか。知らぬ間に、故郷とキリシタン信仰は一体化していたのだ。

彦九郎の中で、キリスト教も郷愁の一部となっていたのだ。


その夜、ささやかな歓迎会が開かれた。

「噂では聞いていましたが、やはりアグスティノは昇天しましたか」

ヴァリニャーノが手を組んで祈りの言葉を唱えると、そこにいたヴィセンテ、ニアバラ、木村らもそれに倣った。パンを頬張っていた彦九郎も慌てて続く。

「でもアンドレは助かった。これも神の思し召しです」

「いくつかの偶然が重なり、ここに来ることができました」

「それは、神があなたに何らかの使命を負わせているからです」

「使命、ですか」

「そうです。今こうして、われわれは多くの恵みを得ています。しかし最後のキリシタン大名のアグスティノの家がなくなったことで、われらはアジール（平和な領域）を失い、多くの信者が今後の生き方に迷うでしょう」

「その通りです。今や小西家はありません。ただ皆も食べていかねばならず、致し方なく加藤家に仕官する者も出てくるでしょう」

ヴァリニャーノの憂慮は、彦九郎のものと一致していた。

ニアバラが会話に加わる。

「これは町で聞き込んできた噂ですが、加藤清正はキリシタン信仰を捨てずとも召し抱えると言っているとか」

「それは真ですか」

「ただし今は信教の自由を認めても、加藤家に仕官した後に、改宗を強いられることも考えられます」

ヴァリニャーノがうなずく。

「その恐れは大いにあります。それゆえ布教はできずとも、旧小西家の信者たちに信仰を捨てないよう、誰かが伝えに行かねばなりません」

　ヴィセンテが言う。

「アンドレは教会のために働きたいと申しています」

　ヴァリニャーノの顔に笑みが浮かぶ。

「もう武士はやめるのですか」

「はい。もう武士には愛想が尽きました」

　それがどこまで本音かは、自分にも分からない。だがこうして皆に囲まれていると、自分の居場所はここだという思いが強くなる。

「われわれは喜んでアンドレを迎えます」

　ヴィセンテが口添えする。

「アンドレは親族の安否を確かめに肥後国に戻ります。それゆえ、そのまま肥後国にとどまり、信者たちに、ヴァリニャーノ様の『安んじて信仰を貫け』という意向を伝えさせましょう」

　ヴァリニャーノが慈愛の籠もった眼差《まなざ》しを向ける。

「アンドレ、それをやってくれますか」

「私でよろしければやらせていただきます。ただ私は、よきキリシタンではありませんでした。かつて神の存在を疑い、また神仏と共存できないキリシタン信仰に疑問を持ちました」

　ヴァリニャーノは立ち上がると、彦九郎の背後に回ってその肩に手を置いた。

「それは自然のことです。決して恥じるべきことではありません。ただし今は、あなたの信心の深さが、多くの信者を引き止めることにつながります。それをわきまえ、神のために奉仕していただけますね」

「はい。私にできる限りのことはさせてもらいます」

「ただし、これは命の危険があることです」

「神のために死ねれば本望です」

ヴァリニャーノが優しくうなずく。

「それを聞いて安堵しました。では、今からあなたをイルマンに叙階しましょう」

「えっ、私をイルマンに——」

突然のことに彦九郎は動転したが、ヴァリニャーノの代理人となってその意を伝えるからには、そうした肩書も必要になる。さらに本来は司教にしか許されない「堅信の秘蹟」を、特別に行うことも許された。ただしこれは日本の事情を勘案した非公式なものなので、正式な秘蹟は司教によって後に受けねばならない。

ちなみに司教とは、地域の司祭を取りまとめる役割を果たす、いわば司祭の上に位置する者たちのことだ。

「イルマンになったからには、従順、貞潔、清貧の誓いを立てることになりますが、あなたは守れますか」

「必ずや誓いを守ります」

「では、儀式を始めましょう」

その後、彦九郎をイルマンとする儀式が行われ、彦九郎は叙階の秘蹟を授かった。

ヴァリニャーノの印が押された代理人証明書《サーティフィカトゥム》を下付された時、彦九郎は感激のあまり、それを抱き締めて涙した。

これにより彦九郎はイエズス会の末端に組み込まれ、ヴァリニャーノの代理として肥後国に潜行することになる。

その後、ヴァリニャーノは慶長八年（一六〇三）、最後の巡察を終えて日本を去り、三年後にマカオで、その生涯を終えることになる。

十三

行先を告げられぬまま進んでいた駕籠が突然止まった。外から服部半蔵の「鍵を開けろ」という声が聞こえる。

——ここはどこだ。

暗がりの中、荒々しく駕籠から引き出された善大夫は、その場に引き据えられた。

「この者は、もう囚《とら》われ人ではない。手荒く扱うな」

半蔵が雑兵に注意する。

半蔵は手ずから善大夫の背後で結ばれた縄を解くと、耳元で言った。

「これからある方に会わせる。粗相のないようにな」

「ここは——、寺ではないか」

門前に焚《た》かれた篝《かがり》で、そこが寺だと分かった。

「そうだ。寺に入ったことはないのか」

「ある」

行長の小姓だったので、寺に入ることはしばしばあった。いかにキリシタンでも、用があれば寺社に踏み入らないわけにはいかない。

「では、来い」

「ここで何をさせる」

「殺しはせぬ。心配するな」

「己の命の心配などしておらぬ。それよりも、なぜかような場所に連れてきたのだ」

「話は後だ」

半蔵がどんどん先に進むので、善大夫は致し方なく従った。

寺の長廊を歩きながら、善大夫が問う。

「ここは随分と広いが、何という寺だ」

「南禅寺《なんぜんじ》だ」

南禅寺と言えば、臨済宗《りんざいしゅう》で最高の寺格を持つ由緒ある古刹《こさつ》だ。

――ということは、ここは京都か。

場所が分かったことで、善大夫は少し落ち着きを取り戻した。

「誰に会わせるつもりだ」

「今に分かる」

そう言うと、半蔵は一つの間の前で止まった。

「崇伝《すうでん》様、よろしいですか」

「ああ、構わぬから入れ」

――すうでん、だと。誰のことだ。

その名に聞き覚えはない。

半蔵に従って中に入ると、一人の中年僧が机に向かって何かを書いていた。

――異相だな。

その剃り上げられた頭部は岩塊のようにいびつで、顎骨はどんなものでも咀嚼《そしゃく》できるかのように頑丈そうだ。だが何と言っても特徴的なのは、その高い頬骨の上にある金壺眼《かなつぼまなこ》で、落ちくぼんだ先にある双眸《そうぼう》からは、鋭い光が放たれている。

崇伝という名の中年僧は、善大夫を一瞥すると関心をなくしたように言った。

「なんだ、坊主ではないか。わしはキリシタンを探してこいと命じたはずだ」

「いや、実は――」

半蔵が事情を説明する。

「そうだったのか。それでそなたの名は――」

「呼び出した者が、先に名乗るのが礼儀ではありませんか」

「こいつはまいった」

その僧は、後頭部に手をあてて大笑いした。その仕草は思ったより愛敬がある。

「よかろう。わしの名は以心《いしん》崇伝と申す」

――この国は、此奴《こやつ》らが支配してきたのだ。

武士という現世の支配者の陰で、「極楽浄土」という幻想を作り出し、多くの者たちを惑わしてきたのが仏教だと、善大夫は教えられてきた。とくに禅林の僧たちが時の権力者に密着して教線を伸ばしているのは、善大夫でも知っている。

善大夫が名乗ると、半蔵が口を挟んだ。

「では、私はここまででよろしいですね」

「ああ、結構だ」

「善大夫、崇伝様の言うことを聞くのだぞ。さもないと、わしはそなたを斬らねばならぬ」

崇伝が笑う。

「何もそなたが斬らんでもよかろう」

「いえ、この者を連れてきたのは私です。私が責めを負わねばなりません」

そう言い残すと、半蔵は出ていった。その顔には、これまでにない真摯な色が表れていた。

――これから依頼されることを断れば、殺されるというわけか。

これまでの会話から分かったのは、何らかの理由で、半蔵は崇伝からキリシタンを探すよう頼まれていたということだ。

崇伝が本題に入る。

「拙僧は西笑承兌《さいしょうしょうたい》様の下で、世の静謐を保つ仕事をしておる」

西笑承兌とは抜群の学識を評価され、秀吉の外交僧を務めてきた怪僧で、今でも寺社行政の頂点に君臨し、隠然たる勢力を保っていた。崇伝はその配下のようだ。

――きれいごとを抜かしよって。

西笑承兌の名を出しても物怖《ものお》じしない善大夫に、崇伝は少し驚いたようだ。

「なんだ、知らないのか。西笑承兌様というのは――」

「存じ上げております」

「そなたのようなキリシタンでも、か」

「はい。私は小西行長様の小姓を務めておりましたので」

「そうであったな」

崇伝が言い訳がましく言う。

「それで、私に何用でしょう」

「何用はよかったな。さすがキリシタンだ。肚《はら》が据わっておる」

「もはやこの世に未練はありませんせん」

崇伝が口辺をほころばせる。

「あれだけの大戦を生き残ったのだ。さもありなん」

「それで私に何をしろというのですか」

「知っての通り、この世は乱れに乱れておる。武士たちのおかげで民も戦乱に巻き込まれ、命を落とす者もあまた出てきている。それゆえ宗派を問わず手を組み、この世を静謐に導かねばならぬと、西笑承兌様は仰せだ」

「見ての通り、私は若輩者です。キリシタンというだけで、教会と強いつながりもありません。ご期待には添えないでしょう」

「だからよいのだ」

崇伝が高い頬骨を歪《ゆが》ませるようにして笑う。

「改宗はしませんぞ」

「そなたはキリシタンのままでよい」

「では、何をしろというのです」

崇伝がため息交じりに言う。

「そなたも知っての通り、此度の戦で徳川内府は勝者となった。しかしまだ豊臣家が健在だ」

「はい。天下は豊臣家のものであり、内府はその執政でしかありません」

「表向きはその通りだ」

「表も裏もありません」

「いや、ある。世の中は建て前と本音でできておる。関ヶ原の戦いの後、天下の覇権は内府のものとなった」

それが現実なことくらい、善大夫にも分かる。だが敗軍に属した一人として、素直に同意できないのだ。

「では、内府が豊臣家に弓引くと仰せか」

「そうは申しておらぬ。しかし万が一ということもある」

「徳川内府が、豊臣家に弓を引くことも考えられるというのですね」

「そうではない。よこしまな心を持つ輩《やから》が大坂の母子を扇動し、内府を除こうとするやもしれぬ。さすれば大戦が起こる」

善大夫には、奥歯に物の挟まったような崇伝の言い方が気に入らない。

「だとしたら、内府は身を引くべきではありませんか」

「いや、天下に静謐を呼び込むには、輿望《よぼう》ある者が頂点に立たねばならん。大坂の母子では天下は再び千々に乱れる」

――つまり仏教界は、家康を天下人として立てていくという方針で一致したのだな。

確かに今の豊臣家には、天下を統べる実力はない。もし家康が急死でもすれば、群雄割拠の戦国の世に戻るのは明らかだ。だがそれだけ大きなことと、自分がどう結び付いているのか見当もつかない。

「そこまでは分かりましたが、私ごときに何ができるというのです」

「そこよ」と言いつつ崇伝が前のめりになる。その異様な風貌が眼前に迫ってきたので、善大夫は思わず顔をそむけた。

「厄介なのはキリシタンども、いや、キリシタンたちだ。彼奴らの帰趨が勝敗を決めるかもしれぬ。それゆえ、どちらにも加担せぬようにしておきたいのだ」

「それを私にやれと――」

「そうだ」

「私には何の力もありません。それなら高山殿に任せたらいかがでしょう」

「右近殿は今、前田《まえだ》家にいる。自由に動ける身ではない。それゆえそなたのような身軽な者を潜行させ、キリシタンたちを抑えたいのだ」

高山右近は、最も純粋な信仰を持つキリシタン大名として名高い。だがそれが高じて、自領内の寺社を打ち壊し、貴重な仏像の数々も破壊したことで、人々に一神教の恐ろしさを教える役割を果たした。

「しかし――」

善大夫は仏教の手先のようなことをしたくはなかった。

「そなたの働きが抜きんでていれば、徳川家臣に取り立てることもできる」

「さようなものは無用です」

「無用なら無用でよい。しかし仕事はやってもらわねばならぬ」

「お断りしたらどうしますか」

「先ほど聞いた通りだ。半蔵が斬りに来る」

善大夫が覚悟を決めて言った。

「それで構いません」

「そなたは頑固者だな。しかし考えてもみよ。そなたが九州に下向し、キリシタンたちに『上方で何があっても大人しくしていろ』と言って抑えることで、死なずに済むキリシタンがあまた出てくるのだぞ」

――確かにその通りだ。

小西家が滅んだことで、キリシタンの最後のアジールはなくなり、おそらく長崎のイエズス会本部では先々に不安を持っているだろう。

「しかし仲間を裏切ることはできません」

「なぜ裏切るのだ。そなたはキリシタンのままでよい。これは一人でも多くのキリシタンを救うという尊い仕事なのだ」

崇伝の言っていることは正論だった。

「では、すぐにでも九州に下れというのですね」

九州に下ってしまえば、土地勘があるので、姿をくらますことは容易だ。

「そういうわけにはいかぬ。そなたは逃げ出そうとするだろう」

「ははは、ご明察」

「気に入った」

二人が笑い合う。

「では、仕事を引き受けても、当面私はここに滞在せねばならぬのですね」

「そうだ。そなたらの敵の仏教を知るよき機会になるぞ」

――それもそうだな。

宣教師たちは、仏教のことをおぞましいものとして知ろうとしなかった。それゆえ敵の情報がないまま、布教を続けていた。

――虎穴に入らずんば虎子を得ずか。

善大夫は千載一遇の機会を得た気がした。

「分かりました。その仕事、引き受けましょう」

「それでよい」

崇伝が異相を引きつらせるようにして笑った。

十四

慶長六年正月、肥後国の熊本は歓喜に包まれていた。熊本城全体の完成に先駆けて大天守が上げられたからだ。

十九万五千石から五十二万石へと加増されたことも相まって、加藤家中は飲めや歌えの大騒ぎとなった。そうした様子を、左平次は複雑な気持ちで眺めていた。

傍らの床几に座る清正は、先ほどから大盃《おおさかずき》を傾けていたので、早くも面を朱に染めている。

「左平次、そなたはもう加藤家中だ。過去のことは忘れ、この祝宴を心から楽しめ」

「ああ、はい」

かつて「武士が人夫のまねなどできるか」と言っていた旧小西家の面々も、加藤家の人々と肩を組み、調子っ外れな声で何か歌っている。

「やはり、そなたは過去が忘れられぬのだな」

「はい。私は不器用なので、容易には頭の切り替えができません」

「正直でよい。しかしな、主家が滅べば、いち早く過去を振り捨て、新たな主君のために忠義を尽くすのが武士というものだ」

「仰せの通りです。禄をいただいている方に忠義を尽くすのが、武士の本分です」

主君と家臣は一種の雇用関係にある。禄は恩であり、恩を施してくれる主人こそ忠義の対象なのだ。

「そうだ。旧恩は旧恩。新恩は新恩だ。それをわきまえることが大切だ。わしとて――」

清正がため息をつく。

「太閤殿下の御恩は山より高く海より深い。だがそれはそれとして、新たな世のためには誰を担ぐのがよいかを考えていかねばならぬ」

「それが徳川内府と仰せですか」

「わしとて、好き好んで内府に付き従ったわけではない。この国に静謐を呼び込むには、内府を担ぐしかなかったのだ。もしも関ヶ原で治部少らが勝っていたら、いつまでも群雄割拠は続き、死ななくてもよい多くの民が命を落としたはずだ」

左平次は諸口《もろくち》と呼ばれる長い柄の付いた銚子《ちょうし》を傾け、清正の盃に酒を満たした。

「では殿は、徳川の世が来ると仰せですか」

「一時的には内府が政《まつりごと》を牛耳るのは致し方ない。だが今の静謐は、亡き太閤殿下がもたらしたものだ。すなわち秀頼様が二十歳になった時、内府は政の権を豊臣家に返さねばならぬ」

「それは実現するのでしょうか」

一瞬、沈黙した清正が力を込めて言う。

「実現させねばならぬ。もしも内府が政の権を返さぬというなら、福島や浅野《あさの》と共に、わしは内府と戦う。その時、加藤家が存亡の淵《ふち》に立たされるだろう」

福島とは福島正則、浅野とは浅野長政《ながまさ》のことを指す。

「誰も味方せずとも、殿は戦うと仰せか」

「ああ、ほかの者は知らぬが、わしは戦う」

「殿、その時は、それがしに殿の馬前を駆けさせて下さい」

「頼もしいことを言う。そなたは旧小西家の代表だ。いざという時は真っ先に死ね」

「承知しました。真っ先に死なせていただきます」

二人の会話をよそに、宴は続いていた。それを眺めながら、清正が感慨深そうに言う。

「この城は誰のために築いたと思う」

「えっ、ご下問の趣旨がよく分かりませんが」

「ははは、分からぬだろうな。この城はな――」

そこまで言ったところで、盃を脇に置いた清正が威儀を正すと、東方に頭を下げた。それを見た宿老たちも歓談をやめて何事かと注視する。

「万が一、秀頼様に弓引く者が現れ、しかも秀頼様が苦境に陥った時、わしは大船を仕立てて大坂まで出向き、秀頼様を乗せて戻ってくるつもりだ」

「つまり秀頼様をこの城に入れ、天下の兵を引き受けて戦うと仰せですね」

「そうだ。それが亡き太閤殿下への恩返しだ」

清正の秀吉に対する忠義には、なみなみならぬものがあると聞いていたが、その覚悟のほどを知れば知るほど、清正という男に魅せられる。

——駄目だ。この男は邪教の信者ではないか。

だが左平次は、人としての清正に惹《ひ》かれ始めていた。

「そなたも知っての通り、わしは法華宗を信じておる」

清正が鉄扇を出すと、中天に懸かった太陽に掲げた。

「あの日輪を信じ、わしはここまで生きてきた。そして今、五十二万石の大領を得た」

——そうか。この方の信仰は、神仏が取り引きに応じてくれたからあるのだ。

清正の母が熱心な法華宗の信者だったことから、清正も自然に同宗の信者となった。おそらく子供の頃は、さほど熱心ではなかったのだろう。だが清正は激戦に次ぐ激戦の中で命を長らえただけでなく、秀吉の覚え目出度《めでた》く立身出世を重ねた。周囲には、武運拙く死んでいった者たちが数多くいただろう。そうしたことから、清正は法華宗の加護によって、ここまでになれたと信じ、熱心な信者となったのだ。

清正が笑みを浮かべる。

「今のそなたの気持ちが読めるぞ」

「えっ、どうしてですか」

「わしの信仰が純粋ではないと思っているのだろう」

「滅相もない」

「分かっている。わしは武士だ。御恩と奉公以外のことなど分からぬ。法華宗も太閤殿下も、わしに御恩を施してくれた。それゆえ忠節に励む。それだけのことよ」

鎌倉《かまくら》の昔から、武士は「御恩と奉公」という取り引きの中で生きてきた。それがすべての根源にあり、そこからすべての発想が生まれてきた。その原理原則を体現しているのが清正なのだ。

「われらキリシタンも、信仰心の厚い者はハライソに行けるとされています」

「ハライソとは何だ」

「極楽浄土のことです」

「そうか。さようなものがキリシタンにもあるのだな」

清正が感慨深そうに言う。

「われらは、それを信じています」

「信じることは自由だ。わしはキリシタンの家臣に改宗を強いるつもりはない。ただし――」

清正が一拍置くといった。

「内府が禁教令を出したとしたら、加藤家中の者は一人残らず棄教せねばならぬ」

「さようなことがあり得るのですか」

「わしには分からんが、キリシタンどもが大人しくしておれば、禁教令など出さぬだろう」

「ということは、禁教令が出されるのは、われらキリシタンが何らかの形で徳川家に害をなそうとした時ですか」

「そうだな――。この国にとってキリシタン信仰が害毒だと判断すれば、内府は禁教令を出すだろう」

清正が、遠い未来を見据えるような視線で中空を見つめる。

——われらキリシタンは、信仰を捨てずに生きていくことができるのか。

その時は、間違いなく加藤家にとどまるかキリスト教に殉じるか迷う者が多数出てくるだろう。その中の一人に、左平次も入っている。

「信仰を捨てるか、加藤家を出ていくか、わしがどちらかを選べと言ったらどうする」

左平次は答えに窮した。むろん信仰は捨てられない。だが武士として功名を挙げ、松浦家を絶えさせないことが、先祖に対する義務でもある。

——キリシタンと武士は両立できないのか。

小西家中では当たり前のように両立できていたことが、これからは、そうではなくなるかもしれないのだ。

「まあ、よい」

清正が笑みを浮かべた。

「少なくとも今は棄教せずともよい。だが万が一に備え、今から考えておくことだ」

「はっ」と答えた左平次だったが、いつまでも答えは見出せそうになかった。

十五

ヴァリニャーノらに見送られた彦九郎は、長崎から陸路で肥後に向かった。道中でいくつかの関があり、その度に誰何されたが、関銭さえ払えば通してくれた。

宇土に着いたのは三日後だった。宇土城は健在だった。だがそこに林立する旌旗《せいき》には「南無妙法蓮華経」と書かれている。

──そうか。アグスティノ様の城が、今は異教徒の城となったのだな。

小西家中の誇りだった宇土城の主は、今は憎みても余りある加藤清正なのだ。二人は文禄・慶長の役の先陣争い以来、犬猿の仲となり、何かといえば対立していた。だが勝ち残ったのは清正の方だった。

──アグスティノ様、無念でございましたな。

城下まで行ってみたが、城内には入れないので、自分の家がどうなったのかは分からない。

顔見知りの商人を見つけた彦九郎が久乃の安否を問うと、久乃は健在で、茶磨山の麓辺りに住んでいると教えてくれた。そこに縁者が住んでいるのは、彦九郎も知っている。

急いで茶磨山の麓に赴くと、久乃は野良仕事をしていた。二人は涙を流して再会を喜び合った。

久乃は縁者から小さな畑を借りて自給自足しながら、下人の小屋で寝起きしていた。その小屋で、ようやく二人は語り合うことができた。

三月とはいえ、今年の寒気は厳しい。囲炉裏に小枝をくべながら、二人はささやかな食事を取った。

神に祈りを捧げてから稗粥《ひえがゆ》をかき込むと、彦九郎が問うた。

「兄上は戻ってきていないのですな」

「そうなのです」

──あの有様では、討ち死には確実だろうな。

最後に兄を見かけたのは、戦場に出陣していくところだった。その後、小西勢は敗走したので、兄はその混乱の中で討ち死にを遂げたのだろう。

「おそらく兄上は戻らないでしょう」

「やはり――」と言って、久乃が嗚咽《おえつ》を堪《こら》える。

母はすでに病死し、父は半島で行方知れずとなっているので、これで駒崎家は彦九郎と久乃だけになってしまった。

「姉上も、たいへんでしたね」

「さしたることはありません。戦わずして城を開けたのですから、われわれ女子《おなご》の多くは命を長らえることができました」

「そうでしたか。でもわれらは、生きているだけでもましです」

「左平次さんも、そう仰せでした」

「その左平次も、今では加藤家の一員になったのですね」

「食べていくために仕方なかったのでしょう」

小西家旧臣の大半が加藤家に転じるのは、無理からぬことだった。

「教会はどうなりました」

「すべて打ち壊され、パードレたちは国外退去となりました」

ここでの国外退去とは、加藤領からの立ち退きを意味する。

「あのステンドグラスも壊されたのですか」

久乃が悲しげな顔でうなずく。

宇土城下の教会には、わざわざマカオから運び込んだ巨大なステンドグラスがあった。行長はそれをたいそう気に入り、毎日欠かさず礼拝しては、ステンドグラスを眺めていた。

「やはり教会は破壊を免れられませんでしたか。それでも加藤殿は、信仰の自由だけは認めているのですね」

「はい。そこまでは強制されていません。ただ布教は厳禁とされています」

日本の在来信仰には、他人への信仰強制はなかった。しかしキリスト教のように、キリシタン大名を作り、彼らを動かして領民に信仰を強いるなど、清正にとってはもってのほかなのだろう。

「やはりそうでしたか。難しい世になったな」

彦九郎らにとって、これまで主君に忠節を尽くすことと信仰は全く矛盾していなかった。小西家の繁栄はキリシタンの繁栄と同義だったからだ。しかしこれからは、信仰と人の営みは矛盾を孕《はら》んだものになる。

「で、彦九郎は仕官しないのですね」

「はい。当面は長崎の教会の世話になります」

「ということは、ここには何の宛所《あてどころ》（目的）で――」

「姉上の安否を確かめ、信者たちに何があっても信仰を捨てないように告げるためです」

彦九郎が懐深くにしまっていたヴァリニャーノの書状を見せると、久乃の顔色が変わった。

「これほど貴重なものを、どうしてそなたが――」

「私が肥後に下り、信者たちの心を鎮めると申し出たところ、ヴァリニャーノ様が書いて下さいました。しかもイルマンにしていただきました」

「そうだったのですね。そなたがイルマンに――」

久乃が感慨深そうに言う。

「しかし布教と紙一重のことをするのです。命の保証はありません」

「そなたは立派です。私も手伝わせて下さい」

久乃がクルスを出すと十字を切った。

「お気持ちはありがたいですが、これは危うい仕事です。姉上を巻き込むことはできません」

「いいえ、デウス様のためなら命も要りません」

「姉上――」

「彦九郎、信仰を貫きましょう」

「もちろんです」

姉と弟がうなずいた時、外が騒がしくなると、母屋に住む縁者が駆け込んできた。

「たいへんだ。布教をした廉《かど》で捕まった者が処刑される！」

「何ですと！」

二人は外に飛び出すと、宇土城下に向かう人々と共に走り出した。

城に近づくと、人の背丈の二倍ほどの高さの竹矢来が見えてきた。その周囲では、篝が煌々《こうこう》と焚かれ、二人の男が磔《はりつけ》にされていた。二人の足元には、柴《しば》が山積みされている。

――何たることだ！

人垣をくぐるようにして最前列まで出たが、彦九郎は農民の姿をしていたので、竹矢来の内側を行き来する番士たちからも見咎《みとが》められなかった。

「彦九郎、堪えるのです」

すぐ背後には、久乃が付いてきていた。

「分かっております。しかし――」

「皆の者、聞け！」

その時、物頭らしき者が大声で告げた。

「ここで磔にされている二人は、殿の命に従わず、布教を行った者たちだ。早速、奉行様が熊本城の殿に問い合わせたところ、見せしめのために火刑に処せという御諚《ごじょう》が下った！」

周囲から許しを請う声が上がる。

「奉行様からお言葉がある。心して聞け！」

奉行と呼ばれた武士が前に立つ。

「われら加藤家中は、旧小西家中に寛大に接してきた。信仰の自由も許した。だが布教だけは禁じたはずだ。その禁を破った者がどうなるかを知らしめる！」

「お待ち下さい！」

彦九郎が声を上げたが、何人もの声が重なったため、内側にいる番士には聞こえない。

「彦九郎、この場は堪えるのです」

久乃が彦九郎の手首を摑む。

だが大半がキリシタンの群衆は、竹矢来を壊さんばかりに揺らしている。それを不安に思ったのか、番士たちが突棒《つくぼう》で最前列にいる信者たちを突いている。

物頭が大声で告げる。

「これ以上騒げば、そなたらも討ち取る！」

前列の者たちが引こうとしても、背後から群衆が押し寄せてきているので、竹矢来は大きく揺らぎ始めた。

「筒衆、前へ！」

遂に奉行が命じた。

――まずい！

彦九郎が後方に向かって叫ぶ。

「押すのをやめろ！」

だが喧噪《けんそう》が激しく、後方の人々には聞こえていない。

「空に向けて放て！」

物頭がそう命じた次の瞬間、竹矢来が遂に倒された。人々は磔にされている二人を助けようと殺到する。

「撃て、構わぬから撃て！」

物頭の声がわずかに聞こえた。

――まずい！

久乃がいなければ、彦九郎も磔にされている二人の許に走っていったかもしれない。

「姉上、後ろに下がりましょう！」

竹矢来が倒されたことで人もまばらになってきたので、下がることができた。だが押し寄せる者と逃げ惑う者たちで、混乱は極に達していた。

その時、鉄砲足軽たちが片膝立ちになるのが見えた。

「撃つな！」

彦九郎の叫びは筒音にかき消され、何人かが倒れたのが見えた。

――ああ、神よ！

彦九郎は久乃の手を取ると、背後の闇に向かって体を躍らせた。だが筒音はいつまでも続き、その度に絶叫と悲鳴が聞こえてきた。

十六

慶長八年（一六〇三）二月、家康は大坂城に赴き、秀頼に年頭の挨拶を述べると、伏見《ふしみ》城に戻り、征夷《せいい》大将軍に任じられた。これで秀頼と家康の立場は逆転し、以後、二度と家康が秀頼に拝謁することはなくなった。

三月、伏見から上洛《じょうらく》した家康は、衣冠束帯姿で参内し、将軍拝賀の礼を行った。これにより朝廷から幕府を開く内諾を得た家康は、政の中心を江戸に移し、早くも諸大名の屋敷地の割り振りに入った。

四月一日、家康は二条城《にじょう》で公家衆《くげ》の祝辞を受け、四日から三日間にわたって祝宴を開いた。

その席で、西笑承兌と以心崇伝（後の金地院《こんちいん》崇伝）が家康に拝謁することになり、善大夫も供として同行することになった。

二条城の対面の間で待っていると、帳台構えの奥から家康が現れた。

――此奴が家康か。

小西行長の小姓をやっていたとはいえ、善大夫が家康の姿を見るのは、これが初めてになる。

家康は噂されているほど太っておらず、遠目ながら顔の血色もよい。かつて主君の行長らが期待も込めて噂していた「家康違例」の噂は、全くの誤りだと分かる。

「此度のこと、おめでとうございます」

前方に座す二人が平伏する。家康が承兌の祝辞を受けるという場なので、崇伝は承兌の右手後方に下がり、善大夫ら供の僧たちは縁側の近くに控えている。

「泰《たい》長老の周旋のおかげで、すべてうまく運んだわ」

承兌は泰長老と呼ばれている。

「ありがとうございます。これも世の静謐を保つためです」

「物は言いようだの」

「はい。われら仏門に仕える者は、誰が武門の棟梁《とうりょう》の座に就こうと、いっこうに構いません。われらは世を静謐に導けるお方を推戴いたします」

――それを本気で申しているのか。

善大夫が教えられてきた権門寺院の高僧たちは私利私欲の塊で、既得の権利や権益を保持するのに汲々《きゅうきゅう》としているという話だった。しかしたとえ建て前であっても、承兌は世の静謐を願っているというのだ。

「さすが泰長老。仏門の長にふさわしいお考えだ」

家康がいかにもうれしそうに笑う。

「われらの仕事は衆生《しゅじょう》を救うことです。それゆえ天下人には、その器にふさわしい方が就くべきと考えております」

「豊臣家など、どうでもよいということか」

「そこまでは申しておりませぬ」

承兌が太い首筋を震わせて笑う。

「ときに、そこにおるのが以心崇伝か」

「はっ、以心崇伝と申します」

崇伝が青畳に額を擦り付ける。

「泰長老の下で、よき働きをしていると聞く」

「恐悦至極に候」

僧にもかかわらず、崇伝は武士のような言葉遣いをする。

「恐悦至極はよかったな」

家康が頬を震わせるように笑うと、承兌が口添えする。

「拙僧が隠居した後は、すべてを崇伝に任せるつもりです」

「そうか。よろしく頼む」

「ははあ」

二人が畏《かしこ》まったように平伏したので、善大夫もそれに倣った。

「ところで例の件だが――」

家康の言葉に、承兌がとぼけたように反応する。

「へっ、どの件で」

「キリシタンどもの慰撫《いぶ》のことよ。もう策は考えておるのだろうな」

承兌が肩越しに崇伝を見ると、崇伝がすかさず答えた。

「はい。キリシタンの慰撫はキリシタンでないとできません。それゆえ面白い者を連れてきております」

突然、話題が自分のことに及んだので、さすがの善大夫も背筋に冷や汗が流れた。

「面白い者か。どう面白いのだ」

崇伝が背後を振り返りながら言う。

「善大夫、前へ」

「はい」と答えた善大夫は、左足をかばいつつ立ち上がると、崇伝の横に座した。

「ただの若い僧ではないか」

「見た目はその通りですが、この者はキリシタンです。そうだな」

「は、はい」

「どこが面白い」

崇伝も緊張しているのか、いつもより声が上ずっている。

「実は、この者は小西摂津守の小姓をやっておりました」

「ということは、関ヶ原にもおったのか」

崇伝が促したので、善大夫が答えた。

「おりました」

「そうか。それはたいへんだったな」

家康が家臣をいたわるような口調で言った。それが将たる者の心得なのは、善大夫にも分かる。

「ありがとうございます。いくつかの偶然が重なり、今は崇伝様の許に寄寓しております」

「キリシタンのままでか」

「はい」

「そいつは面白い！」

家康の顔に笑みが浮かぶと、すかさず崇伝が口添えした。

「九州のキリシタンどもが騒がしくなれば、この者を遣わそうと思っております」

「こんな若僧一人に何ができる」

「できるかどうかは分かりません。しかしこの者は大局を心得ています」

――大局、だと。

自分でも、そんなことには気づかなかった。

「大局とは何だ」

「信仰は信仰として大切にし、その一方で大局に立ち、キリシタンの民を無用には死なせないということです」

「そうか。キリシタンと言えば、信仰に凝り固まり、頑《かたく》なに神仏を否定し、殉教などという浅はかなことまでする者たちだと思ってきたが、そうではない者もおるのだな」

殉教とは、信仰を貫いたがゆえに命を失うことで、キリスト教では最も崇高な行為とされた。

話を聞いているうちに、善大夫の胸内から熱いものが込み上げてきた。

「卒爾ながら、よろしいでしょうか」

「構わぬ」

「私はキリシタンです。その教えに忠実に生きてきました。しかし殉教すれば、それまでです。それゆえ私は、一人でも多くの民を殉教から救いたいのです」

善大夫は死ぬための信仰ではなく、生きるための信仰こそ大事だと思った。

一瞬の沈黙が訪れる。

――しまった。語りすぎたか。

しかし次の家康の言葉で、善大夫はそうではなかったと知った。

「見事な心がけだ。かような者こそキリシタンには必要なのだ。それはそなたの主君の教えか」

「はい。アグスティノ様、いや小西摂津守様は常に『殉教するのは容易だが、それよりも生きて人のために尽くせ』と仰せでした」

「そうか。摂津守には、それが分かっていたのだな」

「はい。摂津守様は立派な武将でした」

そう言い終えると、善大夫が平伏した。気づくと、己の手の甲に熱いものが垂れてきた。

――アグスティノ様、ご恩は決して忘れませぬ。

思い出の中の行長は、生前と変わらぬ控えめな笑みを浮かべていた。

「承兌、崇伝、この者を大切に使え」

「はっ、ははあ」

家康の後ろ姿を見送りながら、善大夫は自分の使命を覚《さと》った気がした。

かくして運命に翻弄されながらも、三人はそれぞれの道を歩み始めていた。

第二章　神はいずこに

一

　慶長十六年（一六一一）、彦九郎は長崎を拠点として、九州諸国への布教と慈善活動にいそしんでいた。

　善大夫は金地院崇伝の下に留め置かれ、キリシタンのまま寺で起居し、崇伝の手伝いのようなことをやらされていた。だがいつかは、キリシタンの命を救うと同時に、この世を静謐に導くための仕事をしたいという大望を持っていた。

　左平次は加藤家中においてその才覚を発揮し、清正から高い評価を得て、百石取りの中級家臣に累進していた。

　時代も大きく変わっていった。

　慶長八年（一六〇三）二月、家康は征夷大将軍に任じられ、江戸幕府を創設した。これにより、豊臣家に代わって天下の政治を家康が担うことになった。

　これで豊臣家との関係が冷え切るかと思われたが、五月には、家康は自らの孫にして秀忠《ひでただ》の娘の千姫《せんひめ》を、秀頼の許に輿入《こしい》れさせた。この時、秀頼は十一歳、千姫は七歳だった。

こうしたことから、家康は天下を一時的に預かるだけで、秀頼が成人したら、天下を豊臣家に返上するという観測が大勢を占めるようになった。

だが慶長十年（一六〇五）四月、家康が上洛し、征夷大将軍職を秀忠に譲ることを朝廷に奏請したことで、豊臣家に政権を返す意思のないことが明らかになった。その後、隠居した家康は完成したばかりの駿府《すんぷ》城に入り、江戸城の秀忠との二元政治を始める。

それをさかのぼること二年前、ヴァリニャーノが日本を去り、イエズス会の布教活動を担うのは、ルイス・セルケイラ（日本司教）と第三代日本準管区長のフランシスコ・パシオとなった。

天文《てんぶん》十八年（一五四九）のザビエルの来日以来、日本での宣教はイエズス会の独占するところとなっていた。というのも天正十三年（一五八五）に教皇グレゴリオ十三世が、イエズス会以外の日本での布教を禁じたからだ。

しかし慶長十六年にもなると、この禁令は緩和され、フランシスコ会やドミニコ会といったエスパニア系托鉢《たくはつ》修道会も参入を始めていた。これはイエズス会の布教とポルトガル人による長崎交易という利権構造を脅かすものとなっていた。

こうした動きに対し、セルケイラと親しくなった長崎奉行の小笠原一庵《おがさわらいちあん》は慶長十一年（一六〇六）、伏見城で家康にセルケイラを引き合わせた。翌年にはパシオも駿府に家康を訪ね、さらに江戸に行って秀忠と面談するほど、徳川家とイエズス会の関係を深めていった。

また天正遣欧少年使節としてローマ法王にも会ってきた伊東マンショ、中浦ジュリアン、原《はら》マルチノの三人も司祭に叙階され、布教活動に力を尽くしていた。

こうした中、彦九郎は肥前《ひぜん》や肥後、また天草《あまくさ》諸島や島原半島を回り、キリシタンたちとの絆を強くしていった。とくに動揺の激しい旧小西領の農民たちは、彦九郎によって再び強い信仰心を持つようになった。

島原・天草地域は有明海《ありあけかい》に面し、古くから漁業と海運に従事する者が多かった。そのため日常的に船を使っていることで情報伝達が早く、キリスト教も瞬く間に広まったという経緯がある。そのため彦九郎の活動も、すぐに軌道に乗ってきた。

中でも、キリシタン大名である有馬晴信の南島原日野江《ひのえ》藩領では、信心会《コンフラリア》を結成し、週二回の集会を通して堅固な信心を保持するようになった。これは他領の見本になるほどの成果を挙げ、二万を超える信者が信心会に加入した。

そんなある日、彦九郎は長崎の馬込《まごめ》郷という村に講話に行くことになった。馬込郷は彦九郎が拠点とするトードス・オス・サントス教会のお膝元とも呼べる浦上《うらかみ》地区の山里《やまざと》村五郷（里・中野・本原・家野・馬込）のうちの一つで、ここだけがキリシタンとなっていないと聞いたからだ。

馬込郷を熱心に訪れた彦九郎は、病人を介抱し、食べ物を配って歩いた。そうした地道な努力が実を結び、村人たちが集まって講話を聞くことになった。

トードス・オス・サントス教会とは永禄《えいろく》十二年（一五六九）に建てられた教会で、その後、セミナリオ（中等学校）、コレジオ、金属活版印刷所などが次々と併設されていき、長崎でも屈指の規模の教会となっていた。

馬込郷の集会所でキリストの教えと信仰の尊さを説き終わった彦九郎は、祈りの言葉を唱えた。こうした儀式の厳粛な雰囲気が入信を迷っている者に効果的なのを、彦九郎はよく知っていた。

馬込郷でもそうした布教の雰囲気作りは成功し、このまま村ごと入信するのは間違いないと思われた。

「では、何か尋ねたいことがありますか」

最後に彦九郎が問うと、一人の武士が手を上げた。ある程度の身なりをしているので、牢人ではないようだ。だがその射るような視線は、こうした場合に必ず一人は出てくる否定者ないしは反対者のものだった。

「今の話によると、キリシタンでない者は、地獄《インフェルノ》に落ちるということだが」

「そうです。ハライソに行けるのは信者だけで、異教徒は地獄に落ちます」

「では聞くが、キリシタン信仰など知らずに死んでいった者たちは、皆地獄にいるのか」

「はい。地獄で業火に焼かれています」

「そうか。では、ここにいる者たちのご先祖様は今、地獄の業火に焼かれているというのだな」

――此奴は手強《てごわ》い。

この矛盾こそ、祖先崇拝が根強く、父母を敬うこと一方《ひとかた》でない日本での布教の妨げだった。日本初のキリシタン大名となった大村純忠は、有馬家から大村家へと養子入りしたにもかかわらず、養家の墓所を破壊し、養父の位牌《いはい》を焼いた。また領内の寺社をことごとく打ち壊し、僧や神官を殺害したのみならず、領民には改宗を強いた。それでも改宗を拒否した者は、奴隷としてポルトガル商人に売り渡した。こうした激烈な信仰は、宣教師たちの教えに素直に従ったことが原因だった。

馬込郷の聴衆たちがざわつき始めた。

「質問に答えてもらおうか。洗礼を受けなかった者は、ことごとく地獄の業火に焼かれるということだな」

彦九郎は追い込まれたが、イエズス会の方針通りに答えねばならない。

「そうです」

聴衆たちの喧噪は頂点に達した。

「われら日本人は父母を敬い祖先を崇拝する。ところがそなたの勧める宗派は、亡くなった者でもキリシタンでない限り、地獄の業火に焼かれるという」

「そうです。しかし――」

「いや、待て。ここが大切なのだ。キリシタン信仰を知らずに死んでいった方々を救う手立てはないのか」

聴衆の注目が彦九郎に集まる。

「ありません」

その一言で、聴衆がどよめく。

――致し方ないのだ。

このことは何度も確かめたことだ。しかしヴァリニャーノからは、そう答えて構わないと命じられている。

これは「神への信仰と祖先崇拝は両立しない」というザビエルの教えに起因していた。その理由は、亡くなった異教徒を救霊できるとなると、「一神教」「唯一絶対神」というキリスト教の存立基盤が揺らぐからだ。そこから安易な妥協が生まれ、堕落が始まり、次第にキリスト教の純粋さが希薄化されていく。それこそはイエズス会の最も恐れることだった。

男が勝ち誇ったように言う。

「キリシタン信仰というのは何とも無慈悲な宗教よの。仏教では罪を犯して地獄に落ちた者でも、仏様の御慈悲にすがれば救われるという。また子孫が祭祀《さいし》を絶やさなければ、地獄から極楽に行けると聞いておる」

「それは詭弁《きべん》です。仏教は己に都合のよいことしか言いません」

「都合がよかろうが悪かろうが、神仏の慈悲こそ、人が求めてやまぬものではないのか」

「それは違います。仏教は偽りを教えます。デウス様だけが唯一絶対なのです」

男が芝居じみた仕草で後頭部に手をやる。

「こいつは参った。理屈で納得させられないから強弁するのか」

「そうではありません。デウス様だけが唯一の救いの光だからです」

「異教徒として死んでいった者たちの供養を禁じ、寺社や祖先の墓を破壊し、位牌を焼く宗教が救いの光だと。馬鹿も休み休み言え！」

それを最後に男の声は聞こえてこなくなった。聴衆が彦九郎に迫り、罵詈雑言《ばりぞうごん》を浴びせていたからだ。

「お待ち下さい」と言って聴衆をなだめようとした彦九郎だったが、押し寄せてきた聴衆にもみくちゃにされ、遂には殴られ蹴られて気を失った。


彦九郎は関ヶ原にいた。小早川秀秋の裏切りによって味方は劣勢に陥り、敗勢は覆い難いものとなっていた。主君の行長はひざまずき、神に祈りを捧げている。彦九郎と善大夫もそれに倣う。だが敵は小西陣の木柵の際まで迫ってきていた。「もはやこれまで」と思った時、雲が割れて光が差してきた。まばゆいばかりの光は戦場を照らし、戦う者たちの動きが止まった。

――デウス様がいらしたのだ！

彦九郎はあまりの感動に震えが収まらなかった。

額に冷たいものをあてられ、「はっ」として目を開けると、目の前にあの時の男がいた。

驚いて身構えたが、男は平然としている。

「目を覚ましたか」

「あなたはいったい――」

「わしがいて驚いたか」

「ええ、はい。ここはどこですか」

「わしの屋敷だ」

「どうしてあなたの家に――」

続いて男は、膏薬《こうやく》のようなものを彦九郎のあばらに張り付けた。

「あばらにひびが入っているようだ。痛むか」

「は、はい。痛みます」

「ちとやりすぎたな」

男が人懐っこい笑みを浮かべる。

「私は馬込郷の方々から袋叩きに遭ったのですか」

「そういうことだ。それを見かねて、わしがやめさせ、わが屋敷に運び入れた」

「それは申し訳ありません。しかしなぜあなたが――」

「キリシタン信仰に反感を抱くわしが、そなたを救った理由を聞きたいのか」

「は、はい」

男は無言で懐に手を入れると、胸に懸けたロザリオを取り出した。

「わしもキリシタンだからだ」

彦九郎は驚きで言葉もなかったが、すぐに疑念が生じた。

「それは真ですか」

「真だ。わしは間違いなくキリシタンだ」

「お名前は――」

「聞きたいか」

彦九郎がうなずくと、男は笑みを浮かべて言った。

「わしの名は千々石清左衛門《ちぢわせいざえもん》、洗礼名はミゲルという」

「千々石ミゲルと仰せか。まさか、あの——」

その男は、四人の天正少年遣欧使節団の一人に選ばれ、ローマ教皇にも拝謁したことのある千々石ミゲルだった。

「そうだ。イエズス会の連中は、わしのことを悪し様に言っていたか」

彦九郎は長崎のトードス・オス・サントス教会で千々石ミゲルの噂を聞いたことがある。そのどれもが悪い噂ばかりだった。そして誰もが「棄教者《アポスタジア》」と決めつけていた。

「あなたは転んだのではないのですか」

棄教した者が「転びキリシタン」と呼ばれたように、棄教は転びと呼ばれた。

「転んではおらん。イエズス会のやり方が気に入らんから、イエズス会を脱会しただけだ」

「しかし皆は棄教したと決めつけています」

「そういう陰口を叩く輩もいるだろう。だがわしは今でもキリシタンだ」

「では、先ほどはなぜ私の邪魔をしたのですか」

「分かっていないな」

ミゲルがため息をつきつつ説明する。

「よいか。イエズス会の悪い癖だが、美辞麗句ばかり並べてキリシタンに改宗させたところで何になる。そんな弱い信心など、禁教令が出れば何の役にも立たぬ」

それは事実だった。実は、キリシタンとはいえ強い信仰心を持つ者はごく一部で、禁教令が出れば、大半の信者は領主の方針に従い、棄教・改宗した。こうした従順さは、日本の村々の強い共同体意識から来ており、異端者は「村八分」とされ、様々な負担を強いられるからだ。それゆえキリシタンになるならないも、一郷一村単位で決することが多い。

だがヴァリニャーノの方針は、とにかく信者の数を増やし、その中から強い信仰心を持つ者が少しでも出てくればよいというものだった。

「私はヴァリニャーノ様から直々に教えを賜ったイルマンです。正しい教えによって民を導かねばなりません」

「そなたは、それに疑いを持たないのか」

その一言は、彦九郎の胸を抉《えぐ》るものがあった。長崎で同じ神を信じる仲間ができたことで、彦九郎は無意識のうちに疑問を捻《ね》じ伏せ、すべてを受け容れるようになっていたのだ。

だが彦九郎にも立場がある。

「持ったことはありません」

彦九郎は嘘をついた。

「そなたも愚かな男だ。よいか、人には何かに盲目的にすがりたいという心理がある。理屈ではないのだ。とにかく今の苦しみから逃れたいからすがろうとする。イエズス会のやり方は、そうした人の弱みに付け込んでいるだけだ。そなたは、なぜそれに気づかぬ」

「われらは、人の心の隙に付け込むようなことをしていません。それゆえ布教だけでなく、様々な救恤《きゅうじゅつ》策を行っています」

イエズス会はまた病院《ミゼリコルディア》や信心会といった組織を作り、病人や困窮した人の許を回り、薬や食べ物を配布していた。とくに粥施行は大規模で、それで救われた命がいくつあるか分からない。

「それは知っている。だから私腹を肥やすだけの坊主どもよりは、よほどましだ」

ミゲルが笑みを浮かべる。その顔は長年の風雪に耐えてきたブナの節のように皺深《しわぶか》い。年齢は四十代前半のはずだが、様々な苦悩を抱えて生きてきた証しだろう。

「では、なぜあなたはイエズス会をやめたのですか。イエズス会を内から変えようとはしなかったのですか」

「わしも当初はヴァリニャーノの方針に疑問を感じ、イエズス会の方針を変えさせようとした。しかし奴《やつ》はこれまでの成功体験に固執し、何一つ聞き入れなかった」

「どうしてですか」

「そもそもキリシタン信仰とは、デウス様だけを信じる一神教だからだ。それが崩れると、すべての教義体系も崩れる。だから何があっても、そこだけは曲げられないのだ」

「だからこそ、唯一の信ずべき宗教なのでは」

一神教だからこそキリスト教はこれだけ広がったと、彦九郎は教わってきた。

「分かっておらぬようだな。それでは、そなたはキリシタン信仰がなぜ一神教なのか、考えたことはあるか」

「いえ、ありません」

「キリシタン信仰が生まれたのは、砂しかない砂漠という地だ。そうした地では、一つの神を盲目的に信じさせることができる。だが日本を見よ。起伏に富んだ山嶺《さんれい》と豊かな水に恵まれ、大地は緑に覆われている。さような地に一神教が根付くと思うか。それゆえわしはヴァリニャーノに懸命に説いた。『寺社や墓所を破壊するな、祖先の位牌を焼くな、祖霊信仰を認めよ』とな。だが奴は耳を貸さなかった。そしてわしに言った。『そなたは異端だ』と——」

ミゲルが口惜しげに唇を嚙む。

「しかしそれがキリシタン信仰なのです」

「なぜだ。ほかのものとの共存を認めないのがキリシタン信仰なのか。共存という方針なくして、長らく異教が根付いている国での布教はうまくいかぬ。わしはマンショ、ジュリアン、マルチノにも同じことを語った。だがマンショはわしに蔑むような目を向け、『二度と口を利くな』と言った。ジュリアンは無言でわしを殴り、マルチノはわしを口汚く罵った。彼奴は、わしを『悪魔《ヂャボ》の使い』とまで言ったのだ。それがかつて信仰を誓い合った仲間のすることか」

だが彦九郎に慰めの言葉はなかった。

「それは、あなたが間違っていたからです」

「間違いだと。何が正しく何が間違っているかなど誰に分かる」

「ヴァリニャーノ様はデウス様の教えに忠実なだけです。それはあなたと共に欧州に行った三人も同じです」

「疑問を口にすることも許されないというのか。そんな宗教があってたまるか。わしは、八年もの長きにわたった欧州行で、寝食を共にした仲間からも見捨てられたのだ」

ミゲルが口惜しげな視線を中空に向ける。その先には、欧州のキリスト教国の姿が浮かんでいるのだろう。

「あなたの言いたいことは分かりました。実は、私もかつて同じような疑問を持っていました」

「それは本当か」

そうした疑問は誰でも持つのだろう。だがそれを口にしたとたん、異端とされて仲間から弾き出される。それが一神教の厳しい掟なのだ。

「本当です。しかし――」

「その先は聞きたくない」

「いえ、聞いて下さい。私は、それでもキリシタン信仰こそが民を救うと思っています。今の寺社に何ができますか。何の救いにもならず、ただ念仏や題目を唱えているだけです」

念仏とは浄土宗や浄土真宗の称名のこと、題目とは法華宗のそれにあたる。

「いかにもそうだろう。だが根付かなければ仏教に敗れることになる」

「いいえ。真実が敗れることはありません。この国の民には、キリシタン信仰が必要なのです」

「それは分かる。だがこのままでは、この国にキリシタン信仰は根付かない」

「根付かせてみせます。キリシタン信仰の教義に忠実な信者を増やしていけばよいのです」

「その考えは間違っている。このまま強引なことをしていけば、いつか為政者の怒りを買って禁教令が布かれ、それに反発したキリシタンが反旗を翻す。その時、どれだけ多くの者が殉教の名の下に命を落とすか。わしは考えたくない」

　ミゲルが恐れおののくかのように頭を抱えた。

「すべては神の御手にあるのです」

「さようなことはない。すべては人がなすのだ。目を覚ませ！」

　ミゲルが板敷を叩いた。

「いいえ、それでも私は神を信じます」

「では、よいことを一つ教えてやろう」

「何なりと――」

「彼奴らの布教と侵攻は一体化しているのだ。つまりイエズス会の布教の成功は、その後に続くポルトガル軍の侵攻を意味する」

「まさか――」

「わしは、それだけは許せない。それゆえイエズス会を脱し、その後もどこの修道会にも属さなかった。彼奴らの魂胆は見え見えだからな」

「では、豊臣秀吉公も徳川幕府も、そうした事実を摑んでいたというのですか」

「ああ、様々な伝手《つて》で、彼奴らはキリシタン信仰の恐ろしさを知ったのだろう。それゆえ秀吉は禁教令を出した。そのうち徳川公儀も厳しい禁教令を布告するだろう」
ミゲルの開き直ったかのような薄ら笑いが、狭い室内に響き渡った。

二

善大夫はキリシタンのまま、金地院崇伝の下で執務の手助けのようなことをやらされていた。しかしキリシタン政策に関連する活動の場はなく、「このままでよいのか」という疑問が、頭をもたげ始めていた。

慶長十六年三月には、家康の六年ぶりの上洛に付き従い、秀頼との二条城会見の準備も手伝った。崇伝は大社大寺の主要な僧たちに周旋し、高僧たちを家康に引き合わせた。これにより崇伝は、南光坊《なんこうぼう》天海《てんかい》と共に仏教界の実質的な頂点に立つことになる。

善大夫は崇伝から学ぶところ大だった。崇伝はけっして私利私欲だけの坊主ではなく、家康を担ぐことで、世の中を静謐に導こうとしていることも分かってきた。

こうしたことを通じて、善大夫は仏僧たちにも次第に心を開くようになっていった。

崇伝の屋敷は京都にもある。その日の仕事を終わらせた善大夫が自分の僧房に向かっていると、崇伝の部屋から出てきた服部半蔵と出くわした。

「おう、キリシタンか。久しぶりだの」

「キリシタンはよして下さい」

「もう宗旨替えいたしたのか」

とぼけたような顔で半蔵が問うので、つい善大夫は噴き出してしまった。

「しておりません。私はキリシタンのままです」

「ははは、では、キリシタンでよいではないか」

「私には、コンスタンティーノという洗礼名があります」

「そんな厄介な名では呼べんな」

「では、善大夫で結構です」

「そうか。では善大夫殿、飯でも食わんか」

「ちょうど腹も減っていたので、お付き合いします」

二人は炊事場に行き、端女《はしため》に飯と酒を用意してもらった。

「二条城会見で世情不安も一段落したな」

「はい。東西が歩み寄りを見せたので、これで世の中は静謐になるでしょう」

「そうかな」

半蔵が沢庵《たくわん》をつまむと、飯と一緒にかき込んだ。早速、ガリガリという音がする。その頑丈そうな顎で咀嚼されれば、石でも砕けそうだ。

「そうはならぬと見ておいでですか」

「ああ、此度の会見は、大御所様が秀頼様の人となりを見定めるためのものだった」

「見定めてどうします」

「自分の天下を脅かす相手だったら殺す。でなければ公家にするか坊主にする」

そう語りながら、半蔵は端女に「もう一椀！」と所望した。

「それで、どちらだと思いますか」

「秀頼様の人となりを、わしは知らんので何とも言えん。だが噂によると、並以上の出来だという。だとしたら一波乱あるだろうな」

「波乱とは――」

「このままでは、大坂城内の少壮気鋭の連中は納得せん。おそらく時ならずして東西は手切れとなる」

「では、再び天下は乱れると――」

半蔵が飯を噴き出した。

「乱れるはよかったな」

「では、乱れるほどのこともないとお思いか」

「ああ、もう時代は変わったのだ。誰が豊臣家に味方する」

「太閤殿下恩顧の大名衆です。加藤殿、福島殿、浅野殿、そして前田殿――」

加藤殿とは清正、福島殿とは正則、浅野殿とは幸長《よしなが》、前田殿とは利長《としなが》のことだ。

「その連中の豊臣家への忠節は、いずれ劣らぬものがある。しかし仲裁役や抑止力とはなっても、豊臣家に味方することはあるまい」

「そう言い切れるのですか」

「言い切れる。ただし――」

半蔵が真顔になる。

「大御所様が身罷《みまか》られたら、どうなるかは分からぬ」

――つまり徳川方こそ、家康が息災なうちに大乱を起こしたいというわけか。

ちなみに慶長十六年、家康は七十歳、秀頼は十九歳になっていた。落日間近の家康としては、早急に豊臣家を滅ぼしたいだろう。

「いずれにせよ服部様の見立てでは、戦いは避け難いと――」

「そうだ。いかなる形になるかは分からぬが、戦いだけはあるだろう。これが功を挙げる最後の機会となるはずなので、武士たちも息巻くはずだ。また関ヶ原牢人など食い詰めておる者たちも、死に物狂いで戦うに違いない」

「また人が死ぬのですね」

「そうなるだろうな。武士は自らの命を懸けるのだから構わぬが、大坂が戦場となれば多くの民にも迷惑が掛かる。足軽小者や荷駄人足に駆り出されて死ぬ者も出てくるだろう」

だが西笑承兌や崇伝は、そうならないように懸命に策動するだろう。

「服部様は戦乱を望むのですか」

「当たり前だ。われら武士は、功を挙げねば扶持《ふち》は増えぬからな」

「武士とは空《むな》しきものですね」

その言葉が半蔵の胸を抉ったのか、力強い咀嚼が止まる。

「そうだ。武士とは人を殺して栄達していく。いかにも空しい稼業だ。だがな、大御所様が豊臣家を滅ぼせば、世の中に静謐が訪れる。それを大義として戦うしかない」

それがこじつけなのは分かっている。だが、そうでも考えなければ、武士たちも戦う動機が見出せないのだ。

その時、炊事場に寺小姓が駆け込んできた。

「善大夫殿、探しましたぞ。崇伝様がお呼びです」

「何用だ」

「極めて大事なこととか」

半蔵が口を挟む。

「キリシタン絡みのことだろう。いよいよ出番が来たな」

「いや、別件でしょう」

「とにかく行ってみることだ。わしはまだ食いたらん」

そう言うと半蔵は、また端女を呼び、「もう一椀」とやっている。

半蔵を置いて、善大夫は寺小姓の先導で崇伝が待つ奥書院に向かった。

崇伝は俯いて書状を読んでいた。どうやら手近なものが見えにくいらしく、拡大鏡を手にしている。

「善大夫、罷り越しました」

「ああ、探したぞ」

「申し訳ありません」

「もうよい。それよりも、ちと厄介なことが起こった」

「キリシタン絡みですね」

「そうだ」と言って、崇伝が岩塊のような頰骨を上下させる。

「何なりとお申しつけ下さい」

「まずはこれを読め」と言うや、崇伝が巻物になった書状を投げて寄越した。

それを善大夫が黙読する。そこには事件の経緯が書かれていた。

慶長十三年（一六〇八）、肥前国のキリシタン大名・有馬晴信の朱印船がマカオに寄港した折、ポルトガル船と諍《いさか》いを起こした。その時、マカオ総司令のペソアが鎮圧に乗り出し、一方的に日本側に非があるとして二軒の家に立てこもる日本の船員たちを攻撃し、四十七人を射殺、さらに一名を強盗容疑で絞首刑とし、残る四十九名を捕虜とした。これは平等を欠く不当な行為で、これに怒った晴信が長崎奉行所に訴え出たため、ポルトガルとの関係が悪化した。

これを聞いて慌てたペソアは長崎にやってきて弁明し、自ら駿府に赴くと言ったが、長崎奉行の長谷川藤広《はせがわふじひろ》は「藪蛇になるので伏せておいた方がよい」と忠告した。それを聞き入れたペソアは翌年、駿府に赴き、莫大《ばくだい》な賄賂で家康の機嫌を取った。その時、藤広の言に従い、この件に触れなかった。

事がそれで収まればよかったのだが、実はこの裏には、藤広の思惑があった。

実は、ペソアの乗ってきたマードレ・デ・デウス号が積んできた生糸を、藤広は不当な安値で買い取ろうとしたのだ。マカオの一件を伏せさせたのは、ペソアへの脅しに使うためだった。

これを知ったペソアが家康に訴え出ようとしたので藤広は怒り、ペソアに恨みを抱く有馬晴信を駿府に行かせ、マカオの一件を報告させた。

ペソアが駿府に来た時、このことを報告しなかったことに、家康は激怒した。家康は晴信にペソアを捕らえて尋問するよう命じた。

この事件を処理するため、元は藤広の家臣で、この時は本多正純《ほんだまさずみ》の与力だった岡本大八《おかもとだいはち》が、長崎に派遣されてきた。大八は晴信と同じキリシタンだ。

こうした不穏な動きをペソアは察した。そこで乗ってきたマードレ号で逃れようとする。それに追いすがったのが晴信の艦隊だった。

湾内外での四日間にわたる攻防の末、マードレ号は沈没し、ペソアも船内で自殺した。

その後、幕府とポルトガルは和解し、交易が再開されたので事なきを得たが、話はそれで収まらなかった。

この事件を通して、同じキリシタンの晴信と大八が親密になった。晴信には、かつて龍造寺氏《りゅうぞうじ》との戦いを通じて失った旧領が天草にあり、それを取り戻すのが念願となっていた。大八はそれに付け込み、自分が家康に掛け合ってやると約束して賄賂を要求、白銀六百枚（約六千両）を受け取った。

確かに本多正純を通して、家康に「此度の功により、有馬晴信に天草三郡を下賜してほしい」という申し入れがあった。しかし家康は江戸との折り合いも考慮し、その沙汰を江戸に任せた。すると江戸の大久保忠隣《おおくぼただちか》から、「マカオの件は有馬側にも失態があり、認められない」という秀忠の意向を伝えてきた。それを「尤も」と思った家康も捨て置いていた。

一方、いつまで経っても天草の所領は受け渡されず、晴信は大八をせっついた。そのため大八は、家康の偽の朱印状を作成して渡した。これに晴信は喜んだが、いくら待っても領地は下賜されない。

それに業を煮やした晴信が江戸に問い合わせたため、すべてが露見した。大八は捕縛され、朱印状偽造という重罪によって激しい拷問を受けた。

その時、長崎湾でのポルトガル船との攻防で、マードレ号への攻撃に手間取ったことに対し、藤広から「手ぬるい」と面罵されたことに恨みを抱いた晴信が、「藤広を沈めてやる」と口走ったことを告白してしまう。結局、晴信も厳しい取り調べを受け、それを事実と認めた。

「という次第だ」

「この事件の話は聞いておりましたが、とんだ展開になりましたね」

「そうなのだ。晴信と大八がキリシタンだったことで、大御所様はお怒りだ」

「キリシタンかどうかは関係のない話です」

崇伝が意地の悪そうな笑みを浮かべる。

「ほう、そうなのか。キリシタンは善男善女ばかりではないのか」

「残念ながら、そうとは言い切れません」

「いずれにしても困ったものだ。で、用件だが――」

崇伝が事務的な口調になる。

「そなたをキリシタンと見込んでの仕事だ。岡本はまだしも有馬殿は大名だ。拷問に掛けるのも憚られる。それで話を聞いてやり、長谷川殿に非がないと認めさせてほしいのだ」

「しかし非があるのは、明らかではありませんか」

「そこよ」と言うと、崇伝が眉間に皺を寄せる。

「わしとて派閥争いに巻き込まれたくはない。だが大久保相模守《さがみのかみ》（忠隣）殿からの指示で、長谷川殿に非がないと認めれば、有馬家の本領安堵と家名存続が保証されるという」

その裏には、秀忠を二代将軍に押し上げた大久保忠隣と、家康の懐刀として利権を守ろうとする本多正信《まさのぶ》・正純父子の対立という背景があった。本多父子の権力独占に苦々しい思いを抱いていた忠隣は、日頃から二人がぼろを出さないか注視していた。そこに舞い込んできたのが有馬晴信だった。忠隣は手の者に調査を命じ、朱印状が偽造されたもので、それが本多正純の許可の下で行われたと突き止めた。

普通なら正純は失脚するはずだが、大八を厳しい拷問に掛けても、本多正純の指示だったとは言わない。

実は、正純は事件の余波が己に及ばないよう、大八に息子への家督相続や石高の安堵を約束していたのだ。むろん家康も、それを半ば分かっていながら見逃した。これにより忠隣の策謀は水泡に帰したが、後々、それが大きな禍根を残すことになる。

またこの事件の余波はキリシタン弾圧に向けられた。とくに大八の寄親だった正純は、自らの責任をキリシタンに転嫁するかのように、その詮索を開始し、駿府城内の家臣や女房の中で、キリシタンと思しき者たちの取り調べが行われた。

そうした駆け引きの真っただ中に、善大夫は放り込まれるのだ。とは言うものの、キリシタン大名の有馬氏を救うのは、キリシタン全体にとって悪い話ではない。

かった。

「承知しました」

政治の世界に徐々に巻き込まれていくのが分かっていながら、善大夫はあえて飛び込むしかなかった。

その後、善大夫は有馬晴信に「藤広を沈めてやる」と口走ったことを認めさせ、藤広に罪がないと証言させることで、晴信自身は配所に蟄居《ちっきょ》させられるが、有馬家の家督と四万石は嫡男の直純に相続させるという線で話をつけた。

一方、岡本大八は、駿府市中引き回しの上、安倍《あべ》川の河原で火刑とされたが、こちらも息子への家督相続や石高の安堵が約束された。

だが事件の当事者が岡本大八と有馬晴信というキリシタンだったことで、家康のキリシタンに対する不信感は醸成されていく。それがゆくゆく大きな政策の変更になるとは、この時の善大夫は知る由もなかった。

大八を処刑した直後、家康は京都所司代の板倉勝重《いたくらかつしげ》に命じ、京都における布教の禁止とキリスト教寺院、いわゆる南蛮寺の破却を命じた。この結果、許可なく建てられたフランシスコ会の修道院とイエズス会のレジデンシア（布教のための出張所）が撤去されたが、イエズス会の教会などは存続が認められた。この時は穏健な処置にとどまったが、これは嵐の前触れにすぎなかった。

三

慶長十六年三月の家康と秀頼の二条城会見で、大きな役割を果たしたのが加藤清正だった。

清正は徳川・豊臣両家の融和に尽力していたが、徳川幕藩体制の一大名という立場に変わりはなく、もしも両家が手切れになっても、豊臣家に味方するつもりはないことを度々示唆していた。

加藤家中の一員となった左平次は異例の出頭を遂げ、近習頭から番方（軍事部門）の足軽大将の一人になっていた。この地位は侍大将や用人の次席で、旧小西家出身者の中では出世頭だった。だが役目柄、清正の上洛行に付き従うことは叶わず、国元で一朝事ある時に備えていた。

二条城会見で双方の仲立ちのような役割を果たした清正が帰還することになり、熊本城は沸き立っていた。ところが誰も想像していないことが起こった。清正が、歩くどころか駕籠に乗ることさえできない状態で帰国したのだ。

同行した者によると、帰りの船中で体調が悪くなり、その後、病状は悪化の一途をたどっているという。

帰国の船中ということもあり、「清正違例」の一報を国元に伝えることができず、百貫石《ひゃっかんせき》港に船が着いてから、親族と重役にだけは早馬を飛ばして知らせたが、残る家臣は全く知ることがなかった。

清正の病状が深刻だと大半の家臣が知ったのは、病臥《びょうが》したまま輿に乗せられた清正の姿を見た時だった。左平次も清正が横たわる輿を出迎えたが、その顔を拝することはできなかった。

その後、入ってきた噂によると、清正は元々肝臓の病いに罹患《りかん》していたが、今回はその影響もあり、脳の血のめぐりが悪くなったのではないかという診立てだった。

当初は重篤だった清正だが、帰国してからいったん小康を得た。それでも回復は見込めないと覚ったのか、重役から中堅家臣まで主立つ人物を次々と呼び、それぞれの役割に応じた後事を託していた。

左平次が清正と相見《あいまみ》えることができたのは、六月十日になってからだった。

「松浦左平次、か」

近習から面会者の名を告げられた清正は、病臥したまま顔を左平次の方に向けた。その顔は黒々としており、肝臓病から来る黄疸《おうだん》が悪化しているのは明らかだった。

「はい。松浦左平次、罷り越しました」

「よくぞ参った。わしは移り病い（伝染病）ではないので心配は要らぬ。ちこう」

「はっ」と答えて、左平次が清正の蒲団の際まで膝行《しっこう》する。

「わしの顔を見てどう思う」

「どうと仰せになられても――」

「皆は『血色がよい』だの『回復の兆しが表れている』などと言うが、わしは鏡を見て、死相が出ていると感じた」

「さようなことは――」

「そなたまで偽りを申すか」

「申し訳ありません」

左平次が返答の代わりに平伏した。

「よいのだ。そなたはキリシタンだ。嘘偽りは申せぬ。どうだ、死相が出ているだろう」

「はい。残念ながら出ております」

「そなたは正直でよいな」

「それしか取り柄はありませんから」

清正がひとしきり笑う。その顔は能面の翁《おきな》のように皺深く、とても五十歳には見えない。

「そなたに言い置きたいのは、小西旧臣たちのことだ」

「はっ」

「その多くは、すでにわが家中に溶け込み何の心配もしておらぬが、そなたをはじめキリシタンが大半だ。わしは信仰の自由を認めた。その気持ちは今も変わってはおらぬ。だがな、公儀が禁教令を出した時は、わが家中も従わねばならん」

その言葉には、すべてを自分の思うようにはできない口惜しさがにじんでいた。

「よいか。亡き太閤殿下によって大名にしてもらったわしは、徳川家にとって極めて危うい存在なのだ。しかし関ヶ原の戦いの折、九州の奉行方勢力を駆逐した功により、わしが生きているうちは謀反以外の何をしようと、お咎めはない。だがわしが死ねば、何か落ち度を探され、改易されるやもしれん」

「大恩ある殿に、大御所様がさようなことをするでしょうか」

「ああ、する。大御所様にとって加藤家は邪魔者以外の何物でもない。しかも岡本大八の一件以来、キリシタンに対して不信感を持つようになったと聞く。わが家中にはキリシタンが多い。それゆえ家中にキリシタンがいるだけで、禁教令違背を指摘してくることもある」

「では、どうすればよいのですか」

「禁教令が出たら皆で即座に棄教するのだ。さもなければ当家から出ていけ」

清正の眼光が鋭くなる。

「それがしに、小西旧臣たちを説き伏せて棄教させよと仰せですか」

「そういうことだ。その前にそなたの覚悟を聞きたい」

——わしの覚悟か。

加藤家に仕官してからも、左平次はキリシタン信仰を捨てていなかった。

左平次が黙っているので、清正がため息交じりに言った。

「どうやら棄教できないようだな。致し方ない。この任はほかの者に託そう」

「お待ち下さい」

「何を待つ」

「それがしは――」

――ここが運命の分かれ道だ。

自らの眼前で道が二つに分かれているのが、ありありと見える。

「棄教します」

「それを本心から申しておるのか」

「はい。殿の御恩はデウス様の御恩よりも大きなものです」

「御恩、そしてその見返りの奉公か。それが武士の世を形作ってきた」

「そうです。それがしはキリシタンである前に武士なのです」

――本当にそれでよいのか。

左平次の心中に疑問が湧く。だが左平次は、それを力で捻じ伏せた。

「では聞くが、そなたはかつての傍輩が棄教できないと申したら、家中から追い出せるか」

「それは――」

異例の出頭を遂げた左平次だが、かつての上役も家中にいる。彼らを説き伏せることなど到底できない。

「そなたならやれる。いや、そなたにしかできない仕事だ。さもないと加藤家どころか、皆も不幸になる」

清正の瞳は、憐れみを乞う老人のようになっていた。

「此度は形だけの棄教も駄目だ。公儀は隠密を諸国に送り込んでいる。彼奴らを甘く見るな。彼奴らは必ず嗅ぎつける」

清正によると、幕府は外様大名のご法度や置目《おきめ》違背を見つけるために、隠密と呼ばれる情報収集役を諸国に送り込んでいるという。

「それほど公儀は厳しく取り締まるのですか」

「公儀は鵜《う》の目鷹の目で外様大名の落ち度を探している」

「では、家中からキリシタンを一掃せねばなりませんね」

「うむ。棄教したと言って家中にとどまり、陰で信仰を捨てていなかったら――」

清正が苦しげに言う。

「心苦しいことだが殺せ」

左平次には言葉もない。

「おい、紙と硯《すずり》を持ってこい」

清正が小姓に命じると、すぐに紙と硯が用意された。そこに清正は口述筆記させた。

「公儀から禁教令が出た場合、松浦左平次をキリシタン宗門改役に任じる。扶持米として追加で三百石を給する」

最後に清正は、紙を頭上に持たせたまま花押を書いた。

「これでよい。そなたが物頭だ。言うまでもなきことだが、禁教令が出なかったら反故《ほご》にしろ」

左平次は、その命令書を押し頂いた。その瞬間、生涯の運命が決したような気がした。

――どうか、禁教令が出ませんように。

左平次には、それを祈るしかなかった。

――だが、もし出てしまった時、果たしてわしに、かつての傍輩を殺すことができるのか。

その任に堪えられるかどうか、左平次は見当もつかなかった。

慶長十六年六月二十四日、加藤清正は五十年の生涯を閉じた。そしてその二年半後の慶長十八年（一六一三）十二月、幕府により日本全土に「伴天連追放令」が出されることになる。

四

慶長十七年（一六一二）九月、幕府は「禁令五箇条」を諸大名領に発布した。だがこれも威令は行き届かず、イエズス会の記録によると、この年の受洗者は四千五百名に及んだ。これは前年の五千二十名には劣るものの、積極的な布教活動ができない中では、上々の成果だった。

ただし日野江藩領（有馬領）での弾圧と迫害には凄《すさ》まじいものがあった。日野江藩領の襲封を認められた晴信の嫡男の直純が、幕府に忠節を示さねばならなかったからだ。

直純は幼少の頃に受洗してミゲルという洗礼名をもらっていたが、浄土宗に改宗した上で、家臣や領民にも改宗を迫った。だが成果は上がらなかったため、直純は家臣の中の主立つキリシタン八人を呼び出して棄教を迫った。この中で五人は屈したが、三人は頑として屈せず、直純は三人とその家族を処刑せざるを得なかった。

だがこの見せしめの処刑は、キリシタンのための一大祝祭と化し、集まってきた二万の群衆は「聖遺物」の取り合いになるほどだった。家臣の一人の美しい娘など、遺骸の両腕を切られて持ち去られたという。

この祝祭の盛り上がりは前代未聞で、いったん棄教した五人の家臣も即座に告解し、キリシタンに立ち帰った。しかしこの五人を、直純は罰することさえできなかった。

ちなみにいったん棄教した者がキリシタンに戻ることを「立ち帰り」という。

この騒ぎを、長崎で聞いた彦九郎は歓喜に咽んだが、この騒ぎが家康の耳に届くことで、逆にキリシタンへの弾圧は加速していくことになる。

慶長十八年十二月、家康は禁教令が徹底されていないことに怒り、改めて全国を対象とした禁教令を発し、宣教師に国外退去を命じた。

これまで見て見ぬふりをしてきたキリシタンに同情的な大名、黒田長政、福島正則、前田利長らも、今度ばかりは禁教令を自領内で徹底させねばならなかった。それゆえ利長は、父利家の代から庇護してきた高山右近を追放処分にせざるを得なくなった。

その右近が海外に向かうため、長崎にやってくることになった。皮肉なことだが、これに長崎のキリシタンたちは沸き立った。


高山右近一行の宿所に決まったトードス・オス・サントス教会の前の坂道に整列していると、右近が笑みをたたえてやってきた。キリシタンに囲まれ、右近の顔には、安堵の色が溢れていた。

慶長十九年（一六一四）正月、各地に散っていた大物キリシタンや指導者的立場の者は、幕命により長崎に送られることになった。高山右近とその妻子眷属《けんぞく》も例外ではなかった。

二月、一行は大坂から船に乗り、長崎に着いた。ここでほかの地から送られてくるキリシタンを待ち、外洋船に乗せられてマカオとマニラに追放されることになる。

長崎にいるキリシタンにとって、右近の話を聞くことのできる唯一の機会が訪れた。

右近は六十を超えているとは思えないほど活発に人と会って語り合い、連日のミサにも参加した。行動の自由はある程度保障されており、右近は長崎のキリシタンたちと積極的に交流した。

二月下旬のある日の朝、彦九郎が井戸まで水を汲《く》みに行くと、なんと右近がいた。驚いた彦九郎が手伝おうとすると、右近は笑みを浮かべて断った。

「せっかくのご好意ですが無用なことです。私は一キリスト者として、貧しかったキリストに倣い、労働に従事したいのです」

「それはご無礼を」と言いながら手を引いたので、すまないと思ったのか、右近が問うてきた。

「あなたは、ここにお住まいですか」

「はい。イルマンのアンドレ彦九郎と申します」

「私のことはご存じですね」

「はい。存じ上げています」

二人はそこに腰掛け、水を飲みながら互いの話をした。

「そうでしたか。小西殿、いやアグスティノ殿の小姓をやっておられたか」

「はい。本来なら関ヶ原で失うはずの命でしたが、デウス様の恩寵《おんちょう》により、何とか今日まで生き長らえてきました」

「それはよかった。デウス様は常にわれらと共にあります」

「一つ問うてもよろしいでしょうか」

「何なりと」

これまでも彦九郎は外国人宣教師に様々なことを問うてきた。だが言葉がうまく通じないこともあり、質問の趣旨が伝わらず、的確な答えをもらえないこともあった。その点、右近は外国人宣教師に劣らない知識を持っているので、道を示してもらうには最適な相手だった。

「私は千々石ミゲル殿と二年ほど前に会いました」

「何と——。あの異端者《エレジョ》から何か吹き込まれましたか」

「いいえ。彼はキリシタンのままで異端者でもありません。イエズス会をやめただけです」

「そうでしたか。人の噂だけで判断してしまい、申し訳ありませんでした」

右近は人格者と噂されるだけあり、自らの非を素直に認められる男だった。

「千々石殿はイエズス会をやめたのですから、イエズス会の者たちの間で悪評が立つのは致し方ありません。それで彼と論争になったのですが――」

　彦九郎がミゲルとの会話の趣旨をかいつまんで語った。

「そうでしたか。彼は彼なりに苦しんでいたのですね」

「はい。私は千々石殿の考えを頭から否定するつもりはありません。そこでお尋ねしたいのですが、なぜキリシタン信仰は一つの神しか信じさせないのですか。どうしてほかの神と共存できないのですか」

「そのことですか」

　右近が慈愛に満ちた瞳を向けてきた。

「それは簡単なことです。デウス様とわれら信者は、洗礼という儀式を通じて契約しているからです」

「契約ですか」

「そうです。信者はデウス様の言葉をすべて信じるという約束をし、デウス様は信者に恩寵をもたらします。それが契約です」

「しかし神は信者を守れないこともありますよね」

「さようなことは決してありません」

「しかし死は誰にでも訪れます。寿命ならまだしも、若くして死ぬ信者もいるはずです」

「人は生き物です。それゆえ死を免れることはできません。しかしながらそれは神のご意思であり、最後まで信心を貫いたキリシタンは、神の御許に召されます。これにより神は契約を果たしたことになります」

「では、どうしてほかの宗教と共存できないのですか」

「信じるという行為は純粋であらねばなりません。ほかのものも受け容れることで、不純な要素が交じってしまうのです。デウス様の教えと邪教の教えが矛盾した場合、共存を許していたら、信者はどちらを信じればよいか迷います。日本の坊主どもは利権を貪り、私利私欲を行動原理にしています。それに対し、キリシタンは清貧を旨とします。これだけでも矛盾しているのに、共存など許そうものなら、キリシタン信仰自体が堕落してしまいます」

「しかし日本では、様々な宗教が共存してきました」

　右近が首を左右に振る。

「それは共存ではありません。互いに民を分かち合い、その利権を貪っていただけなのです。日本の寺は人を救うことより、自分たちが富み栄えることしか考えていません」

　確かに延暦寺《えんりゃくじ》や興福寺《こうふくじ》といった権門寺院や鎌倉時代に勃興した禅宗寺院は、理財（財産の運用ないしは利殖）に力を入れ、土倉や酒屋といった市中金融を手足のごとく使い、金融機関と化していた。金を借りた者が返さなければ、僧兵や雇われ武士たちによって、ひどい目に遭わされる。これでは何のための宗教か分からない。

「しかし寺院や仏像を壊し、祖霊の位牌を焼くのは行き過ぎではありませんか」

「行き過ぎではありません。そこまでしないと、悪魔は人の心に忍び込みます。神はデウス様だけなのです。それ以外の神は、まがい物にすぎません。それなら跡形もなく破壊すべきです」

　――右近様の言っていることには、一点の曇りもない。

　しかし彦九郎は、ミゲルの言うことにも一理あると思った。

「千々石殿は、キリシタン信仰をこの国に浸透させるためには、ある程度の妥協が必要だと言っていました。さもないと支配者は迫害や弾圧をすることになると。現に太閤殿下も大御所様も、堪忍袋の緒が切れたように禁教令を出しました」

「それが何だというのです。それを跳ね返してこそキリシタン信仰は根付くのです。そんな妥協をして信者を増やしていったところで、此度のように禁教令が出れば、こぞって棄教します」

それは一面事実だった。強固な信仰心を持たない者たちは、棄教に何の抵抗もない。しかもイエズス会は「立ち帰り」を許していたため、棄教して改宗したにもかかわらず、禁教令が緩むと、安易に立ち帰る者が続出していた。

「しかし此度の禁教令は、大御所様がイエズス会のやり方に不満を持たれたからではないでしょうか」

「そうではありません。岡本大八と有馬晴信がいけないのです」

それを指摘されると返す言葉はない。彦九郎が黙り込んだので、屈服したと見たのか、右近が慈愛に溢れた声で言った。

「私は地位も財もすべて捨てました。全く悔いはありません。私にとって大名であることよりも、一信者でいることの方が大切だからです。おそらく私は渡航した先で死ぬことになるでしょう。しかしいかに貧しくとも、キリシタンたちの愛と祈りの声の中で死ぬことができると思うと、今から胸が高鳴ります」

——この方は真のキリシタンなのだ。

右近には迷いというものがなかった。おそらくその生きてきた長い年月、様々な人から様々な議論を挑まれてきたのだろう。そのため一切の疑問を抱くということはなく、即座に相手の疑問を否定する習慣が身に付いているのだ。

——だが疑問を持ったところで、引き返すことができないからではないか。

年を取れば取るほど、自分が信じてきたものを自ら否定することはできない。それを信じてきた歳月が無駄になってしまうからだ。右近の場合、十二歳の時に受洗したので、キリシタンとして五十年余も生きてきた。疑問を持つことは、自分が生きてきた軌跡を否定することにつながる。

「お話、よく分かりました。お引止めしてしまい申し訳ありません」

「いや、よいのです。こうして話をすることで、自分の信心が改めて強固になった気がします」

そう言うと、両手に桶を持った右近は、覚束《おぼつか》ない足取りで宿所へと戻っていった。

五

慶長十八年十二月、崇伝から呼び出しを受けた善大夫が、崇伝の執務室となっている南禅寺の奥書院に入ると、崇伝は書付の山に囲まれて何かを書いていた。

「お呼びになりましたか」

「ああ、善大夫か」

崇伝が書付から顔を上げるると言った。

「禁教令が出たので、このままそなたを、ここに置いておくわけにもいかなくなった。どうだ、これを機に棄教しないか」

――来るべきものが来たな。

善大夫はキリシタンであっても指導者的立場にはなく、布教活動もしていないので、とくに罰せられることはない。だが棄教しないとなると、寺から出されることになるのだろう。

「お言葉を返すようですが、私が棄教してしまえば、キリシタンたちを説得する力を失います」

「うーむ」と言って崇伝が腕組みする。そこに外から声が掛かった。

「半蔵、罷り越しました」

「おう、来たか。入れ」

「はっ」と答えて襖《ふすま》を開けると、服部半蔵が姿を現した。

「半蔵、大坂方の動きはどうだ」

「二条城会見がうまく運んだからか、安堵しているようです」

「だが禁教令が出たことで、食客のような形で庇護していたキリシタン武将たちを、大坂のみならず諸大名も放り出さざるを得なくなるな」

「そうなのです。大名なら高山殿のように国外追放もできますが、武将まで追放できないので、牢人となりますね」

「キリシタン牢人はどのくらいいる」

「ざっと十万かと」

崇伝が苦虫を嚙み潰したような顔をする。

「かなりの頭数だな。その者たちが大坂城に入れば厄介なことになる」

「そうなのです。一人でも多くのキリシタン牢人の入城を押しとどめねばなりません」

「そのためには頭目を抑えることだな」

半蔵が力強くうなずく。

「その通りです。こうしたものは頭目次第で下の者は従います」

「大御所様は何と仰せだ」

「金で転ぶなら、いくらでも出すと――」

キリシタン牢人たちが大坂城に入るのは、まず当面の食い扶持や金銭的なことが目的になる。続いて戦いで功を挙げ、あわよくば家臣として召し抱えられることを望む。だが、そのためには豊臣家が徳川家に勝ち、領土を増やす必要がある。誰でも、それが難しいのは分かる。つまり金銭的な目的が達せられれば、入城を思いとどまる者も出てくるはずだ。

「で、半蔵、此奴をキリシタンのまま説得にあたらせるのと、改宗させてから説得にあたらせるのでは、どちらがよいと思う」

「そうですな」と言いつつ、半蔵が善大夫の顔をのぞき込む。

――棄教はしないぞ。

善大夫は視線でそれを伝えた。

「改宗させてしまえば、われらと同じ立場です。このまま説得にあたらせた方がよいでしょう」

「やはりそうだろうな」

崇伝が真剣な顔つきで言う。

「そなたは、どさくさに紛れて大坂城に入るようなことはせぬな」

「入ったところで、この足では戦えません」

善大夫の左膝は治癒していたが走ることは難しく、とても戦えない。

「そうだった。それを忘れていた」

崇伝が決断を下す。

「よし、当面棄教せぬでもよい。公儀には話を通しておく」

「ありがとうございます」

「キリシタン牢人の頭目がどこに潜伏しているかは、半蔵が調べ上げた。当面は畿内にいる者たちと誼《よしみ》を通じておけ」

「しかし金をやってしまっては、一朝事ある時に大坂方となるのではありませんか」

「それはそうだ。だから最初は手付金だけやれ。それでいざ戦となった時、徳川に付くか、何もせぬかすれば、もっとやると伝えるのだ」

「なるほど」

半蔵が高笑いする。

「おいおい、さような駆け引きも知らんで大丈夫か」

崇伝が渋い顔で応じる。

「心許ない奴だな」

それを無視して善大夫が問う。

「私一人でキリシタン牢人の許に赴くのですか」

「そうだ。キリシタンでない者たちがぞろぞろ付いていけば、警戒されて話は進まぬ」

「承知しました」

何となく後ろめたい気持ちになっていた善大夫だったが、無駄な戦いからキリシタンの命を守るという大義を思い出した。

――そうだ。わしは後ろ指を指されようと、キリシタンの命を救わねばならぬ。そしていつか禁教令が解かれた時、布教のために力を尽くすのだ。

善大夫は決意を新たにした。


その後、善大夫は様々なキリシタン牢人たちと会った。その中には頭目とは名ばかりで、一人で閑居している者もいた。そうした者一人ひとりに「キリシタンとして命を長らえてほしい。そのための金銭的援助はする」と言って説得していった。

誰もが命を懸けてまで大坂城に入りたいわけではない。今の生活を少しでも安定的なものにでき、なおかつキリシタンとしての生涯が全うできるなら、それに越したことはないのだ。

「デウス様のために命を大切にしてほしい」という言葉は、誰にとっても説得力を持ち、自暴自棄になりがちな生き方に歯止めを掛けていった。

中には面白い者もいた。山田仁左衛門《やまだにざえもん》という男は手付金だけもらうと、「これで海の彼方《かなた》に渡る」と言うのだ。善大夫が「渡ってどうするのです」と問うと、「王にでもなるかな」と言って笑った。

それが後に実現することになるとは、この時は本人さえ思ってもみなかっただろう。男はタイのアユタヤに渡って山田長政《ながまさ》と名乗り、アユタヤ国王の娘を娶《めと》り、王ではないものの、国王の側近として活躍することになる。

六

慶長十八年十二月、江戸幕府より「伴天連追放令」が発布された。

——遂に来たか。

その知らせを自邸で聞いた左平次は、大きなため息をついた。これで清正との約束を守らねばならなくなったからだ。

この禁教令は、慶長十七年に徳川家の直轄領に出された禁教令を踏まえ、それを全国の大名領に敷衍《ふえん》させたものだった。これでキリスト教は一切の活動を停止させられ、宣教師や信者は追放となり、教会も破壊される。その結果、表向きだが、日本にキリシタン信者は一人もいないことになる。

——わしも棄教せねばならぬのか。

物心付いた頃から、左平次は周囲の影響でキリシタンになっていた。周囲の人々もすべて信者だったので、それ以外に宗教があることを知ったのは、十歳を過ぎてからだった。まさにキリスト教と己は、切っても切り離せない関係だった。

——キリシタン信仰は、わしの血と肉なのだ。

イエス様やマリア様の絵や像が、また外国人宣教師の穏やかな笑顔が脳裏をよぎる。それらは常に左平次の傍らにあり、どのような時でも左平次を力づけてきた。

――それをすべて捨てるのか。

立ち帰りが許されているとはいえ、キリシタンにとって棄教は重罪だ。棄教した瞬間から、あの慈愛に満ちたマリア様の微笑《ほほえ》みも険しいものとなるのだ。

――心の中だけでも信者でいるか。

だがそんな中途半端な気持ちでは、加藤家からキリシタンを一掃するという清正との約束を果たせない。

――やはり本気で棄教せねばなるまい。

震える手で、つい首に懸けたクルスに触れた。それは辛い時、苦しい時、悲しい時、常に行ってきた習慣のようなものだった。

だが左平次は慌てて手を引っ込めると、ロザリオを引きちぎった。

しばしそれを眺めたのち、キリスト教への気持ちを断ち切るように、左平次はそれを座敷の隅に投げ捨てた。

――ああ、神よ、お許し下さい！

いったんは投げ捨てたロザリオに、左平次は再び手を伸ばし掛けた。十字架に架けられたイエスが、こちらに視線を向けたように感じたからだ。

「そなたは間違っている」

イエスが首を左右に振ったような気がする。

「お許し下さい」

「棄教すれば許しを乞うても無駄だ。だが、今なら引き返せる」

「いいえ。私は亡き大殿に、禁教令が出たら棄教すると約束したのです」

加藤家は清正の息子の忠広《ただひろ》の代になっていたので、死後にもかかわらず、清正は大殿と呼ばれていた。

「そなたはあの時、禁教令など出ないと思っていただろう」

左平次はそれを願っていた。だが現実は甘くはない。幕府は容赦なく禁教令を出し、全国三十万のキリシタンたちに、棄教か殉教か、どちらかの道を選ばせようとしていた。

「その通りです。私はひたすら禁教令が出ないことを願っていました」

「だが、出た」

「そうです。出てしまいました」

「清正はもうこの世の者ではない。さような異教徒との約束を守る必要はない」

「いいえ、さようなわけにはいきません。たとえ大殿がこの世におらずとも、武士として約束を守らねばなりません」

この世にいないからこそ、左平次は清正との約束を反故にすることができないのだ。

「武士、か」

「そうです。私は武士として生きると決めたのです」

「信仰を貫くために、別の生き方はできないのか」

おそらく農民や漁民となれば、キリシタンかどうかの詮議は厳しくないだろう。だが耕す土地もなければ、漁に出るための舟もない左平次に、何ができるというのか。しかも農村も漁村も、よそ者には冷たい。そのため巷《ちまた》には、関ヶ原牢人が溢れていた。彼らの中には農民や漁民になってもよいと思っている者もいる。だが村が受け容れてくれないので、なりたくてもなれないのだ。

「この日本では、父祖代々の家業を継いでいくしかないのです」

「分かった。では、これで別れだな」

「そ、そんな――」

左平次は再びクルスに手を伸ばそうとした。だがイエスは険しい顔つきで首を左右に振った。

「もはやそなたは、わが子ではない」

「ああ、お許しを――」

イエスの姿は瞬く間に消えていった。

――もう後戻りはできぬのだな。

ひとしきり泣いた後、左平次は立ち上がった。

――わしは武士として生きるのだ。

左平次は箪笥《たんす》の二重底にしまった清正の書付を取り出すと、それを見つめた。そこには、「松浦左平次をキリシタン宗門改役に任じる。扶持米として追加で三百石を給する」と記されていた。

――わしは大殿から信頼され、抜擢されたのだ。その期待を裏切るわけにはいかん。

裃《かみしも》姿に着替えた左平次は、清正の書付を懐深くにしまうと屋敷を出た。

向かうは熊本城だ。


左平次は、上役にあたる庄林隼人《しょうばやしはやと》一心《かずただ》の許を訪れた。

隼人は摂津国《せっつのくに》の生まれで荒木村重《あらきむらしげ》の家臣だったが、荒木氏が没落した後、仙石秀久《せんごくひでひさ》に仕えた。しかし秀久が改易になったのを機に清正の家臣となり、朝鮮陣などで活躍した。

かつて清正からもらった書付を提出し、事情を説明すると、それを黙読した隼人が問うた。

「どうやら書付は本物のようだ。これを大殿から直接拝領したのだな」

「はい。今際《いまわ》の際にいただきました」

「で、そなたは棄教するのだな」

「棄教いたします」

この瞬間、自らの運命が決したことを左平次は覚った。

——腹を括《くく》るしかない。

「間違いないな」

隼人が念を押してきたので、左平次は「はい。間違いありません」と答えると、隼人が威儀を正して言った。

「では、そなたにキリシタン宗門改役を命じる」

「謹んで拝命いたします」

隼人は背後を振り向くと、小姓に何かを命じた。

「わしも大殿から後事を託されている。その中には、公儀の禁教令が出れば、家中からキリシタンを一掃することも含まれていた。それで早速キリシタンと思しき者を呼び出し、棄教を勧めたのだがな——」

隼人がため息をつく。

「お納戸役をやらせている小西家旧臣の一人が、どうしても棄教できぬというのだ」

「それは誰ですか」

「唐戸《からと》三左衛門《さんざえもん》だ」

「あっ、存じ上げております。かの者は小西家にいた頃から熱心な信者でした」

「やはりそうだったか。それで、そなたは三左衛門に棄教を申し聞かせることができるか」

——難しい話だな。

自分より十ほど年上で、率先して宣教師の世話をし、周囲に教えを説いていた三左衛門だ。とても説得できるとは思えない。

「庄林様、もし申し聞かせられなかったら、いかがいたしますか」

「頭が痛いのはそこだ」

「どういうことですか」

「大殿から『最初に棄教できないと申した者は、みせしめのために斬れ』と命じられた」

それは左平次にも命じられていたことだった。

ちょうどその時、戻ってきた小姓が隼人に何事か耳打ちする。

「では左平次、庭に三左衛門を連れてきているので、申し聞かせてくれ」

左平次が驚く暇もなく、背後の障子が開けられると、二つの庭燎《にわび》の間に、一人の男が端座していた。男は縄掛けされている。

「これは――、唐戸殿」

左平次の声に三左衛門が少し顔を上げる。

「そなたは――、ああ、セバスチャン左平次か」

三左衛門は左平次を洗礼名で呼んだ。

「はい。お久しぶりです」

「そなたのことはよく知っている。見事な出頭を遂げ、われらの輿望を担っている」

「ありがとうございます。これも亡き大殿のおかげです」

「で、そなたは縄掛けされておらぬようだが、庄林殿に説得されていたのではないのか」

三左衛門が初めて疑念を口にした。

「ええ、まあ――」

「よく分からぬが、どういうことだ」

その問いには、いつの間にか背後に来ていた隼人が答えた。

「松浦左平次は棄教したのだ」

「えっ」と言うや、三左衛門が絶句する。その視線が辛く、左平次は思わず顔を伏せてしまった。

「さようなはずがあるまい！」

――ごまかしたところで、いつかばれることだ。

そう思いなおした左平次は、思い切って言った。

「庄林様の話は本当です」

「ああ、何たることか。まさか、そなたが――」

三左衛門が天を見上げる。後ろ手に縛られて十字を切れないので、そうするしかないのだ。

「加藤家のために、私は棄教しました」

「そなたはそれでよいのか。棄教の意味が分かっておるのか」

「分かっています」

「棄教すれば、生涯『転び』として蔑まれるのだぞ」

「分かっています。しかし加藤家は公儀の命に従わねばならぬのです」

「待て。そなたはデウス様の教えと公儀の命とやらを天秤《てんびん》に掛けておるのか」

「いえ、そういうわけでは――」

「そなたは間違っている。今ならまだ間に合う。わしと共にここに座り、共に祈ろう」

それがどれだけ素晴らしいことか、己の心がそれを求めているのが分かる。だが左平次は、きっぱりと言った。

「それは、もうできないのです」

「いいや、違う。そなたの心の声に耳を傾けてみろ」

左平次に返す言葉はない。

背後から隼人の厳しい声が聞こえた。

「どうだ、左平次、もうキリシタン宗門改役が嫌になっただろう」

「いえ、さようなことはありません。亡き大殿は『そなたならやれる。いや、そなたにしかできない仕事だ』と仰せになりました」

「それがこの様《ざま》か。亡き大殿に何と申し開きするのだ」

「しばしお待ち下さい」

左平次が三左衛門に向き直る。

「小西家が改易となった後、われらの多くは、大殿のおかげで加藤家に仕官できました。その大恩を忘れてはなりません。今こうして、われらやわれらの妻子眷属が食べていけるのも、大殿のおかげなのです」

左平次に妻子はいないが、三左衛門にはいる。それゆえそこを突いたのだ。

「わしとて大殿には感謝している。だがそれはそれだ。さようなことが分からぬとはな」

三左衛門が、蔑むように言う。

「そうは思いません。われらは生きていかねばならぬのです」

「恥を忍んで生きていくのか」

「恥ではありません。現世で生きるためには、お上の命に従うことも必要なのです。現に多くの敬虔なキリシタンが棄教しています」

「つまらん道理だ。棄教したらハライソにも行けぬのだぞ」

「ハライソを――」

左平次が大きく息を吸うと問うた。

「見てきた者がおるのですか」

「何だと――」

三左衛門の顔に動揺の色が走る。

――今だ。

左平次は付け入る隙を摑んだ。

「よろしいですか。神仏は尊崇の対象です。現世を生きていくには、お上の命令に服さねばならぬのです」

「そなたはデウス様もハライソも存在せぬと申すのか。では、これまでそれらを信じてきた日々は何だったのか！」

「デウス様もハライソもありません。宣教師たちが思い描いているだけのものです！」

「さようなことはない。殉教すれば、われらはハライソに行き、デウス様に抱かれるのだ」

「いいえ、死ねば無があるだけです」

――本当にそうなのか。

仏教も極楽浄土があることを説いている。宗教は、この世の苦しみから逃れたい民のために、そうした幻想を作り上げてきたのだ。

「そなたは何という輩だ。こうしてそなたと同じ空気を吸っていることすら恥ずかしい」

「では、己でハライソがあるかどうか見に行ったらいかがでしょう」

「ああ、そうしてやる！　そしてこの世の底辺でうごめくそなたら異教徒を見下ろしてやる！」

腹を括ったのか、三左衛門が口を真一文字に結んで瞑目する。

「分かりました。では、この手で斬首させていただきます。その後、三左衛門殿の妻子もこの手で始末いたします。それでよろしいですね」

三左衛門の眉間に皺が寄る。三左衛門は子沢山の上に子煩悩なことで知られていた。

「よろしいのですね」

「待て！」

三左衛門の顔に、明らかに動揺の色が走る。

「見せしめは、わしだけで十分だろう」

「いいえ。罪は妻子にまで及びます。妻子は磔刑《たっけい》に処します」

「磔刑だと！　大殿は、さようなことを言ってはおらぬはずだ」

「それがしは大殿からキリシタン宗門改役に任じられています。すべては、それがしに委ねられているのです」

「さようなことはあるまい」と言いつつ、三左衛門が隼人を仰ぎ見る。

隼人がうなずくと宣告した。

「その通りだ。すべては左平次に委ねられている」

「ま、まさか――」

左平次が追い打ちを掛ける。

「三左衛門殿、罪もない妻子が残虐な殺され方をするのですぞ。それでもよろしいのですか」

「ああ、何と卑怯《ひきょう》な――」

「心の中でデウス様を信じるのは、それぞれの自由です。それゆえ形ばかり棄教下さい」

「そ、それは本当か」

「はい。ただし隠れキリシタンと明らかに分かるイエス像やマリア像といった御像《みかた》やイコン（聖画像）、クルス、ロザリオ、コンタツ（数珠）、メダイオン（徽章《きしょう》）、メダイ（メダル）、聖杯（ホーリー・グレイル）、アグヌス・デイ（蠟《ろう》でできた円盤）などは、すべて捨てていただきます」

「さようなことができるか！」

三左衛門の顔に動揺の色が走る。

「それがしとて苦しいのです。しかし加藤家が存続していくには、致し方なきことなのです」

「ああ、神よ、お許し下さい」と言って三左衛門が慟哭《どうこく》する。

「では、棄教いただけますね」

「いやだ、いやだ」

三左衛門が童子のように泣きながら首を左右に振った。

「では、棄教しないのですね」

「待て──」

三左衛門が空を見上げると言った。

「神よ、お許し下さい」

「棄教するのですね」

「心の中では、デウス様を信じていてもよいのだな」

「構いません。心の中だけは自由です」

「分かった。棄教する」

そう言うと三左衛門が号泣した。

「縄を解いてやれ」

隼人が三左衛門の背後に控える小者に命じる。

小物が素早く縄を解くと、三左衛門はその場に突っ伏して泣き続けた。その背を左平次は優しく撫でた。

「よくぞご決断されました。三左衛門殿は正しい道を選んだのです」

「そうなのか。本当にそうなのか」

「間違いありません。今から家に帰り、すべての像や十字架を焼くのです。明日の夜、それがしが取り調べにまいります」

「ああ、何ということだ」

「お子さんが手作りの十字架一つ持っていても、一家は処刑されます。それをお忘れなく。また見知らぬ者がやってきてキリシタンだと名乗っても、信じてはいけません。江戸から送られてきた隠密かもしれないからです。また知己とも、キリシタン信仰に関する話をしてはいけません」

「あい分かった」

左平次は三左衛門の傍らから立ち上がると、隼人に目配せした。それを見た隼人は、小者に「三左衛門を家まで送り届けろ」と命じた。

三左衛門が去った後、左平次は隼人に問うた。

「庄林様、これでよろしいですね」

「ああ、そなたは立派に役目を果たした。そなたほどキリシタン宗門改役に適した者はおらぬ。すべてを任せるので、徹底的にやれ」

「承知仕りました」

だが左平次の心の片隅で何かがうずいているのも確かだった。それが何かを左平次はよく知っていた。

七

慶長十九年、前年末に江戸幕府から「伴天連追放令」、いわゆる禁教令が発布されたことで、長崎の教会や諸施設はことごとく破壊された。

それを目の当たりにした彦九郎は絶望の淵に立たされたが、これも神が与え賜《たも》うた試練と割り切り、潜伏キリシタンとして布教活動を続けていくことにした。

しかし二月、多くの外国人宣教師がマカオとマニラに流されるに及び、心が折れそうになった。彼らとの別れは辛かったが、彦九郎の信仰心は、さらに強靭《きょうじん》なものになっていった。

彦九郎は行商人に化けて九州各地を回り、信者たちにキリシタン信仰を捨てないよう説得して回った。

一方、姉の久乃は右近の侍女の一人になり、右近に国外退去の命令が下るまで、身の回りの世話をすることになった。

そんな最中の四月、信者の一人が「ジュリアン司祭が探している」と伝えてきた。

ジュリアンとは天正遣欧少年使節の一人の中浦ジュリアンのことだ。ジュリアンの本名は小《こ》佐々《ざさ》甚五《じんご》といったが、肥前国の中浦出身なので中浦という苗字《みょうじ》を名乗っていた。小佐々氏は肥前国の水軍の家で、父の純吉《すみよし》も熱心なキリシタンだったが、寄親の大村純忠に従った戦で討ち死にして以来、純忠はジュリアンを庇護し、天正遣欧少年使節の一人に推したという経緯がある。

――ジュリアン殿がなぜ私を。

ジュリアンとは長崎の教会などで言葉を交わしたことがあるが、とくに親しいわけではない。だが何か理由があってのことだと察した彦九郎は、すぐにジュリアンが潜伏している口之津《くちのつ》に向かった。

口之津は島原半島の南端にあり、半島有数の漁港でもある。ジュリアンから伝言を託された信者によると、その西の加津佐《かづさ》に向かい、久木山《くきやま》という集落を北上すると、妙見堂があるので、その隣の家を訪れ、泊めてくれと言えば分かるという。

夜になってから、半信半疑でその通りにしてみたところ、出てきた家の主人らしき男の顔色が変わると、何も言わず奥に通され、風呂と食事を供された。

そして子《ね》の下刻（午前一時頃）になり、「支度が整ったので、ご案内いたします」と主人に言われた。

主人と彦九郎は、月明かりだけが頼りの暗い道を小半刻ほど歩き、山中の炭焼き小屋のようなあばら家に着いた。

――かような場所にいるのか。

それは隠れ家には適していたが、あまりにみすぼらしかった。

「ジュリアン様、客人をお連れしました」

主人がそう告げると、しばらくして引戸が開かれ、中から顔中に無精髭《ぶしょうひげ》を生やした男が現れた。それは、かつて神の栄光に包まれ、皆から仰ぎ見られていた中浦ジュリアンだった。

「ジュリアン様、アンドレです」

「アンドレか。よくぞ参った」

主人は「では、これにて」と言って闇に消え、彦九郎はジュリアンに抱きかかえられるようにして家に身を入れた。ジュリアンは髪の毛は伸び放題で顔は髯《ひげ》に覆われている。よほど長く体を洗っていないのか、乾いた汗の臭いが鼻をつく。

ジュリアンの持つ灯明皿の灯《あか》りに目が慣れると、奥まった場所に一人の男が座しているのに気づいた。

「まずは紹介しよう」

ジュリアンが灯明皿を近づけると、男の顔が薄闇の中に浮かび上がった。

男はジュリアン同様、髪も髯も長く伸びていたが、それらは亜麻色をしているので外国人だとすぐに分かる。

彦九郎は正座すると、頭を下げた。

「アンドレ、このお方が誰だか分かるか」

「分かりません。初めてお目に掛かるお方です」

男が口を開いた。それは流暢《りゅうちょう》な日本語だった。

「私の名はクリストヴァン・フェレイラです」

「あなたがパードレ・フェレイラですか」

名前はよく耳にしていたが、彦九郎はフェレイラに会ったことはなかった。

「そうです。神の命により、この国に参りました。そして神の愛をこの国の民にも伝えていきたいのです」

フェレイラは慶長十六年（一六一一）、万里の波濤を越えて来日した。イエズス会の資金や資産を管理運用する財務担当者《プロクラドール》として日本に派遣されたフェレイラだったが、本来の仕事に着手する前に禁教令が出されたことで、その活動は制限された。今は日本の管区長代理を務めている。

「パードレは国外に退去しないのですか」

フェレイラが笑みを浮かべてうなずく。

「私はここに残り、神の子らを守ります」

フェレイラほど流暢な日本語を話す宣教師はいない。それもあってフェレイラ個人を崇拝する者も多い。

「それは容易なことではありません」

誰の目にも明らかに外国人と分かる宣教師たちが、潜伏生活を続けるのは難しい。

ジュリアンが口を挟む。

「パードレ・フェレイラはこのように仰せだ。私も幾度となく国外への退去を勧めたのだが、パードレは聞く耳を持たない」

「では、ジュリアン様はどうするのです」

「見ての通り、パードレ・フェレイラと共に潜伏を続ける」

天正遣欧少年使節の四人は帰国後、それぞれの道を歩んできた。伊東マンショは二年前に死去し、千々石ミゲルはイエズス会を脱会した。原マルチノは長崎にとどめ置かれ、この年の十一月にマカオに向かわされる。中浦ジュリアンだけが今なお潜伏を続けていた。

「そうですか。お二人とも立派だ」

フェレイラが首を左右に振る。

「これも神のご意思です」

「それでジュリアン様、わざわざ私を呼んだのには、いかなる理由があるのですか」

「うむ。そなたを探していたのはほかでもない。そなたが小西家旧臣とつながりがあると聞いたからだ」

「はい。ありましたが、すでに多くは離散し、行方も分からない者が多くいます」

善大夫のことが頭をよぎった。遅れてくるはずの善大夫は、いっこうに現れず、おそらく畿内で捕まり、殺されたとしか考えられなかった。

「とは言っても、全く伝手がないわけではあるまい」

「もちろんです」

「われらは禁教令が緩むまで、こうして潜伏を続けるつもりだ。だが、われらの伝手だけを頼っていては心許ない。それでそなたの伝手を使いたいのだ」

「よく分かりました」

彦九郎は何人かの顔を思い浮かべた。どこかの家中に再仕官した者は除き、帰農した者や、漁民になった者らだ。

「それでどうだ。われらを匿ってくれそうな者はおるか」

「はい。何人か心当たりはあります」

「それはよかった」

ジュリアンは安堵のため息を漏らすと続けた。

「パードレ・フェレイラは、ほとんど外に出られない。それゆえ匿ってもらう家の負担は大きい。しかも見つかれば死罪となる。それでもよいか」

「はい。皆も神のために死ぬ覚悟はできております」

フェレイラが問う。

「私はただ潜伏しているだけではありません。近くに住む人々を集めて、デウス様の教えを説きます。それでもよろしいですか」

それはあまりに危険なことだった。

「当面は隠れるだけにして下さい。禁教令はそのうち緩みます。その時期を見据えながら、徐々に布教していきましょう」

ジュリアンがうなずく。

「そうだな。だが一カ所には長くとどまることはできない。せいぜい一月だ。それで潜伏場所だが――」

ジュリアンは細かく指示を出してきた。それは隠し部屋がある家か床下に隠れる場所がある家で、裏山が深く、逃れる経路がある場所といったものまで細部にわたった。

「さような場所ばかりとは限りませんが、何とかするしかありません」

「そうだな。贅沢《ぜいたく》は言っていられない。われらの命はそなたに託した」

その言葉がいかに重いものか、彦九郎は知っていた。

「できるだけのことはさせていただきます。まずは最も信頼できる一人の――」

彦九郎は知人の一人で、今でも信仰を捨てていない者の話をした。

かくしてフェレイラとジュリアンの逃避行が始まる。


同年六月、天草下島《しもしま》の富岡《とみおか》にある志岐《しき》教会を守っていたアダム荒川《あらかわ》が処刑された。荒川は二人の外国人神父が国外退去を命じられたことで、一人で教会を守ることになった。代官は荒川に棄教を勧めたが、荒川が頑として棄教しないと知ると、徹底的に拷問した末、斬首刑に処した。これがキリシタンへの厳罰化の端緒となる。

同年七月、九州のキリシタンにとって、大きな変化があった。

肥前日野江藩主の有馬直純は、父の晴信が岡本大八事件に関与したことで切腹させられたこともあり、キリシタン弾圧に熱意を持って取り組んでいた。前年には父と後妻のジュスタの間に生まれた八歳と六歳の異母弟を殺し、領内の教会を破壊し、棄教しない者の妻子を裸にして領内を引き回した。武士の中には、その辱めを受けることをよしとせず、妻子を殺して自害する者が出る始末だった。

長崎奉行の長谷川藤広は直純の所業を幕府に報告したので、これを聞いた幕府は有馬家を日向国に転封させることにした。しかしキリシタンでいられるならと、有馬家を離れて牢人となる者も多く、それが後々までこの地域に大きな影響を及ぼしていく。

その後、島原などの旧有馬領は天領となり、長崎奉行の長谷川藤広と禁教令の実行を督励させるべく派遣されてきた山口直友《やまぐちなおとも》によって過酷な迫害を受けることになる。

藤広と直友は迫害する地域を有馬と口之津に絞り、棄教しない者には容赦ない拷問を加え、鼻を削《そ》ぎ落とし、指を切り、妻女は遊郭に売り払った。十一月二十五日、直友が長崎を去るまでに有馬と口之津で四十一人が殉教した。

八

慶長十九年八月、善大夫は足を引きずりながら、大坂城三ノ丸の雑踏を歩いていた。

やがて玉造口《たまづくり》に着いたので、善大夫は「小西家牢人なり」と番所で告げ、堂々と入城した。

城内は人でごった返していた。まさかとは思っていたが、大坂方は江戸幕府と本気で戦うつもりでいるようだ。

――何と愚かなことか。

それがいかに無為な戦いになるか、城外の者たちは皆知っていた。何と言っても大坂方となった大名は一人もいないのだ。

だが関ヶ原牢人たちは食い詰めており、ここで花実が咲かせられないなら死んでもいいと思っているのか、次々と入城してきていた。

二ノ丸に入ると、城外から運び込んだとおぼしき米俵を載せた車が行き交い、どこへ行くのか徒士《かち》の集団が走り去っていく。善大夫と同じような姿の牢人も多数おり、古甲冑を担いで槍を携え、いずこかの陣に向かっていく。旧主家に帰参するのか、陣借りするのだろう。

二ノ丸の中ほどに至ると、「明石全登《あかしてるずみ》本陣」と垂れ幕に大書された屋敷に着いた。

「案内を乞う！」と言って待っていると、取次役らしき者が「何用か」と問いながらやってきた。

「陣借りいたしたい」

「名は何と申す」

善大夫は名乗ると、胸に下げたクルスを示し、主君の行長から形見分けしてもらった脇差を差し出した。その拵《こしら》えには螺鈿《らでん》をちりばめた十字の象眼が施されており、誰が見てもキリシタン大名か高名なキリシタン武将の持ち物だと分かる。

「しばしお待ちを」

脇差を善大夫に返すと、取次役は奥に消えた。それから小半刻ほど待たされると、奥の間に通された。そこでは、一人の武将が縁側に座して何事かしていた。その手元を見ると、マリア像らしきものを彫っている。

「よろしいですか」と取次役が問うと、「ああ」と答えて武将が座に戻った。

取次役の足音が消えると、善大夫が問うた。

「何を彫っておいでで」

「これか。見ての通り、マリア像だ」

「見事な出来栄えです」

「ああ、もういくつも彫ったからな。われながら上手《うま》くなった」

善大夫が名乗ると、武将も名乗り返した。

「アグスティノ殿の小姓だったか」

着物に付いた木屑を払いながら、全登が穏やかな笑みを浮かべる。

「はい。関ヶ原にもおりました」

「そうか。よくぞ生き残った」

善大夫が関ヶ原から命からがら逃れた話をすると、全登は悲しげな顔をして聞いていた。

全登は四十代半ばと聞いていたが、その精悍な顔つきは三十代としか見えない。しかもその瞳は澄んでおり、武将として殺生を重ねながらも、キリシタンとしての清廉潔白な生き方を貫いてきたことを証明していた。

全登は永禄十二年（一五六九）、備前《びぜん》国の国人の家に生まれた。父の行雄《ゆきかつ》は浦上《うらがみ》氏の家臣だったが、宇喜多氏に寝返り、以後、宇喜多氏の家臣となる。全登が跡を継いで後、宇喜多家中は内《ない》訌《こう》が続いたが、当主の秀家《ひでいえ》と対立した四人の宿老が出奔することで、図らずも全登は家宰となり、宇喜多家中を取り仕切ることになる。宇喜多家では三万五千石の知行だったが、秀吉に気に入られることで豊臣家からも知行をもらい、十万石の大領の主となった。だが関ヶ原の戦いで秀家が敗れ、全登も改易とされた。

一時は黒田家に身を寄せたが、孝高（如水）が没した後は居づらくなって田中忠政《たなかただまさ》（吉政《よしまさ》の息子）を頼ったものの、幕府から禁教令が出されたため牢人となっていた。敬虔なキリシタン武将として名を馳せていたことから、多くのキリシタン信者がその傘下に集まっていた。全登は大坂城の「七組の番頭」の一人として、四千の兵を預けられることになる。

善大夫が親しみを込めて言う。

「これまで主と共に、ジュスト様には何度かお目に掛かったことがあります」

全登の洗礼名はジュストになる。

「そうだったか。気づかなかったな」

「私は小姓なので当然のことです」

「天のアグスティノ殿も、よき小姓を持ったようだな」

しばし行長のことを語り合った後、善大夫が話題を転じた。

「ここにおるということは、戦は避け難いのですね」

「ああ、そうだ。豊臣家としては、戦だけは避けたかった。敵は強大だからな。しかし駿府の老人は、様々な無理難題を押し付けてきた」

駿府の老人こと家康は、どうしても豊臣家を滅ぼしたいのであって、大坂方の意向など無視していた。

「だからといって挑発に乗ってしまえば、駿府の老人の思うつぼではありませんか」

「それは分かっておるが、もはや戦うしかないのだ」

全登は牢人なので、豊臣家の中枢にいるわけではない。それゆえ戦うという決定を下したわけではないが、その決定を「やむなし」と思っているのだろう。

「この戦に勝算はあるのですか」

「われらはデウス様のために、一丸となって徳川方と戦うだけだ」

豊臣家はキリシタン武将の入城を促すために、信教と布教の自由を許している。すなわち豊臣家が勝てば、禁教令は撤回される。全登はそのために戦うのだ。

「ジュスト様は、豊臣家というよりキリシタンのために戦うというのですね」

「そうだ。このまま江戸の公儀が天下を握り続ければ、キリシタンは迫害される。だが豊臣家が勝つか存続すれば、その領内では信仰の自由が認められる」

全登は豊臣家に対し、「信教の自由を保障し、キリシタンが自由に布教できるようにする」という約束を取り付けていた。

「しかしそれは難しいのでは」

全登の顔がとたんに険しくなる。

「ああ、徳川家に勝つことが、いかに難しいかは分かっている」

「では、約束など空証文《そらしょうもん》に等しいのでは」

「そうかもしれぬ。だが戦わなければ、信教の自由も奪われ、布教もできなくなる」

「それは分かりません」

全登の顔色が変わる。

「そなたは戦うために、ここに来たのではないのか」

「はい。実は――」

善大夫が目的を語った。

「では、そなたは敵方ではないか」

「違います。私は棄教していません。それゆえお味方です」

「いいや、違う。そなたは長良川《ながら》の鵜で、崇伝らは鵜飼だ」

「いかにも私は鵜かもしれません。しかし一人でも多くのキリシタンを救いたいのです。それゆえジュスト様も即刻この城を出て下さい。さすれば多くの信者たちも救われます」

「さようなことが今更できようか！」

全登の顔が苦痛に歪む。

「ジュスト様、武士の面目は分かります。しかしこの場は恥を忍んでいただけませんか。そしていつの日か訪れる捲土重来《けんどちょうらい》の機会を待ちましょう」

全登が首を左右に振る。

「さようなことはできない。わしはデウス様のために戦い、そして死ぬのだ」

「それは殉教ではありません」

その言葉に全登がたじろぐ。

「なぜ、そなたにさようなことが言える！」

「私は神の勝利だけを考えています。神の勝利とは、できるだけ多くのキリシタンを生き残らせることです」

全国にキリシタンは三十万ほどいる。うち五千から一万近くのキリシタンが全登と行を共にしようとしている。今でもキリシタン武士は、続々と大坂に集まってきている。彼らは働き盛りで、将来的な布教活動の担い手となり得る。

「そなたの話は分かった。だがわしは一人になっても戦う」

「どうしてですか。なぜそこまで、この戦いにこだわるのですか」

全登の顔に苦笑いが浮かぶ。

「わしは疲れたからだ」

「疲れたとは、どういうことですか」

「妻子眷属とも離散し、食うや食わずで諸国を歩き、かつての知己の世話になる。さような生き方を終わりにしたいのだ」

「では、ほかのキリシタン武将を巻き添えにするのはやめて下さい」

「彼奴《きゃっ》らは進んでここに来た。誰もが牢人生活に疲れておるのだ」

「しかし――」

「そなたには分からぬことだ」

「それでも生きて下さい」

「いや、わしの死に場所はここなのだ」

全登は何を言っても聞く耳は持たなかった。四十代半ばの全登にとって、この先、あるかどうかも分からない神のための戦いを待つことなどできないのだ。

「ジュスト様、残念です」

「もうよい。わしはわしの道を行く。そなたはそなたの道を行け」

それ以上、この話を続けても無駄なのは分かっていた。

善大夫は武士という生き物の難しさを痛感した。

九

左平次はキリシタンの家を軒並み訪問していた。そして懇切丁寧に棄教することを勧めた。

中には頑として応じない者もいたが、誠意を込めて棄教の利を説いた。

「信仰は心の中にあればよいのです。たとえ公儀でも、心の中まで追及することはできません。どうか加藤家のためにお願いします」

これで大半の者は表面的な棄教に納得した。誰もが牢人生活の苦しさを知っているからだ。

――わしは正しいことをしているのか。

そんな疑問が幾度となく浮かんでは消えた。左平次とて棄教したくはなかった。だが行き場のなくなった己を引き立ててくれた清正の恩義を考えれば、これも致し方ないことだと己に言い聞かせた。

中には「クルスの一つを持っていても分からぬだろう」と言う者もいた。だがそうした油断が最も恐ろしいのだ。

清正は幕府の隠密の存在を極度に恐れていた。おそらく領内には何人もの隠密がいるのだろう。そして禁教令を無視し、キリシタンを野放しにしていることがばれれば、それを幕府に報告され、加藤家が追及を受けることになる。

大半の者は、左平次の誠意溢れる説得に応じてくれた。それゆえ誰かを斬ることもなく、左平次の仕事は順調に進んでいた。

そんなある日、天草下島の﨑津《さきつ》まで足を延ばした左平次は、帰農している大野弥右衛門《おおのやえもん》という小西家旧臣の家を訪れた。弥右衛門は、かつて小西家の算用方の物頭をしていたことから、行長の許に報告に来ることが多く、いつしか左平次とも顔見知りになっていた。

禁教令が出てから弥右衛門の家に一度訪れ、棄教を勧めたところ、すんなり受け容れてくれた。左平次は弥右衛門を信頼し、﨑津村のキリシタンたちの説得を依頼した。その甲斐《かい》あって、﨑津村周辺では誰もが棄教に素直に従ってくれた。

しかも弥右衛門は素直に仏門に帰依することを誓い、居間には釈迦《しやか》の座像まで飾っていた。

この日も状況を確認し、問題はないとの報告を受けたので、熊本に戻ろうとしていると、大地が揺れた。

——大地震《おおない》だ！

はっとして身構えたが、地震はすぐに収まった。

「ああ、驚いた」

弥右衛門がおどけたように言ったので、左平次も笑みを浮かべた。

「大事がなくてよかったです」

それでも家の中のものがいくつか転がっている。板敷に仏像が転がっているのを見つけた左平次がそれを元の場所に戻そうとすると、仏像を載せていた台座が落ちた。

「あっ、割れてしまいましたね」

左平次が台座を拾おうとした時、何かが顔を出した。

——こ、これは！

台座部分に十字架が載せられているではないか。

――まさか「隠し十字仏」か！

それは台座部分に仏像をはめ込んであり、それを外すと十字架が姿を現すというものだった。

「弥右衛門殿、これはいったい何ですか！」

弥右衛門は蒼白《そうはく》な顔で立っていた。

「わしを騙《だま》していたのですか！」

弥右衛門は答えない。

「どうしてかようなことをしたのです！」

「そなたは――」

弥右衛門が憎悪の籠もった視線を向ける。

「転びではないか。権勢を笠《かさ》に着て神の教えを踏みにじろうなど言語道断だ」

「では、堂々とキリシタンを貫けばよろしいのではありませんか！」

「さようなことをすれば、ここから追放されるだろう。われらは食べていくのがやっとだ。ここから離れるわけにはいかぬ」

「何と手前勝手な！」

左平次は天を仰ぐと、土間や外で待っていた下役や小者を呼んだ。彼らは左平次の剣幕に驚き、土足で踏み入ってきた。

「そなたらは、この家のあらゆるものの中からキリシタンの証しを探せ」

「承知！」と答えるや、十人ばかりの男たちが家の中をひっくり返し始めた。

弥右衛門の妻子八人ほどは一カ所に集まり、震え上がっていた。長男夫婦の子供なのか、最も小さな子は五歳ほどだ。

下役や小者たちが、壺や甕《かめ》を叩き割り、次々とキリシタンの証しを持ち寄ってきた。その中には、珊瑚《さんご》を削って作ったとおぼしき十字架、ロザリオの玉、小さなメダイオン、聖杯まであった。これらの聖具は、弥右衛門一家がキリシタンであることの証しであり、幕府の隠密に見つかれば、取り返しのつかないことになるところだった。

「何ということだ。そなたらは一家そろってわしを欺いていたのか！」

弥右衛門に言葉はない。

「この罪は重い。熊本に連れ帰り、吟味の上、沙汰を下す」

「それはおかしい。わしらは、そなたの言った『心の中で信じることは許されます』という言葉を信じたのだぞ」

「これが心の中だけだというのか！」

左平次が台座の上に載った十字架を示す。

「かようなものは駄目だと申したはず！」

キリシタンの拝礼物がある限り、心の中だけというのは通用しない。

「われらは誰にも迷惑をかけておらぬ！」

「そうではない。公儀の隠密がこの村に来て、キリシタンを装い、『共に拝礼したい』と申した時、そなたはどうする！」

弥右衛門に返す言葉はない。

「それだけでも、加藤家が取り潰される理由になるのだ」

「分かった。でも熊本に連れていくのは、わしだけにしてくれ。女や童子に罪はない」

「それは駄目だ。一家の主がキリシタンなら、妻子も同じだ」

「さようなことはない。年端も行かぬ童子もおるのだ」

「では、よく見ていろ！」

左平次は五歳ほどの童子を母親らしき女から引き剝がすと、優し気な声音で問うた。

「日々、これを拝んでいたのだな」

左平次は童子に「隠し十字仏」を持たせた。童子は泣くのを懸命に堪えているようだったが、遂に堰《せき》を切ったように泣き出した。

「どうだ。そうであろう。そうでなければ、それを庭に向かって投げてみろ」

左平次が庭に通じる障子を開ける。

「ただの作りものだ。投げられるだろう」

童子はそれを抱いて、その場にくずおれた。

「弥右衛門、見ての通りだ。観念しろ！」

弥右衛門が開き直ったように言う。

「分かった。連れていけ。だがわしらは棄教せぬぞ」

「だとしたら磔刑に処す」

女の間から「ひい」という悲鳴が起こる。

「望むところだ。わしは殉教する」

「そなたの妻子眷属にも殉教させたいのか」

弥右衛門の顔が苦痛に歪んだその時、若い娘が進み出た。弥右衛門がいつも自慢していた琴《こと》という娘で、もうすぐ嫁に行くと聞いていた。

「構いません。連れていって下さい」

「そなたは、磔刑がどれほどの苦痛を伴うものか知っているのか」

痛みを感じる暇もなく死ねる斬首刑とは異なり、磔刑は左右の脇腹から対角の肩めがけて槍を突き通すという残虐な刑だ。心臓を外すので一撃では死ねず、槍の穂先で次々と内臓を巻き取られた末、やっと死に至る。

「分かっています。でも私は、自らの信仰心の強さを皆に示したいのです」

「そ、そなたは苦痛の果てに死ぬのだぞ」

「いいえ。死ぬのではなくハライソに行くのです」

左平次の顔に迷いの色が浮かんだからか、弥右衛門が厳かな口調で言った。

「本音を言えば、そなたは棄教などしたくなかったのだろう」

「何を言う。わしは進んで棄教したのだ」

「いや、嘘だ。大殿の側近くに仕え、その大恩を受け、つい棄教してしまったのだ。今なら引き返せるぞ」

だが左平次は戻るつもりなどなかった。

「戯《ざ》れ言《ごと》を申すな。わしはわしの意思で棄教したのだ」

「そなたは、それでよいのか。死の瞬間、ハライソに行けず、すべては無になるのだぞ」

「ああ、構わぬ。ハライソなど宣教師どもが作り出した幻だ。人は死ねば無になるのだ」

「さようなことはない。ハライソはある！」

「では、誰か見てきた者はおるのか」

弥右衛門が押し黙る。

「それみたことか。ありもしない幻を、あたかもあるように説くのが宣教師というものだ」

「そなたは恥ずかしくないのか」

「恥ずかしいのはどっちだ。人を欺き、隠れてこそこそ礼拝するなど、人としての道を踏み外しておる」

「何だと！」

摑み掛かろうとする弥右衛門を、小者たちが押さえつける。その時だった。娘が十字を切り、天に向かって言った。

「この迷える者をお救い下さい」

「何を申すか！」

左平次が太刀を抜くと、娘は背を向けて天に祈りを捧げた。

「許さん！」

「よせ！」

左平次に飛び掛かろうとする弥右衛門を、小者たちが押さえつけた。

「逃げろ！」という弥右衛門の声に応じ、そこにいた家族が逃げ出した。それを小者たちが追う。だが娘だけは逃げ出さず、背を向けて祈りを捧げている。

「弥右衛門、見ていろ！」

そう言うと、左平次は背を向けた娘に一太刀浴びせた。

「きゃー！」という悲鳴を残し、娘がくずおれる。瞬く間に血だまりが広がり、娘の黒髪を朱に染めた。

「琴！」

娘は横倒しになり、二度と動かなかった。

「此奴、琴を――、琴を殺したな！」

弥右衛門の絶叫が轟く。

「これでそなたは地獄に落ちると決まった。そなたが死ぬのを見ることは叶わぬが、ハライソから地獄で苦しむそなたを見下ろしてやる！」

「どけ」と言って小者を押しのけた左平次は、端座して祈りを捧げる弥右衛門に向かって太刀を振り上げた。

――もう後戻りはできぬのだ。

太刀を水平に薙《な》ぐと、血煙をたなびかせながら弥右衛門の首が落ちた。その首を足蹴にすると、左平次は配下に命じた。

「此奴の妻子眷属を皆殺しにしろ。いや、この村を焼き払い、村人を撫で切りにせよ」

下役の一人がおずおずと問う。

「キリシタンかどうかの吟味をせずともよろしいのですか」

「ああ、構わぬ。わしはキリシタン宗門改役だからな。さような権限は有しておる」

――もはや引き返せぬ。だとしたらとことんやるしかない！

キリシタンへの憎悪が胸内から湧き上がってきた。それは左平次にとっても意外なものだった。

――わしはどこへ行くのか。

左平次にも、それは分からない。だが前に進むしかないことだけは確かだった。

十

慶長十九年十月、高山右近との別れの日がやってきた。右近とその妻子眷属は長崎奉行の監視下に置かれているので、すでに港に近い屋敷に移されていた。

九州各地で布教活動をしていた彦九郎は、右近の旅立ちに合わせて長崎に戻ってきた。どうしても別れを言いたかったからだ。

慌ただしく出立の指示をしながら、右近の顔は明るい色に包まれていた。

「高山様、この度はおめでとうございます」

「おう、アンドレか。あの時は、ゆっくり話ができてよかった。これからも布教を続けてくれ」

「はい。禁教令くらいで挫《くじ》けません」

「わしも、そなたのような後進がいてくれて安心だ」

右近の行く先は、エスパニア人の植民地となっているフィリピン国のマニラと決まっていた。

「そう言っていただけると感無量です。私の迷いを断っていただいたご恩は忘れません」

「それはよかった。ただひたすらデウス様を信じて祈るのだ。さすれば道は開けてくる」

迷いが完全に断てたかどうかは、彦九郎にも分からない。まだキリシタン信仰についての疑念が心の片隅に澱《おり》のように残っている。

「右近様、あちらの水には、くれぐれもお気をつけ下さい」

この場合の水とは、衛生環境全般を指す。

「分かっている。食べ物も口に合うかどうか分からぬが、久乃殿も来てくれるというので安堵している。久乃殿は料理が上手なので、あちらの食材でも、わしらの口に合うように作ってくれるだろう」

それは彦九郎にとって寝耳に水だった。

「右近様、今、わが姉の久乃が共に行くと仰せになりましたか」

「えっ、知らないのか。わしは久乃殿からそう聞いた」

――何ということだ。

彦九郎は旅先から駆けつけてきたので、久乃にはまだ会っていない。

「そうだったのですね。早速確かめてみます」

「本当に知らなかったのだな。翻意させても構わぬぞ」

「いえ、そういう意味ではないのですが――」

彦九郎は衝撃で言葉もなかった。

——姉上は、マニラに行くことの謂が分かっているのか。

それは、二度と日本に戻ってこられないことを意味していた。

「すっかりそなたも納得しているものと思っていた。二人でよく話し合うことだ」

「ありがとうございます。ではご多忙のようなので、これにて」

そう言い残すと、彦九郎は久乃の居場所を侍女たちに聞きながら、屋敷の奥に向かった。


久乃は忙しげに立ち働いていた。己の荷造りは終わったのか、家の中を掃除していた。

「姉上」

「ああ、彦九郎、帰ってきたのですね」

久乃の顔に笑みが広がる。

「姉上、お座り下さい」と言って、姉の手から雑巾を取り上げた彦九郎は、縁側に胡坐をかいた。

久乃も致し方なさそうに座す。冬の陽《ひ》が弱々しく差す縁で、久しぶりに姉と弟は二人だけになった。

「右近様から聞きました」

「そうですか。それなら話は早い」

「姉上は、マニラに行くという謂が分かっているのですか」

「分かっていますよ。もはやこの地には二度と戻れないでしょう」

久乃はあっけらかんとしていた。

「それが分かっていながらなぜ——」

「それが最善だと思ったからです」

「よろしいか。右近様には多くの侍女がいます。その者どもとは重代相恩の間柄です。共にマニラに行くのは、そうした者たちの仕事です」

「知らないのですね」

久乃がため息を漏らす。

「何をですか」

「右近様が侍女たちに『残りたい者は残ってよい』と告げたところ、二人を除いて大半の者が残ることになったのです」

「何と――。しかし皆、キリシタンではないのですか」

「そうです。しかしこちらにいる親しき者たちと別れ、マニラなるところに行くのは、誰にとっても辛いのでしょう」

「だからといって、なぜ姉上が――」

「右近様の一行は二十人に及びます。にもかかわらず侍女が二人では、何もできません」

右近一行は、右近とジュリアの夫妻を筆頭に、その娘、亡くなった長男の子が五人、同じキリシタン武将の内藤如安が八人、同じく宇喜多久閑《きゅうかん》が四人という大所帯だった。

「お待ち下さい。姉上は右近様と知り合ったばかりではありませんか」

右近が長崎に来てから八カ月しか経っていない。

「知り合ってからの長さが何だというのです。右近様の徳の高さに接すれば、たとえ一日でも多く右近様と過ごしたいと思うはずです」

「そこまでして右近様に仕えたいのですね」

「そうです。右近様のお役に立つことは、デウス様のお役に立つことと同じなのです」

――説き伏せるのは無理だ。

久乃の確信に満ちた言動からすると、翻意させるのは不可能に思えた。

「分かりました。無念ですが、私とも永の別れとなります。それでもよろしいのですね」

久乃の顔が悲しみに歪む。

「そなたのことは心配です。しかしそなたは立派になった。もう一人で生きていけます」

「ありがとうございます。私は私で信心を貫きます。姉上も――」

彦九郎も感極まってきた。

「いつまでも息災でいて下さい」

「今までありがとう」

「こちらこそありがとうございました」

久乃の目からは、涙がこぼれていた。

「ハライソで再会しましょう」

「姉上――」

嗚咽が込み上げてきた。両親を失ってから、彦九郎にとって唯一の肉親が久乃だった。

いつしか背後に回った久乃は、優しく彦九郎の背を撫でてくれた。

「言葉は無用です。ひたすら祈りを捧げましょう」

久乃の手は柔らかくて暖かかった。


十月六日と七日の両日にかけて、全国から集められた宣教師やキリシタン信者の指導的立場にある者たちが、マニラとマカオに追放された。右近一行は八日、二隻の古いジャンク船に分かれ、三百五十人の信者たちとともにマニラに向けて出帆した。

久乃は互いの姿が見えなくなるまで、彦九郎に手を振り続けた。彦九郎も懸命に手を振り続けた。互いにこれが今生の別れだと知っていたからだ。

マニラへの旅は一カ月余も続いたが、十二月には無事にマニラに到着した。その時の歓迎ぶりには凄まじいものがあり、右近は歓喜に咽んだという。

礼砲が鳴り響き、教会の鐘が鳴らされる中、一行はエスパニア総督邸へと向かった。そして大聖堂でのミサの後、総督邸で歓迎の大宴会が開かれた。

だが至福の時は長く続かなかった。到着から四十日後、右近は高熱に倒れた。総督のお抱え医師らが懸命に看病したが、右近の病状は好転せず、慶長二十年一月六日、六十三年の生涯を閉じることになる。

その後、久乃の消息は全く伝わってこなかった。おそらく右近の妻子に仕えていたのだろうが、まれに密航してくる宣教師たちに問うても、久乃の消息を知る者はいなかった。

彦九郎は、たまに夜空を眺めながら久乃のことを思った。

――この夜空を姉上も眺めている。

そう思うと、なぜか心が落ち着いてきた。

彦九郎は、いつの日か久乃とハライソで再会することを楽しみにするようになっていた。

十一

慶長十九年十月、大坂を取り巻く情勢が緊迫してきた。

自分の目が黒いうちに豊臣家を滅ぼしたい家康は、この少し前から、崇伝、天海、林羅山《はやしらざん》ら学識者たちに、豊臣家を討伐する大義を考えさせていた。家康はこの年七十三歳で、残された時間はさほどないからだ。

崇伝も何人かの弟子たちと頭をひねっていたが、これといった大義は見つけられない。ところが儒学者の林羅山が、とんでもない理由を見つけてきた。

ちょうどこの頃、豊臣家では方広寺《ほうこうじ》大仏殿の落成供養を行いたいとの旨を徳川家に告げていた。これに対し、徳川家では様々な難癖をつけて落ち度を探そうとしたが、豊臣方の執政の片桐且元《かたぎりかつもと》は、屈辱を屈辱とも感じず徳川家の指示に唯々諾々と従っていたため、なかなか突破口を見つけられないでいた。

そんな時、林羅山が新たに鋳造された鐘銘に目をつけた。羅山が指摘したのは、鐘銘の中にあった「国家安康」と「君臣豊楽　子孫殷昌《いんしょう》」という二つの字句だった。

「国家安康」とは国家が平穏無事という謂だが、羅山は「貴顕の諱《いみな》を、こうした鐘銘に書き込むのは無礼千万の上、家と康の字を分断するのは、呪詛《じゅそ》していることだ」と主張した。

さらに「君臣豊楽　子孫殷昌」とは、「君主も民も豊かで楽しい暮らしができ、子々孫々まで繁栄する」という謂だが、「豊臣を君として子孫の殷昌を楽しむ」とも取れると言い張った。

本来なら牽強付会《けんきょうふかい》もはなはだしいことだが、ほかに開戦の大義もないので、家康は崇伝や五山の高僧らに諮《はか》った。ところが、誰もが「呪詛の意図がなかったとは言い切れない」という見解を示したため、家康はこれを大義に掲げて陣触れを発した。

十月一日、家康の陣触れに応じ、各地の大名たちが大坂を目指して出陣した。それを確かめた家康は十月十一日、駿府を出陣し、同月二十三日、京都に着陣した。

崇伝とその弟子たちは京にとどまり、情報収集に従事することになった。具体的には、豊臣恩顧の寺社の反発を抑えると同時に、不穏な動きがあった場合、京都所司代に伝えるという役割が課された。

家康は様々な手配りを終えると、十一月十五日、大坂目指して出陣していった。

善大夫が崇伝に呼ばれたのは、その夜のことだった。

二条城の一角に設けられた崇伝の執務室に入ると、崇伝は一心不乱に筆を動かしていた。

――寺社への通達だな。

それが、「豊臣方に内通している僧がいたら知らせるように」という寺社関係者への書状なのは明らかだ。

「善大夫、罷り越しました」

崇伝はいったん顔を上げたが、すぐに書き物に顔を伏せると言った。

「そなたが武士の名のままというのもおかしいな」

「はい。いかにも」

善大夫は頭をそり上げ、崇伝の弟子たちと同じように黒い僧服を着ている。

「便宜的に名を与えよう。そうだな――」

顎に手を当てて少し考えた末、崇伝が言った。

「さいがくげんりょうでは、どうか」

「どのような字を書くのですか」

「こうだ」と答えた崇伝は、そこにある書付に「最嶽元良」と書いて手渡した。

「なにゆえ、この道号と法諱《ほうき》を思いついたのですか」

「昔いた弟子の一人に与えた名だ。だが、その弟子は病没してしまった。なぜかそなたの顔を見ると、その弟子のことが思い出されてな。それゆえそなたに与えようと思った」

「そうですか。ありがとうございます」

事情はよく分からないが、便宜的な名なのでどうでもよいと、善大夫は思った。

「それで御用は」

「ああ、そうだった。大御所様は極めて用心深いお方で、常に背後を気にしておられる。それでわれらは、大坂に向かわれた大御所様と将軍家の後方で、何か不穏な動きがないかどうか探りを入れる仕事を課せられておる」

「不穏な動きとは――」

「要は、大坂方の密命を帯びて、後方で攪乱《かくらん》を働く輩を摘発するのだ」

「それは京都所司代の仕事では」

「そうだ。摘発するのは所司代の仕事になるが、雑説（情報や噂話）を集めるのはわれらの役目となる」

崇伝の双眸が冷たく光る。

「寺社関係者の多くは豊臣家に同情的だ。殿下は生前、寺社に多大な寄進をしてきたからな。それゆえ弟子たちを大社大寺に送り、不穏な動きがないか探らせておる」

「では、私は何をしたらよいのでしょう」

「そこよ」と言うと、崇伝が身を乗り出す。

「われらは寺社に通じているので、宗派を問わず、そちらからの雑説は入ってくる。だがキリシタンには、キリシタンにしか入らぬ雑説があるはずだ」

「なるほど。それを私に摑んでこいと仰せですね」

「そうだ。蛇の道は蛇だ。そなたでなければできない仕事がある。だから今でも、キリシタンのままそなたを飼っておる」

――だがこれは密告ではないか。

善大夫はすぐに嫌悪感を催した。

「キリシタンがキリシタンを売ることはできません」

「そうではない。過ちを未然に防ぐのだ。おそらく――」

崇伝の言葉が熱を帯びる。

「大坂城内にいる者、例えば明石全登あたりの手の者が城外に潜伏し、城内と呼応して何かしでかすかもしれない。それを未然に防ぐことができれば、失わずに済む命もあるはずだ」

常に崇伝はその一点を突いてくる。善大夫が、世の静謐とキリシタンたちの命を何よりも大切に思っているのを知っているからだ。

「では、一つだけお願いがあります。摑んだ雑説は逐一報告しますが、当初は私に一任いただけますか」

「一任とは、いかなる謂だ」

「私が雑説の真偽を確かめ、さような謀《はかりごと》が進んでいたら、やめるように申し聞かせます」

崇伝が渋い顔で考え込む。

「しかしな――」

「崇伝様は雑説を摑むことが仕事で、摘発は所司代の仕事だと仰せになりましたが」

「そういうことになる」

「では、摘発せずとも不穏な動きを防げればよいはず」

「そなたは利口者だな」

崇伝があきれたように笑う。

「キリシタンの命を救うために必死なだけです」

「分かった。そなたに任せよう。しかしどんな些細《ささい》なことでも、すべてわしに伝えるのだぞ」

「はい」とは答えたものの、キリシタンを売る決断が、善大夫にできるかどうか分からない。

「そなたを疑うわけではないが、そなたには警固役が必要だ」

「不要です。キリシタンはキリシタンを殺しません」

「いや、万が一ということもある」

崇伝が背後に控える弟子の一人に、「奴を呼べ」と命じた。

それだけで善大夫は、誰が呼ばれるか察しがついた。

やがて「ご無礼仕ります」と言いながら、予想通りの男が大あくびをしながら入室してきた。

「次の間に控えておれと命じたのに、どこに行っていた」

「炊事場で飯を食っておりました」

「よく食べる男だな」

「働きがよいもんで」

半蔵がポンと自分の頭を叩いたので、崇伝の顔にも笑みがこぼれた。

「用向きは分かっておるな」

「はい。善大夫の監視ですな」

「そなたはいつも露骨だな」

「はい。善大夫が逆に説き伏せられるやもしれませんからな」

――そうか。さような心配をしていたのか。

崇伝の立場からすれば、小西家旧臣でキリシタンの善大夫が、陰謀の相手に説き伏せられる可能性を考慮しないわけにはいかない。

「ということだ。善大夫、いや元良、よろしく頼む」

「承知しました。私も己の立場はわきまえています」

「それでよい。半蔵と仲よくな」

「仲よくなはよかったな」と言って半蔵が高笑いする。仏教界の頂点に君臨する崇伝に対して無礼な態度だが、どこか憎めないので崇伝も放置している。

――だが此奴は勘も鋭く、腕も確かだ。

半蔵が油断できない男なのは、初対面の時から感じていた。

ひとしきり笑った後、半蔵が崇伝に問うた。

「先ほどちらりと耳に入ったのですが、善大夫に法諱を与えたのですか」

「炊事場にいたのに、よく聞こえたな」

「まあ、どこにいても聞こえるものは聞こえます」

半蔵があっけらかんとして答えたが、崇伝は笑わずに言った。

「此奴には、最嶽元良という道号と法諱を与えた」

それを聞いた半蔵が真顔で問う。

「よろしいので」

「ああ、構わぬ」

半蔵が深刻な顔で確かめたので、それを不思議に思った善大夫が問うた。

「その名は、早世した弟子のものなのでは」

「そうだ。弟子は弟子だが、今は亡きわしの唯一の息子の道号と法諱だ」

「えっ、それは真で――」

善大夫は言葉もなかった。

半蔵がしんみりとした顔で、善大夫に告げる。

「崇伝様は一色《いっしき》氏の出で、若き頃は武士だった」

「そうでしたね」

「もうその話はよい。そなたが息子に似ていたので、つい元良と名付けたくなった」

「ありがとうございます」

少し寂しげな顔をしていた崇伝が、気を取り直すように言う。

「では、頼んだぞ」

「お任せ下さい」

善大夫ではなく、半蔵が胸を叩かんばかりに答えた。

十二

本博多町《もとはかたまち》にある長崎奉行所は高石垣と海鼠壁《なまこ》に囲まれ、厳めしい面つきをしていた。左平次と庄林隼人は外門で馬を下りると、走り寄ってきた奉行所の厩役人《うまや》に手綱を渡した。奉行所の下役人や同心たちは、すでに門前で待っていて、二人を奥まった場所にある奉行会所に案内した。

広い座敷でしばらく待っていると、三十半ばを超えたくらいの人物が現れた。

「長崎奉行の長谷川権六藤正《ごんろくふじまさ》に候」

藤正が名乗った後、隼人と左平次も名乗り返した。

「この度は、こちらからの願いの筋にもかかわらず、ご足労いただき感謝しております」

長谷川権六藤正は、前任の藤広が堺奉行に転出した後、長崎奉行となった。名前から分かる通り、藤広の甥《おい》にあたる。これで長谷川氏は羽右衛門《はえもん》、その弟の藤広、その甥で羽右衛門の息子の藤正と、三代続けて長崎奉行の座に就いた。実は長谷川兄弟の妹のお夏《なつ》が家康の側室になったことで、長谷川一族は旨味《うまみ》の多い長崎奉行を独占することができたのだ。

長崎奉行は就任に伴う役料として一千石に満たない旗本の場合、一千石まで補填された上、諸《しょ》大夫《だいぶ》に任じられた。また交易品の中で希望の品を一定額内で廉価で先買いでき、大坂で売りさばいたり、幕閣に贈答できたりした。これは「御調物《おしらべもの》」という制度で、長崎奉行の最大の役得だった。さらに内外の商人たちから「寸志」と呼ばれる金品を贈られるので、その地位にとどまっているだけで、孫子の代まで遊んで暮らせるほどの財産を築けた。

「われら加藤家中でお役に立てそうなことなら、何なりとお申しつけ下さい」

隼人がいつになく慇懃《いんぎん》な口調で言う。それだけ長崎奉行は九州諸藩にとって脅威なのだ。

「それはありがたい。それがしは叔父の下役で働いていたとはいえ、九州は不案内なので助かります。では、早速ですが」

そう前置きしてから、藤正が用件を切り出す。

「書状にもしたためた通り、奉行職に就いて早々に難渋しておるのは、キリシタン摘発のことです。聞いたところによると、加藤家中はたいへんだったとか」

「はい。われらは小西旧臣を抱え、主の清正もキリシタンには寛容だったため、危うく家中にキリシタン信仰が蔓延《まんえん》するところでした。それでも禁教令が出れば話は別。何とか大半の者を棄教させることができました。もちろん苦労はしましたが」

「それは重畳《ちょうじょう》」

藤正が羨ましそうに言う。

「しかし長崎は、キリシタン信仰の浸透度が肥後国の比ではないでしょう」

「そうなのです。そこでお呼び立てした次第です」

今回の用件について、二人の間では事前に合意が形成されているらしい。

「経緯は書状で分かりました。いかに迅速に、領民たちに棄教させるかを学びたいのですな」

「はい。ぜひご指南賜りたく――」

「それで、今日は一人の男を貸そうと思い、連れてまいりました」

――わしが貸し出されるということか。

左平次にも、ようやく話の筋が分かってきた。

「長崎奉行に会いに行くので付いてこい」と命じられたので、単にキリシタン取り締まりについての意見を述べるだけかと思っていたが、どうやらそれだけではないらしい。

「ほほう、こちらの方がキリシタン狩りの名人ですか」

――キリシタン狩りではない。

左平次は好きでキリシタンを取り締まっているわけではない。ただ幕府の出した命令にキリシタンを従わせることが、大恩ある加藤家にとって必要なことだと信じているから懸命に取り組んできただけだ。

隼人の後方で左平次が平伏すると、隼人が答えた。

「そうです。幸いにして、われらの領内のキリシタンは、この者の手腕で大半が棄教しました。それゆえ別の者にも任せられるようになりました。ですから、この者を一定期間、奉行所にお貸ししても構いません」

隼人の言う通り、加藤家領内のキリシタンの多くは棄教するか、信じるにしても「心の内で」ということになり、はっきりとした成果が出ていた。

隼人が左平次に向き直る。

「という次第だ。どうだ、左平次、長崎奉行所で一年ほど働いてみないか」

「一年もですか」

「成果が出るまででよい」

「成果は出します」

藤正がにやりとする。

「頼もしいことよ」

「その通りだ。成果が出たら帰ってこい」

大坂の陣への陣触れを免れた加藤家としては、こうしたことで、少しでも幕府に好印象を持ってもらいたいのだろう。

藤正が笑みを浮かべて言う。

「松浦殿、どうだ、われらを指導してくれぬか」

「承知仕りました。不器用者ではございますが、奉行所のために粉骨砕身する所存」

「よし、これで話は決まった。庄林殿、ご尽力感謝する」

「いえいえ、奉行所とわれらは持ちつ持たれつですから」

隼人がいつになく低姿勢なことから、この仕事が肥後藩にとって重大だと分かってきた。

――失敗は許されんな。

左平次は気を引き締めた。

「では、キリシタン摘発の頭目を紹介しましょう」

そう言うと、藤正は小姓に何事か告げた。

しばらくすると一人の男がやってきた。眼光が鋭く、一筋縄ではいかないと一目で分かる。

平伏する男を、藤正が紹介する。

「この者の名は末次平蔵《すえつぐへいぞう》。元は博多の商人でしたが、今は代官の村山等安《むらやまとうあん》と共に朱印船交易に関与させています。かつてはジョアンという洗礼名を持つキリシタンでしたが、禁教令が出てから、きっぱりと棄教しました」

――わしと同じ元キリシタンか。

平蔵の場合、幕府お墨付きの朱印船交易に携わっているので、キリシタンのままでは、その利権を放棄させられる。それゆえ棄教したのだろう。

藤正が続ける。

「天領の長崎では、キリシタンどもがわが世の春を謳歌していました。だが今は禁教令に従わせねばなりません。それゆえ領内からキリシタンを一掃するようにと、将軍家からも命じられているのです。そのためには町方にも精通した平蔵が適任と思い、此奴に一任することにしました」

「どうか、お見知りおきを」

平蔵が慇懃に平伏する。

「こちらこそ」と左平次が返すと、平蔵が薄笑いを浮かべながら問うてきた。

「松浦殿は、心の中での信仰は許すという姿勢でしたね」

「よくご存じで」

「はい。加藤家中にも知己はおりますので」

商人たちの情報網は、武士とは比べ物にならない。

「禁教令が出ても、人の心の中までは関与できません。それゆえクルス、ロザリオの玉、小さなメダイオン、聖杯といった聖具を捨てさせ、ミサやオラショを禁じることでよしとしました」

「建て前上の棄教で許してきたのですね」

「その方針でやってきました」

左平次がちらりと隼人を見たので、隼人が話を替わった。

「当家では、最初の段階として、形ばかりの棄教をも受け容れました。というのも頭から押さえつけると、農民は耕作地を放棄し、禁教令が緩い地域へと欠落逃散《かけおちちょうさん》します。それゆえ段階を経て完全に棄教させるつもりです」

藤正が険しい顔で言う。

「ここ長崎では、そうした迂遠《うえん》な方法は取れません。完全な棄教を強いていきます」

「なぜですか」

「肥後国よりも、はるかにキリシタン信仰が根付いているからです」

それは事実だった。小西旧臣や領民たちと違って、長崎では、第二、第三世代までキリスト教が浸透しているので、徹底しないと成果が挙がらないのだろう。

隼人が難しい顔で問う。

「しかし人の心の中まで変えるのは、容易なことではありませんぞ」

「分かっています。しかし長崎が率先垂範しなければ、諸家中は付いてきません」

先ほどは「将軍家から命じられた」と言っていた藤正だが、それは権威付けで、実際は前任の藤広から、長崎でのキリシタン色一掃を託されたのだろう。それを成し遂げられるか否かで、藤正の今後の出頭も決まってくるに違いない。

「という次第だ。松浦殿、平蔵への指導頼み入る」

――それで平蔵の指導者兼相談役として、わしを指名してきたわけか。

厄介な仕事になりそうだが、それで加藤家に報いられるなら、最善を尽くさねばならない。

「承知仕りました」

「では、屋敷や身の回りのことは、平蔵に聞いて下され。わしはこれでご無礼仕る」

そう言い残すと、藤正は奥へと去っていった。

隼人が丁重に言う。

「末次殿、こちらの松浦左平次をよろしくな」

「もちろんです。何くれとなくお申しつけ下さい」

「左平次、そなたは加藤家の名誉を担っておる。それを忘れるな」

「はっ、忘れません」

「よし、そなたの家財道具などは、後で送らせる」

立ち上がろうとする隼人に、左平次は問うた。

「ということは、このままそれがしは肥後に戻らず、長崎にとどまるのですね」

「そうだ。何か差し障りはあるか」

「いいえ、ありません」

平蔵が笑みを浮かべて言う。

「松浦殿にご不自由はかけません」

「かたじけない」

平蔵が大きな体を縮めるように平伏した。

「では、よろしゅう、お頼み申します」

「こちらこそ、長崎での引き回しのほど、よろしく頼む」

――これでわしの悪名は、九州中に鳴り響くことになる。

左平次は覚悟を決めた。

十三

キリシタンへの弾圧は日増しに激しくなり、彦九郎らの居場所も次第になくなりつつあった。

それでも彦九郎は各地を回り、キリシタンたちに強い信仰心を持つよう説いて回った。

彦九郎はいったん「転び」となってしまった者にも、「立ち帰り」すれば神のご加護があると説いた。とくに島原・天草地方には、十六世紀末から十七世紀初頭まで、有馬晴信や小西行長といったキリシタン大名の統治が行われていたので、信仰の歴史は古く、「立ち帰り」させるのに苦労は要らなかった。

「立ち帰り」が許されると知った者たちは、安堵したかのように彦九郎のクルスに頰ずりし、涙を流して喜んだ。

とくに慶長十九年七月に有馬直純が転封《てんぽう》された後、一時的に天領とされた肥前国の日野江領では、「立ち帰り」が多く出た。それには理由があった。この頃、徳川家康と豊臣秀頼の間で大戦が行われており、日野江領に派遣された代官は老人ばかりで、年貢さえきちんと上納していれば文句を言わなかったからだ。

そんな時、信者たちを通じて、フェレイラと中浦ジュリアンが再び彦九郎に会いたがっているという話が伝わってきた。

フェレイラと中浦ジュリアンは日野江領における布教の中心で「最も快適な土地」（『イエズス会と日本』）と宣教師たちが口をそろえる島原半島南西部の加津佐に潜行していた。

彦九郎は加津佐へと向かった。

加津佐とその北西の串山《くしやま》の間には、小松川が蛇行して流れている。その河口付近から少し上流に行ったところに、フェレイラと中浦ジュリアンが住む農家があった。夜になるのを待ち、彦九郎がキリシタンの漁民に案内を乞うと、そこに連れていってくれた。

——こんなところにいるとはな。

代官の取り締まりが緩んできているとはいえ、これほど見つかりやすい場所に隠れ家を設けるなど不用心だ。しかも案内役の漁師が声をかけると、中から出てきた下女らしき者が簡単に中に通してくれた。

いかに顔見知りでも、脅されていることも考えられる。背後に捕方が隠れていたら捕縛されるので、宣教師を匿っている者は、いったん「知らぬ存ぜぬ」と言い、そのやりとりを聞いていた家人に背後を探らせるという手法を用いていた。しかしここでは、そんなことはお構いなしだ。

二人に警戒心を解かぬよう忠告せねばならないと、彦九郎は思った。

中に入ると、フェレイラと中浦ジュリアンが囲炉裏を囲んで飯を食っていた。

「おう、アンドレ、来たか」

「ようこそ神の家へ」

二人は何の警戒心も抱いていない。彦九郎が裏切るか脅されているという危険性を全く考慮していないのだ。

「お久しぶりです」と言いながら、囲炉裏の一辺に座すと、すぐに飯が運ばれてきた。

ジュリアンが飯をかき込みながら言う。

「飯を食べていないだろう」

「はい。では、いただきます」

ひとしきり雑談をしながら三人で食事した後、彦九郎が言った。

「少し油断が過ぎるのでは」

「この家がか」

「そうです。これでは踏み込まれたらおしまいです」

「その心配は要らぬ。代官所に不穏な動きがあれば、すぐに知らせが届くようになっている」

フェレイラも口添えする。

「その時は、すぐに裏山へ逃れます。もう隠れ家もできています」

「分かりました。それなら結構です」

　これ以上言っても無駄だと思ったので、彦九郎はこの件について触れるのをやめた。

「で、此度は何用で私を呼び出したのですか」

「おお、そうだったな」

　ジュリアンが茶碗《ちゃわん》を置くと語り始めた。

「そろそろ布教を再開しようと、パードレ・フェレイラと話し合っていたのだ」

「お待ち下さい。各地ではキリシタンの摘発が相次いでいます。たまたま日野江領での摘発が緩んでいるだけです。いつ何時――」

「それは分かっています」

　フェレイラが彦九郎を制する。

「だからこそ、この隙に信者の絆を強くしておきたいのです」

　ジュリアンが話を替わる。

「わしはパードレ・フェレイラと幾度も語り合ってきた。今こそ兄弟たちの絆を強くすべく信心会を結成し、これからあるかもしれない拷問にも耐え抜ける一体感を養っておかねばならぬ。そのためには、村の人々が集まり、毎日の祈り、週二回の断食《ゼジユン》、同じく週二回の鞭打《むちう》ちの行《ぎよう》（ジシピリナ）、そして週一回、各地のパードレが告解を聞く日を設ける」

　鞭打ちの行とは、苦行と改悔《かいげ》の手段として、キリストと同様の苦しみを味わうべく、自ら鞭で背を叩き続ける行のことだ。

「さようなことをさせれば、すぐに代官所にばれます」

　これまで祈禱は夜間に家族単位で、断食や鞭打ちの行も個人的に行われてきた。潜伏している司祭の告解を聞くなど論外だった。告解を希望する者の中に隠密や裏切り者が混じっていれば、司祭が捕まるからだ。

ジュリアンが力説する。

「しかし今、コルディア（組織）を作り、規律を強めておかねば、公儀が再び締め付けを強くし、日野江領に新たな領主がやってきた時、再び『転び』が増えてしまう」

「それは分かります。しかし、あからさまなことをすれば藪蛇になります」

それがキリシタンにとって難しいところだった。潜伏する外国人宣教師たちが存在感を示さなければ、いざ締め付けが厳しくなった時、棄教する者が後を絶たない。だからといって示しすぎれば、代官所も動かざるを得なくなる。

フェレイラが優しげな声音で言う。

「アンドレ、これはジュリアンと語り合った末の結論なのです」

「しかし捕まれば殺されます」

「覚悟の上です。新たな領主は、われらをおそらく弾圧してくるでしょう。だから来る前に、やるべきことをやっておきたいのです」

彦九郎ごときがとやかく言ったところで、二人の決意が変わるとは思えない。

ジュリアンが彦九郎の肩に手を置く。

「もはや教会はなく、ここにいるパードレ・フェレイラが、日本にいる外国人宣教師の中で指導的立場になる。それゆえ今後は、パードレ・フェレイラのお考えを信者たちに伝えていく」

それまで教会を束ねていたセルケイラが慶長十九年二月に死去することで、キリシタンの間で内輪もめが起こった。それは主にイエズス会とエスパニア系托鉢修道会の確執だった。これにより、これまで曲がりなりにも一本化されていた日本の布教組織は分裂し、教会分裂《シスマ》と呼ばれる事態に至る。

一方、禁教令に従い、十一月には有力な司祭たちが国外退去する中、日本に潜伏する宣教師は、イエズス会が二十六人、エスパニア系托鉢修道会のフランシスコ会が六人、同じくドミニコ会が七人で、その中でも指導的立場にあるのがイエズス会のフェレイラだった。

「分かりました。私は、お二人が決めたことを各地の信者に伝えていくだけです」

「そうだ。各地の兄弟たちに、毎日の祈り、週二回の断食、同じく週二回の鞭打ちの行、そして週一回、各地のパードレが告解を聞くことを励行させるのだ。さすればどのような拷問に遭おうとも、信仰は堅持される」

――果たして、それが正しい道なのか。

彦九郎は再び同じ疑問に立ち返った。拷問されて棄教しなければ、それは死を意味する。火に焼かれるか、波にもまれるか、いずれにしても安らかな死とはほど遠い最期を迎えることになる。

――そこに救いはあるのか。

フェレイラとジュリアンの決定を各地に伝えていくことは、どのような拷問を受けようと棄教せず、「死を受け容れろ」という意味になる。その責任の一端を彦九郎も担うことになるのだ。

「どうしたのですか」

彦九郎が黙り込んだのを見たフェレイラが、優しげな声音で問うてきた。

「パードレ、信心を捨てなければ、間違いなくハライソに行けるのですね」

「そうです。棄教しなかった者はハライソへ、棄教した者は地獄《インフェルノ》へ行きます」

――そんな理不尽なことがあるのか。

民は日々の仕事に精を出し、正直に生きている。そうした者たちに、拷問の苦しみに耐えなければ地獄が待っているなど伝えられない。

ジュリアンが彦九郎の肩を揺する。

「そなたが信心に疑いを持ったら駄目だ。確信を持って、皆に信心を貫くように伝えるのだ」

「拷問の苦しさを脱するために棄教した者は、ハライソに行けないのですね」

ジュリアンがちらりとフェレイラを見ると、フェレイラは悲しげな顔でうなずいた。

「彦九郎、パードレ・フェレイラの教えを正しく伝えるのだ。棄教しなかった者は必ずハライソに行ける。その逆に、棄教した者に待っているのは地獄だとな」

大きく息を吸い込んだ後、彦九郎は言った。

「分かりました。間違いなくそう伝えます」

「それでよい」

二人が満足げにうなずいた。

十四

慶長十九年十一月十五日、家康が二条城、秀忠が伏見城を発し、十八日に大坂城の南の茶臼山《ちゃうす》に着陣した。翌十九日に木津川口《きづがわぐち》の戦いが、二十六日に冬の陣最大の戦いと言われる今福《いまふく》・鴫野《しぎの》の戦いが、十二月四日に真田丸《さなだまる》をめぐる攻防が行われた。この戦いで徳川方は多大な損害を出し、大坂城の堅固さを証明する形になった。

後に大坂冬の陣と呼ばれるこの戦いで、大坂城の手強さを知った家康は和睦交渉に入り、最終的には十二月二十日、講和が成立する。

慶長二十年（一六一五）正月、大坂に一時《いっとき》の平和が訪れた。

冬の陣は十一月十九日から十二月四日という短期間で終わったので、後方の京都では寺社関係者やキリシタンたちの動向を観察するにとどまったが、家康は豊臣家を滅亡させる決意なので、この休戦が一時的なことは、徳川方の誰もが知っていた。

一月から三月の間、善大夫は京都と大坂を行き来しつつ、かつて大坂入城を思いとどまらせたキリシタンたちに、不穏な情報を耳にしたことはないか聞いて回った。だがそんなものはなく、たとえあったとしても、口を閉ざして語らない者が多いという感触を得た。

そんな最中の三月二十五日、善大夫の耳に奇妙な話が入ってきた。キリシタンの情報通から、御宿越前《みしゅくえちぜん》という男がしきりに玉鋼《たまはがね》を買いあさっているというのだ。玉鋼を扱っている店は炭屋と呼ばれ、その数も限られている。炭屋とは、刀鍛冶が原料に使う良質の砂鉄や、それを踏鞴《たたら》で精錬し、玉鋼にして売る商人のことだ。

洛中には菊屋《きくや》という炭屋の大店《おおだな》がある。早速、下引きに張らせたところ、大量の砂鉄が搬入されたという。しかも菊屋の主は、禁教令が出る前はキリシタンだったという噂も聞き込んできた。

善大夫と半蔵の二人は、冷泉《れいぜい》通りを東に向かって歩いていた。

半蔵がのんきそうに問う。

「御宿越前と言えば、あの武田信玄《たけだしんげん》の侍医を務めた御宿監物《けんもつ》殿のご子息か」

善大夫が首を左右に振る。

「いや、御宿勘兵衛《かんべえ》殿も越前守を名乗っていたが、勘兵衛殿とは別人らしい」

御宿勘兵衛政友《まさとも》といえば、武田、北条《ほうじょう》、徳川に仕え、家康から結城秀康《ゆうきひでやす》に付けられた武辺者として有名だ。秀康の死後、松平忠直《まつだいらただなお》に仕えるが、仲違《なかたが》いして牢人となり、大坂城に入城していた。

「随分とややこしいな」

「とにかく、その御宿越前なる御仁が玉鋼を買い集めているという」

永観堂に近い冷泉通り沿いに菊屋はあった。「御免」と言って二人が中に入ると、半蔵の顔を見て用件を察した手代が、すぐに奥に通してくれた。

しばらく待っていると、「主人の菊屋六兵衛《ろくべえ》です」と言いながら初老の人物が現れた。

「六兵衛殿はキリシタンだったと聞いたが」

出鼻を挫くために善大夫が問うと、六兵衛は何とも答えない。善大夫が僧の姿なので、怪しんでいるのだろう。

「実は、私もキリシタンだ」

善大夫がロザリオを取り出して輝くクルスを見せると、六兵衛の顔色が変わった。だが半蔵を気にしているのか、何も答えない。

「この者はキリシタンではないが、密命を帯びているので心配は要らぬ。わしを信じてくれ」

善大夫がクルスを見せながらそう言うと、六兵衛は安堵のため息を漏らした。

「はい。今は棄教しましたが、かつてはキリシタンでした。洗礼名はジャコブと申します」

「私はコンスタンティーノと申す」

半蔵が一言付け加える。

「この者の表向きの名は最嶽元良。キリシタンということは内密に願いたい」

「承知しました」

善大夫が問う。

「で、御宿越前なる者が大量の玉鋼を注文したと聞いたが」

「はい。一千斤も買い付けていきました」

一千斤は六百キログラムに相当し、刀一振りに平均六キログラムの玉鋼が必要なので、刀を百振り作れることになる。鉄砲だと約五十挺《ちょう》は作れる。

完成品の槍先や刀剣は出回っている数に限りがあり、しかも大量に買い付けると足が付きやすい。だが玉鋼なら、専門の商人間でないと情報は伝わりにくい。

半蔵がつまらなそうに言う。

「さほどの量ではないな」

「はい。しかし御宿殿は、各地の炭屋にも同等の分量を注文しているようです。鉄砲と焔硝《えんしょう》も入手したがっていると聞きました」

善大夫が問う。

「それは豊臣家が和睦成ったばかりで、表立って買い付けできないからではないか」

「いや、城内に納めるのなら分かるのですが――」

「納品場所はどこだ」

「山城国《やましろのくに》の西岡《にしおか》城です」

「西岡城と言えば――」

半蔵が答える。

「古田織部殿の居城だな」

「しかし織部殿は大坂方に同情的とはいえ、徳川家とも親しい関係にある」

織部は千利休《せんのりきゅう》の弟子の一人として、次代を担う茶人と目されていた。

「だからといって、おかしなことをしないと決めつけるわけにはいくまい」

大半の豊臣家恩顧の大名や武将が徳川方となる中、織部は双方の仲介役を果たすべく奔走してきた。しかし傍輩の片桐且元が大坂城を追放されるに及び、自らも大坂方に愛想を尽かしたのか、京都に隠棲《いんせい》していた。しかし嫡男の九郎八《くろはち》は今も秀頼に近侍しており、豊臣家との縁を切らないようにしているのも事実だ。

「では、織部殿が何か企《たくら》んでいると申すか」

「分からんが、それを探らねばならぬ。で、御宿越前を探す手立てはあるのか」

「先ほど御宿殿から連絡があり、明日代価を支払いに来るとのこと」

「それは都合よい」

半蔵が手を叩かんばかりに言ったが、善大夫には疑問があった。

「六兵衛殿、織部殿はキリシタンという噂が絶えないが、それは本当なのか」

「ああ、そのことですね」

六兵衛は左右を見回した後、小声で答えた。

「かの御仁はキリシタンです」

「やはり、そうだったか」

「はい。われらの間では公然の秘密です」

「では聞くが、同じキリシタンの織部殿を裏切ることになるが、そなたはそれでもよいのか」

六兵衛が悲しげに顔を歪ませる。それを見れば、六兵衛が心の内で棄教しきれていないのは明らかだった。

「それは何度も考えました。しかしながら、これはデウス様のための戦いではありません。豊臣家のための戦いです。さようなものは無用です。だいいち京の都で挙兵でもされれば、どれだけ多くの者たちが家を焼かれて死んでいくか。それを思うと——」

六兵衛がうなだれる。

「分かった。問うてすまなかった。そなたの考えは間違っておらぬ」

「それは真で」

「ああ、このクルスに誓って、そなたは正しい行いをした」

六兵衛が嗚咽を漏らした。

その日、二人は菊屋に泊めてもらい、翌日に備えた。万が一を考え、京都所司代から捕方を派遣してもらい、菊屋の周囲を固めた。

すると翌日、御宿越前と称する男がやってきた。そこに踏み込んで捕らえ、番所に引っ立てていった。そこで聞いた話は驚くべきものだった。

古田織部は密かに牢人を集めて西岡城に入れ、武器も大量に買い込んでいた。

織部は徳川・豊臣双方の橋渡し役として冬の陣の前まで奔走していた。だが豊臣家を滅ぼすという家康の意志は固く、それを知った織部は、あえて大坂城に入らず、京都に隠棲している風を装い、着々と挙兵の準備を進めていたのだ。

四月二十五日、御宿越前の白状により、京都市中に潜伏していた木村宗喜《きむらそうき》という男が捕縛された。宗喜は織部と親しい茶人で、織部が監視されているので、その手足となって京都、大坂、西岡の間を行き来していたのだ。

宗喜を拷問すると、織部の作戦の全容が明らかになった。織部らは、家康と秀忠が京都を出陣していくのを待ち、京都市中の諸所に放火し、その混乱に乗じ、大坂城から出陣した豊臣方と挟撃しようというのだ。

早速、織部をはじめとした一味が一網打尽にされた。その中にはキリシタンも多くいた。

結局、善大夫と半蔵の摑んだ情報によって、織部の陰謀を未然に防ぐことができた。

しかし善大夫の心中は複雑だった。

――これでよかったのか。

織部には織部の考えがあったのだろう。この策がうまく行けば、豊臣家によって禁教令が解かれ、かつてのように布教活動が許されたかもしれない。

――だからといって京都を火の海にすることはできない。

自らが正しいことをしたと、善大夫は信じたかった。だが同じキリシタンの織部の乾坤一擲《けんこんいってき》の策を潰したのも事実なのだ。

——かようなことが、これからも繰り返されるのか。

それを思うと絶望的な気持ちになる。

——わしは本当にキリシタンのために尽くしているのか。

善大夫は、自分の生き方に疑問を持ち始めていた。しかし崇伝の傍らにあり、幕府の政策に影響を及ぼせる立場は貴重だ。

——いつか禁教令を取り下げさせるのだ。そのためには、キリシタンが危険でないことを公儀に知らしめねばならない。

善大夫は今の立場にとどまり、禁教令の取り下げに一縷《いちる》の望みを懸けるつもりでいた。

慶長二十年五月八日、大坂城は落城し、秀頼が自害して果てることで豊臣家は滅亡した。

それから約一月後の六月十一日、織部に切腹の命が下される。この時、織部は検死役に、「かくなる上は入り組み難き故、さしたる申し開きもなし」と言って、何ら弁明をしなかった。

古田家の廃絶は家康と秀忠の決定事項であり、いかに弁明しようと、罪から逃れようがないと覚悟したのだ。

豊臣家の滅亡によって一つの時代が幕を閉じた。その約一年後、家康も没し、群雄割拠の戦国時代は過去のものになった。

時代の荒波にもまれつつ三十歳を迎えた彦九郎、善大夫、左平次の三人は、それぞれの生き方を模索していくことになる。

第三章　武士と十字架

一

大御所として武士たちの頂点に君臨した徳川家康が元和《げんな》二年（一六一六）四月に逝去し、名実共に二代将軍秀忠の時代が幕を開けた。

九月、秀忠は改めて諸大名にキリシタン禁制を徹底することを伝え、幕府の方針が変わらないことを知らしめた。併せて西洋諸国との交易を長崎と平戸《ひらど》の二港に限定した。これにより幕府の宗教・交易統制が、家康時代よりも厳しいものになることが明らかとなる。

元和三年（一六一七）正月、肥前国大村藩主の大村純頼《すみより》が正月の拝賀の儀で江戸城に参上した折、秀忠は追放したはずの宣教師たちが大村領に多数潜伏していることを非難した。

純頼は以前に棄教しているものの、かつてはキリシタンだったので、宣教師たちがいるのを知りながら見て見ぬふりをしていたのだ。

秀忠は隠密たちが集めてきた情報を基に純頼を問い詰めたので、震え上がった純頼は自領に戻るや、二人の司祭を捕らえて江戸に指示を仰いだ。秀忠は即座に「斬首せよ」と命じたので、二人は斬首刑となった。しかしそれに反発するかのように、宣教師や信者たちの活動は活発となり、純頼はキリシタンに対する弾圧と迫害を強めていく。

一方、慶長十九年七月に有馬直純が転封された後、一時的に肥前日野江領四万三千石は幕府預かり（天領）となっていたが、大坂夏の陣の功により、元和二年に松倉重政《まつくらしげまさ》に与えられた。これが多くのキリシタンたちの運命を変えることになるとは、この時、誰も想像がつかなかった。

こうした状況下で、彦九郎は島原半島や天草諸島に潜伏している宣教師たちの連絡係となっていた。彦九郎は肥前・肥後周辺の地理に精通しているので、街道の関所の位置を把握し、農道や獣道を行くことができたからだ。

彦九郎は潜伏する宣教師たちにフェレイラの決定を伝えた。宣教師の中には、序列がフェレイラより上の者もいたが、この国でのフェレイラの人気を知っているためか、誰もが賛意を示してくれた。

だが目立った行動を取れば、領主側の弾圧や迫害も激しくなり、各地で摘発されるキリシタンの数も増える。そうした矛盾の中で、活動を継続していくのは至難の業だった。

元和三年十二月、彦九郎は長崎まで来たついでに、千々石ミゲルの住む馬込郷に行った。

ミゲルが棄教者ではなく、イエズス会のやり方に不満を持っていることが、ずっと心に引っ掛かっていたからだ。

ミゲルは伊木力《いきりき》に六百石の所領を持つ歴とした大村藩士で、表面上は棄教している。

「やはり、来たか。また来ると思っていたぞ」

近づいてくる彦九郎の姿を認めると、ミゲルは野良仕事の手を休めて爽やかな笑みを浮かべた。いつも外で仕事をしているのか、その顔は六年前と変わらず黒々としていた。

「どうしても心に引っ掛かることがあり、お話を伺いに参りました」

「そうか。ちょうどよい」

「と、仰せになりますと」

「面白い御仁が滞在しておるので会わせてやる」

ミゲルに導かれて離れに赴くと、男が一人、背中を向けて何かを書いていた。

「トマス殿、よろしいか」

それで、この男がトマスという洗礼名を持つキリシタンだと分かった。

「ああ、構わぬ」

男は振り向きもしない。

――どれほどの貴顕か。

彦九郎は、トマスという男がミゲル以上の高位の武士だと確信した。

「ここにいるアンドレ彦九郎殿はイエズス会のイルマンだ」

「何だと」

トマスが筆を擱《お》いて振り向いた。

男は鷹のように鋭い眼光と、岩塊のように高い頬骨を持っていた。年の頃は四十の少し手前くらいと思われる。

彦九郎が正座して名乗ると、男は仕方なさそうに体を向けたが、胡坐のまま名乗った。

「わしの名はトマス荒木《あらき》。背教者だ」

ミゲルが口を挟む。

「トマス殿は背教者などではない。ローマの神学校で学び、司祭の資格を得た方だ」

「それは真で」

「まあ、そんなところだ」

思わぬ展開に戸惑う彦九郎に、ミゲルが告げる。

「トマス殿の話を聞くことは、そなたの迷いを深くすることになるかもしれない。だが現実を知るために必要なことだ」

「現実と――」

「そうだ。わしは仕事がある。トマス殿の話をじっくりと聞くがよい」

そう言うと、ミゲルは行ってしまった。

「そなたの迷いは顔に出ているな」

トマスが決めつけてきたので、彦九郎は鼻白んだ。

「そうでしょうか」

「そのくらい分からんで、ローマで司祭の資格は取れん」

男が頰骨を揺らすようにして笑う。

「パードレ・トマスは、ローマで司祭の資格をお取りになったのですね」

「そうだ。だが司祭には見えないだろう」

トマスは司祭とは思えない雰囲気を漂わせていた。

――かつてのミゲル殿と同じ顔だ。

それが反骨心だと気づくのに、さほどの時間はかからなかった。

「ええ、司祭には見えません」

トマスは「正直でよい」と言うと、過去を語り始めた。

「わしは天草の志岐で生まれた農民だ。それでもキリシタン信仰に憧れ、故郷を飛び出し、長崎のセミナリオの門を叩いた。だがわしが農民の出で、束脩《そくしゅう》（入学金）も献金もないことを知った宣教師らは、わしを門前払いした。しかしわしは負けなかった。日本で学べないなら、ローマで学んでやろうと思った。それで長崎からマニラを経てメキシコまで密航し、さらに数年かけてメキシコからローマに行き、そこで学ぶ機会を得た」

「そこまでなさったのですか」

「そうだ。その頃のわしには、真摯な情熱があった。最初は言葉も通じず、掃除係にされたが、そこから独学で言葉を学び、さらに神学を六年間学んだ末、ようやく司祭になれた」

トマスは煙草《たばこ》入れを取り出すと、西洋風の彫刻が施された銀の煙管《キセル》に煙草を詰め始めた。この時代、煙草は高価な品で、入手するのは容易ではない。おそらく帰途に寄ったマカオ辺りで手に入れたのだろう。

彦九郎が問う。

「ローマは素晴らしいところでしたか」

「とんでもない」

予想もしなかった言葉に、彦九郎は唖然とした。

「その差別の酷《むご》さは、日本とは比較にならないほどだ。中には心ある方もいたが、大半はそうではなかった」

日本に来る宣教師たちは高い志を持っているので、差別意識を持っていない者が大半だが、どうやらローマでは違うらしい。

「わしは教区司祭になった後、エスパニアのマドリードに派遣された」

教区司祭は在俗司祭または俗間司祭と呼ばれ、教皇直属の司祭で、修道会の方針に従うことなく、割り当てられた教区で活動する。

「それでもわしは日本に戻り、キリシタン信仰を広めていきたいという志を抱いていた。そして教皇様からそのお許しを得た。だがその帰途、マカオに寄った折、凄まじい差別に出くわした。かつ日本人や日系人の信者たちがイエズス会への入会を拒否され、学びの機会が失われていた。かつてヴァリニャーノ様が、日本人聖職者たちを養成するためのコレジオをお作りになったにもかかわらず、その死後、イエズス会は馬鹿どもに支配され、日本人の聖職者が司祭になる道を閉ざしたのだ」

ヴァリニャーノは慶長十一年（一六〇六）、マカオでその生涯を終えていた。トマスがマカオに寄ったのは慶長十九年の八月なので、ヴァリニャーノの死から八年が経っていた。その間に、イエズス会は日本人を愚民と見なすようになっていた。というのもマカオに流れ着いた日本人たちは、一攫千金《いっかくせんきん》を狙う野心に溢れた者が多かったからだ。

「ひどい差別を目の当たりにしたわしは、居ても立ってもいられず、ポルトガル人たちに猛然と抗議した。そして日本人信者には、学びたい者はイエズス会などの修道会に囚われることなく欧州に行き、教区司祭になる道を探れと教えた。それで何人もの若者が欧州へと旅立っていった」

トマスの話に影響を受けた岐部《きべ》ペトロ、小西マンショ（行長の孫）、ミゲル・ミノエスといった日本人および日系人信者が、インドやパレスチナを経てローマに向かった。岐部はパレスチナに寄り、聖地エルサレムを訪れた初めての日本人となった。

だが三人はトマスと異なり、ローマでイエズス会に入り、そこで教育を受けた後、司祭に叙階された。トマスがローマにいた頃に比べると、状況が改善されていたからだ。ミノエスは客死するが、残る二人は苦難の末に帰国し、日本で殉教することになる。

「どうして金もない若者が欧州に行けたのですか」

「ははは、よい質問だな」

トマスは煙管をポンと叩いて煙草の灰を捨てると、新たな煙草を詰め始めた。

「イエズス会と張り合っていたエスパニアの托鉢修道会に金を出させたのだ。ポルトガルであれエスパニアであれ、どこの修道会も、布教と侵攻が一体となっている。それゆえわしが、日本を支配しようとしている托鉢修道会に入れ知恵したわけだ」

　トマスが高笑いする。どうやらトマスは、どちらの修道会にも属していないことを生かし、托鉢修道会を手玉に取ったらしい。

「やはり、布教と侵攻は一体なのですね」

「そうだ。それはもうミゲルから聞いただろう。だから彼奴はイエズス会を脱したのだ」

「聞きました。しかしそれは事実なのですか」

「ああ、わしはマドリードにいた時、托鉢修道会の宣教師たちが日本を征服するよう国王に働きかけているのを知った。それで驚き、帰国の途に就いたのだ。奴らは自らの修道会の教線を拡大するためだったら手段を選ばない。わしはそんな修道会が許せなかったのだ」

　トマスが音を立てて煙管を置くと続けた。

「それでやっとの思いで日本に帰ってきたら、禁教令で布教ができなくなっていた」

「では、トマス殿が帰国したのは布教したいからですか」

「うむ。修道会に毒されていない真のキリシタン信仰を布教したいのだ」

「われらイエズス会には、それができていないと仰せですか」

「そうだ。しょせんそなたも、侵略の露払いをさせられているだけだ」

「さようなことはありません。今のイエズス会は、いかに迫害されようと信仰の灯を絶やさないようにしています」

　トマスがため息をつく。

「そなたは、イエズス会がどんな集団でも辞めないのだな」

「はい。今のところ――」

「今のところか。だが今に分かる。その時になって悔いても遅いぞ。それよりもわしとミゲルと三人で、修道会に属さない形でキリシタンを増やしていかないか」

その言葉は魅力的だった。だが彦九郎は、フェレイラ、ジュリアン、そして各地に潜伏するイエズス会系宣教師たちから頼られているのだ。

「せっかくのお誘いですが、遠慮させていただきます」

「そうか。では、わしと話をして、心に引っ掛かっていることは解消できたか」

なぜかトマスは、彦九郎がここに来た用件を知っていた。おそらくミゲルから、「いつかアンドレという迷える若者が来る」とでも伝えられていたのだろう。

「解消などできません。でもいつの日か、すべての矛盾が消え去り、心の底からデウス様を信じられる日が来ると思っています」

トマスがうなずく。

「そうかもしれんし、そうでないかもしれん。だがしょせん、すべては自分で納得できるかどうかだ。今はわしへの反発もあるだろう。だがいつの日か、わしの話していることの意味が分かる時が来る。それまでに――」

トマスの双眸が熱を帯びる。

「殉教だけはするな」

「ということは、万が一捕まった時、生きるためには棄教せよと仰せか」

「そうだ。後の大事を成すために、命を粗末にするな」

彦九郎が首を左右に振る。

「それだけはできません。では、これにて――」

一礼して離れを出た彦九郎は、野良で農事にいそしむミゲルに一礼した後、その場を後にした。

二

鎌倉時代まで深江浦《ふかえがうら》と呼ばれていた長崎は、御家人の近藤《こんどう》氏の支配下に置かれていた。しかし近藤氏は承久《じょうきゅう》の乱で朝廷側となったことで没落し、代わって北条義時《よしとき》の被官の長崎氏が入部した。その後、長崎氏の本家は鎌倉幕府と共に滅亡するが、肥前長崎氏は室町時代も存続した。戦国時代初期の長崎は、有馬氏から婿養子を迎えた長崎氏が有馬氏の勢力下に入ったことで、実質的に有馬氏の支配となる。

天文十八年（一五四九）にフランシスコ・ザビエルが薩摩国に来航し、翌年には長崎に来ることで日本のキリシタン史は幕を開ける。

元亀《げんき》元年（一五七〇）、ポルトガルとの交易港が福田《ふくだ》港から長崎港に移ってから、長崎は急速に発展・拡大を遂げていく。

天正八年（一五八〇）、当時、長崎を支配下に置いていた大村純忠が、長崎の地をイエズス会に寄進することで、長崎は教会領となった。長崎の住民たちはこれを歓迎し、その象徴として岬の先端に聖パウロ教会が建てられた。町を歩く大半の人々の胸には、燦然《さんぜん》とクルスが光り、誰もが神の聖寵《ガラサ》を信じていた。

だが天正十五年（一五八七）、イエズス会が日本人を奴隷として売りさばいていると知った秀吉は激怒し、禁教令を発布する。さらに翌年、秀吉は長崎を没収して直轄領とした。これにより教会領時代は八年で終わった。だが交易の利を知る秀吉はキリシタンに寛容で、宣教師は上限十名まで長崎に常駐することを許され、新たな教会の建設も認められた。

慶長元年（一五九六）十二月、秀吉により「二十六聖人の殉教事件」が起こったものの、慶長十八年末の幕府の禁教令が出るまで、長崎のキリシタン信仰は半ば野放しにされていた。

末次平蔵の案内で、左平次は長崎の町を見て歩いた。その雑踏は大坂並みで、武士や商人でごった返し、それぞれが自らの用事を済ませようと、足早に動き回っていた。

大川（中島川《なかしまがわ》）に架かる屋根の付いた木廊橋《もくろうばし》を渡り、川に沿って港に向かうと、蔵屋敷が林立する一帯に出る。

左平次は、どの蔵にも同じ紋所が描かれていることに気づいた。

「ははあ、どの蔵も『向《むこ》う梅』か」

「はい。長崎は村山等安様のものですから」

村山家の紋所は「向う梅」になる。

「村山殿というのは、それほどの威権を持っているのだな」

「はい。末次家などは十が一（十分の一）くらいの身代です。父の代では逆だったのですが、父と私の年齢が三十ばかり開いていたので、代替わりの間に付け入られました」

平蔵が口惜しげに唇をかむ。

――この御仁は、村山殿に取って代わりたいのか。

これで平蔵の狙いは分かった。

「あそこに並んでいるのが、うちの蔵です」

平蔵が指差した方角には、ほんの数棟、申し訳程度に「四つ目結紋」の蔵が見える。

二人は歩き続けて海の見える場所に出たが、そこに停泊している船の帆にも、「向う梅」ばかりが描かれていた。

「こいつは壮観だ。長崎が村山家のものだと実感できる」

「残念ながら、商いの手腕では、父も私も村山等安殿には敵《かな》いません」

等安は伊藤小七郎《いとうこしちろう》という名で、天正年間に長崎にやってきた。自ら南蛮菓子や南蛮料理に習熟し、出した店はどれも繁盛した。その後、末次平蔵の父の興善《こうぜん》の知遇を得た等安は、出頭の足掛かりを摑む。

秀吉が肥前名護屋《なごや》にやってきた時、等安は多くの珍奇な献上品を持って挨拶に行き、たいそう気に入られた。等安はアントニオという洗礼名を持つキリシタンだったが、秀吉がアントニオをトウアンと聞き違えたことを幸いに等安と名乗り、同時に秀吉から村山の姓を下賜され、村山等安と名乗るようになった。

文禄元年（一五九二）、秀吉によって長崎の町割りが決定された。長崎港に突出した港の高台に成立した六つの町を起点にして周辺に拡大した二十三町を内町《うちまち》（後に二十六町に増加）、この年以降、周囲に建設されていった五十一の新しい町を外町《そとまち》とし、内町には複数の町年寄が、外町には一人の代官が任じられた。その時、秀吉から初代代官に任じられたのが等安だった。

同年、秀吉によって朱印船交易に関与することを許された等安は、無類の手腕を発揮し、豊臣家の金蔵をいっぱいにした。等安自らも莫大な富を手にし、その名声は天を衝《つ》くばかりになる。

その後、豊臣家に寄り添うように勢力を伸ばした等安は、秀吉の禁教令が出ると同時に棄教した。豊臣家が滅んだ後も、等安は幕府の長崎奉行に癒着し、その勢力の大きさに辟易し始めた長谷川一族に遠ざけられるまで、何の憂いもない日々を送っていた。

噂には聞いていたが、長崎に来てみると等安の勢威の凄まじさが分かる。

「村山家が、これほど繁栄しているとは知らなかった」

「まあ、これも父が引き立てたからなんですよ」

等安は平蔵の父の興善に取り入って出頭したが、興善が隠居すると、その跡を継いだ平蔵に対して陰に圧迫したため、末次家の商いは縮小していった。

だがその後、長崎の支配者同然に振る舞う等安に対し、奉行の長谷川一族は反感を抱き、藤広と藤正の二代は逆に平蔵を重用し、双方の均衡を取ろうとしていた。

「にしても、この繁栄ぶりは行き過ぎておるな」

「はい。これで長谷川様が転出してしまえば、もう抑える者はおりません」

新たな奉行が来れば、等安が賄賂攻勢で取り込もうとするのは明らかで、平蔵も気が気でないのだろう。

二人はキリシタンの取り締まりそっちのけで、村山等安の話に花を咲かせた。

「なるほどな。貴殿も辛い立場だな。で、等安殿に逆に付け入る隙はないのか」

「等安殿の唯一の弱みは女です」

この頃の長崎には遊女屋ができ始めており、誘惑が多いのは分かる。

「妾《めかけ》を増やすことくらいで罰することはできぬ」

「ところが等安殿は正室がいるにもかかわらず、妾を多く囲い、子までなしています。それゆえ正室の子らとの間が不和になり、一時は大変な騒ぎとなりました」

等安は正室との間にできた子らに商いの一部を任せていたので、子らも一家を成していた。しかし等安が妾に産ませた子にも商いを分け与えようとしたので、正室の子らが怒り、双方が対立する事態となった。だが長谷川藤広が間に入って執り成したので、今は小康状態を保っている。

「親子の確執に付け入るのは難しいだろうな」

「なぜですか」

「しょせん親と子だ。等安殿と正室の息子らの利害は一致している。いざとなれば手を組むことも辞さぬだろう」

「だとすると、隙はありませんね」

「いや、分からん。だがわしに任せてもらえば、何か出てくるかもしれん」

左平次は、どこかに付け入る隙があるような気がした。

「それはありがたい。で、どうするので」

「まずは、等安殿が本心から棄教したのか確かめねばなるまい」

キリシタンの線で埒《らち》が明かなければ、等安を失脚に追い込むのは困難になる。

「等安殿は棄教したと聞いていますが、していないとお思いか」

平蔵の問いには答えず、逆に左平次が問うた。

「等安殿の『向う梅』に隠された由来を知らぬのか」

「はい。知りません」

平蔵が怪訝《けげん》そうに首を左右に振る。

「あれはキリシタンの隠し紋だ。梅の紋は九州に多いが、『向う梅』は中心から放射状に線が延びているだろう」

「は、はい」

「あれは日輪、すなわちデウス様の謂で、その光があまねく天地を照らすということだ」

「では、等安殿は――」

「あの紋をまだ使っているということは、おそらく棄教しておらん。等安殿が今もキリシタンだという確証を摑めば、失脚させられるかもしれん」

平蔵が反論する。

「等安殿は南蛮の珍奇な品々を扱っています。その中にはキリシタン信仰にまつわる品もあります。それゆえ本人が棄教したと言えば、それまででは」

「もちろん建て前上はそうなる。だが、それ以外に確実な証しを摑めば、話は別だ」

左平次は、等安が長崎のキリシタンの頭目だと見ていた。

「そういうことなら、ぜひお調べ下さい。金に糸目はつけません」

「金か。そうだな。その点は頼りにしている」

平蔵がおもねるように言う。

「できれば、長谷川殿が奉行のうちに――」

「貴殿は等安殿になり代わり、代官の座に就きたいのか」

「そうです。その見返りは――」

「それは後ほど考えよう。今は等安殿の尻尾を摑むことだ」

――等安を失脚させられれば、長崎のキリシタンどもの勢いは著しく衰えるはずだ。

左平次の直感がそれを教えた。

三

その天守は、まさに天を貫くように屹立《きつりつ》していた。だが西洋の絵画で見る尖塔《せんとう》とは全く違い、最上階まで広い空間が取れる堅固な建築物で、善大夫が見てきたどの城の天守とも異なり、途方もない大きさだった。

「江戸城は初めてだったか」

大手門前で駕籠を下りた崇伝が、駕籠脇を歩いてきた善大夫に語り掛ける。

「はい。話には聞いていましたが、まさかこれほどのものとは――」

随伴してきた半蔵があきれたように言う。

「これが今の徳川家の力だ。もう誰も抗《あらが》えぬ」

「しかしこれほどの城を造るには、どれほどの費《つい》え（経費）が掛かったか」

崇伝が笑って言う。

「徳川家は、ほとんど負担しておらぬ」

「ということは誰が――」

「天下普請を知らぬのか」

崇伝によると、天下普請とは、天下人が経費も人も諸大名に負担させて行う大事業だという。

「天下人ともなれば、さようなことができるのですね」

「天下普請は太閤殿下が始めたことだ。大御所様はそれを踏襲しただけだ」

江戸城は、言うまでもなく今は亡き家康が建てた。

――これでは諸大名は疲弊し、徳川家が富み栄えるだけだ。

戦いに明け暮れた戦国時代は終わったものの、徳川家は下剋上《げこくじょう》を過度に恐れていた。その皺寄せは諸大名へ、そしてその領民へと回されていくのだ。

――これが徳川家の静謐なのか。

それは、力で周囲を押さえつける武断政治そのものだった。

その時、案内役が現れ、三人を城内に通してくれた。

城内の御殿建築の豪壮さには圧倒されるものがあった。だが将軍に拝謁することで緊張していた善大夫には、何も目に入ってこなかった。

元和四年（一六一八）四月、善大夫と半蔵は、大坂の陣における古田織部の放火計画を未然に防いだ功により、秀忠への拝謁が叶うことになった。

黒書院の一の間に通された三人が、秀忠が現れるのを待っていると、十人前後の小姓や近習を引き連れた秀忠が現れた。

「伝長老、相変わらず壮健のようだの」

秀忠の声は明るい。豊臣家という最大の懸案が片づき、さらに家康が元和二年（一六一六）四月に病没したことで、秀忠の頭の上にあった重しがすべて取り除けられたからだろう。

「かような老骨ですが、とくに患いもなく、仕事に精進しております」

「それは大儀。伝長老のように学識豊かな僧が、公儀の法の制定から寺社仕置まで担ってくれて本当に助かる」

「過分なお言葉、ありがとうございます」

しばし歓談した後、崇伝が背後に控える二人を紹介した。

「こちらに控えるは――」

簡単な紹介が終わると、秀忠が明るい声で言った。

「半蔵、久方ぶりだの」

「はっ、お久しゅうございます」

さすがの半蔵も緊張している。

「そなたの父は息子のことを『出来が悪い』と嘆いていたが、此度の功で、これまでの悪い評判を一掃したな」

崇伝が言い添える。

「半蔵はよき働きぶりを見せています」

「さすが服部の血よ。褒美は後で申し伝える。して――」

秀忠の視線が善大夫に向けられた。

「そなたが織部一派の陰謀を暴いたというのか」

「はい」

「名は何と申す」

「最嶽元良と申します」

「そうか。見事な働きぶりだった。とは申しても、僧に知行をやるわけにもいかんな」

崇伝がすかさず口を挟む。

「寺領をいただければ、この者も喜ぶかと思います」

「そうだな。崇伝殿に寺領を与えるので、先々どこぞの寺の住持にでもしてもらえ」

「ありがとうございます」

――どうなっているのだ。

秀忠は、善大夫のことを本物の僧だと思っているらしい。

「そうだ。思い出したぞ、かつてそなたはキリシタンだったというではないか」

「はい。実はまだ――」

善大夫の言葉にかぶせるように崇伝が言う。

「仰せの通り、この者は小西摂津守の小姓をやっていました」

「そうだったのか。では、関ヶ原にも出張《でば》っていたのか」

「はい。摂津守様と共に伊吹山中に逃れました」

「それで足を負傷したのだな」

善大夫は正座できずに左膝を少し開いているので、秀忠には負傷したと分かったのだろう。

「はい。それで武士を辞めました」

「そうか。それは気の毒だったな。しかし仏門を究めるのも一つの道だ。そなたの師匠の崇伝殿のようにな」

——やはりキリシタンとは告げていないのだ。

かつて家康には告げていたことを秀忠には告げていないということは、幕府の禁教令がより厳しいものになったことを示していた。

どう答えてよいか戸惑う善大夫の代わりに、崇伝が言った。

「この者にも迷いはありました。しかし今は世の衆生を救うべく、仏門にて精進しております」

「そうか。天晴な心がけだ」

しばし雑談した後、秀忠は奥に下がっていった。


江戸城北の丸の金地院に戻った善大夫は、槌音《つちおと》のする中を崇伝の居室に向かった。

この年、崇伝は秀忠より江戸城北の丸に二千坪の敷地をもらい、金地院という壮麗な寺院を建立していた。しかし寺とは名ばかりで、実際は崇伝とその弟子たちが法令を起草し、寺社政策を検討する仕事場だった。

大坂の陣後、家康の命を受けた崇伝は、「武家諸法度」「禁中幷《ならびに》公家中諸法度」「諸宗本山宛の法度（寺院法度）」を矢継ぎ早に起草した。これにより武士、皇族と公家、僧に対する幕府の姿勢が明確になり、それに違背した場合は「法度違反」として厳罰に処せられるようになる。

入室の許しを得て中に入ると、崇伝はいつものように筆を走らせていた。しかし善大夫は、それに構わず問うた。

「此度、将軍家にわがことを告げなかったということは、いかなるご趣意か」

「そのくらいのことは、そなたにも分かるだろう」

「禁教令を出した手前、キリシタンはいないという建て前ですね」

「その通り。キリシタンを将軍家にお目見えさせるわけにはいかぬからな」

「では、私はこれから公の場では僧とされるのですか」

「ああ、そうだ」

「さように身勝手な――。私は棄教しないと申したはずです」

崇伝がため息をつく。

「大坂の陣が終わり、そなたをキリシタンのままにしておく理由はなくなった」

「だからと言って棄教するつもりはありません」

「では、ここに置いておくわけにはいかぬ。それどころか、そなたがキリシタンだということを、わしが訴え出れば、そなたは磔《はりつけ》にされるぞ」

「構いません。私は殉教します」

崇伝の眼光が鋭くなる。

「そなたの宿望（理想）は何だ」

「キリシタン信仰によって、この世の衆生を救うことです」

「それはキリシタン信仰でなくともできるはずだ」

「いいえ。権勢を持つ者（権力者）に癒着した仏教には、心の救済はできません」

「いいや、できる」

「心だけでなく粥施行を行い、また実際にミゼリコルディア、コレジア、セミナリオといった病院や学校を各地に造り、心身共に豊かな暮らしを民に供していくことが、仏教にできますか」

「それができるのはキリシタン信仰だけだと言うのだな」

善大夫の言葉に力が籠もる。

「そうです。これまで仏教が何をしてきましたか。仏僧の多くが権勢を持つ者に取り入り、救済を求める民に何ら助けの手を差し伸べなかったではありませんか。それゆえ仏教は、民から見放されつつあるのです」

「それも一理ある」

崇伝の言葉は意外なものだった。

「粥施行で死にかかった一人の民を救うことも宗教の役割だ。しかし権勢を持つ者の傍らで、その意に沿いつつも多くの民を救うために手立てを講じるのも、宗教の役割とは思わぬか」

崇伝の眼光が鋭くなる。

「そなたは、この世の苦しみから衆生を救いたいと申した。いかにも一人の死にかけた者に粥を食べさせるのも宗教の仕事だろう。だが一千人、いや一万人の衆生を救う手立てを講じることも宗教の仕事なのだ」

「その通りです。私はキリシタンとして、それを成し遂げます」

「公儀が禁教令を出した時点で、それは認められぬ」

――いかにもその通りだ。キリシタンとして殉教するのは自分勝手なことだ。しかし万余の民を救うには、仏教徒として公儀と癒着していかねばならない。

「それでは約束が違います。崇伝様はキリシタンとしての私を利用しただけではありませんか」

「そうかもしれぬ。だが状況は変わったのだ。キリシタンのままでは、そなたは誰一人として救えぬまま殺される。しかしわが弟子となれば、万余の民を救える」

その言葉が、善大夫に重くのしかかる。

――果たしてキリシタンを貫くことが正しいのか。

善大夫は生まれてこの方、一点の曇りもなくキリスト教を信じてきた。だが崇伝の言葉に心を動かされたのも確かだ。

——そうか。彦九郎は疑問に思っていたな。

かつて彦九郎は、宣教師たちの言っていることが正しいかどうか疑問を呈したことがあった。

それを善大夫と左平次は強くなじった。だがそこに、明確な理由があったわけではない。

——彦九郎、教えてくれ。そなたはどのような思いを今、抱いているのか。

「では、問うが」

崇伝が腹の底に力を入れる。

「そなたらの神はおるのか」

「おります。では、仏はいらっしゃるのですか」

「いた。仏の名は釈迦といい、印度という国に実在した人物だ」

「イエス・キリストも実在です」

イエス・キリストは、聖地エルサレム近郊のベツレヘムで生まれた実在の人物だ。

「では、キリストの父である神はおるのか」

「デウス様ですか」

「そうだ。キリシタンはデウスとやらの実在を信じ、ハライソもあると信じておるが、本当のところはどうなのだ」

「デウス様は存在し、ハライソもあります」

「そなたは見たことがあるのか」

「では、仏の唱える極楽浄土はあるのですか」

崇伝が難しい顔をする。

「絵画にあるようなものはないだろう。しかし心の持ちようによってはある」

「心の持ちようとは何ですか」

「極楽浄土を信じる者には極楽浄土がある」

「よく分かりませんが」

「ハライソも極楽浄土も心の持ちようだ。それがあるかないかは、それぞれの心が決めるのだ」

「つまり誰もが、心にハライソや極楽浄土を持てるというのですね」

「うむ。その点でキリシタン信仰も仏教も同根だ。互いにいがみ合っていても仕方がない」

「では、どうして公儀はキリシタン信仰を排斥するのですか」

「キリシタン信仰が交易商人と結託し、日本人を奴隷として売り飛ばし、三界《さんがい》（世界）の各地を属領化しているからだ」

「それは誤解です」

崇伝が首を左右に振る。

「残念ながら誤解ではない。わしの許には様々な雑説が入ってきておる」

「では崇伝様は、私に仏教徒になれと仰せなのですか」

「そうだ。わしと共に徳川の世を安定させ、この世を静謐に導く仕事をしてほしいのだ」

「どうして私に――」

「そのことを問うのか」

崇伝が悲しげな顔をする。

「はい。聞かせて下さい」

「いいだろう。そなたは、わしの亡き息子に似ているからだ」

――わしはどうしたらよいのだ。

大恩ある崇伝の下で、この世を静謐に導くという大事業を手伝いたいという思いはある。だがそのためには、キリシタンをやめねばならないのだ。

崇伝がぽつりと言った。

「明日の朝までそなたを探さぬ。夜明けまでにどこぞに去るがよい。もしも朝餉の座に現れたら、わしの望みを容れたと解釈する」

「承知いたしました」

善大夫は深く頭を下げると、その場を後にした。

四

大坂の陣が終わり、日に日にキリシタンの詮議や摘発は厳しくなってきていた。それゆえ彦九郎は、信者たちとの連携を深めるためにも、組織立った活動の必要があると思っていた。

一方、フェレイラとジュリアンは肥後藩領大矢野島《おおやのじま》の宮津《みやづ》に潜伏者たちを集め、イエズス会の布教活動を再編成することにした。

元和四年五月、その知らせを聞いた彦九郎も、大矢野島へと渡った。

指定された隠れ家に着くと、フェレイラとジュリアンは着いており、夜の間に三々五々、呼び出しを受けた者たちも集まってきた。

隠れ家の持ち主は益田甚兵衛好次《ますだじんべえよしつぐ》、洗礼名はペイトロといい、小西家旧臣の一人だった。

小西家改易後、益田甚兵衛は本願地のある肥後国宇土の江部で帰農した。だが甚兵衛自身は大矢野島の生まれなので、こちらに伝手を多く持っていた。

ほかにも潜伏している宣教師の中で、主立つ者たちが集まってきていた。

ポルトガル人司祭のマテウス・デ・コウロスは、天正十八年（一五九〇）に天正遣欧少年使節団と共に来日して以来、元和元年（一六一五）から日本管区長を務めており、潜伏している宣教師たちの実質的指導者になる。

イタリア人司祭のペドロ・パウロ・ナバロは天正十四年（一五八六）に来日後、四国や本州にまで足を延ばして布教活動に従事し、コウロスを支えていた。

ポルトガル人司祭のフランシスコ・パシェコは慶長九年（一六〇四）に初来日を果たし、いったんマカオに戻るものの再来日を果たした。若いこともあって日本語に堪能《たんのう》だった。

三人ともイエズス会に所属する筋金入りの宣教師だ。

このほかにも隠れ家の主の益田甚兵衛本人、渡辺小左衛門《わたなべこさえもん》、そして南蛮絵師の山田右衛門作《えもさく》といった面々が集まっていた。渡辺小左衛門は大矢野島の大庄屋の一人で、甚兵衛の娘・福《ふく》の夫だった。山田右衛門作は元有馬家の家臣で、有馬家の日向国移封には付き従わず、口之津の庄屋となっていた。

皆がそろったところで、フェレイラが集会の趣旨を述べた。フェレイラの言葉はポルトガル語なので、日本人に対しては、ジュリアンが日本語で訳す。

「皆も知っての通り、公儀の禁教令が出て以来、ここ九州でも『転び』が続出し、布教も思うように進んでいない。本州や四国に至っては、おそらくもっとひどい状況だろう。それゆえわれらは結束を強めるべく信心会を結成し、毎日の祈り、週二回の断食、同じく週二回の鞭打ちの行、そして週一回、各地のパードレが告解を聞く日を設けることを、各地の信者たちに通達した。だが実際はどうか。孤立した信者たちの大半は、『転び』を余儀なくされている」

コウロスが白くなった美髯《びぜん》を震わせて言う。

「その通りだ。今は忍従の時だが、このままでは、この国の布教は終わる。この国の信者は支配者を過度に恐れるあまり、簡単に棄教する。何とも情けない限りだ」

宣教師たちと信者たちの意識の乖離《かいり》を、彦九郎は感じた。民には耕すべき田畑があり、養うべき妻子がいる。信心はそれらを上回るほど重要ではない。しかし宣教師たちは、自分たちのように、すべてを捨てて神に身を捧げることを信者たちに強いようとする。

「日本人の気質に文句を言っても始まらない。この国の支配階級である武士たちは、下層の人々を人扱いせず、牛馬同然に思っている。それゆえキリシタンだと発覚すれば、容易に処刑する。しかも見せしめのために公開処刑にするので、それに恐れを抱いた者たちは、すぐに転ぶ」

パシェコが苛立《いらだ》つように問う。

「その悪い流れを止める手立てはないのか」

「われらは信者たちの自覚に任せてきたが、それだけでは防ぎようがない」

「では、どうする」

「この国のやり方に従わせる。すなわち誓約書を作成し、村の代表者に署名させ、血判を押させる。そして誓約書には、それを破れば地獄に落ちると明記する」

「それで効果があるのか」

「どうだ、甚兵衛」

フェレイラが甚兵衛に水を向ける。

「この国では、村が一丸となって決議する『一味同心』が、強い拘束力を持ちます」

日本の村落では、村長、年寄、乙名《おとな》、庄屋といった村の指導者たちが決めたことを、村全体で守っていくという風習があった。それに反すれば「村八分」という制裁を受け、火事と葬式を除き、村人の協力が必要なこと、例えば村共同で管理している水源地の利用が制限され、入会地へ入ることを禁じられ、堆肥や暖房用の木切れや薪炭が入手できなくなるといった制裁を受ける。それは村内で生活できなくなるに等しいことだった。

甚兵衛が声をひそめるようにして言う。

「それを、われらは一揆と呼びます」

コウロスが確かめる。

「わしも聞いたことがある。個人の意思は無視され、村としての意思が優先されるという」

「はい。彼らは一丸になることで、横暴な領主たちに抵抗していけると知っているのです」

戦国時代、村は一丸となってどの勢力と提携するか、ないしは傘下に入るかを決定し、特定勢力の手足となって働いた。また近隣の村を味方にすべく外交交渉も担っていた。しかし味方した勢力が勝てないと敵から過酷な目に遭うので、早々に見切りをつけて敵に寝返ることも日常茶飯事だった。

フェレイラが話を引き取る。

「その一揆を利用して転びを防ぐつもりだ」

――要は、キリシタンを一村丸ごとにすることで、「転び」を防ごうというのか。

それは場合によっては、信心を無理強いすることにつながる。

「よろしいですか」

彦九郎が挙手すると、ジュリアンが迷惑そうな顔で言った。

「今はパードレたちだけで話し合っている。イルマンの意見は後で聞く」

「いいえ」とフェレイラが言う。

「われらには地位の差などありません。アンドレの意見を聞きましょう」

「分かりました。アンドレ、構わぬから続けろ」

ジュリアンが不満ありげな顔で促す。

「ありがとうございます。信心を村単位で固めさせるのは、われらにとっては都合よいことですが、キリシタン信仰の基本理念の一つである信教の自由に抵触するのではありませんか」

フェレイラが即座に答える。

「そんなことはない。これは、村の中で信心の弱い者から切り崩そうという役人たちの悪辣《あくらつ》な手立てに対抗するためだ」

役人たちは密告を奨励し、多額の報奨金までちらつかせていた。現に隠れキリシタンを告発した者には、銀二百枚という法外な報奨金を出した代官までいる。それが村内で疑心暗鬼を生じさせ、団結が揺らぎ始めている村もあった。

「しかし信心を無理強いすることにつながりませんか」

ジュリアンが眦《まなじり》を決して言う。

「さようなことはない！」

「しかし信心が弱い者を無理に信者にしても、拷問されればすぐに転びますし、そこから密告が始まるかもしれません」

彦九郎の指摘は的を射ていたらしく、ジュリアンが顔を真っ赤にして怒る。

「そなたは以前からわれらの決定に逆らってばかりいるが、本当にデウス様を信じているのか。よもや――」

その場の空気が凍りついた。

「キリシタン目明しではあるまいな」

キリシタン目明しとは、キリシタンのふりをして集会などに潜入し、様々な情報を領主や代官に知らせる者のことを言う。

「さようなことはありません！」

フェレイラが優しげな声音で言う。

「しかし身内を人質に取られ、やむなくキリシタン目明しをやる者もいる」

「待って下さい。私は天涯孤独の身です」

ジュリアンが甚兵衛に命じる。

「ペイトロ、この者を捕らえよ！」

だが甚兵衛は動かない。

「甚兵衛、どうした！」

「アンドレはキリシタン目明しではありません」

「どうしてそなたに、それが分かる」

「それがしとアンドレは同じ小西家中でした。いかにもアンドレは疑問をすぐ口にする少年でした。しかしそれは、納得できなければ動かないという性格にありました。さような者ほど信じられるのです」

「ありがとうございます」

彦九郎は甚兵衛に深く頭を下げたが、疑われた衝撃は心を深く傷つけた。

フェレイラが言う。

「分かりました。アンドレを疑うのはやめましょう。しかしわれらの方針を一致させましょう」

三人の司祭が賛意を表す。

続いて、それぞれの受け持ち地域が決められていった。司祭たちは受け持ち地域の村々の庄屋たちに、一揆化を促していくことになる。

――それでよいのか。

万が一、武力蜂起などということになれば、戦いたくない者まで巻き込むことになる。だがそれを口にすることは、彦九郎の立場ではできなかった。

彦九郎は不安を感じながら口を閉ざした。

五

長崎本博多町の遊郭は三味線の音や嬌声《きょうせい》に包まれていた。

「どうぞ一献」

平蔵の注ぐ酒を朱色の大盃で受けた左平次は、それを一気に飲み干した。

「おっ、さすが肥後のお方だ。見事な飲みっぷりですな」

平蔵と女たちが騒ぐ。

「平蔵殿も一つ」と言って、左平次が酒杯に酒をなみなみと注ぐと、平蔵も一気に飲み干した。

「ああ、これほどうまい酒はない」

平蔵の瞳には涙さえ浮かんでいた。

「江戸はどうだった」

「それはもう――。食い物も女も言葉には表せないほどでした」

傍らにいた年増の一人が「まあ」と言って平蔵の腕を叩く。

「江戸の話はまた聞かせてやる。そろそろ女たちは下がってもらおうか」

平蔵の言葉を聞いた女たちは、「後でね」などと言いながら下がっていった。

「しかし平蔵、ここまでうまくいくとは思わなかったな」

「ええ」と言いつつ、平蔵が煙管を差し出してきた。それを一服した左平次が言う。

「此度は、いかに等安の尻尾を摑むかが勝負どころだった」

左平次は村山等安が驕《おご》り高ぶり、長崎では何をしてもいいと思うようになっていたことに目をつけた。とくに等安の弱みは女だった。等安は老人にもかかわらず女に目がなく、金に糸目をつけず女を買いあさっていた。その中に等安屋敷の料理人三九郎《さんくろう》の娘がいた。これを手籠めにしようと思った等安は、言葉巧みに娘を呼び寄せると襲い掛かった。ところがこれに驚いた娘が激しく抵抗したので、怒った等安は娘を絞め殺してしまった。

それでも等安は「娘に無礼の段があった」と開き直り、三九郎に謝罪もせず葬式代さえ出さなかった。

「そこで三九郎を村山家から出さなかったのが幸いしましたね」

「その通りだ。三九郎は娘の仇《かたき》を取りたかった。それを利用した」

この話を聞いた左平次は三九郎に会い、そのまま勤め続けるよう勧めた。復仇《ふっきゅう》を遂げたい三九郎もそれに従った。だが等安とて馬鹿ではない。三九郎に毒殺されることを恐れ、三九郎を雑用係に回した。それが左平次の狙いだった。三九郎は掃除の時など、等安の過去の書状や帳簿を抜き取り、左平次に見せた。だが等安は尻尾を摑まれるような不正をしていない。それでも何とか二つの罪を見つけた。

一つは大坂夏の陣の直前、大坂方が法外な価格で武器を求めていると聞いた長崎の武器商人たちが、鉄砲や弾丸を売りさばいていた。等安もこの商機を逃すはずはなかった。

「さすが等安だ。大坂方に直《じか》に売りさばくことはなく、大坂の商人らを経て売っていた」

「その証文を見つけるのは、実に厄介でした」

左平次と平蔵は、三九郎の持参した書付類を突き合わせ、売り渡した鉄砲数や火薬の重さなどから共通のものを拾い上げ、遂に販売経路を探り当てた。

「しかしそれくらいでは、等安ほどの者を失脚させられぬ」

「ええ、そこからが知恵をいかに絞るかでしたね」

等安には、もう一つ大きな過失があった。等安の息子の大半は禁教令と共に棄教したが、ドミニコ会の司祭となった息子だけは頑として棄教を拒んだ。それゆえ等安は、奉行所に頼んで内々に壱岐《いき》に遠流《おんる》にしてもらった。しかし等安はその息子が可愛《かわい》かったのか、長崎港外の高鉾島《たかぼこじま》で下船させ、しばらくそこに潜伏させた。

だがその息子は大坂城に籠もるキリシタンを救うべく大坂城に入城し、落城のどさくさで殺されていた。それだけなら息子が勝手に行って死んだだけだが、等安の書状の中に、大坂城内にいる知己の武将からの返信があり、「ご子息の件、しかと承りました」と書かれていた。それはどうとでも取れる趣旨だったが、等安が息子を送り込んだと取れないこともない。

これらの証拠が固まったことで、平蔵は長崎奉行所に訴え出た。奉行の長谷川藤正は平蔵と仲がよく等安を煙たがっていたので、渡りに船とばかりに平蔵の訴えを江戸の幕閣に伝え、平蔵を江戸に向かわせた。

江戸では幕閣が平蔵の話を聞き、等安を呼び出した。しかし等安もさるもので、弁舌巧みに罪を逃れるかに見えた。だが左平次から知恵を授けられていた平蔵は、切り札を用意していた。

これまで等安は幕府への運上金を年三千両出してきたが、長崎内町の乙名や大店の商人たちから、等安が上前を撥《は》ねているという証言があった。ここまではよくある話だが、一部の資金が等安の支持するエスパニア系托鉢修道会のドミニコ会に流れているという事実を、平蔵は訴えた。

等安は「自分は棄教したので、断じてさようなことはない」と言い張ったが、平蔵が連れてきた内町の乙名たちが、こぞって「等安は棄教していない」と証言したので、雲行きが怪しくなってきた。この裏には外町と内町の深刻な対立があり、等安が支持基盤の外町の商人たちを優遇していることを、内町の乙名たちが恨みに思っていたのだ。

最後の駄目押しとして、平蔵が朱印船交易を取り仕切らせてもらえれば、年五千両の運上金を納めてみせると言い切ったので、幕閣は遂に等安を有罪とした。状況証拠だけだったが、等安が権益を持ちすぎていることも次々と発覚し、このまま捨て置くことができなくなったのだ。

等安は江戸で磔になり、一族十三人も長崎で死罪となった。村山家の財産は没収され、すべての権益は末次家に移った。かくして文禄元年（一五九二）から二十五年間、外町代官を務め、実質的な長崎の主として君臨し続けた村山等安とその一族は一掃された。

「長崎港に翻る旗は、一日にして『向う梅』から『四つ目結紋』になりました。これも松浦様のおかげです」

「わしは知恵を出しただけだ」

「まあ、そう仰せにならず」

平蔵が手を叩くと、次の間に控えていたらしき手代が現れ、菓子折りを捧げた。

「少し重い紅白饅頭《まんじゅう》ですが、ぜひお召し上がり下さい」

それを開けると金銀の慶長小判が十枚ずつあった。

「たったこれだけか」

「へっ」と言って平蔵が驚く。

「わしの貢献は、こんなものではないはずだ」

「それは承知しております。それゆえこれは年に一度で――」

「月に一度だ」

「ええっ！」

平蔵がのけぞる。

「わしは数字に強い。等安の書付やら証文も見せてもらった。この仕事がどれほど儲《もう》かるかも摑んでおる」

「恐れ入りました」

平蔵が平伏すると言った。

「月に一度、納めさせていただきます。それゆえ今後も昵懇《じっこん》にして下さい」

「いいだろう。わしが加藤家で出頭すれば、そなたを御用商人にしてやる」

「ありがとうございます」

二人は再び朱色の大盃を飲み干した。

六

元和五年（一六一九）九月、秋の淡い日差しの中、河畔の草原に寝そべる善大夫に、半蔵が語り掛けてきた。

「まさかそなたほどの頑固者が、崇伝様の勧めを受け容れるとは思わなかった」

「受け容れねば衆生の役に立てぬ」

半蔵が噛んでいた草の茎を遠くへ飛ばす。

「それが、そなたの生きている大義か」

「そうだ。この世の静謐を保っていくには、それなりの地位に就かねばならぬ」

「そなたはそれでよいのか」

「ああ、いろいろ考えた末に決めたことだ」

善大夫にも迷いはあった。だがキリシタンとして殉教ないしは追放されることは、個人的な充足は得られても、この世のために資するところはない。

「だがな、故郷の知己たちはキリシタンのままなのだろう」

「ああ、多分な」

善大夫の脳裏に彦九郎や左平次の顔が浮かんだ。

――彼奴らは今どうしているのか。

二人は頑なに信仰を守っているに間違いない。

――奴らに合わせる顔がないな。

彦九郎や左平次をはじめとした故郷の人々が、僧となった善大夫を見て失望するのは間違いない。失望するだけならまだしも、裏切者の「転び」として蔑まれるかもしれない。

「もう肥後には戻らぬのか」

「さてな――、戻りたくても戻れぬだろう」

「どうしてだ。堂々とした姿を見せてやれ」

――此奴の言う通りだ。

僧になったとて何ら恥じることはないのだ。

その時、二人の許に小僧が走ってきた。

「崇伝様がお呼びです！」

「わしをか」

二人が同時に問うたので、小僧は「お二人です」と答えた。


江戸城北の丸にある金地院に戻ると、崇伝が険しい顔をしていた。

「どうかなさいましたか」

「ああ、ちと深刻なことが起こった」

「いったい何があったのです」

「実はな――」

崇伝の話は驚くべきものだった。

禁教令が出てからも、京都には数百人のキリシタンがいた。彼らは京都所司代の説得に応じず棄教しなかったので、京都所司代の板倉勝重はダイウス町と呼ばれる一画を造り、そこに信者たちを入れて竹矢来で包囲した。これに音を上げた者たちは棄教したが、それでも棄教しない者が六十三人もいた。

そのため致し方なく勝重は彼らを牢に収監した。牢内は劣悪な衛生環境なので、老人や幼児八人が次々と息を引き取っていき、三人は耐えきれずに棄教した。それでも棄教しない者が五十二人も残った。

この報告を聞いた秀忠は、牢内で死んでいくのを待つよりも見せしめとして処刑する方が得策と思ったのか、残る者たちを火刑に処すよう命じた。

これに困惑した板倉勝重は、崇伝から秀忠に処刑を思いとどまるよう諫言《かんげん》してほしいと依頼してきたという。元々、勝重はキリシタンに同情的で、京都では摘発も緩やかに行われていた。

「という次第だ」

「で、どうするのです！」

善大夫は居ても立ってもいられなくなった。

「慌てるな。わしは将軍家に面談を求め、キリシタンを殺したところで利がないと説く」

「その通りです。かようなことをして公儀に何の得があるのです！」

家康が死した後、秀忠は独断専行を強め、少しでも過失のある大名たちを改易や減封に処し、意にそぐわない忠言をする者たちを遠ざけていた。それが己の威厳を高めていると思い込み、秀忠はいっそう厳格になっていった。

「キリシタンたちを処刑したところで、公儀にとって得など何一つない。だが将軍家は、ここのところイギリスやオランダと手を組めば、エスパニアやポルトガルと断交しても構わないと思っておるらしい」

欧州のカトリックとプロテスタントの争いは、日本にまで持ち込まれていた。プロテスタントのイギリスとオランダは、欧州でも勢力を拡大しつつあり、その勢いを極東にまで及ぼし始めていた。それゆえ秀忠は、交易と布教をセットで持ち込まないプロテスタントの二国と手を組めば、カトリックの二国と断交してもよいとさえ思うようになっていた。

「将軍家を説得できるのですか」

「分からん。だがやらねばならぬ。それはよいとして、確か半蔵は板倉殿と知己だったな」

それまで大人しく話を聞いていた半蔵が初めて口を開く。

「はい。大坂方の牢人どもを何人か捕らえたので覚えているはずです」

「では、元良を連れて京に上り、わしからの知らせを待て。その間にわしは将軍家と会って話をつける」

「承知しました」

「元良よ、そなたの仕事は分かっておるな」

「信者たちを転ばせるのですね」

「そうだ。転ばねば大赦の理由がない。つまり将軍家が振り上げた拳を下ろせなくなる。そなたには辛い仕事かもしれぬが、何とか説き伏せるのだ」

――これからは、キリシタンを転ばせることが仕事になるのだ。

それがどんなに辛いことか、善大夫には分かっていた。

――だが一人でも救わねば。

善大夫は腹底に力を入れて言った。

「お任せ下さい」

善大夫と半蔵の二人は、崇伝の伝手で商船に乗せてもらい京を目指した。

この後、京に着いた二人は崇伝の早飛脚を待った。

数日後に着いた飛脚は、秀忠の「棄教すれば赦免する」というお墨付きを持ってきた。その書状を読んだ勝重は、善大夫に説得を許した。


「どうか私の話を聞いて下さい」

囚われたキリシタンたちを白洲に集めてもらうと、善大夫は騒ぎ立てる彼らに静かにするよう懇請した。だが善大夫が僧衣を身に着けていることで、罵声はやまない。

「静かにしろ！」

所司代の武士たちが威嚇したので、ようやく静かになった。

「皆さんは私の姿を見て、何をしに来たか察したはずです」

「帰れ！」

誰かの一言で再び騒がしくなった。それを止めようとする武士たちを抑えて、善大夫は再び懇願した。

「どうか、話だけでも聞いて下さい。私は単なる僧ではありません。私は――」

大きく息を吸うと、善大夫は思い切るように言った。

「かつてキリシタンでした」

そこにいた老若男女の目が見開かれる。

「私はアグスティノ様の小姓をしておりました。幼い頃に洗礼を受けて以来、ずっとキリシタンでした」

最前列にいた年かさの男が問うてきた。

「アグスティノ様とは小西行長公のことだが、それは真か」

「はい」と答えた善大夫は、キリシタンだけが知る秘蹟をいくつも唱えた。それはキリシタンでも唱えられる者は少なかったので、すぐに「転び」だと分かったはずだ。

「どうして転んだのだ」

「禁教令が出たからです」

「そなたの信心は、さように弱いものだったのか」

「さようなことはありません。だから話を聞いていただきたいのです」

年かさの男の背後から「話など聞けるか！」といった罵声が浴びせられる。それを男が制しつつ言う。

「そなたの話を聞いたとて、われらは転ばぬ。それでもよいのか」

「構いません」

「よし、聞こう」と言うと、男は腕組みした。その横には妻らしき女性と、三人の男子がいる。おそらくその男の妻子だろう。

善大夫は大きく息を吸うと言った。

「信心を貫くことは何よりも大切です。しかし為政者の方針に従うことも大切です」

早速、怒りの罵声が巻き起こる。だが男が「静かにしろ」と言うと静まった。

——この男が指導者なのだ。この男さえ籠絡すれば、皆は救われる。

善大夫は声に力を入れた。

「いかにも殉教は尊いことです。しかし殉教とは、自らが充足を得られるだけではありませんか。生きてこそキリシタン信仰を広めていけるのです」

「待て」と男が言う。

「では、イエス様の仰せになった『私はよみがえりです。私は命です。私を信じる者は死んでも生きるのです。生きていて私を信じる者は、決して死ぬことがありません』という言葉を、そなたは偽りだと申すか」

「『ヨハネによる福音書』の一節ですね。イエス様が『己を信じれば永遠の命が与えられる』と仰せになったのは事実です。しかしイエス様は、殉教については一言も述べていません。殉教が尊いものだと言い出したのは、後世の者たちです」

「では、そなたは教会の教えを否定するのか」

「教会の教えは解釈です。だからこそ様々な修道会があるのです」

その言葉に動揺したのか、ざわめきが起こった。

「では、そなたは為政者の方針に従い、現世と妥協して生きよというのか」

「そうです。為政者は生殺与奪の権を握っています。たとえ不本意であっても、われらは生き残り、次の世代に命を伝えていかねばなりません」

男の視線が三人の子供に向けられる。気持ちが揺らいでいるのは明らかだ。

「皆さん、棄教が本意でなくても構いません。生きてこそ神の教えを広めていけるのです。『マタイによる福音書』には『人はたとえ全世界を手に入れても、自分の命を失ったら何の益があるでしょう。その命を買い戻すのに、人は何を差し出せばよいのでしょう』という一節があります。イエス様も命の尊さを唱えておいでです」

善大夫が声を大にして続ける。

「迫害を受けた時に棄教することは、デウス様を裏切ることではありません。命を長らえる手段として認めていただけるはずです」

男が断固とした声音で言う。

「そなたの言いたいことは分かった。それで坊主になったのも分かった。だがわしらは、ここまで一途《いちず》に宣教師たちの言葉を信じて生きてきた。その節を曲げることはできない」

その口調は明らかに武士のものだった。

「あなたは武士だったのですか」

男の妻子のみならず、そこにいる者たちは、農民でも着ないような擦り切れた襤褸《ぼろ》をまとっていた。

「そうだ。わしの名はヨハネ橋本《はしもと》太兵衛《たひょうえ》、高山右近様の家臣だった」

「やはりそうでしたか。右近様は信心を貫くために国外に向かいました。しかし死を選んだりはしませんでした。どうかあなたも生きて下さい」

「いいや、それはできぬ。だが――」

太兵衛が妻子を抱き寄せる。

「この者たちは――」

「あなた、やめて下さい。われらは一心同体です」

妻は己の意思をはっきりと表した。

「どうかお子さんたちのためにも生きて下さい」

「いいえ。私たちは殉教し、ハライソに行きます！」

背後から「そうだ、そうだ」という声が上がる。

「しかし――」と何か言いかけた太兵衛の言葉を制し、妻が言った。

「『転び』の坊主の言葉など聞く耳を持ちません！」

その言葉は決定的だった。太兵衛が善大夫に向き直る。

「そなたはハライソがないと言うのか」

「ハライソを見てきた者はいません。それゆえあるともないとも言えません」

「それは『転び』の考えだ。『転び』は皆そう申す」

太兵衛が意を決したように言う。

「ハライソは必ずある。皆で一緒にハライソに行き、デウス様に抱かれるのだ」

話の流れはまずい方向に向き始めていた。

「皆、聞いてくれ」

太兵衛は立ち上がると、皆に向かって言った。

「『転び』の話を聞こうなどと言ったわしが間違っていた。皆でハライソに行こう！」

「おう！」という声が上がる。

「お待ち下さい！」

しかし太兵衛たちは丸くなり、一心不乱に祈りを捧げている。

啞然とする善大夫の肩に手が置かれた。

「どうやら無駄だったようだな」

「板倉様」

いつの間にか、背後に板倉勝重が来ていた。その傍らには半蔵もいる。

「わしも何とか救ってやりたかったが、命を長らえることが、此奴らにとってよきこととは限らぬ。黙ってハライソに行かせてやろう」

「しかし――」

「致し方ないことなのだ」

「では、黙って逃がしてやって下さい」

「棄教せぬ限り、それは駄目だ」

京都所司代という仕事柄、勝重が秀忠の方針に反することはできない。

それでも善大夫はあきらめず、皆に呼び掛けようとした。だがその時、輪になって祈る者たちには見えない仕切りができており、もう何を言っても聞き入れないことに、善大夫は気づいた。

——何と空しきことか。

善大夫は徒労感に打ちひしがれた。


この数日後の元和五年十月二日、五十二人の信者たちは六条河原に連れていかれ、二十七本の一本柱に縛られて火刑となった。五十二人なのに柱が二十七本だった理由は、子供が多かったからだ。子供の多くは母親と一緒に縛られた。

太兵衛の妻はテクラといい、三人の子と共に縛られて昇天した。また二人の女児も同様に火刑に処された。彼らが焼かれる火を見ながら、善大夫は祈りの言葉を懸命に唱えた。

七

元和六年（一六二〇）一月、長崎奉行の長谷川藤正は、長崎やその郊外に残っていた教会や医療施設の破壊を命じた。この時、かつて高山右近一行の宿所となっていたトードス・オス・サントス教会とその付属施設（セミナリオ、コレジオ、金属活版印刷所）も破壊された。

さらに藤正は、宣教師の所在を密告した者に銀三十枚を与えるという布告を出した。この布告の効果は絶大で、各地に潜伏していた宣教師たちが次々と見つかった。

だが藤正自ら交易に関与していることもあり、取り締まりは比較的緩やかだった。

前年の話だが、密告によって捕まえたアウグスティノ会司祭のペドロ・デ・ズニガの人柄に打たれた藤正は、ズニガに日本から去るよう助言した。これに従ったズニガはマニラへと去っていった。しかしマニラに着くや、アウグスティノ会は、日本語に堪能なズニガを再入国させることに決めた。日本のキリシタンたちが宣教師の派遣を懇請してきたからだ。ズニガは顔が知られていることから難色を示したが、結局、引き受けて日本に再入国することにした。この時、ドミニコ会の司祭のルイス・フローレスも同行することになった。

ちょうどその頃、マニラを拠点として交易に従事していた平山常陳《ひらやまじょうちん》という商人が、店を畳んで帰国の途に就こうとしていた。常陳はキリシタンなので、二つの修道会はズニガとフローレスを便乗させようとした。常陳もこの依頼を断り切れず、元和六年七月、常陳の船は日本を目指して出帆した。

だがこの頃、イギリスとオランダは同盟を結び、極東水域を航行するエスパニアとポルトガルの船舶と、マニラに向かう中国船を拿捕《だほ》していた。

中国船を拿捕するのは、中国船がエスパニアとポルトガルの拠点のマニラに、彼らの生活物資を運んでいたからだ。

台湾海峡でこの警戒網に常陳の船が引っ掛かった。本来なら日本船なので拿捕の対象外だが、イギリス船の臨検を受けることになり、船底に隠れていたズニガとフローレスが発見された。

八月、平戸へ曳航《えいこう》された常陳の船から下ろされたズニガとフローレス、また常陳と船員十二人はオランダ商館に監禁された。この拿捕が幕府との取り決めに違背することは明らかで、唯一幕府に認められるとしたら、宣教師が乗船していたことを証明できた時だけだからだ。

ズニガとフローレスは激しい拷問を受けた。それでも二人は宣教師であることを頑なに否定し続けた。

八月のある真夜中のことだった。彦九郎が隠れる家の戸を叩く音がする。

――見つかったか。

一瞬、ヒヤリとしたが、捕方ならこんな方法は取らない。突然、戸を蹴倒して入ってくるはずだ。彦九郎は戸口まで行くと「どなたですか」と問うた。

「アンドレか」

「そうです。あなた様は――」

「トマス荒木だ。ここを開けてくれ」

その声に聞き覚えがあったので、彦九郎は迷わず戸を開けた。

「助かった」と言うや、トマスが家の中に倒れ込んできた。折からの豪雨によって全身濡れそぼり、しかも腕に傷を負っているらしく、血まみれになっている。

「いったいどうしたのです!」

「話は後だ。まずは晒《さら》しをくれ」

体を拭いたトマスは、彦九郎の手を借り、傷口に血止めの軟膏を塗り、晒しで腕をぐるぐる巻きにした。

「着替えと熱い湯をくれ」

トマスは着ていたものを脱ぎ捨て、彦九郎の渡した褌《ふんどし》や着物に着替えると、茶碗に入れた熱い白湯《さゆ》を一気に飲み干した。

「それから飯も頼む」

急いで櫃《ひつ》の底に残った飯を碗にすくって与えると、トマスは箸を受け取る間もなく、手づかみで飯をかき込んだ。それでやっと人心地ついたようだ。

「落ち着きましたか」

「ああ、助かった。まずは礼を言っておく」

「で、どうしたか教えて下さい」

「そうだったな」

トマスによると、あれからミゲルの許を去ったトマスは、長崎の本博多町に潜伏していた。ところがある日、どうしたわけか突然隠れ家を奉行所の捕方に囲まれたという。

息を殺していると、「トマス荒木だな。神妙にせい」という冷徹な声が聞こえた。それで裏口から逃れようとしたが、奉行所は裏口にも人を配していたので大立ち回りとなった。その時、捕方を率いてきた与力らしき男に腕を斬られた。それでもトマスは川に飛び込み、何とか逃げおおせたという。

「奉行所の役人にしては腕の立つ男だった。どうやら奴が、キリシタン摘発の陣頭に立っているらしい」

「何という名の男ですか」

「捕方が松浦様と呼んでいた」

「松浦様、と」

彦九郎にとって松浦という名字で思い出すのは左平次だが、九州には松浦姓が多いので別人だろうと思った。

「後で思い出したのだが、その松浦と申す者は、奉行の長谷川藤正や新たに代官に任じられた末次平蔵と結託し、長崎の支配者気取りだという」

「さような男がおるのですね」

「ああ、それはよいが、わしもいよいよ窮まった」

「ミゲル様のところには匿ってもらえないのですか」

「奉行所も馬鹿ではない。見張りを置いているだろう」

それは妥当な判断だった。

「では、コウロス様かフェレイラ様のところに行ったら、いかがでしょう」

「今更、イエズス会にすがれるか。逆に密告されるわ」

トマスはイエズス会に深い恨みを抱いており、その逆にコウロスらもトマスを批判していた。それを考えれば、イエズス会に匿ってもらうのは無理な話だった。

「縁も所縁《ゆかり》もないほかの修道会も同じだ。わしは天涯孤独なのだ」

トマスが自嘲する。

「それでここに来たのですね」

「うむ。そなたなら、わしを突き出すようなことはしないと思ったのだ。少なくとも一晩は枕を高くして眠れる」

なぜかトマスは彦九郎に信を置いていた。

「私はイエズス会のイルマンですよ」

「だが、イエズス会、いやキリシタン信仰に対して疑問を感じている」

「さようなことはありません」

「では、突き出すか」

トマスがにやりとする。

「突き出しませんが、ずっとここにおられるのも困ります」

「それはそうだろう。わしがここにいれば、そなたも捕まる」

「私一個のことはどうでもよいことです。しかし、私がいなくなれば、潜伏している宣教師の間の連絡が絶たれるのです」

　いつしか彦九郎は連絡係のようになっていた。この辺りの地理に詳しいこともあるが、キリシタンとして顔が全く知られていないことが幸いした。

「そなたに迷惑は掛けられぬ。それゆえ明日にも出ていく」

「どこに行くのですか」

「長崎奉行所だ」

　彦九郎が息をのむ。

「何を考えておいでですか」

「自らキリシタンだと名乗り出るのだ」

「殺されるだけではありませんか」

「いいや、殺されはしまい」

「どうして、そう断言できるのですか」

「わしは『キリシタン目明し』と逆のことをやろうと思うておる」

　彦九郎は唖然として言葉もなかった。

「驚いたか。どうせ逃げ場がないのなら、わしは『転び』のふりをして奉行所に入り込み、彼奴らの動静をそなたに伝える」

「ちょっと待って下さい」

　それができたら、奉行所の動向が事前に摑め、踏み込まれる前に宣教師たちを別の隠れ家に移すことができる。だがそれが現実的でないのは明らかだった。

「わしが真の『転び』でないことは、そなただけが心にとどめておいてくれればよい」

「しかし――」

「奉行所に出入りできる商人とは、すでに話はついている。そ奴が連絡係だ。ただし――」

トマスの眼光が鋭くなる。

「このことはフェレイラやコウロスには内緒だぞ」

「どうしてですか」

「彼奴らは、わしを売るかもしれんからな」

その可能性は否定できない。

「どうだ、彦九郎、商人の名は天草屋八兵衛《あまくさやはちべえ》。四十がらみの痩せた男だ。わしが偽の『転び』だと知っているのは、そなたと八兵衛だけだ」

彦九郎はしばし考えると言った。

「分かりました。この仕事、引き受けます」

「それがよい。これで今宵は大いびきをかいて眠れる」

トマスの高笑いが、あばら家を震わせた。


翌日、彦九郎の許を去ったトマス荒木は、どこかに隠していたローマ・セミナリオの司祭服に着替えると、奉行所に出頭した。トマスは棄教を宣言したが、すぐに信じてもらえず、様々な拷問を受けた。最後にイエスとマリアの描かれた御影を置かれ、それらを踏むように指示された。

この時、トマスは躊躇《ちゆうちよ》することなく御影を踏んだので、棄教が認められた。その後、松浦と称する男の組下に入れられたトマスは、宣教師たちの隠れ家探しに精を出すことになる。だが大半は、奉行所が踏み込む数日前、天草屋八兵衛を通じて彦九郎の許に知らせてきたので、宣教師たちは捕まらなかった。それでもそこに宣教師たちが潜伏していたのは事実なので、奉行所はトマスを信じるようになった。

八

元和八年（一六二二）七月、長崎奉行の長谷川藤正は、これまで以上に苛烈なキリシタン弾圧を始める。まず平山常陳の船で日本に密航しようとしたズニガとフローレスの両神父と常陳の三人を火刑に、常陳の船に乗っていた十人の船員を斬罪に処した。

だが弾圧は、ここからが本番だった。

二年前に藤正が出した「宣教師の所在を密告した者には銀三十枚を与える」という布告は、絶大な効果を発揮した。さすがに銀三十枚は破格の褒美だった。これにより密告者が相次ぎ、大村藩領鈴田《すずた》の獄には、次々と潜伏キリシタンたちが引っ立てられていった。

六月、日本人として最初に司祭とされたセバスチャン木村は、潜伏していた家の朝鮮人下女に密告されて捕まった。言うまでもなく、宿主と呼ばれる宣教師を匿っていた家の所有者や同宿と呼ばれる宣教師の身の回りの世話をする日本人も、鈴田の獄につながれた。

鈴田の獄には三十三人の宣教師が収監されたが、その中には天文・暦学・数学者として著名なイタリア人神父のカルロ・スピノラも含まれていた。

八月になると、その中の二十五人が長崎へ移され、さらに捕まった宿主や同宿三十人と共に長崎西坂《にしざか》の丘の刑場に連れてこられた。三十人の中には、八十歳の老女から三歳の幼児までいた。

この前代未聞の処刑の指揮を執るのが左平次だった。

周囲にめぐらされた竹矢来の外には万余の民が詰めかけ、丘の頂に掲げられた二十五の柱を身じろぎもせず見入っている。

「火刑の支度ができました」

平蔵がいつになく強張った顔で告げる。

「では、始めるか」

西坂の丘には二十五本の一本柱が建てられ、すでに二十五人の宣教師たちが架けられていた。残る同宿や宿主三十人は斬首刑とするため、その下に座らされている。

「長谷川殿はまだか」

「どうやら来る気はないようです」

藤正は左平次に処刑の指揮を託しながら、本人は顔を見せないつもりでいるらしい。刑場に来ることで、民から赦免を請われることを嫌っているのだろう。

「致し方ないな」

西坂の丘には三万余の人が集まり、処刑を今か今かと待っている。というよりも大半がキリシタンなので、宣教師たちの殉教に立ち会いたいのだ。

――よかろう。それほど見たいなら、宣教師たちが苦しみ悶《もだ》えながら死ぬ姿を見せてやる。

左平次が床几を蹴るようにして立ち上がると、平蔵がおもねるように言う。

「お奉行様を待ちませんか」

「長谷川殿は前回の処刑の折も来なかった。此度も来るとは思えぬ」

前回とは、平山常陳に関連した人々の処刑のことだ。

「分かりました。では、いつでも下命を」

平蔵の声も上ずっている。それが、罪もない人々を処刑するという後ろめたさから来ているのは明らかだった。

――わしとて、かような仕事を進んでやりたいわけではない。

だが左平次は宗門改役なのだ。ここで消極的な態度を見せるわけにはいかない。

平蔵をはじめとする役人や足軽たちが拝跪する中、左平次は斬罪となる人々の前に立った。

「聞け！」

左平次の声はよく通る。その一言で群衆は静まった。

「公儀は禁教令を出し、宣教師やキリシタン信仰が捨てられない者どもに退去を促した。これに従った三百五十人は、大人しくマニラやマカオへと去っていった。だが禁教令に従わず、九州各地に潜伏して布教し続けた者どもがいる。それが、これから火刑に処せられる二十五人だ。さらに――」

左平次が手に持つ馬鞭《ばべん》で、座らされた三十人を指す。

「この者たちは、宣教師と知りながら宿を提供し、また世話をした者たちだ。この中には、宿主となった者の妻子眷属もいる。つまり何のことやら分からぬ幼児だろうと、連座制からは逃れられぬのだ」

西坂の丘は水を打ったように静まり返っていた。

――わしがこの場を支配しているのだ。

左平次は生まれて初めて権力者の陶酔を知った。

――わしが人の生死を決めるのだ。

それは、嫌悪を催すというより胸躍るものだった。

「まずは斬首刑から行う！」

縄掛けされた者たちの祈りの声や嗚咽が刑場に漂う。三歳と五歳の童子は泣き叫んでいる。

「そなたらは法に反していると知りつつ宣教師を助けた。それゆえ死罪に処す。尤も――」

左平次が童子の親と思しき夫婦を見つめて言う。

「この場で棄教するなら解放する」

どよめきが起こった。

「松浦様」と平蔵が背後から耳打ちする。

「さようなことをしては、後で長谷川様の立場がなくなります」

この場には来ていないが、長崎奉行所には、老中から監視役を託された幕臣の山口直友も滞在している。その下役が検使として来ている。

「構わぬ」

「しかし山口様の耳に入ることですし――」

平蔵が検使の方を見やる。検使役の武士は半ば咎めるような顔で、こちらを見ている。

「構わぬと申した」

「知りませぬぞ」

平蔵が不貞腐《ふてくさ》れたように下がると、左平次が再び声を荒げた。

「これが最後の機会になる。どうだ、そこの者。童子だけでも助けてやらぬか」

だが親と思しき夫婦は首を左右に振った。誰一人として進み出る者はいない。

「そうか。致し方ない」と、左平次が言った時だった。

「お助け下さい！」

若くて屈強そうな若者が名乗り出た。

「たった今、棄教します。それゆえ命だけは、お助け下さい」

「さようか」

「は、はい。棄教いたします！」

「よし、分かった。では、あれを持ってこい」

背後にいる小者に命じると、板のようなものを運んできた。

「これが何か分かるか」

左平次がその板を若者に示したが、若者は首を左右に振った。

「よいか、これはメダイオンを板に埋め込んだものだ」

その言葉にどよめきが起こる。

「さて、何が彫られているのかな。ああ、赤子のイエスを抱くマリア像だ」

若者が息をのむように体をのけぞらせる。

「そ奴の縄を解いてやれ」

その言葉に応じ、小者が若者の縄を解き、背中を小突きながら前に押し出した。若者は息をのむような顔で、板の中のメダイオンに見入っている。

このメダイオンが埋め込まれた板は、その場しのぎの棄教をしようとするキリシタンを見極めるために左平次が考案したものだ。キリシタンにとってイエス像とマリア像は最も尊いもので、それを足で踏めばハライソに行けないと言われていたからだ。

「これを踏めば、そなたの棄教を認めてやる」

その若者は、化け物でも見るような顔で左平次を見つめる。

「どうした。そなたの足で、この板を踏むだけだぞ」

「ああ――」

若者が天を仰ぐ。その間も、柱に体を縛り付けられた宣教師たちの祈りの声が聞こえている。

「やはり、その場しのぎの嘘をついたのだな」

若者が泣き崩れるのを見た左平次が冷たい声で言った。

「この者は嘘をついた。これは公儀に対しても、キリシタンに対しても背信行為だ。ゆえにこの者の魂は、地獄の業火で永遠に焼かれることになる。よし、この者から斬れ」

「嫌だ！」

若者はその場から逃れようとしたが、瞬く間に取り押さえられた。

「そなたはキリシタン仲間をも裏切ろうとした。そなたはもうキリシタンではなく、ハライソにも行けない」

「ああ、そんな――」

「そなたの魂は地獄に永遠に閉じ込められるのだ」

その場にひれ伏せさせられた若者は、それでも運命に抗《あらが》おうとしていた。だが左平次がうなずくと、斬首役の太刀が振り下ろされ、若者の首と胴は一瞬にして切り離された。

祈りの声が一段と高まる。それを無視するかのように、左平次は次々と斬首刑を執行した。幼児は小さな手を合わせ、何事か祈っていたが、容赦なく刀は振り下ろされた。

「さて、ここからが見せ場だ。火をつけろ！」

続いて二十五人の柱の下にある枯れ柴に、次々と火がつけられた。

――さあ、泣き叫べ。民の前でみじめな姿を晒すのだ。

だが火柱が足元に達しても、宣教師たちは取り乱すことなく祈りの言葉を唱えていた。

「どういうことだ」

傍らにいた平蔵も首をかしげる。

「熱くないんですかね」

「知ったことか。よし、柴に水を掛けて弱火にしろ」

「えっ、そんなことまで――」

「構わぬからやれ」

平蔵が指示すると、平蔵の手下たちが柴に水を掛けた。瞬く間に炎が弱まる。

宣教師たちは苦しげな顔をしていたが、泣き叫ぶでもなく、懸命に祈りの言葉を唱えている。

その足は焼けただれ、皮が下に垂れ下がっている者もいる。

左平次は一つの柱の下に立った。

「そなたがセバスチャン木村だな」

男は全く表情を変えず、憐れむような視線を下に向けた。

「どうだ、熱くはないか」

「神の身元に召されるのだ。苦痛など感じない」

「さようなことはあるまい。痩せ我慢はよせ」

木村が冷笑を浮かべて言う。

「そなたは哀れな男だな」

「何だと！」

「信仰を捨て、さような仕事をしているのか」

「わしは――、わしは公儀の定めた禁教令に従っているだけだ」

「悪魔の犬め。そなたと言葉を交わすだけで身が汚れる」

「よう申した。必ず泣き声を上げさせてやる！」

左平次は小者から手桶を奪うと、枯れ柴に水を掛けた。それで火の勢いが一瞬弱まる。

木村は一時の平安を得たかのように、空に向かって祈りの言葉を唱えている。

続いて「柴を積め」という左平次の命に応じ、小者が新たな枯れ柴を積んだ。それはメラメラと燃え始め、次第に火勢が強くなっていき、火は木村の腰まで達した。

ほかの柱は早くも猛火に包まれており、遺骸ごと焼け落ちているものまである。

「どうだ。これでも音を上げないか」

さすがに辛いのか、木村の顔が歪む。だが木村は笑みを浮かべて言った。

「最高の気分だ。ハライソが見えてきたぞ！」

木村の顔が希望に満ちたように輝く。振り向くと群衆が陶然としてそれを見ている。

「強がりを申すな！」

再び手桶を奪った左平次は、枯れ柴に水を掛けた。

そんなことが何度か繰り返されたが、木村は弱音一つ吐かず、安らかな顔で焼き尽くされた。

——何ということだ。

見せしめのための火刑が、逆に群衆に強い信仰心を起こさせてしまった。

左平次はやり場のない怒りに震えていた。

九

人はなぜ神仏に頼るのか。あまりに現世が過酷だから逃避したいのか。たとえそうだとしても、かつての一向宗や今のキリシタン信者の信仰心は異常なほどだ。自分を守ってくれるはずの宗教に、逆に自分の命を捧げることで忠節を誓うというのは、本末転倒しているとしか思えない。

運命の変転によってキリスト教と距離を取ることができた善大夫は、そのよいところも悪いところも知ることができた。もしも小西家中に身を置いたままだったら、何一つ疑問を持たずキリスト教を信じていたことだろう。

善大夫は江戸城北の丸の庭園を散策しながら、ずっと宗教とはどうあるべきかを考えていた。

「どうした」

その時、背後から声が掛かった。

「なんだ、半蔵か」

「わしで悪かったな」

「いや、誰かと話したかったのでちょうどよい」

「ああ、先だってのことか」

半蔵が暗い顔をする。

先だってのことというのは、元和五年十月の京都での殉教のことだ。

「うむ。人は信仰のために命を投げ出す。だが宗教の方こそ人を救わねばならぬのに、どうして逆のことが起こる」

半蔵が口ごもりつつ答える。

「自らの命以外、神に捧げられるものがないからだ」

「命を捨てたらおしまいだろう」

「だが、キリシタンの言葉で言うハライソへの道が開かれるのだろう」

「では、信仰を捨てたらハライソへの道は閉ざされるのか」

キリスト教に詳しくない半蔵に問うのもおかしいが、善大夫はつい問うてしまった。

「宣教師たちは、そう教えていると聞いたが」

「そうだ。殉教すればハライソに行けるし、永遠の命を与えられる。だが信仰を捨てればハライソにも行けず、死は永遠に続く暗黒となる」

半蔵が首をかしげる。

「坊主どもも極楽浄土があるなどとほざき、民から金を巻き上げておる。宗教というのは宗旨にかかわらず皆同じだ。だが一つ疑問なのだが、本当にハライソや極楽浄土はあるのか」

「わしには分からん」

「誰か見てきた者はおるのか」

「おらん」

半蔵が確信を持って言った。

「だとしたら、そなたの考えは正しいのだ」

——だが強い信仰を持つ者を説得して棄教させることが、その者にとってよきことなのか。

誰にとって何が幸せなのかは分からない。たとえハライソがなくても、信仰を貫いたという達成感こそ、人によっては命よりも大切なのかもしれない。

半蔵が唐突に言う。

「そなたはよき男だな」

「惚《ほ》れたか」

「馬鹿を言うな」

半蔵の高笑いで近くにいた鳥が飛び立つ。

「戯れ言はさておき、わしなど運命に流されるだけのつまらぬ男だ」

「運命か」

「そうだ。わしはあの時、キリシタンたちを前にして後ろめたかった。だが彼の者らに生きてほしかった。その一念で恥を忍び、『転び』だと告白し、彼の者らにも棄教を勧めた。だが彼の者らは胸を張って死んでいった。わしは恥ずかしかった」

「何を言う。そなたは殉教などという下らぬものから、彼の者らを救おうとしたのだ。そのどこが恥ずかしい」

あれから善大夫は、胸を締め付けられるような苦しさを感じていた。

「わしも信仰を貫いて殉教したかった。だが運命に従ううちに、こんな姿になってしまった」

「僧のどこが恥ずかしい。人を救うのは宣教師も僧も同じではないか」

「分かっている。分かってはいるが――」

善大夫はその場に膝をついた。だが半蔵は見下ろしているだけで手を差し伸べようとしない。

「その苦しみは、そなたが克服せねばならないことだ。だから手は貸さん。だがそなたが独力で立ち上がった時、そなたは宗教などに囚われぬ大きなものになれる」

「大きなもの、だと」

「そうだ。それがどんなものかは、わしにも分からぬ。だが苦しむ衆生を誰かが救わねばならぬのだ。その使命がそなたに下されたのだろう」

それだけ言うと、半蔵は先に行ってしまった。

――わしは正しい道を歩んでいるのか。

だが善大夫は、これが正しい道なのかどうか見極められないでいた。

十

元和八年九月、彦九郎は島原半島の東の森岳《もりたけ》に来ていた。

海から吹く風が冷たい。温暖な島原半島でも冬は寒い。だが彦九郎が立つ森岳には、石や木材を運ぶ掛け声が響いていた。

――ここにどのような城を築くのか。

島原半島は長らく有馬氏の領国だったが、直純が日向国へと移封され、新たに松倉重政が四万石余で入部した。

当初、有馬氏の本拠だった日野江城に入った重政だったが、日野江の地はキリシタン武士たちが多いので、比較的キリシタン武士が少ない東海岸の森岳に城を築くことにした。

これが後の島原城になる。

城造りは元和四年から始められたが、鍬入れの儀から五年目となる元和八年になっても終わらなかった。というのも重政は四万石の身代には見合わない、大規模かつ堅固な城を築こうとしていたからだ。

——それにしても豪勢な城だな。

まだ天守や御殿はでき上がっていないものの、複雑な構造の高石垣は見る者を圧倒する。しかも櫓《やぐら》の数は三十三にも及ぶ。

この城を造るための経費はたいへんな額で、また動員された民はのべ人数で十万人に上り、ただでさえ火山灰で物成《ものなり》の悪い島原の地の農民たちは、その苛斂誅求《かれんちゅうきゅう》ぶりに疲弊していた。

松倉重政の苛政について、『勝茂譜《かつしげふ》』という史料には、「いろり銭・炬燵《こたつ》銭・窓銭・棚銭・戸口銭・穴銭・頭《つぶ》り銭」を徴収したとある。これらはいわゆる雑税だが、松倉氏の苛政ぶりを象徴するものとなっている。ちなみに穴銭とは死人を埋める穴を掘ったら課される税、頭り銭とは新たに生まれた子に課される税になる。

それでも一揆が起こらないのは、重政がキリシタンに寛容だったからだ。

普請作事をしばらく見学した後、彦九郎は城下に足を向けた。フェレイラと中浦ジュリアンから、島原半島の森岳に潜伏しているペドロ・パウロ・ナバロ司祭に、居場所を移すよう伝えてくれと頼まれたからだ。城普請で多くの人が集まれば、発覚する危険性が高まるからだろう
指定された森岳郊外の農家に着くと、ナバロが両手を広げて迎えてくれた。ナバロの同宿でイ

ルマンのクレメンテ久右衛門《きゅうえもん》、ディオニシオ藤島《ふじしま》、ペドロ鬼塚《おにづか》も一緒だ。

有馬旧臣ながら、同宿の三人はそろって野良仕事などを手伝っていたのか、農夫と変わらぬ野良着を着て、顔は黒々と日焼けしている。

——なんと無用心な。

「ようこそ、神の家へ」

ナバロが彦九郎を農家の中へと案内する。

一五五八年にイタリアに生まれ、二十一歳の時にイエズス会に入会したナバロは、司祭に叙階された後の一五八六年に来日し、六十五歳になるこの年になっても、布教に精を出していた。

「この家の者たちはどうしたのです」

「アンドレ孫右衛門《まごえもん》のことか。われらに母屋を明け渡し、妻と息子と離れに移った」

ナバロは長く日本にいたので、日本語は堪能だ。

「で、皆さんは野良仕事を手伝っておいでですね」

久右衛門が答える。

「うむ。世話になっておるので、そのくらいはせねばならん」

「それはよいのですが、外を出歩けば、近所の者の目にも触れるのではないかと——」

藤島がすかさず答える。

「心配は要らん。この半島に住む者の大半はキリシタンだ」

「しかし長崎では、奉行の長谷川様による弾圧が起きています」

最も年若い鬼塚が笑みを浮かべる。

「いやいや、ここだけは別だ。領主の松倉様はキリシタンに寛容で、われらがここにいても見て見ぬふりをしてくれる。松倉様は南蛮交易に関心があるので、パードレたちに酷《むご》いことはせぬ。

家臣たちが、ここに土産を持って訪れることさえあるのだぞ」

この時代、鎖国は徹底されておらず、西国の諸大名は交易に熱心だった。

――なんと危ういことを。

彦九郎は天を仰ぎたい心境だった。

「よろしいですか。それはこれまでのことです。パードレ・フェレイラとパードレ・ジュリアンは、大名領でも大弾圧が行われるのではないかと危惧しています。それゆえ、すぐにでも身を隠して下さい」

そう言いつつ、フェレイラから託された書状をナバロに渡した。

それを読んだナバロが言う。

「確かに、パードレ・フェレイラが言う通りかもしれません」

「では、すぐにでも――」

「いや、そういうわけにはまいらぬのだ」

久右衛門によると、近々、本丸御殿の落成式があるので、四人にも来てほしいという重政の使いが来たのだという。

「それは罠《わな》です」

ナバロが首を左右に振る。

「いや、これまでも松倉殿とは何度もお会いしている。かのお方は温厚な上に交易に関心があり、われらと仲よくしていきたいと言っている」

「とはいえ松倉殿は、公儀の体制下に組み込まれた大名です。公儀から弾圧の命が下れば、それに従います」

久右衛門が言下に否定する。

「かような鄙《ひな》の地に、公儀は関心を持たぬ」

「それは違います。大名たちがしっかりと禁教令を守っているか、公儀は九州各地に隠密を送り込んでいます。それを知らぬ松倉殿ではありません」

藤島が思案顔で言う。

「それもそうだな。ここは身を隠すに越したことはないかもしれん」

鬼塚が反論する。

「しかし呼び出しに応じなければ、松倉殿との関係が悪化します」

彦九郎が板敷を叩く。

「それは違います。皆様方の命こそ大切です」

久右衛門が自信ありげに言う。

「しかしな、松倉殿は巨大な城を造るために領民に無理をさせている。常なら一揆が起こっても不思議はないのだが、キリシタンを容認することで、領民たちは素直に従っている。つまりわれらは友好の印であり、われらが健在だからこそ、領民は大人しくしておるのだ」

「それはこれまでのことです。松倉殿の前にのこのこ出ていけば、捕らえられるだけです」

鬼塚がうんざりしたように言う。

「パードレ・フェレイラとパードレ・ジュリアン、そしてそなたの三人とも、こちらの事情に詳しくないのだ。島原のことは任せてくれぬか」

「しかし――」

ナバロが彦九郎を制する。

「何事も神の思し召しです。もしも松倉殿がわれらを捕らえて処刑するというなら、それに従うまでです」

そこまで言われてしまえば、彦九郎に返す言葉はない。

――殉教を礼賛するキリシタン信仰の考え方が、諸悪の根源なのだ。

それが分かっていながら、イエズス会のイルマンである彦九郎には、殉教を否定することはできない。

「それほどの覚悟がおありなら、私に申し上げる言葉はありません。どうかご無事で」

そう言い残すと、彦九郎はナバロらの許を後にした。

この数日後、松倉重政の招きを受けた四人は島原城下に行き、その場で捕縛された。そして火刑に処されることになる。

十一

元和九年（一六二三）六月、二代将軍秀忠が隠居し、将軍の座を嫡男の家光《いえみつ》に譲った。ここに徳川嫡流による将軍の世襲は三代となった。

江戸城の本丸を家光に明け渡して西の丸に移った秀忠は、家康と同じ二元政治を踏襲するつもりでいた。

代替わりからほどなくして、家光の召しを受けた崇伝は、善大夫を従えて本丸に向かった。

本丸御殿自体は変わらないものの、秀忠から家光に代替わりしたことで、空気が一新されたような気がする。武士や女房たちも若返り、それが本丸の長廊を行き交う様は、まさに代替わりを実感させるものがあった。

一の間に通された崇伝と善大夫は、家光に拝謁した。家光は崇伝と旧知だからか、「大儀」と言っただけで奥に消えた。それは予想以上に素っ気ないもので、もう崇伝を必要としていないかのようにも思えた。こうしたことから、家康と秀忠に重用された崇伝を、家光が旧世代として葬り去ろうとしていると感じられた。

だが、その場に残った家光側近の「知恵伊豆《ちえいず》」こと松平信綱《のぶつな》は、崇伝に宗教政策について下問した。寺社関連の諸問題を語り合った後、話題はキリシタン対策に移っていった。

信綱がその怜悧《れいり》な瞳を光らせる。

「禁教令を出したにもかかわらず、九州には、まだ何十人も宣教師が潜伏しているというではないか」

崇伝が珍しく畏まっている。年齢は親子ほども違うが、信綱の優秀さは鳴り響いており、さすがの崇伝も緊張しているのだろう。

「はい。そう聞いております」

「キリシタンというのは、なぜあれだけ頑なに信仰を守ろうとする」

「それは――」

崇伝が口ごもる。

「さすが人間通の崇伝殿にも、キリシタンの気持ちまでは分からぬか」

崇伝の視線に促された善大夫は出番を覚った。

「卒爾ながら――」

善大夫は自らの出自などを語った。

「ほほう、そこもとは関ヶ原の戦場におったのか」

「はい。小姓として小西様の側近くにおりました」

信綱は、善大夫がキリシタンだったことよりも、関ヶ原にいたことに興味を示した。

「そうか。そなたもたいへんな道を歩んできたのだな」

「これも運命です」

「さすがだな。人格者として名高い小西摂津守の小姓だけのことはある」

「ありがたきお言葉」

旧主の行長が、信綱から高く評価されていたことが、善大夫にはうれしかった。

「そなたはキリシタンだったというが、なぜキリシタンの信仰は、あれほど激しいのだ」

「キリシタン信仰は現世利益を心がけているからです。すなわち教会で教義を教えるだけでなく、学校、病院、孤児院などを設立し、地域のために役立とうとしています」

「それだけではあるまい」

「もちろんです。教義が小難しくないというのも一因です」

崇伝が照れたような笑みを浮かべると言った。

「この者の言う通り、仏教は学問と同義であり、その核心に近づくには勉学に励まねばなりません。また誰でも諸手《もろて》を上げて迎え入れる雰囲気はなく、どうしてもお布施の多い方々の方を向いていました」

仏教のどの宗派も「衆生を救う」という原点から逸脱し、富を蓄積する事業と化していった。室町時代には延暦寺や興福寺のみならず禅寺までもが、金貸しの元締めになっていた。これでは民から見放されても仕方がない。

善大夫が話を引き取る。

「民は日々の苦しさから逃れるため、純粋に救いを欲しているのです。だが既存の仏教は期待に応えられず、その代替えとしてキリシタン信仰が熱狂的に迎え入れられたのです」

「そこまでは分かった。だが殉教までして神に忠節を尽くすのは分からん」

「尤もなことです」

善大夫がうなずくと続けた。

「仏教の極楽浄土と同じように、キリシタン信仰にはハライソがあります。信者は信仰を貫けばハライソに行けると信じ込まされているのです。それゆえ信仰を貫いた死は殉教とされ、信者たちは喜んで受け容れるのです」

「そのハライソとやらは、本当にあるのか」

「見てきた者は一人もいません」

「分からぬな。どうしてあるかどうかも分からぬものを信じ、殉教するのだ」

信綱がため息をつく。

――この御仁は理屈に合わぬことを受け容れられぬ体質なのだ。

「私は、そこにキリシタン信仰のずるさを感じます」

「ずるさ、とな」

「はい。宣教師たちは『ハライソはある』と言い張り、信者たちに殉教を強います。殉教する者が出れば、宣教師たちはそれを称揚し、後に続かせようとします。誰でもハライソに行きたいのは同じなので、宣教師はそこに付け入るのです」

いつの間にかキリスト教を批判している己に、善大夫は気づいた。

――だがキリシタン信仰に矛盾があるのは事実だ。

キリスト教は「愛」と「恐怖」という二律背反した武器によって、急速に教線を伸ばしてきた。つまり誰でも受け容れる優しさと、「言われた通りにしないと神の国《ハライソ》に行けないどころか、地獄に落ちるぞ」という脅しにより、信者たちを呪縛し続けたのだ。

「要は、信者たちに忠節の競い合いをさせるわけだな」

「そういうことです。しかし私は――」

善大夫が大きく息を吸うと言った。

「それは間違った考えだと思います。何よりも大切なのは生命です。たとえハライソがあろうと、一度死んだ者は、この世で生きることは叶いません。それでは何のために人として生まれてきたのか。生命があるからこそ、皆で収穫の喜びを分かち合い、支え合い、慈しみ合えるのではないでしょうか」

信綱も崇伝も神妙な顔で、善大夫の弁を聞いている。

「申し訳ありません。出過ぎたことでした」

「よいのだ。そなたの本音が分かってよかった。そこで一つ頼みがある」

信綱の双眸が光る。

「将軍家はご隠居様と変わらず、禁教令を布き続けるつもりだ。それで江戸や駿府城内にいる家中のキリシタンどもに棄教を勧めた。多くはそれに従った。しかしその中の一部は棄教を拒絶した。その者らに棄教するよう申し聞かせてほしいのだ。さもないと将軍家は、彼奴らを罰せざるを得なくなる」

江戸城と駿府城にいたキリシタンで棄教を拒んだ者は、小伝馬町《こでんまちょう》の牢に入れられていた。

「分かりました。その中に指導者らしき者はおりますか」

「いる」と言って信綱がうなずく。

「原主水胤信《もんどたねのぶ》という者だ」

崇伝が口を挟む。

「原と言えば、かつての千葉《ちば》氏の筆頭家老の家柄で、今は旗本の原家の当主ですか」

関東に北条氏健在の頃、その傘下国人の原氏は下総臼井《しもうさうすい》領六万石の領主だった。原胤義《たねよし》は小田《おだ》原城《わら》に籠もって戦い、開城後に改易となった。主水はその胤義の嫡男にあたる。胤義は切腹させられたが、息子の胤信は父の忠義に免じ、徳川家の旗本に取り立てられた。その胤信が洗礼を受け、敬虔なキリシタンとなっているという。

「主水は東照大権現様《とうしょうだいごんげん》（家康）から大恩を受けた。にもかかわらずキリシタン信仰を捨てないのだ。それゆえ逃亡したところを捕らえ、額に十字の烙印を押し、手足の筋を切った。それでも棄教せぬ」

あまりの酷さに、善大夫は絶句した。

崇伝が問う。

「その原主水殿に棄教させれば、ほかの者たちの信仰も揺らぐと仰せなのですね」

「主水は関ヶ原でも大坂の陣でも奮戦した武勇の士だ。おそらく多くの者が転ぶだろう」

信綱がそう言うと、崇伝が重ねて問うた。

「で、棄教せぬ者たちはどうなさるので」

「十月末までに棄教せぬ者は、江戸市中引き回しの上、火刑に処すと将軍家は仰せだ」

「となると、さほど時間はありませんな」

――やってみるしかない。

善大夫が腹底から声を絞る。

「やらせて下さい」

「見込みはあるのか」

「今は分かりません。しかし誰かがやらねば、多くの者が死にます」

「その通りだ。では、この者に任せよう」

「ははっ」と答えて、善大夫が平伏した。

小伝馬の牢は薄暗く黴臭《かびくさ》い場所だった。誰かの咳《せ》き込む声やすすり泣きが、洞《ほこら》の中のように響いている。

「こちらにおるのが原主水です」

牢役人が一つの獄舎を示す。そこには蓆蒲《むしろ》団が敷かれ、一人の男が仰臥《ぎょうが》していた。個室なのは、誰にも接触させせないためだろう。

「ご無礼仕る」と言いつつ善大夫が中に入ると、蓆蒲団の上に横たわっていた男が、ゆっくりと首をこちらに向けた。無精髭に埋もれたその顔は妙に青白い。それは男が長らく獄につながれていたことを示していた。

「坊主が何用だ」

「私は最嶽元良と申します」

「そなたの名など問うておらん。何用かと問うた」

「原様とお話がしたくて参りました」

「わしは坊主などと話したくない。さっさと消えろ」

「いえ、聞いていただきます」

その言葉に主水は何かを感じたようだ。

「そなたは武士の出だな」

「そうです。一つ間違えば、主水様とは関ヶ原で槍を合わせていたかもしれません」

それまで見ているようで見ていなかった主水の視線が、善大夫に据えられる。

「どこの家中だ」

「小西家の出です」

「それは真か――」

　主水が感心したように善大夫を見る。この時代、東西両軍を問わず、関ヶ原に出陣していれば武士として仰ぎ見られた。

「はい。アグスティノ様の小姓を務めていました」

「では、そなたは――」

「ご推察の通り、キリシタンでした」

　主水の瞳が大きく見開かれる。

「転びか」

「そうなります」

「汚らわしい。あっちに行け！」

「まずは話をお聞き下さい」

「駄目だ。さような見苦しい者と言葉を交わすのも汚らわしい。天のアグスティノ殿がどれほど嘆き悲しんでおるか――」

「アグスティノ様は、常に生命を大切にしろと仰せでした」

「転んでまで生きろとは言っていないはずだ」

「いかにもその通りです。しかしアグスティノ様は、生命の尊さをご存じでした。それはデウス様の教えに適《かな》うことです」

「いいや、たとえ殺されても信仰を貫く者をデウス様は愛する」

「聖書にも聖人伝にも、さようなことは書いてありません。殉教とは後の世の宣教師たちが、勝手に作り上げた教義なのです」

　主水の顔色が変わる。

「何を申すか。さようなことはない」

「では、どこに書かれていますか」

「それは――」

主水が口ごもる。

「聖書に書かれている、書かれていないではありません。命を捨ててしまえば、もう二度と現世に帰ってくることはできないのです」

「しかしハライソには行ける」

「ハライソに行くことは独善にすぎません」

「どういうことだ。殉教してハライソに行くことの何が悪い。宣教師たちもそれを称揚しているではないか」

善大夫が言葉に力を込める。

「それが間違っているのです。生きて苦しむ人々を救ってこそ、真の信者ではありませんか」

「そうか」

主水の顔に皮肉な笑みが浮かぶ。

「そなたは自分の恥ずかしい行為を肯定するために、ほかの者たちも転びにしようとしているのだな」

「そうお思いなら、それで構いません。しかし私は――」

善大夫が胸を張る。

「仏教徒となる方が、この世の役に立てると思ったから転んだのです」

「それは公儀の意向に従うことではないか」

「その通りです。しかし政と宗教は切っても切り離せません。誰一人救うこともできず、己のためにハライソに行くのなら、公儀の方針に従い、一人でも衆生を救う方がよいと思ったのです」

しばし沈黙した後、主水が言った。

「そなたの考えは分かった。そなたは、そなたなりに深く考えて転んだのも分かった。だが、わしには構わないでくれ」

「いいえ、原様は江戸のキリシタンたちの指導者的立場にあります。どうか皆を生きる方向に導いて下さい」

深くため息をついた後、主水が言った。

「わしはもう手足も動かせぬ体にされた。死してハライソに行くのだけが楽しみなのだ。その唯一の楽しみを奪わないでくれ」

「そのお気持ちは分かります。でもどうか大局に立ち、一人でも多くの信者をお救い下さい」

「いいや、わしはもう生きたくない。静かに逝かせてくれないか」

「原様、それは――」

主水の瞳から一筋の涙が垂れた。

「誰もが、最期くらいは自分の思うままにしたいはずだ。その気持ちを汲んでくれ」

そう言うと、主水は瞳を閉じた。続いてその口からは祈りらしきものが聞こえてきた。

それはもう聞く耳を持たぬという意思表示に違いない。

――何を言っても無駄なのか。

またしても善大夫は説得に失敗した。だが、これで挫けるわけにはいかない。善大夫の胸内から、新たな闘志が湧き上がってきた。

十月十三日、江戸に潜伏していた宣教師をはじめとした五十人のキリシタンが、小伝馬の牢から出され、江戸市中を引き回しにされた。歩けない原主水は、檻《おり》になった輿に乗せられたので、ひときわ目立った。輿には大札が掲げられ、原主水という名や出自が書かれていた。

　引き回しの後、一行は東海道沿いの札《ふだ》ノ辻《つじ》の東にある丘に連れていかれた上、一本柱につながれて火刑に処された。

　その話を後に聞いた善大夫は、己の力なさを呪うしかなかった。

十二

「あそこに見えるのが、宣教師が潜伏している屋敷です」

　案内役の農民が左平次に教える。

　咫尺《しせき》も弁ぜぬ闇の中、その屋敷は静まり返っていた。

「かなりの規模の屋敷だな」

「はい。この辺りの大百姓ですから、下男下女も含めれば、住んでいる者だけでも三十人は下りません」

　大百姓とは地主も兼ねている豪農のことだ。

　――さすが元家老だ。

　左平次は同じ小西家中だったその屋敷の主の姿を、何度か見かけたことがある。しかし言葉を交わしたことはない。小西家が改易となった時、左平次は若輩者にすぎなかったので、地位の高い者と話をする機会などなかったからだ。

　その家老は小西家で序列十番目くらいだったのが幸いし、何の罪にも問われず、所領のあった天草下島で帰農していた。

「こっちだ。こっちに来い」

左平次に声を掛けられた肥後藩の捕方たちが、後方から近づいてきた。

――よし、踏み込むか。

左平次は太刀の柄《つか》の感触を確かめると、ゆっくりと屋敷に近づいていった。


寛永《かんえい》元年（一六二四）四月、長崎に滞在していた左平次の許に、庄林隼人からの使者が着き、力を貸してほしいと言ってきた。

肥後藩領天草下島で密かに洗礼を受け、キリシタンになる者が増えているというのだ。隼人が探索方に探らせたところ、島原の大江《おおえ》に潜伏している宣教師がいると分かった。それなら堂々と摘発すればよいのだが、捕方が押し寄せれば、宣教師はいずこかに姿をくらませてしまう。それだけキリシタンの情報網は発達しているのだ。

――それでわしに依頼してきたというわけか。

長崎奉行の長谷川藤正は左平次を借りている立場なので否はない。それゆえ久しぶりに肥後国に戻り、天草下島に討ち入ることになった。

「では、行くぞ」

屋敷の裏手に何人か回すと、左平次は抜き足差し足で戸口に向かった。

「提灯《ちょうちん》に点火しろ」

そう命じると、小者たちが一斉に灯りをつけた。

左平次は大きく息を吸うと、大声で告げた。

「御用改めだ！」

家の中で、複数の人の動く気配がした。

「すぐにここを開けろ。開けなければ蹴破るぞ！」

続いて何事か喚《わめ》き合う声がすると、廊下を奥に走る足音が聞こえた。

「よし、入るぞ！」

戸を蹴破ろうとしたが、思った以上に頑丈にできている。だが、こんなこともあろうかと持ってきた木槌《きづち》を叩きつけ、戸を壊すことができた。

中に入ると、女子供が一カ所に集まり、怯《おび》えたような顔でこちらを見ている。

「足弱は放っておけ。男を片っ端から捕らえよ！」

足弱とは老人、女、子供のことだ。

左平次を先頭に、捕方が家の奥へと殺到する。その時、屋敷の裏口から呼び笛の音が聞こえた。

──しまった。突破されたのだ！

もう少し屋敷の裏手に人数を割いておけばよかったと、左平次は後悔した。

それでも裏口に抜けると、何人かが呼び笛を吹きながら、裏山へと追跡していく様が見えた。

その時、左平次の脳裏に閃《ひらめ》くものがあった。

「よし、そなたらは追いかけろ」

捕方の一人が問う。

「松浦様はどうなさるので」

「あれは陽動だ。こうした時、お目当ては屋敷の中に隠れている」

「分かりました！」

捕方たちが山の方へと走り去った。

──さて、この賭けが当たるか外れるか。

左平次は気配を殺して家の中に戻ろうとした。

家の中からは、女たちのすすり泣きや子供の泣き声が聞こえていた。だがその中に、「ささ、こちらへ早く」という男の声がしたのを、左平次は聞き逃さなかった。

狭い通路を表口へと走ろうとする左平次の前に、童子が転がり出た。

「どけ！」

だが童子は何のことか分からず、つぶらな瞳を左平次に向けている。

――斬るか。

斬らないまでも蹴倒そうかと思ったが、わずかに残る左平次の良心がそれを拒んだ。

致し方なく左平次は走るのをやめた。そこに女が駆けてきて童子を抱き上げた。それを見た左平次は、女を押しのけて再び走り出した。だが宣教師らしき者たちは表口から外に逃れた後だった。それでも左平次はあきらめない。懸命に走っていると、四人の男の後ろ姿が見えてきた。どうやら宣教師は高齢らしく動きが鈍重なようだ。

「待て。肥後藩のものだ。悪いようにはせぬ。神妙にしろ！」

こうした場合の常套句《じょうとうく》を言ってはみたものの、四人は聞く耳を持たずに逃げようとする。だが左平次は足に自信がある。瞬く間に双方の距離は縮まってきた。

背後に迫る左平次に気づいたのか、その中の一人が立ち止まると、道に立ちはだかった。どうやら年若い同宿のようだ。手にしている得物は何と心張棒だった。

「どけ！」

「どかぬわ！」

若者がめったやたらと心張棒を振り回す。だがそんなことをすれば、すぐに息が切れるのは目に見えている。

――武士ではないな。

やがて若者が肩で息をするようになった。それを見た左平次はおもむろに太刀を抜くと、一閃《いっせん》した。若者は心張棒でそれを受けようとしたが、心張棒は中央付近で折れ、頭蓋に一撃を食らった若者は、声も出さずにその場に倒れた。

それでも若者によって、宣教師たちに逃げる時間的余裕を与えてしまった。すでに三人の後ろ姿は見えなくなっている。

——逃がすか！

道は一本なので、懸命に走っていれば追いつくという確信があった。

しばらく行った時だった。木陰から突然飛び出した一人が、「覚悟せい！」と言いながら斬り掛かってきた。すんでのところでその一撃をよけると、太刀のぶつけ合いになった。

どうやら相手は元家老のようだ。何太刀か合わせると、鍔迫《つばぜ》り合いになった。その時、月光が二人の顔を照らした。

「そなたは——、まさか松浦左平次か！」

「そうだ！」

「転んだのだな」

「それがどうした！」

「この裏切者め！」

月が出たことで、上段から斬り掛かる元家老の太刀筋が見えた左平次は、それをよけると、擦れ違いざまに胴を抜いた。

「おおっ！」

元家老がどうとばかりに倒れた。瞬く間に血溜《ちだま》りが広がる。家老の死を確かめた左平次は、再び追跡を続けた。

やがて道が途切れて砂浜に出た。雲に月が隠れてしまったので、周囲は漆黒の闇に覆われている。だが目を凝らすと、前方の汀《みぎわ》に人が動くのが見えた。左平次は砂に足を取られながら懸命に駆けた。やがて汀に浮かべられた小舟が見えてきた。

——しまった！

ちょうど宣教師が乗り込み、後方から一人の男が小舟を押しているところだった。

——もう一息だ。

汀に着き、腰まで水に浸《つ》かった左平次が舟縁《ふなべり》に手を掛けようとした時だった。

「失せろ！」という声と共に、櫂《かい》が左平次の頭に叩きつけられた。

——うっ！

左平次がその場にうずくまる。頭に手をやると、べったりと血が付いていた。

立ち上がった時、小舟は沖へと漕ぎ出されていた。

——もう間に合わぬ。

左平次が追跡をあきらめた時、月明かりが双方の顔を照らした。

——あれは、まさか！

小舟の上で櫂を操っている男は、見たことのある顔だった。

——彦九郎か。

記憶がよみがえる。

彦九郎らしき者も左平次に気づいたのか、息をのむような顔でこちらを見ている。

——そうか。生きていたのだな。そして信仰を貫いておるのか。

彦九郎らしき者は瞬く間に闇の中に溶け込んでいった。櫂の音が聞こえなくなると、深い沈黙が訪れた。聞こえてくるのは寄せては返す波の音だけだった。

かくして全く別の道を歩むかに見えた三人は、運命に翻弄されながら次第に近づき、その人生の軌道を交錯させてゆく。

第四章　運命の変転

一

時代という魔物は同じ場所にとどまってはいない。人々を乗せていずこかへと連れ去っていく。富み栄える者は没落し、底辺で苦しんでいた者は這《は》い上がる機会を摑む。動乱の時代の栄枯盛衰には、とくに激しいものがある。

時代の荒波に翻弄されつつも、いかに生きるかを模索し続ける三人の男たちにとっても、一寸先に何が待っているかは分からない。

何が正しくて何が間違っているかは、その時を生きる者たちには見えない。時代という魔物が通り過ぎた後、自らの生きた痕跡を眺め、正しい選択をしていたかどうかが分かるのだ。

寛永九年（一六三二）一月、二代将軍秀忠が死去した。秀忠の死は幕府の屋台骨を揺るがすほどではなかったが、江戸幕府の体制を存続させ、徳川家を富み栄えさせるには、不安な要素を少しでも摘み取っておきたいと考えるのは自然だった。

三代将軍の家光は、秀忠以上にそのことに熱心だった。それが時代の末端で生きる三人の男たちにも、大きな変化を強いることになる。

長崎に戻り、キリシタン狩りに邁進していた左平次の許に、前年に死去した庄林隼人の息子の隼人匠一方《かずかた》から飛札が届いたのは突然だった。

急ぎ戻ってくるよう告げられた左平次は、キリシタン弾圧の功を認められて加増されると思い込み、熊本城への道を急いだ。

――これはどうしたことか。

ところが熊本城が近づくにつれて、人々が浮足立っているのが明らかになってきた。城下に住む民は様々な場所に寄り集まり、何事かを語り合っている。そこに土煙を蹴立てながら、下級武士の一団が走り抜けていく。こんな光景を見たことがなかった左平次は、嫌な胸騒ぎがした。

それでも馬を飛ばして大手門に着くと、城門は開け放たれ、門衛さえいない状態だった。そこに城を出ていく者と入る者が交錯する。その慌ただしい雰囲気は、明らかに異変を告げていた。

――いったい何が起こったのだ。

混乱している城内を見渡し、左平次は啞然とした。通り掛かった傍輩にどうしたのか問うても、箝口令《かんこうれい》が敷かれているらしく、「上役に聞け」の一点張りだ。

早速、上役の庄林一方の屋敷に赴き、帰還を告げると、半刻ほど待たされてから、一方が姿を現した。

「松浦左平次か、長崎奉行所での活躍は聞いておる。大儀であった」

「はっ、ありがたきお言葉」

顔を上げて気づいたことだが、一方の頰はこけ、目の下に青黒い隈《くま》ができ、その心労があらわになっていた。

「実は、たいへんなことになった」

「いったいどうしたのです」

「当家が改易となったのだ」

「な、なんと、それは真ですか！」

　左平次は目の前が真っ暗になった。

「ああ、間違いない」

「何とかならぬのですか」

「われらも様々な伝手を使って改易だけは免れようとしたが、将軍家は綱紀粛正のために、頑としてお許しにならないのだ」

　一方が、ぽつりぽつりと改易に至る経緯を語ってくれた。それによると、加藤家改易の裏には、一言では語りきれない複雑な事情があった。

　清正は遺言を残さず急死したため、その死の直後から跡取りの問題が懸案となっていた。幕府への対応を誤れば無嗣《むし》改易もあり得る。しかも清正の嫡男と側室長男はそろって夭折していたため、側室腹三男の虎藤《とらふじ》（忠広《ただひろ》）を跡取りとして認めてもらえるよう、清正の家臣たちは幕閣に嘆願を繰り広げた。

　それがようやく実り、五十四万石の知行を少しも減らされず、忠広への襲封が決定した。ただし加藤家はこれ以後、幕府の厳格な監視下に置かれ、清正の旧友の藤堂高虎《とうどうたかとら》が肥後国監察という職務に就き、さらに虎藤の後見役を託された。これにより大きな決定は、すべて高虎にお伺いを立てねばならなくなった。

　それでも加藤家の存続のために、高虎も親身になってくれた。高虎は元服した忠広に秀忠の養女の琴姫《ことひめ》を迎え入れようと奔走し、それに成功する。

慶長十九年（一六一四）四月、忠広と琴姫の祝言が挙げられ、加藤家は安泰かと思われた。

しかし大坂冬の陣の前、大坂方に兵糧を入れた者がいるという嫌疑を掛けられ、加藤家の出陣は取りやめとなった。実は、筆頭家老の加藤美作《みまさか》らが秀頼に懇願されて兵糧を入れたのは事実で、後に内部告発され、それが藩を二分する内訌へと発展していく。

結局、夏の陣にも出陣させてもらえなかった加藤家は、孤立を余儀なくされていく。

それだけなら高虎の尽力で何とか命脈を保てたかもしれない。だがそれまで筆頭家老として辣腕を振るってきた加藤美作の力が衰え、加藤右馬允《うまのじょう》という家老の力が強くなってきたことで、加藤家は真っ二つに分かれる。この時、藩主の忠広は十五歳で、双方を取り持つには若すぎた。

元和二年（一六一六）四月、家康が死去することで、十年にも及んだ二元政治から解き放たれた秀忠は、専制的な権力の確立に力を入れ、親藩、譜代、外様を問わず大弾圧を始める。家康が死の直前に発布した「武家諸法度」に少しでも違背していれば、大名たちには改易や減封といった過酷な措置が待っていた。

そんな時、加藤家では、家臣団が牛方と呼ばれる加藤美作派と馬方と呼ばれる加藤右馬允派に分かれてお家騒動の真っ最中だった。これは後に「牛方馬方騒動」と呼ばれる。

双方は目安（訴状）を将軍秀忠に上げ続けたため、秀忠は自分の前で言い分を申し述べるよう言い渡した。双方の主張は真っ向から食い違ったが、牛方が大坂城に兵糧を入れた事実は覆し難く、牛方の敗訴となった。

ただしこの時も加藤家は改易を免れ、馬方を中心とした新体制で再出発した。実は、徳川・加藤両家は二重三重の縁戚関係で結ばれており、さすがの秀忠も、無下に改易に処すわけにはいかなかったのだ。

その秀忠も寛永九年一月に死去した。幕閣は西国の諸大名に対し、大喪であっても江戸に来ることを禁じ、また上府中の大名には即時帰国が命じられた。不穏な動きを封じるための措置だった。

この時、江戸にいた忠広は、何を思ったか幕府に届け出をせず、側室と娘二人を肥後に連れ帰ってしまった。江戸で生まれた子を国元に帰すのは「異心あり」と疑われる時代だ。これだけで幕府を不快にするのに十分だったが、清正の功績や徳川家との血縁によって、何ら罰を受けなかった。だがここで重大な事件が起こる。忠広の嫡男の光正《みつまさ》が、知人の旗本をからかうために花押を記した謀反の連判状を作ったことが幕府に漏れ、それをきっかけとして忠広の行状も糾弾され、改易という断が下されたのだ。

これは三代将軍の家光が、大名たちに綱紀粛正を促そうとした時期と重なっていた。つまり見せしめとされたのだ。

一方がため息をつくと言った。

「という次第だ。何か一つが因というわけではなく、様々なことが重なって、公儀も堪忍袋の緒が切れたということだろう」

「で、殿とご嫡男は、どうなったのです」

「殿は出羽庄内《でわしょうない》藩にお預けとなり、堪忍料として一万石が与えられた。ご嫡男は飛驒高山《ひだたかやま》の金森《かなもり》殿にお預けとなった。尤も殿の供回りは五十人、ご嫡男は二十人なので、直臣四千と陪臣《ばいしん》一万は牢人となる」

「さようなことを突然仰せになられても――」

「それが武士の習いというものだ。よもや由緒ある加藤家が改易になるなど、わしも思ってもみなかった。だが、それが起こってしまったのだ」

「しかし、このままでは、冥府の清正公に顔向けできません」

「誰もがそう思っている。一時は、この城に拠《よ》って公儀と戦おうと言う者もいた」

「そうです。何の抵抗も示さず、唯々諾々と改易に処されては、加藤家の名折れです」

一方がうんざりしたような顔をする。おそらく何人もの若武者に、同じようなことを言われていたのだろう。

「聞け。此度のことはこちらに落ち度がある。いや、すべては藩主様とご嫡男の不徳のいたすところだ。公儀の謀であれば、われらにも城を枕に討ち死にする覚悟はある。だが公儀の改易という裁断は致し方ないところだとわしも思う」

それだけ忠広と光正の普段からの行状はひどいもので、一方をはじめとする家臣たちからも見放されていたのだ。

「では、もはや戦うという選択肢はないのですね」

「ない。血気に逸《はや》る者たちも納得した」

それは、幕府の下した改易という処断が、理不尽なものではないことを意味していた。

「では、われらはどうするのです」

「それぞれの道を行くしかない。わしとて、いずこかの家中に仕官することになる」

一方ほどの大身なら、禄高に文句を言わなければ、どこかに仕官できるだろう。後に一方は、加藤家の後に肥後国に入部した細川家に千三百八十石で召し抱えられることになる。

「では、それがしも、いずこかの家中に仕官の道を探るしかないのですね」

「さようなことになる。力になってやりたいが、多くの者がわしを頼ってきている。それゆえほかの者たちよりも外部に伝手の多いそなたには、自力で何とかしてほしいのだ」

「致し方ありません」

落胆はしたものの、これまでの左平次のキリシタン弾圧の実績があれば、どこかの家中に仕官できるものと思っていた。

一礼して一方の前から辞去しようとすると、一方がため息交じりに言った。

「家中の誰もが、加藤家五十四万石という中で生きてきた。しかしその背景がなくなると、世間の厳しさが身に染みるだろう」

「それがしは小西家で、その思いを味わってきました」

「そうであったな。まさかわれらが同じ憂き目に遭うとは、思ってもみなかった」

一方が自嘲的な笑みを浮かべた。それこそは加藤家の生え抜き家臣に共通する感懐なのだろう。

——泰平の世になり、武士たちは余っている。どこの家中も人減らしを行いたいのだ。そんな中、仕官できる者の数は限られてくるだろう。

左平次は、生え抜きの者たちに対して「いい気味だ」と思った。


庄林家を出て、今後の身の振り方を考えつつ歩いていると、背後から声を掛けられた。

「左平次ではないか」

「ああ、お久しぶりです」

声を掛けてきたのは、かつて小西家にいた知人だった。

「長崎から戻っていたのか」

「はい。庄林様から呼び戻されまして」

「では、改易のことは聞いたのだな」

知人が小声で言った。どうやら箝口令は家中の隅々まで浸透しているらしい。

「ええ、聞きました。これからどうしてよいやら——」

「そうなのだ。皆も『またか』と言って頭を痛めている」

ここで言っている皆とは、旧小西家中の者たちのことだ。

二人は知人の消息などを語り合った。その時、左平次は彦九郎らしき人物に会った時のことを思い出した。

「ときに、駒崎彦九郎が生きているという雑説を聞きませんか」

「アンドレか。聞かんな」

知人は腕を組んで頭をひねったが、明確な答えは得られなかった。

――あれは見間違いだったのか。

その時は確信を持っていたが、時が経つにつれて、自分が見たものに自信がなくなっていた。

「そうですか。見間違いだったかもしれません」

「きっと見間違いだろう。関ヶ原に行った者の大半は戻らなかった。だいいち戻ってくれば、旧知の者に会いに来るだろう」

――それもそうだな。

確かに生き残ったなら、肥後国に戻ってこない理由はない。

「庄林様から聞きましたが、改易の因は殿とご嫡男にあったようですね」

「そうなのだ。われらを路頭に迷わせるとは困った親子だ」

これまで陰口一つ叩かれなかった藩主父子だが、今では家中の怒りと憎悪の的となっていた。

「いずれにせよ、これからの身の振り方を、われらは考えねばなりません。ときに貴殿はどうするのです」

「ああ、わしか――。わしは帰農することにした」

「まさか武士をやめるので」

「うむ。もう武士稼業はうんざりだ。それなら百姓でもやって余生を送ろうと思う。幸いにして息子たちも賛同してくれた」

「土地のある方はいいですね」

代々、半農半士として続いてきた土豪や地侍は、士分を捨てて自分の所領に住み着き、農民として生きることができた。

「ああ、土地を持っていたのが不幸中の幸いだ。そなたはどうする」

「私ですか」

一瞬ためらった後、左平次は胸を張って答えた。

「どこかの家中に仕官し、武士稼業を続けるしかありません」

「そうだな。そなたは伝手も多いし、きっとどこぞに仕官できるだろう。では、またな」

そう言うと、知人は人ごみの中にまぎれていった。

――百姓など、よくやれるな。

知人の後ろ姿に、左平次は蔑むような視線を投げた。

――だが考えてみれば、わしももう四十と七か。果たして思うような仕官先が見つけられるかどうか。

常に強気な左平次の心に、一抹の不安がよぎった。

二

善大夫は金地院崇伝の秘書官のような立場に就き、その代理まで務めるようになっていた。

秀忠の葬送の儀も一段落した寛永九年五月、善大夫は川越《かわごえ》大師と呼ばれる喜多院《きたいん》に出向いた。

体調を崩し、熱海《あたみ》で湯治中の崇伝に代わって、秀忠の霊廟になる台徳院《たいとくいん》霊廟の上棟式について、喜多院の住持を務める南光坊天海と打ち合わせをするためだ。

天海の弟子たちと上棟式について打ち合わせした後、天海が会ってくれることになった。

僧として戦国時代を生き抜いてきた天海は、齢《よわい》七十八に達していた。

奥州に名を馳せた戦国大名・蘆名《あしな》氏の支族の家に生まれた天海は十一歳で得度し、十四歳から各地を遊学する。足利《あしかが》学校で仏典や四書五経を学び、さらに武田信玄や佐竹義宣《さたけよしのぶ》の許に身を寄せるなどして戦国の荒波を乗り切り、慶長十四年（一六〇九）から家康に仕えていた。

家康は天海の博識に頼るところ大で、金地院崇伝と共に軍事面以外の謀臣として重用していた。これは秀忠も同じで、二人は江戸幕府初期の宗教行政を取り仕切る役割を果たしていた。しかしどちらかと言うと、学識を買われて重用された崇伝と違い、天海は純粋な宗教家としての側面が強く、徳川の世が安定するに従い、双方の力の均衡は崩れ始めていた。

それでも当初は互いに協調していた崇伝と天海だが、初めて二人の意見が分かれたのが、家康死去後の祀《まつ》り方だった。崇伝は古くからある吉田《よしだ》神道に基づいて、家康には「明神」の称号がふさわしいと主張したが、天海は天台宗系の神道にあたる「山王一実神道《さんのういちじつしんとう》」に基づく「権現」を主張した。

双方は一歩も譲らず対立したが、かつて秀吉が豊国《とよくに》大明神を称したにもかかわらず、豊臣家が滅んだことを理由に、秀忠は天海の案を採用した。これにより家康は「東照大権現」となった。それでも天海は崇伝の立場を重んじ、台徳院霊廟については双方から人を出し、協調しながら進めてきた。その崇伝方の代表が善大夫になる。

書院で下座に控えていると、数人の弟子を引き連れた天海が入ってきた。これまで天海には何度か会っているので驚きはしないが、天海の身の丈は六尺（約百八十センチメートル）になんなんとし、その容貌は彫りが深く頬骨が屹立しており、魁偉《かいい》としか言えないものだった。

——人としての迫力が違う。

一介の老翁にしか見えない崇伝と違い、天海には、風貌といい背丈といい、独特の神秘性が漂っていた。

時候の挨拶を交わすと、早速天海が切り出した。

「ときに、上棟の段取りも決まったようで何よりです」

「はい。此度の式典にわれらも参与させていただき、本光国師《ほんこう》もことのほか喜んでおりました」

本光国師とは、寛永三年（一六二六）に後水尾《ごみずのお》天皇から崇伝に下賜された国師号のことだ。

「国師は体を壊されていると聞きましたが」

「はい。ここのところ悪心《おしん》を発することが多くなり、今は熱海に湯治に出掛けております」

悪心を発するとは、気分が悪くなるという意味から転じて、体の不調全般を指すような使われ方をされていた。

「それはお気の毒。快癒を祈っております」

「ありがとうございます」

一礼した善大夫は、これで会談は終わったと思っていた。

「ときに——」

「はっ、何でしょう」

「最嶽元良殿は、小西家の出とか」

——調べたのか。

これまで善大夫のことなど歯牙にも掛けていなかった天海だが、崇伝の代理として川越まで来ると聞き、急いで調べさせたのだろう。

「はい、小西家中におりました」

「摂津守殿の小姓をやっていたとか」

「よくご存じで」

天海の顔に初めて笑みが浮かぶ。

「本光国師殿の代理で来られるお方だ。国師殿の後継者と目されておると思い、人に調べさせました」

「後継者など、とんでもない。拙僧など使番と変わりません」

「ははは、使番とは謙遜もはなはだしい」

天海がその丈夫そうな歯を見せて笑う。

「はい。国師は後継者などお決めにならないはずです」

「それは拙僧も同じ。僧は俗世に生きる方々と違い、自らの後継者など考えてはいけません」

「拙僧もそう思います」

「しかし死とは不思議なものですな。何でも耶蘇《やそ》教には、ハライソとやらいうものがあるとか」

――そこまで知っているのか。

小西家中出身と聞けば、キリシタンだと連想するのは当然のことだ。

――わしが、心からキリシタン信仰を捨てられているかどうか試しているのか。

それは、天海が崇伝の隠居後を見据えていることにつながる。

善大夫は大きく息を吸うと言った。

「ハライソは浄土と同じように、信じる者の心の中にあります」

「ははは、うまい言い方ですな」

「うまいも下手も、宗教とは本来さようなものではありませんか」

「いかにも。信じたい衆生がいるから宗教は必要なのです。御坊も旧小西家中も、そうだったのではありませんか」

その上から見下ろすような物言いに善大夫は鼻白んだが、それを隠して逆に問うた。

「では、皆が満足できるような世を為政者たちが築ければ、宗教は不要となりますか」

天海の顔が強張る。善大夫の問いが生意気に思えたのだ。

「残念なことですが、人の心には、欲という魔が棲《す》んでいます。仏教ではそれを『五欲』と呼び、これを克服することが仏に近づく道だと教えています。かように人の欲とは底なしで、何かに満たされれば次の何かを欲します。それを求めても得られない場合、神仏にすがっても得たいと願います」

仏教用語の「五欲」とは、色・声・香・味・触に起因する欲望を言う。

「人はいかに満たされようとも、宗教がなければ生きられないと仰せになりたいのですね」

「その通り。ましてや過酷な現世を生きるには、神仏にすがるしかありません」

「仏教もキリシタン信仰も、そうした人の心に巣くっていると仰せですね」

「その言い方には同意できませんが、宗教が人の心にたやすく入り込むのは確かです」

「では、為政者がいかに素晴らしい世を作っても、宗教はなくならないのですね」

天海の双眸が光る。

「決してなくなりません」

「つまりわれらも、人の心に巣くっているわけですね」

「それを衆生が望んでいるからです。それはキリシタン信仰も同じではありませんか」

「果たしてそうでしょうか」

天海が言葉尻を捉える。

「元良殿は、キリシタン信仰に未練があるようですね」

「あります」

「ははは、元良殿は直截《ちょくせつ》だ。国師が気に入った理由が分かる」

「人とは本来さようなものではありませんか。いかにも拙僧は大局に立って衆生を救うべく、仏教徒になりました。しかしキリシタンの教えが、すべて間違っているとは思えません。それは天海様も同じではありませんか」

「ご明察」

天海が力強い声音で答える。

「愚僧どもは頭からキリシタン信仰を否定します。しかし愚僧どもの言うことが正しいのなら、仏教をも凌駕《りょうが》する勢いで、キリスト教が三界の隅々まで教線を築けるはずがないのです。仏教もキリシタン信仰も衆生を助けたいという思いは同じです。ただし――」

天海が強い口調で言った。

「われらは共存を受け容れても、キリシタン信仰は決して受け容れません。それゆえあらゆる国で、どちらかが生き残るしかない状況が生まれているのです」

――一神教か。

キリスト教は多様性を是認しない。ほかの神を崇《あが》めることは一切許さない宗教だ。しかし仏教は他宗教との共存を是認する。その点、キリスト教はより純粋で逆に仏教は世俗にまみれている。だが「受け容れる」という一点において、善大夫は仏教の懐の大きさに惹かれていた。

天海が自信の籠もった声音で続ける。

「キリシタンどもは決して妥協せず、力を持てば、仏教を廃絶まで追い込むでしょう。その時、この国の寺社はすべて破壊されます。それを防ぐのが拙僧であり、本光国師殿なのです」

──二人が仏教の藩屏《はんぺい》として立ちはだかったことで、キリスト教の浸透は進まなかったのだ。善大夫が思っている以上に、この国における崇伝と天海の存在は大きかった。

天海がにこやかな顔で言う。

「元良殿との宗教談義は楽しい。しかし拙僧にも、次の予定がありましてな。これにてご無礼仕ります。また機会があれば、お話ししたいと思うております」

「こちらこそご無礼の段、平にご容赦下さい」

「いえいえ、拙僧と対等に話ができる者が年々減ってきている折、元良殿は貴重な存在です。世辞ではなく、ぜひまたお話ししたいと思っております」

そう言うと、天海は豪奢《ごうしゃ》な僧衣の裾を翻すようにして、その場から去っていった。

三

戦国時代の天草諸島は、天草五人衆と呼ばれる天草・志岐・上津浦《こうつうら》・栖本《すもと》・大矢野氏が統治していた。そこに宣教師がやってきたのは、島原半島から遅れること約三年の永禄九年（一五六六）で、五人衆は交易によってもたらされる富に惹かれるように入信した。

天正十五年（一五八七）、キリシタン大名の小西行長が天草の領主となると、さらにキリスト教が浸透し、天草諸島だけで六十以上の教会と三万を超える信者を擁し、まさに一大キリシタン国の様相を呈し始める。だが行長が関ヶ原の戦いで敗れて改易になると、新たに天草四万石を拝領した寺沢広高《てらさわひろたか》はキリシタンの弾圧を行い、キリスト教は衰退の一途をたどり始める。

イエズス会日本管区長のマテウス・デ・コウロスを連れた彦九郎は、口之津まで小舟で行き、そこから懇意にしているキリシタン漁民の漁船に隠れ、有明海を南下して天草下島の鬼池《おにいけ》に上陸した。

コウロスは六十三歳という高齢で持病もあったので、下島に着いた時は息も絶え絶えになっていた。そのため彦九郎は、医師の資格を持つ司祭が隠れているという肥前国の大村まで、コウロスを連れていくことにした。

コウロスを漁船の底に隠した彦九郎は、今度は有明海を北上の途に就いた。さすがに松倉家の詮議も漁船までは及んでおらず、医師の司祭が隠れる大村藩領に辿り着いた。

だがその時、すでにコウロスは重篤になっており、手の施しようがなくなっていた。医師も手を尽くして施療に当たったが、コウロスは大村で息を引き取った。

ここまで懸命にコウロスを守ってきたにもかかわらず、病死させてしまった彦九郎は落胆した。だが気を取り直し、コウロスの分まで布教活動に邁進しようと決意した。

彦九郎は弾圧によって苦しむ島原半島のキリシタンたちを鼓舞すべく、大村藩領を後にした。


船縁にあたる小さな波と、船頭が艪《ろ》を漕ぐ規則的な音だけが静かな海に聞こえていた。無数の星が輝き、漆黒の海を遠くまで照らしている。

夜間の航行には慣れているので、夜の海がとても身近に感じられる。こうして身を隠しながらキリシタンのために尽くす日々を送る前は、昼の海しか知らなかった。だが今は、昼の海が随分と遠いものに感じられる。それどころか昼の海を航行したことなど、子供の頃を除けばない。

――子供の頃は楽しかったな。

小西家では水練を重んじた。九州には大小の河川が多いので、渡河する時に溺れないようにすべく、甲冑を着けたまま泳がされることもあった。水練が終われば、焚火を中心にして、十代前半の仲間たちと様々な話をした。女子の話もしたが、やはりキリスト教の話題が多かった。とくに「神は実在するのか」というのは、誰もが関心を持つことだった。

大人たちの前では敬虔なキリシタンを演じていた彦九郎だが、同年配の友の間では自由に意見を交わした。中には頑なに「神はいる」と言い張る者もいたが、その根拠は「宣教師が言っていた」といったもので、根拠にも説得力にも乏しかった。実際、若者の大半は半信半疑で、神の実在を疑う者が多かった。

――信仰というのは不思議なものだな。

それでも祈りを捧げることが日々の習慣になってしまうと、神の実在不在などどうでもよくなり、自分がキリシタンであることが当たり前のようになってくる。

――しかしその平穏な日々も一日にして潰えた。

関ヶ原の戦いで敗れたことで、小西家中は崩壊し、家臣たちは離散した。中には新たな環境に順応するために信仰を捨てる者もいた。彦九郎が頼った者の中には、密告まではしないものの、「もうかかわらないでくれ」と言う者もいた。

ある時、それでも親しい者に「立ち帰り」を勧めたところ、「神がわれらに何をしてくれた。苦しみを与えただけではないか」と返してきた。その時、彦九郎には返す言葉はなかった。

――人が信仰に求めるのは、現世利益だけなのか。

それは神の実在に続く、大きな命題だった。

彦九郎はつい口に出して言ってしまった。

「奇跡が起こらないからと言って、神がいないとは言えまい」

彦九郎に何か声を掛けられたのかと思い、船頭の頭が少し動いた。

「なあ、さように思わぬか」

少し考えた後、船頭が答えた。

「わしに難しいことは分かりません。ただ皆がデウス様を信じるので、わしも信じただけです」

「そうか。つまらぬことを問うてしまったな」

再び艪を漕ぐ規則的な音が聞こえてきた。

――これが信仰の実態であり、またあるべき姿なのだ。

船頭は、その漕ぐ艪と同じように正直だ。

「皆が信じているから自分も信じる」という一見もろそうな基盤の上に、信仰は乗っている。

それは仏教とて何ら変わらない。

おそらく死という概念が生まれた時から、人は信仰にすがらなければならなかったのだろう。

人の命とは儚《はかな》く、死とは悲しく寂しいものだ。幼子を亡くした母に、「神などいない」「ハライソはない」「死んだ者は復活しない」と断言できる者はいない。死んだ幼子がハライソや浄土で何の苦しみもなく存在していると信じることで、生きる気力が湧いてくるのだ。

――大切なのは理屈ではない。信じるという気持ちなのだ。

次々と湧き出てくる疑問を捻じ伏せ、彦九郎は前方の灯りを見つめた。

島原半島は目前に迫っていた。


島原半島南端に近い大江湊に船が着く頃には、朝焼けが海を朱に染め始めていた。

――早急にどこかに身を隠さねばならない。

湊の近くは人家が多いので、彦九郎は人気《ひとけ》のない東に向かい、雲仙《うんぜん》（当時の表記は温泉）の南麓にあるという隠れ家を目指した。

彦九郎が黙々と歩いていると城跡に出た。

――確か、ここは原城《はらじょう》と言ったな。

原城は明応《めいおう》五年（一四九六）、島原半島を領有していた有馬貴純《たかずみ》によって築かれた。有馬氏の本拠は原城の北にある日野江城だが、内陸部に位置しているため、大江湊を守る城として原城が築かれたのだ。

元和二年（一六一六）、有馬氏に代わって松倉重政が四万三千石でこの地に入ったが、当主の重政は島原城を本拠としたため、「一国一城令」に従い、日野江城と共に原城を廃城にした。

原城には今は石垣や崩れかけた多門櫓だけが残され、建築物は皆無に等しい。しかしそれらも朽ちかけており、冷たい海風に吹かれているだけだ。

それでも朝日差す有明海は、波濤が深い陰影を刻み、喩えようもなく美しかった。こうした神々しい光景を眺めているると、神の実在を信じたくなる。

――神よ、あなたはどこにいらっしゃるのですか。私は「神は心の中にいる」などという詭弁を使いたくありません。おられるのなら何らかの啓示を下さい。

だが縹渺《ひょうびょう》たる廃城には何も変化はない。

その時、視線の端に動くものが捉えられた。それらは海に面した崖の近くにいるようだ。

――あれは人か。

逆光なのでよく見えないが、何かに押されるように、彦九郎の足はそちらに向いた。

近づくと、影が三つあるのが分かった。

――親子か。

一つの大きな影が、二つの影を抱くような仕草をしている。子は泣いているようだ。

その三つの影が何をしようとしているか分かった時、彦九郎は駆け足になっていた。

「お待ちあれ！」

武士言葉が口を突いて出た。三つの影が一斉にこちらを振り向いた。だが次の瞬間、大きな影が二つの小さな影の肩を抱いた。

「いけません！　神は自殺をお許しになりません！」

振り向いた女性の顔が驚愕に包まれる。三人はぼろをまとい、垂髪を結っていた。

「とにかく待って下さい！」

母子三人がいる場所に何とか辿り着いた彦九郎は、思わず三人をかき抱いた。

「キリエ・エレイソン！」

ついラテン語の祈りの言葉を口にしてしまい、彦九郎は言い直した。

「主よ、憐れみたまえ《キリエ・エレイソン》」

四人はその場に膝をつくと、祈りの言葉を捧げた。

天に御座《まし》ますわれらの御親、御名を尊《たっと》まれたまえ、御代、来りたまえ
天において、御おんたあでのままなるがごとく、地においてもあらせたまえ
われらが日々の御やしない（食物）を今日与えたびたまえ
われらより負いたる人に許し申すごとくわれら負い奉ることを許したまえ
われらを悪魔の誘惑に放したまうことなかれ
われらを凶悪より逃したまえ
アメン

しばらく祈りを捧げた後、彦九郎が自己紹介すると、その母親は涙を浮かべた。

「ここでイルマン様に出会えるとは、天の思し召し以外の何ものでもありません」

「そうです。神はすべて見ています。あなたたちが命を絶とうとしているのを見て憐れみ、私を遣わしたのです」

母親が彦九郎に向かって祈りを捧げると、二人の子もそれに倣った。

「私は神ではありません。私には祈らなくて結構です。それより何があったのですか」

「ああ」と言って、母親が彦九郎にもたれ掛かる。

「実は――」

母親の話は悲惨この上ないものだった。

雲仙南麓の地で半猟半農のような暮らしをしていた一家は、貧しいながらも幸せに暮らしていた。ところがある日、突然押し入ってきた役人たちによって家捜しされ、キリシタンの証拠を摑まれた。

実際に一家はキリシタンだったが、一切の証拠を隠滅していたので証拠はないはずだった。だが仏壇に置いてあった数珠を、キリシタンが使うコンタツと解釈されたのだ。一家は必死に弁明したが代官所に引っ立てられていった。

母と子二人は父と離され、尋問は父だけに行われた。だがそれは尋問などという生易しいものではなく、拷問を伴うものだった。

父の発する苦痛の声が、母と子たちの許に夜通し聞こえていた。

朝になって役人がやってきて、父がキリシタンと自白したと告げてきた。

母は「そんなはずはない」と抗弁したが、聞き入れてもらえない。

その後、竹矢来で組まれた広場のような場所に引き出された母子が見たのは、後ろ手に縛られた三人の男だった。その中の一人は父だった。ほかの二人は口々に「棄教するから許して下さい！」「転ぶから助けてくれ！」と喚き、父親だけが「わしはキリシタンでない！」と哀訴したが、役人たちは聞く耳を持たない。

やがて取り巻く群衆の向こうから、ひときわ背の高い男が連れてこられた。顔は黒ずみ、その衣服はぼろのようになっていたが、白人宣教師なのは明らかだった。

役人たちは、その白人に「形ばかりでよいので、『転ぶ』と言えば、三人の命を救う」と通詞から伝えさせたが、宣教師は首を左右に振った。

致し方なく、最初の一人が宣教師の前に引き出された。その男は泣き喚き、「殺さないでくれ！」と役人に懇願したが、無残にも白刃が振り下ろされ、男の首が飛んだ。それを見た宣教師は驚き慌て、その場から逃れようとした。だが役人や番士たちに捕まえられ、首だけになった男の前まで連れていかれた。

宣教師は何事か祈りの言葉を唱えていたが、その顔は蒼白で、体全体に震えが走っていた。

続いて二人目の男が引き出された。その男はさしたる抵抗を示さなかったが、「パードレ、どうか『転ぶ』と言って下さい。形ばかりでよいのです。どうかお願いします」と言って、宣教師の前で土下座し、その足に頬を擦り付けた。しかし宣教師は祈りの言葉を呟くだけで、決して『転ぶ』とは言わなかった。

すると男の顔が激変し、「もうよい。お前らの言葉に騙されたわしが馬鹿だった。神などどこにおる。いるはずがなかろう。それをお前らは『いる』と言って、われらを騙した。お前らのことは決して忘れない。お前らが地獄とやらの業火で焼かれるのを楽しみにしている」と言い放ったのだ。

その言葉に、役人や番士たちの間から笑いが巻き起こった。それは竹矢来を取り囲む群衆にも伝播《でんぱ》し、周囲は歓声に包まれた。

役人の一人が立ち上がると言った。

「この男はこう申している。可哀想《かわいそう》だと思ったら『転ぶ』と言ってやりなさい」

それでも宣教師は頑なだった。眼前に起こっていることを直視しようとせず、ひたすら中空を見つめて祈りの言葉を捧げていた。

二番目の男は番士に向かって「さあ、首を斬れ」と啖呵《たんか》を切り、最後の瞬間、「伴天連め、悪魔とやらになって末代まで呪ってやる」と言って憤然と胸を反らせた。

次の瞬間、太刀の光が目を射ると、二人目の男の首と胴も離された。

続いて父が引き出されてきた。父は母と子を見ると、笑みを浮かべてうなずき、「達者でな」と言った。

母親は二人の子と共に必死に父の名を呼んだ。しかし役人に容赦はない。

「早く済まそう」という役人の言葉を聞いた番士たちが、父を平伏させようとしたその時、役人の一人が「待った」をかけた。その言葉に一縷《いちる》の望みを懸けた母だったが、次の言葉で絶望の淵に沈んだ。

「この者はキリシタンとは断定できない。ここで死んでも、そなたらの言うハライソには行けない。それでもそなたはよいのか」

すると宣教師ははっきりと答えた。

「キリシタンでない者を私は知らぬ」

群衆からどよめきが起こった。

それを聞いた役人がうなずくと、あっさりと父の首が落とされた。

もはや母に言葉はなかった。だが宣教師は傲然《ごうぜん》と胸をそびやかし、天を見つめていた。信仰を貫いたことに誇りを持っているのだ。

やがて三人の処刑は終わり、遺骸はいずこへともなく運び出された。

それを見た役人が床几から立つと言った。

「そなたはキリシタンとして信仰を貫いた。実に立派なことだ。それゆえここで解き放つ」

その言葉に、宣教師の顔色が変わった。番士たちの持つ突棒に背を押された宣教師は、竹矢来の外に押し出されまいと、その場に踏ん張っていた。

「解き放つと申したのに、何ゆえ出ていかぬ！」

一喝された宣教師は覚悟を決めた。だが小者によって竹矢来の一カ所が開け放たれても、宣教師は前に進めない。

「どうした。解放してやるのだ。いずこへでも行くがよい」

役人たちの笑いが、宣教師の背に浴びせられる。番士たちは突棒で宣教師の背を押す。だが宣教師は頑として進もうとしない。

「致し方ない。竹矢来を外せ」

役人の声に応じ、小者たちが竹矢来を抜いていく。瞬く間に竹矢来はなくなり、群衆の中央で、宣教師はなすところなく立ち尽くす恰好《かっこう》になった。

宣教師が許しを請うように両手を広げた時だった。後方から石礫《いしつぶて》が投じられた。それが宣教師の体に当たると、宣教師は恐怖に駆られて逃げ出そうとした。それが合図だった。群衆は宣教師を取り囲み、殴る蹴るの暴行を働き始めた。やがて土煙が晴れると、そこには宣教師の遺骸が横たわっていた。

「それが顚末《てんまつ》です」

「何ということだ」

彦九郎の体に震えが走る。

「あのパードレが一言『転ぶ』と言ってくれれば、父ちゃんも救われた。だがあの毛唐は決して

『転ぶ』とは言わなかった」

　母親の言葉が彦九郎の胸を抉る。

「そなたらは、それで死のうとしていたのか」

「そうです。働き手がいなくなれば、弱い者は死ぬしかないのです」

　――かようなことがあってよいのか。

　彦九郎が胸からロザリオを出し、祈りの言葉を唱えた。

「あんたも同じだね」

「どういうことだ」

「あんたはハライソに行きたいから信仰を捨てない。あの宣教師と同じ立場になれば、われらを見捨てる」

　またしても母親の言葉が胸を抉る。

　――わしが、その宣教師の立場だったら、「転ぶ」と言えるのか。

　それを言ってしまえば、これまでの努力がすべて無駄になる。四十七年の生涯が何の意味もないものになり、棄教者としての空しい余生が待っているだけだ。

「なあ、あんたならどうする」

　母親が彦九郎の肩を揺する。

「わしは――」

　だが彦九郎は答えられない。

「あんたもあの毛唐と同じだ」

　彦九郎はその場にくずおれた。それを見下ろしながら母親は言った。

「わしらのことはほっといてくれ」

「どうしてだ。死なないでくれ」

彦九郎が行ってしまえば、母子が断崖から飛び降りるのは間違いない。それゆえ彦九郎は、その場から動けなかった。

しばらく考えた後、母親が言った。

「仕方ない。あんたの言うようにする」

「ああ、神よ」

彦九郎は天に向けて十字を切った。

「では、何か食い物を探してきてくれんか。子らが腹をすかしておるんでな」

「分かった。しばし待っていてくれ」

食べ物の持ち合わせがなかったので、水の入った瓢簞《ひょうたん》を置いた彦九郎は、その場から離れた。

——どこかで食い物を調達せねば。

彦九郎は周囲を見回したが、百姓家一つ視界に入らない。

——致し方ない。畑から盗むか。

そう決意して数間進んだところで、背後から子供たちの絶叫が聞こえた。「あっ」と思って三人がいた場所を見ると、そこには誰もいなかった。

——そ、そんな!

三人が飛び込んだと思しき崖から海をのぞき込むと、朝日に照らされた海面に、三人の遺骸が漂っていた。

「神よ、どうしてかような仕打ちをするのですか!」

彦九郎の絶叫を波濤の音がかき消す。

「神よ、なぜ三人を救わなかった!」

だが神は沈黙で答えた。

母子の後を追って身を投げたい衝動を堪え、彦九郎はその場に突っ伏した。

──なぜだ。なぜなんだ！

拳を大地に叩きつけたので、拳は真っ赤に染まった。それでも彦九郎は己が許せなかった。

──わしは正しい道を歩んでいるのか。これが正しい道なのか。誰か教えてくれ！

彦九郎は罪の意識に苛《さいな》まれ、大声を上げて泣いた。

すでに日は中天目指して昇り始めており、眼下の海には数艘《すうそう》の漁船も見える。常と変わらぬ島原の一日が始まっていた。

四

寛永九年（一六三二）七月、加藤家の知己への挨拶を済ませ、肥後の屋敷を引き払った左平次は長崎に向かった。長崎奉行の長谷川藤正を頼ろうと思ったのだ。

無念なのは、かつての主君清正の大恩に報いられなかったことだ。清正の人間性に打たれてキリシタンを捨て、キリシタンを取り締まることで加藤家に尽くそうとした左平次だったが、それも空しいことになってしまった。

──あの時、キリシタンをやめたのは間違っていたのか。

そんな思いが幾度となく胸に去来する。

──武士という稼業は浮草のようなものだ。だが神は違う。

じんわりと後悔の念が込み上げてくる。

──いや、わしは武士として生きると決意したのだ。やはり、こうするしかなかったのだ。

無理やり自分にそう言い聞かせると、廊下を渡ってくる足音が聞こえた。

「お待たせいたした」

長崎奉行の長谷川藤正が末次平蔵を従えて入室してきた。

ちなみに初代平蔵は寛永七年（一六三〇）に急死し、その跡を二代目平蔵が継いでいた。二代目は、初代と比べれば左平次とさほど親しくはない。

「これは長谷川様、末次殿もお久しぶりです」

左平次は、これまでより幾分か丁重に挨拶した。

「加藤家のことは聞きました。とんだ災難でしたな」

「はい。加藤家が改易に処されるとは、思いもよりませんでした」

「われらも驚いている。のう、平蔵」

「はい。長崎にも多くの加藤家中の方々がお見えになり、仕官先を探しています」

武士階級だけで二万余はいる加藤家中が、一斉に牢人になったのだ。それぞれ知己を頼って仕官しようとしているはずだ。だがいずこの家中も人は余っており、よほどの大身か名の通った者でない限り、再仕官は難しかった。

藤正が扇子で胸に風を入れながら問う。

「で、此度は何用ですかな」

――何用はないだろう。

空々しい藤正の言葉に、左平次は戸惑った。だが、かつてとは立場が違うのだ。この場は屈辱を耐え忍んでも、仕官したいことを伝えねばならない。

「ご存じのような仕儀に相成り、それがしも途方に暮れております。それゆえ今後の身の振り方を考えねばならず、真っ先にお伺いさせていただいた次第です」

「さようですか。で、どのようなご用件で」

――何をとぼけている。

次第に雲行きが怪しくなってきた。傍らにいる平蔵も渋い顔で黙っている。

「実は、長崎奉行所に仕官できないかと思い、やってきました」

「ここに仕官と仰せか」

藤正がさも驚いたかのように目を見開く。

「はい。この松浦左平次を幕臣に取り立てていただきたいのです」

「なるほど――」

藤正がため息をつきつつ、思案顔をする。

――どういうつもりだ。

全く予期せぬ事態に、左平次は困惑していた。

「仕官となると、いろいろ手続きが難しいのです」

「と、仰せになると――」

「われら長崎奉行所は老中直属の遠国《おんごく》奉行であり、仕官となると老中の方々の承認が要ります」

「お待ち下さい。さように大げさなことではありません。まずは長谷川家の末席に名を連ねさせていただき――」

「さようなわけにはまいりません。われらは幕臣で、ずっと長崎奉行所に在勤するわけではありません」

「ですから、長谷川殿の家臣、つまり徳川家の陪臣で構わぬのです」

「陪臣で構わぬとは、心外なお言葉ですな」

「これは申し訳ありませんでした」

左平次が深く頭を下げる。

「われらもやりくりが楽ではありません。家臣を一人増やすことで、どれだけの費えになるかご存じか」

「申し訳ありません」

――主家が改易になると、かような屈辱を味わわされるのか。

小西家の改易の際は、加藤家の知行が倍増するので、受け容れてもらうのは難しい話ではなかった。だが加藤家の改易で長谷川家の知行が増えるわけではないので、藤正の言うことにも一理ある。

――大地に根を下ろしていない浮草は、風に吹かれて水面を漂っていくしかないのだ。

左平次はそれを痛感した。

「ご要望は承りましたが、かような仕儀ゆえ、ほかを当たられた方がよろしいかと」

「ほかと仰せになると――」

つい問うてしまった左平次に、藤正があきれ顔で言う。

「松浦殿のことだ。他藩にも伝手があるでしょう」

これまで左平次は仕事に精勤してきただけで、他藩の者と親しく交わってはこなかった。江戸幕府が武士たちの横のつながりを嫌ったので、武士たちは他藩の者と親しく交われない雰囲気になっていたこともある。

「伝手と仰せになられても――」

「キリシタン鎮定でこれほどの成果を挙げた松浦殿だ。その手腕を必要としている家中もあるでしょう」

「そうでしょうか。最もそれを必要としているのは、長崎奉行所かと思っていました」

「それはそうですが、松浦殿のおかげで、長崎のキリシタンたちは大人しくなっています。もう鎮定の必要もないほどです」

——そうか。「狡兎《こうと》死して走狗《そうく》烹《に》らる」ということか。

これは『史記』にある言葉で、「兎《うさぎ》が死に絶えれば、不要となった猟犬は煮て食われる」という謂になる。そこから転じて「敵国が滅びれば、軍事に功績のあった功臣も殺される」という意味のことわざになる。

「それがしの仕事ぶりが目覚ましかったおかげで、鎮定も不要になったというわけですね」

「鎮定の成果は、松浦殿の功績だけではありませんが——」

その一言で、藤正から老中への報告の中に、左平次の名が入っていないのは明らかとなった。

——そうか。わしの名は汚れているので、奉行所という公明正大を旨とする役所には、不要ということか。

次第に藤正の真意が見えてきた。

「よく分かりました。それなら結構です」

「お待ちあれ」

立ち上がりかけた左平次を藤正が呼び止める。

「いずこに仕官するにせよ、それまでは糊口《ここう》を凌がねばなりますまい」

「そうなりますね」

左平次に蓄えはないので、仕官できるまでは食うや食わずの生活になる。

「そこで考えたのですが、ここにいる平蔵の食客になったらいかがかと」

——食客だと！

食客とは、雇い主から衣食住と多少の小遣いを提供される代わりに、主人の求めに応じて何らかの助けをする者のことだ。

「それがしが食客と――」

「はい。いかがでしょう。のう、平蔵」

「そうしていただければありがたいかと」

しかし言葉とは裏腹に、平蔵の顔は浮かない。

――召し抱えないまでも、いざという時には使いたいということか。

そのご都合主義には辟易するが、当面蓄えもなく行くあてもないので、この話を受けないわけにはいかない。

――しかもどの家中も、わしを忌み嫌っておる。

これまでの経緯から、左平次の手は血で汚れている。加藤家中でさえも、長崎奉行所に貸し出すことで厄介払いした感があった。ということは、引き受け手がないことも考えられる。

「そのお話、謹んでお受けいたします」

藤正の顔に笑みが浮かぶ。

「そうか。よかった。のう、平蔵」

「はっ、心強い限り」

だが平蔵の顔には、「とんだお荷物を背負わされてしまった」と書いてある。

藤正が膝を叩く。

「よし、これで決まりだ。では平蔵、よきに計らえ」

それだけ言うと、藤正は奥に下がっていった。

「さて、平蔵殿、そなたの豪壮な屋敷に案内してもらおうか」

「はい。日当たりのよい離れを用意しております」

「さようか。相変わらず気が利くな」

二人は気まずい思いを抱きながら、長崎奉行所を後にした。

平蔵が手配した駕籠に揺られながら、左平次は強い決意を抱いた。

――このまま食客では終わらぬぞ。

秋の日差しに照らされた長崎港には、多くの船が行きかっていた。それを駕籠の連子窓越しに見ながら、キリシタンが再び活発に動き出すことを、左平次は願っていた。

五

水を湿らせた真綿で生気の失せた唇を拭いてやると、崇伝がわずかに目を開けた。

「元良、か」

「はい。元良です」

「すまぬな」

崇伝の瞳の端から一筋の涙が落ちる。

「何を仰せか。かようなことしかできぬ己が、歯がゆくてたまりません」

「そうか。わしに恩を感じてくれるのか」

「当然です。何の取り柄もない若者をここまで導いてくれたのです。ご無礼ながら――」

善大夫が大きく息を吸うと言った。

「尊師こそ、わが父と思うております」

「父とな」

崇伝がわずかに笑みを浮かべる。

「そなたからキリシタン信仰を奪ったのは、このわしだ。そなたの故郷の人々は、いまだにキリシタンやもしれぬ。だが棄教したそなたは、もう故郷には帰れぬ。わしを恨んでもよいのだぞ」

「いいえ。どの神を信じるかなど、さしたることではありません。大切なのは、真を見極めることです。さすれば自ずと道は見えてきます」

崇伝がうなずく。

「よくぞその境地に達した。人の形をした神仏が、人の目を曇らせる。神仏を見ずに真を見る目が必要だ。さすれば自ずと答えは出る」

「そのことが、ようやく分かってきました」

「心の靄《もや》が晴れたか」

「はい。それも尊師のおかげです」

「そう言ってくれるか。では――」

崇伝が涙を堪えるかのように唇を嚙む。

「そなたは、わしの跡を継いでくれるのだな」

崇伝は、亡き息子の面影を善大夫の中に見出していた。

「私でよろしければ継がせていただきます。そして継いだからには、この世を静謐に導くために、この一身をなげうちます」

善大夫が決意を表明したが、崇伝は首を左右に振った。

「すでに公儀の礎は整った。もはや政に近づかなくてもよい」

「しかしそれでは、尊師がやってきたことが無になってしまうのでは」

「さようなことはない。後は天海殿に任せるのだ」

家康の神格化で天海に主導権を握られてから、崇伝の影は次第に薄くなり、晩年になってから幕府に依頼されるのは、易占と墨蹟《ぼくせき》鑑定だけになっていた。

天海が理念を重視するのに対し、崇伝は生まれついての実務家だった。双方が互いの領域に踏み込まない限り、共存は可能だったが、幕府が安定した後、将軍や老中たちは実務を必要とせず、理念を必要とした。それにより天海の優位は確定した。この状況下で幕政に関与しようとすれば、天海一派と確執が生まれるのは、火を見るより明らかだ。

「では私に、どうしろと仰せですか」

「そなたには、僧として本来やるべきことをやってほしい」

「つまり衆生を救えと――」

崇伝が力強くうなずく。

「そうだ。わしのやれなかったことをやれ」

――そうか。尊師は僧本来の仕事ができなかった。それをわしにやってほしいというのだな。

善大夫にも、崇伝の思いが分かってきた。

「分かりました。政には近づかず、衆生のために力を尽くします」

「それでよい。もう政はこりごりだ」

崇伝が首を左右に振る。

「しかし尊師は偉大な業績を残しました。それは未来永劫語り継がれていくことです」

「そうだろうか。わしは権勢に寄り添い、権勢のために働いてきたと思われるだろう。さような者を衆生は嫌う。わしの名は悪僧として青史に刻まれるだろう」

この場合の「悪」には、本来の意味での「悪」より、「強さ」の意味合いが強い。まさに崇伝は公儀権力の代弁者として、法曹界の頂点に君臨してきた。

「悪僧なら悪僧で構わぬではありませんか」

「そなたがそれを言うか」

崇伝が歯のない口を開けて笑う。

「はい。後世の評判など、どうでもよいことです」

「そうだな。わしは自らの使命を全うしたのだからな」

「その通りです。尊師は――」

善大夫が嗚咽を堪える。

「この世の静謐のために多大な貢献をしてきました」

「そうか。では、極楽浄土に迎えられるな」

「えっ、極楽浄土が見えてきましたか」

「ああ、見えてきたぞ」

その言葉を、善大夫は半ば信じた。

「どのような光景で――」

「そなたは正直よの」

「と、仰せになられますと」

「極楽浄土など、あってたまるか」

崇伝が嗄《しやが》れ声で笑った。


寛永十年（一六三三）一月二十日、崇伝が遷化《せんげ》した。

「黒衣の宰相」という異名で知られた崇伝は、その卓抜した漢文の能力を駆使し、家康の外交政策に関与して頭角を現した。その後、「伴天連追放令」を起草し、キリシタン政策の根幹を設定、さらに「武家諸法度」「禁中幷公家中諸法度」「諸宗本山宛の法度（寺院法度）」を起草し、幕府の武士・朝廷・寺社支配政策の基本方針を策定した。その博覧強記と実務能力には比肩する者がおらず、まさに「黒衣の宰相」と呼ぶにふさわしい活躍ぶりだった。

崇伝の葬儀は盛大に行われた。家光は名代を派遣しただけだったが、天海は姿を現し、かつての競争相手の菩提《ぼだい》を弔ってくれた。この時、善大夫が天海に「尊師から『後事は天海殿にお任せしたい』との伝言を承っております」と伝えたところ、天海はうなずき、「それがよろしいでしょう」とだけ言った。

かくして双方の密約は成り、以後、天海は崇伝の法灯の権益を一切侵さなくなる。

六

寛永十年三月、彦九郎が島原半島の加津佐の隠れ家に着くと、フェレイラが両手を広げて迎えてくれた。かつてと同じようにフェレイラの青い目は澄んでいたが、その頰はげっそりとこけ、顔中に金色の無精髭が密生していた。隠れ家が狭いので、二人は家の前の切株に腰掛けて語り合うことにした。気づくと日は暮れ、空には水で洗ったような星々が輝いている。まさに神の聖寵《ガラサ》を象徴しているかのような光景だった。

彦九郎が家の方を見ながら問う。

「ジュリアンはどうしたのです」

「ここにはいません」

「では、どこに」

「そろそろ潜伏先を変えねばならないと言い、信者を頼って小倉《こくら》に行きました」

「ということは、九州を出るのですか」

「はい。それも考えているようです」

日本の地理や国内の事情に疎いフェレイラは、どこに隠れるかをジュリアンに一任している。

「それは聞いていませんでした。私に相談していただければよかったのですが」

「ほんの三日ほど前に急いで旅立ったのです」

フェレイラが申し訳なさそうに言う。

「それなら仕方ありません」

彦九郎の耳には、加津佐での探索が厳しくなったという話は入ってきていない。だいいち松倉家は何事にもいい加減で、年貢さえ納めていれば、細かいことには口を挟まない家風だった。

「私が皆さんの迷惑になっているようで申し訳ありません」

「何を仰せですか。外国人宣教師の皆さんは信者たちの希望です。もし全員がこの地を去れば、われらの組織は崩壊します」

信者たちはコルディアと呼ばれる地下組織を作り、それを通じて宣教師たちをうまく匿ってきた。だが肝心の宣教師がいなくなれば、コルディアは軸を失い、崩壊するのは目に見えている。

「そう言っていただけると、気持ちが楽になります。しかし私が皆さんの負担になったら言って下さい」

「どうしてさようなことを――」

「ここに食べ物を届けてくれていた加津佐の信者の一人が、先日捕らえられ、拷問に遭って死んだと聞きました。その男は頑として口を割らなかったそうです。私のために、これまでも多くの者が殺されました。しかも迫害は、これで終わったわけではありません」

――江戸の幕閣から松倉家に脅しがあったに違いない。ジュリアンの危惧は本物のようだ。

潜伏先についてはジュリアンに任せるとしても、フェレイラが自信をなくしているように見えることが、彦九郎には心配だった。

　彦九郎はフェレイラに希望を持たせようとした。

「その者の魂は、神の御許に召されたのではありませんか」

「殉教ですか」

「そうです。殉教こそキリシタンにとって最も尊い行為では」

「殉教は尊い行為ですが、命を絶たれることです」

「それは分かっています。しかしキリシタンにはハライソがあり――」

「ハライソ、ですか」

　フェレイラが夜空を見上げる。だがその瞳に希望の光は見出せなかった。

「そうです。ハライソを信じて、われらは頑張ってきたのではありませんか」

「ハライソに行けるなら殉教してもよいのでしょうか」

「そ、それは――」

　彦九郎は、自分が拠って立つ基盤が崩れゆく感覚を味わっていた。

「私とて人です。信念が揺らぐことがあります」

「どうしてですか。パードレ・フェレイラは日本に来てから二十年以上にわたり、布教に全力で取り組んできたではありませんか」

　フェレイラは三十歳になる慶長十六年（一六一一）、日本に渡来し、二十二年にわたり日本を離れず、布教活動に一身を捧げてきた。そのフェレイラの信仰が揺らいでいるのだ。

「そうかもしれません。しかし一度として『これでよい』と思ったことはありません」

「どういうことですか」

「私のために多くの者たちが命を投げ出しました。その度に私は『ハライソに召された』と言って、その者の縁者や隣人を慰めました。しかし私はハライソを見てはいないのです」

「それは、誰もが承知していることです」

「当初は、私もこの国にキリシタン信仰を根付かせようとしました。死んでいった者たちも、ハライソに行って幸せになれると信じていました。しかしハライソがあるという証拠はどこにもありません。われらは、ただ殉教者《マルチイル》を増やしているだけではありませんか」

「そ、そんなことはありません」

だが彦九郎とて、「ハライソはあります」と確信を持って言えるかというと、その自信はない。

——わしもハライソを見ていないのだ。

フェレイラが冷めた口調で続ける。

「われらの主キリストは、信者のためにご一身を犠牲にされました。しかしそこに至るまでに、何と多くの同胞を犠牲にしてきたか。多くの者が悲惨極まりない死に方をしました。それを殉教と呼べるでしょうか。私はそれを思うと、主と同じようにはなりたくないのです」

「もう聞きたくありません！」

彦九郎が耳を覆う。

「いや、聞いていただきます」

「ジュリアンには、お気持ちを話していないのですか」

「話しました。それゆえジュリアンは環境を変え、私に希望を持たせるべく旅立ったのです」

——そういうことだったのか。

どうやら二人の間では、激しい論争が繰り広げられたようだ。

「では、パードレ・フェレイラはどうしたいのですか」

「私にも分かりません。ただ私がこの世に居続けることで、また人が死にます」

確かに、それは避け難い事実だった。

「あなたは疲れているのです。ジュリアンが言う通り、別の場所に行き、英気を養うべきです。さすれば再び信仰への熱意もよみがえります」

「果たしてそうでしょうか。どこに行っても、誰かが私のために殺されるのです。そんなことに、私はもう堪えられない」

フェレイラが頭を抱える。

宣教師たちの潜伏は、ある意味日本人の犠牲の上に成り立っていた。それを当然のように心得ている者は多い。だがフェレイラは、それに堪えられなくなってきたのだ。

「アンドレ、私はどうしたらよいのでしょう」

「私にも分かりません。ただ――」

彦九郎は、その後に続く言葉を考えていなかった。だが夜空を見ていて突然言葉が湧いてきた。

「天地は広く、時は悠久の流れを刻んでいます。そうした中で、人は神から肉体を与えられ、生かされているのです。神には何らかの意図があります。こうしてわれらが悩むのも、神のご意思だからです」

「あなたの信仰心は強い」

「何を仰せか。私は一介の信者にすぎません。ただ私がここにいて、こうした話をしていることにも、神のご意思を感じるのです」

「果たしてそうでしょうか。私はいつか神のお姿を見、その声を聞けると信じてきました。本国には『神を見た』『神の声を聞いた』などと言う者もいました。私はその言葉を信じ、いつの日か聖なる体験ができると思ってきました。しかし次々と起こるのは、むごたらしい殉教という名の死ばかりです。神は――」

フェレイラが両手を天に向けて広げる。

「常に沈黙しています。もしおられるなら私を抱擁し、『すべては私の意思だ』と仰せになるはずです。しかし常にあるのは重い沈黙だけです」

「自らの身に神秘体験が起こらないからといって、神の不在を証明したことにはなりません」

「しかし現世はあまりに辛い。せめてその実在を信じさせてくれる何かを与えてほしいのです」

――果たして神はいるのか。

彦九郎は幼い頃から幾度となく問うてきた問いを、また問うた。

――それは分からぬ。

だが神を信じられないなら、この世のすべてを信じられないのと同じことだ。

「神は何も与えてくれません。それでも信じるべきなのです」

「どうしてですか。私は神のためにこの一身を捧げてきました。それでも神は姿を現さず、私に罪を負わせるばかりです。それはどうしてですか」

「実在を証明するものを与えてしまえば、人はそれに安んじてしまい、信仰心が弱くなってしまうからです」

「どういうことですか」

「人は弱い生き物です。神がいると分かれば、悪事を働いて神にすがり、仕事を怠けて神にすがり、暴食や色欲に耽《ふけ》って神にすがるでしょう」

「要は、神の実在が人に悪徳をもたらすというのですね」

「そうです。神の存在が不確かであるがゆえに、人は己を律せられるのです」

彦九郎が己に言い聞かせるように言う。

「私は分からなくなってきました。それでは、われらは神の形骸を信じているようなものではありませんか」

「いいえ。ひたすら信じることで、形骸に見えるものも血肉を伴った実在になっていくのです」

だがフェレイラは首を左右に振るばかりだ。

「ああ、神よ。私は信者として至らない者ですが、どうか祈りを捧げさせて下さい」

二人が夜空に向かって手を合わせる。

――これでよいのか。

だがフェレイラも彦九郎も、己の疑問に対する答を見つけたわけではない。それが今後の信仰に何を及ぼすのか、彦九郎は想像もつかなかった。


九月、彦九郎の許に驚くべき話が舞い込んできた。フェレイラとジュリアンが逃亡先の小倉で捕まり、長崎に送られて穴吊りの刑に処されたというのだ。

穴吊りの刑とは、耳の後ろに少しだけ切り口をつけて人を逆さに吊るす拷問のことだ。切り口によって血が滴り、頭に血がたまらないので、人はすぐには死ねず、想像を絶する苦痛を長時間にわたって味わうという。

この過酷な拷問によってジュリアンは息絶えたが、フェレイラは五時間堪えた末、音を上げて棄教した。実はこの時、数人の信者も同じ刑に処され、彼らがいかに棄教すると言っても、フェレイラが棄教しない限り、許されないという事情があった。だが彦九郎は知っていた。フェレイラは、自らや信者たちの肉体的苦痛だけで棄教したのではないことを。

その理由が何であれ、結局フェレイラは転んだ。この事実は、キリスト教社会に衝撃を持って受け取られ、マラッカを経由して欧州へと伝えられた。

キリスト教徒たちの精神的支柱だったフェレイラが棄教したことは、国内のキリスト教徒たちにも動揺を与え、密かに信じていた者の中にも、棄教する者が相次いだ。

これにより日本におけるキリスト教は、大きな危機に直面する。

七

寛永十一年（一六三四）三月、末次平蔵の屋敷で暇を持て余していた左平次の許に、長崎奉行の長谷川藤正から呼び出しがあった。

ここのところ何もすることがないので、平蔵に金をせびって色街に繰り出し、酒を飲んでは女を抱く日々を過ごしていたためか、体はなまってきていたが、久しぶりの呼び出しに左平次は逸っていた。

左平次は月代《さかやき》を剃り、裃に着替えて伺候した。

長崎奉行所の対面の間で待っていると、藤正が一人の男を連れて入ってきた。年の頃は五十前後で長身痩軀《そうく》。気位が高そうな顔つきから、意志堅固な人物のように感じられた。

藤正が一つ咳払《せきばら》いすると言った。

「面を上げい」

——何を偉そうに。

とは思いつつも、相手は長崎奉行で今の自分は牢人の身。かつてとは違い、隔絶した身分差があるのだ。

「この者が松浦左平次重能です」

藤正が媚《こ》びるように言う。その声音一つで、連れてきた男が相当の実力者だと分かる。

「松浦左平次重能に候」

「此度はご足労いただき礼を申す。井上筑後守政重《いのうえちくごのかみまさしげ》に候」

――かような大物が来ていたのか！

井上政重と言えば、二年前に幕府の宗門改役に就任して以来、その禁教政策の中心となっている人物だ。その仕事への情熱は凄まじく、自らの下屋敷をキリシタン幽閉施設とし、江戸に潜伏するキリシタンを次々と捕らえ、夜ごと拷問を行っているという。周囲に苦しみの声が漏れ聞こえることから、屋敷の横にある坂は「切支丹坂」と呼ばれるようになる。

「松浦殿のご活躍は、かねてより聞いております」

「ありがとうございます」

「聞くところによると、かつては小西家中におられ、キリシタンだったとか」

政重の双眸が光る。

「はい。かつてはそうでしたが、今は違います」

「どうして転んだのですか。いや、これはご無礼を。どうして転宗したのです」

「食べていくためです」

「そうですか。誰でも食べていくために不本意な決断をします。さぞ辛かったでしょう」

政重が同情的な視線を向けてきた。

「はい。加藤様は信教に寛容でしたが、公儀の御諚にも忠実でした。それゆえ禁教令が出たことで、家臣たちは選択を迫られました。それがしも煩悶《はんもん》しました。しかしながら加藤家中に加えていただき、重用いただいた加藤様のご恩に報いるべく、キリシタン信仰を捨てました」

「さような経緯があったのですな。実は――」

政重が鷹のように鋭い視線を向けてきた。

「それがしもキリシタンでした」

「えっ、それは真で」

「はい。幼き頃、それがしは江戸にあった教会に通い、デウス様に祈りを捧げていました。しかし公儀が禁教令を出した時、きっぱりと縁を切ったのです。あのキリスト様やマリア様の温かい加護の手から出るのは辛かった。それでも、それがしは武士として生きる道を選びました。松浦殿と同じように」

「そうだったのですね」

左平次も、これまで棄教した武士に会ったことはある。だが政重ほどの重鎮が自分と同じ境遇だったと知り、心の底に澱のように沈殿していた悔悟の念が、きれいさっぱり消えていくような気がした。

「この世に神仏は必要です。しかし法を尊重せねば国が成り立ちません。法を守ることは、この国で生きる者に共通する責務です。法を尊重できない者は、高山殿のようにこの国から出ていかねばなりません」

高山殿とは右近のことだ。

「仰せの通りです。公儀の決定に従えない者が罰を受けるのは当然です」

「それゆえ、松浦殿がやってきた仕事は正しいことなのです」

多少の後ろめたさを抱えていた自分の仕事を肯定され、左平次は心底うれしかった。

「そのお言葉で肩の荷が下りました」

「それはよかった。われらは宣教師どもに惑わされた者どもを、正しき道に戻していかねばなりません。この地には、いまだ惑わされている者があまたおると聞きます。此度、それがしが長崎に下向したのは、ここで一気に宣教師どもを狩り出し、この国からキリスト教を根絶するためです。その手始めとして、小倉でフェレイラと中浦ジュリアンを捕まえました」

「あれは井上様の指揮だったのですね」

「そうです。それがしは以前から二人を付け狙っていました。しかし潜伏しているのが外様の松倉領だったので、捕縛するのを憚っておりました。それで転びをうまく使い、譜代の小笠原氏の領内の小倉におびき寄せました」

——このお方は侮れぬ。

その手腕はフェレイラとジュリアンの捕縛で証明された。

「さすがです。それで拷問に掛けた末、フェレイラを転ばせたと聞きました」

「はい。二人とその取り巻きを穴吊りの刑に処したところ、中浦は死んだのですが、フェレイラを転ばせることに成功しました。本来なら天正遣欧少年使節の一人だった中浦と、日本に潜伏する代表的宣教師のフェレイラを転ばせられればよかったのですが、フェレイラだけでもキリシタン社会に大きな衝撃を与えられます」

——そういうことだったのか。

政重は「フェレイラでさえ転んだ」ということを喧伝し、残るキリシタンに棄教させようというのだ。

「では、そろそろ大詰めですね」

「そうなのです。それで松浦殿の噂を耳にし、一働きしてもらおうと思った次第」

——ありがたい！

左平次は歓喜に震えた。

藤正が口添えする。

「そなたのことを井上様に伝えたのはわしだ」

「お礼の申し上げようもありません」

政重が話を替わる。

「言うまでもなく、此度の働き次第で幕臣への道も開けてくるでしょう」

「そ、それは真で」

「それがしは老中に次ぐ地位にあります」

厳密には老中に次ぐ地位は若年寄だが、政重の就いている惣《そう》目付（後の大目付）という地位は、それに準じるものになる。

「この松浦左平次、粉骨砕身し、この国からキリシタンを一掃する所存！」

「期待しておりますぞ。で、早速ですが、島原半島に常駐し、監視の目を光らせてほしいのですが、ご都合はいかがですか」

左平次には都合も何もない。

「すぐにでも行けますが、島原と言えば、松倉殿の領国ですね」

「その通り。しかし松倉家中はキリシタンに甘いのか手ぬるいのか、摘発がうまく進んでいません。それゆえ梃子《てこ》入れが必要です。すでに松倉殿には話をつけています。これからすぐ、それがしの客分、いや名代として島原城に入ってもらいたいのです」

「名代ですか」

名代となれば、政重の判断を仰がずとも自分の裁量で様々なことが進められる。むろん人を殺すことも、その中に含まれている。

「はい、名代です。松倉領では、一つないしは二つの村に代官を配置させるつもりですが、これを統括する横目《よこめ》となっていただきたいのです」

「承知しました！」

左平次は跳び上がらんばかりにうれしかった。

八

寛永十一年八月、善大夫は松平信綱の召しを受けて江戸城本丸に伺候した。

「元良殿、久しぶりだな。息災のようで何より」

「ありがとうございます。とは言うものの、拙僧も齢四十九となり、体の節々も痛みます」

「そうだったのか。では、此度の依頼の筋も難しいかな」

「依頼の筋と仰せになりますと――」

信綱が威儀を正すと、厳格な声で言った。

「御坊に一働きしてもらいたいのだ」

「拙僧ごときでよろしければ、何なりとお申しつけ下さい」

「では、九州に行ってくれるか」

あまりに唐突なその言葉に、善大夫は耳を疑った。だがそれが運命ならば、受け容れるのが僧としての務めだと思った。

「肥後国はわが故郷でもあります。そこで衆生を救う仕事ができるなら断る理由はありません」

「そのまま故郷に住み着き、隠居してもらっても構わぬ。寺の一つも建立し、寺領も与えよう」

それは魅力的な提案だったが、善大夫は崇伝の残した膨大な仕事を維持管理せねばならず、そう容易には隠居できない。

「それはまた考えますが、いかなる働きを期待しておいでか」

「今、九州ではキリシタン信仰が下火になりつつある。そこで檀家《だんか》制度（寺請制度）を徹底させ、仏教をしっかりと根付かせたいのだ」

檀家制度とは、すべての民をいずこかの寺院の管理下に置くことを言う。その手続きは、代官が村単位で村人たちの宗旨を確かめ、檀那寺《だんなでら》の僧から寺請証文を出させることで完了する。この結果、すべての民がどこかの寺院に属することになり、万が一キリシタンを出せば、庄屋、代官、寺院まで責任を問われることになる。

「つまり仏教を根付かせるために、拙僧を派遣なさるのですね」

「そうだ。御坊は適役ではないかな」

さすが権力者の信綱だけある。有無を言わさぬ口ぶりだ。

「異存はありませんが、無理を通そうとすれば、キリシタンたちは蜂起します」

「いや、昨今は信者たちの堅固な信仰心も揺らいできている。だが宣教師どもが密航してくると再燃するやもしれん。それを抑えるためにも檀家制度を徹底させ、互いに監視させるのだ」

「監視と仰せか」

「そうだ。さように卑怯な方法は、わしも取りたくない。だがキリシタンを正しき道に導くことが、この世に静謐をもたらすのだ。そのためには、檀家制度で相互監視させることが最もよいと思う。どうだ、そうは思わぬか」

要は寺を中心にした共同社会を作り、横の連携を強くし、密告を促進しようというのだ。

善大夫は逆効果になるような気がしていたが、キリシタン信仰に理解のある自分が直接指揮すれば、うまくいくかもしれないと思った。

「やりましょう。国には法があり、法を守らせることが静謐をもたらすことにつながります。そのために檀家制度は最適です」

「そなたは――」

信綱が不思議な顔で問う。

「本気でそう思うておるのか。すでに崇伝殿も没し、そなたの頸木《くびき》はなくなった。九州に戻り、キリシタン坊主になることもできるのだぞ」

「それをご心配で。しかしながら、この世の衆生を救うという一点においては、キリシタン信仰も仏教もありません。宣教師どもは何のための宗教か忘れ、ひたすらキリシタン信仰を信じろと唱えます。しかし宗教とは、信じることが宛所ではありません。救われることが宛所なのです。拙僧は何を信じるかではなく、いかにしたら衆生を救えるかを考えています」

「いかにもな」と言って信綱が感心する。

「宣教師たちは布教するために、九州各地に潜伏を続けています。そのために死んでいった信者たちは数限りなくいます。しかし宣教師どもは殉教などという欺瞞《ぎまん》に満ちた言葉を使い、信者たちを死に駆り立てます。これが宗教のなすべきことでしょうか。この国では国法でキリシタン信仰を禁じたのですから、それに従うのが民の義務です。従いたくなければ、渡海すればよいだけのことです」

「よくぞ言った！」

信綱が膝を叩かんばかりに言う。

「やはり御坊は頼りになる。わが名代として行ってもらう」

「名代と仰せか」

「そうだ。崇伝殿が見込んだ御坊なら、わが名代を任せられる」

「ありがたきお言葉。謹んでお受けいたします」

名代ともなれば、あらゆる権限が付与されるので、判断をいちいち信綱に仰がなくても済む。つまり九州の宗教政策に限っては、長崎奉行よりも善大夫の方が強い権限を持つことになる。

「よろしく頼む。それと、服部半蔵が共に行くと申していたぞ」

「えっ、かの者がどうして」

「それは分からぬが、何かと役に立つ男だ。うまく使え」

「承知しました」

――これで話し相手はできたな。

半蔵が付いてきてくれることで、善大夫は心強かった。

立ち上がろうとした信綱が、何かを思い出したように再び座に着いた。

「先立って、宗門改役の井上筑後守を九州に送った。だが九州のことに精通しておらぬので、長崎奉行の勧めで、名代としてある男を指名するよう申しつけた。その男はキリシタンの鎮定に慣れているという」

「拙僧と同じ名代ながら、そのお方は潜伏する宣教師を摘発する役割ですね」

「そうだ。いわば地ならし役だ」

「その地ならしが終わった地から、拙僧が田に苗を植えるように檀家制度を整えるのですね」

「うむ。その方法がよいと思う」

「で、そのお方とは――」

「わしが聞いておるのは名だけだが――」

信綱が何かを思い出したかのように言う。

「そうだ。その者も旧小西家中だと聞いたぞ」

「ほほう。わが知己ですかな」

善大夫の顔に一瞬、彦九郎の面影がよぎった。

「それは知らぬが、年の頃は同じようだ」

「で、その名は――」

「確か松浦左平次と申したな」

「松浦左平次と！」

「そうだ。やはり知己だったか」

――まさか左平次は、さような仕事をしていたのか！

善大夫は動揺を隠しきれない。

「はい。知己と言えば知己です」

「それならなおさらよい。あちらでの仕事もやりやすかろう。すべては長崎奉行所に伝えてある。必要な便宜を図ってくれるはずだ。では、これでな」

それだけ言い残すと、信綱は帳台構えの奥へと消えていった。

左平次に、どのような心境の変化があったのかは分からない。だがかつての友は、キリシタン弾圧の急先鋒《きゅうせんぽう》となっていた。

――しかし誰が左平次を非難できよう。小西家の没落後、彼奴は彼奴で生きるのに必死だったのだ。だいいち、わしとて転びではないか。

己の身を思うと恥ずかしくなる。だが一人でも多くの命を救うためであれば、善大夫は後ろ指を差されることも辞さない覚悟だった。

九

ジュリアンが刑死し、フェレイラが転んだことで、九州のキリシタンたちの間では、動揺が広がっていた。それを鎮めるべく奔走する彦九郎だったが、このところ関の取り調べも厳しくなり、容易には国境をまたいだ移動ができなくなってきた。それゆえ一時的にどこかに潜伏しようとしたが、安全と思われる場所は、なかなか見つからなかった。それでも様々な情報を考慮した末、大矢野島の益田甚兵衛好次の許に身を寄せることにした。

寛永十年十月、快く受け容れてくれるという甚兵衛の返書を受け取った彦九郎は、大矢野島に渡った。

甚兵衛は豪農なので、大矢野島の宮津に広い屋敷を構えていた。その離れを提供してもらい、彦九郎は潜伏生活を始めた。

甚兵衛には四郎《しろう》と呼ばれる数えで十三歳の息子がおり、すぐに彦九郎になついた。四郎は際立って賢く、彦九郎は自分の知識や知見を伝えるのが楽しみになった。

甚兵衛と妻の間には、四人の子がいた。男子は四郎だけで、姉は福とまん、妹は鶴《つる》という名だ。ちなみに洗礼名は、四郎がフランチェスコ、福がレシイナ、まんがマリーナ、鶴がリオナとなる。


この日も四郎に手習いを教えていると、突然四郎が問うてきた。

「デウス様も、童子の頃は手習いをしていたのでしょうか」

「それはどうだろう。デウス様は最初から大人だったかもしれない」

「では、イエス様は」

「イエス様はわれらと同じ人だ。きっと手習いをしたはずだ」

「イエス様の家は貧しい大工だったと聞きました」

それは事実だった。『マルコによる福音書』六章三節には「(この人は) 大工ではないか」という記載が、『マタイによる福音書』十三章五十五節には「大工の息子だった」という記載がある。しかしイエス本人が、どれだけ大工の修業を積んだかは分からない。

「四郎は様々なことを知っているな」

「はい。父上から聞きました」

四郎は甚兵衛からキリスト教について詳しく教えられており、侮れない知識を有していた。

「貧しい大工の息子とはいえ、イエス様は読み書きができたという」

「ではなぜ、イエス様はデウス様の子だというのですか。ナザレに住む大工ヨセフの子ではないのですか」

「ああ、そのことか。ヨセフは育ての親なのだ」

彦九郎は聖書に書かれた処女懐妊の話をしてやった。それはナザレに住むマリアという女性の許に、ガブリエルという天使がやってきて「神の子を身ごもる」と伝え、その通りになったという話のことだ。

だが性的なことも絡むので、奥歯にものの挟まったような言い方になった。そのため四郎は首をかしげることしきりだった。

「私にはよく分かりませんが、イエス様は人なので、誰かの腹を借りねば産まれることはできなかったのですね」

「そういうことになる」

「しかし、いろいろ解せないことがあるものですね」

「それが人の世というものだ」

「イエス様が人である限り、人と同じように手習いをせねばならなかったのですね」

四郎の疑問が元に戻ったので、彦九郎は安堵した。

「その通りだ。イエス様は人の子として育てられた」

「でもマリア様は、ガブリエルに会ったのですよね」

「そういうことになっている」

「聖書は私も読みましたが、昔はよく神や天使が姿を現したようですが、今はどうして姿を現さないのですか」

「それはな――」

彦九郎がたじたじとなったところで、「よろしいか」という声が障子の外でした。

「益田殿でしたか。どうぞ」

甚兵衛が大きな体を縮ませるようにして入室してきた。

「四郎、少し遊んできてよいぞ」

「よろしいので」

「ああ、わしは彦九郎殿と大事な話がある」

「分かりました。では、ご無礼仕ります」

四郎が弾むようにして出ていった。

「速いもので、もう十と三になる」

「子の成長は速いものです」

「『光陰矢のごとし』とは、よく言ったものだ。このままわしも老いて朽ちていくだけかと思うと、やりきれなくなる」

「何を仰せか。甚兵衛殿には耕すべき土地があり、大切な妻子眷属がおるではありませんか」

自分に比べれば、はるかに恵まれた環境にいる甚兵衛が、彦九郎には羨ましかった。

「そうだったな。贅沢を言ってはいかん。だがな――」

甚兵衛が眉間に皺を寄せると言った。

「われら小西旧臣は、主家を失ったことで、あらゆる望みも失った。だがキリシタン信仰を広めていくという一点において希望を持てた。だが公儀は、それをも奪おうとする」

「いかにも。しかし負けてはいられません」

「その通りだ。だが迫害は日増しに厳しくなり、潜伏している外国人宣教師の大半は捕まった。このままいけば法灯は消え、コルディアも雲散霧消するだろう」

状況は甚兵衛の話の通りだが、彦九郎は希望を捨ててはいなかった。

「当面、過日のような輝きは戻らないかもしれません。しかしあきらめてはいけません。われらの次の時代には、公儀の方針次第で、再び輝かしい日々が取り戻せるかもしれません」

「このまま何もせずともか」

「では、今のわれらに何ができるのです」

甚兵衛が顔を上げる。

「われら大矢野島にいる仲間たちも、何ができるか毎日のように語り合ってきた」

仲間たちとは、甚兵衛の縁者の渡辺小左衛門や南蛮絵師の山田右衛門作といった面々のことだ。ちなみに小左衛門は甚兵衛の妻の兄・渡辺伝兵衛《でんべえ》の子で、四郎の姉の福とは夫婦だった。

「それで結論が出たのですか」

「ああ、出た」

甚兵衛が意気込むようにうなずく。

「まさか——」

「これを聞いたら、そなたも仲間だ。他言は無用だ」

「待って下さい。私はイエズス会のイルマンです。脅すようなことはやめて下さい」

「そうだったな。同胞を脅すようなことはしたくない。だがわれらには、九州に張りめぐらされたそなたの伝手が必要なのだ」

「いざという時、周辺諸国に同調するよう伝えたいのですね」

「そうだ」

甚兵衛が覚悟を決めたようにうなずく。

「何なりと言って下さい。私で力添えできることならやります」

「そうか。すまんな。実は挙兵しようと思っている」

「なんと、兵を挙げるのですか」

あまりに平然と甚兵衛が言ってのけたので、その言葉の意味するところが、彦九郎には最初分からなかった。

「そうだ。何かの機会を捉えて公儀に反旗を翻す」

「待って下さい。それは暴挙です。あたら多くのキリシタンを死なせるだけではありませんか」

「さようなことはない。われらの声に公儀も耳を傾けてくれるはずだ」

「今の将軍と老中は、公儀とは名ばかりで徳川家と武士たちのことしか考えていません。そんな公儀が、どうしてわれらの声に耳を傾けるのですか」

「では、このまま何もしないのか」

「何もしないわけではありません。いつか風向きが変わる時のために、水面下で、信者たちの絆を強くしていくのです」

それが彦九郎の仕事であり、現に彦九郎の説得により、転びそうになっていた者たちの多くを立ち帰らせていた。

「それだけでは駄目だ」

「挙兵などすれば、討伐を受けるだけです」

「討伐を受けたとて、われらが挙兵したという一報を聞けば、四海（全国）のキリシタンが決起する。さすれば国中に混乱は波及し、公儀は妥協せざるを得なくなる」

「それは甘い見通しです。公儀の強さや恐ろしさは知っての通り。しかもここ数年の間に多くの藩が改易となり、牢人たちが食うや食わずで各地をうろうろしています。大乱が起これば、功を挙げて禄を得たい牢人たちが押し寄せてきます。彼奴らは餓狼《がろう》のように命知らずです。そんな連中に、われらが勝てるはずがありません」

「何事もやってみなければ分からん」

「さようにあてにならないことを頼りに挙兵するのは、暴挙でしかありません」

「いいや、われらには神のご加護がある。必ずやよき方向に導いてくれる」

「神をあてにしてはいけません」

彦九郎はフェレイラとの会話を思い出していた。

「どうしていけないのだ。この国にキリシタン信仰が根付くかどうかの瀬戸際なのだ。もしかすると、神が姿を現してくれるやもしれぬ」

「挙兵は神のご意思ではありません。それゆえ神は沈黙を守るでしょう」

「さようなことはない」

議論は平行線をたどった。致し方なく最後は、互いに長崎奉行所や周辺諸藩の情報を集めていくということで終わった。

だが彦九郎は、甚兵衛が危険な考えに凝り固まり始めていることに気づいた。

――この先どうなるのか。

彦九郎の胸内には、不安の黒雲が湧き上がってきていた。

十

この時を十七年さかのぼる元和二年（一六一六）、島原半島では有馬直純による棄教の強制と迫害の末、キリシタンたちの大半は仏教への転宗を余儀なくされた。その後、有馬家は日向国へ転封となったが、新たに領主となった松倉重政がどのような政治を行うか予想もつかなかった。

重政は大和国《やまとのくに》の出身で、肥前国ともキリスト教とも縁がなかったが、領国統治を軌道に乗せるため、当初はキリシタン信仰を大目に見ていた。そのため多くの者たちが密かに立ち帰りし、水面下では信心会まで組織されるようになった。

重政は有馬氏が築いた日野江城と原城が半島の南に偏しているため、これらを使わず、森岳の地に島原城を築くことにした。城を新たに造るだけでも民に多大な負担を強いることになるが、重政は四万三千石の身代にもかかわらず、十万石の大名の城に匹敵する規模の城を築くため、領民に対して苛斂誅求を始める。

元和四年（一六一八）に始まった築城は、寛永元年（一六二四）まで足掛け七年もかかり、領民に多大な負担を強いた。それでも松倉氏のキリシタン容認政策は続いたので、領民は忍従していた。

それに変化が萌《きざ》したのは、元和八年（一六二二）八月の「元和長崎の大殉教」があってからで、重政は長崎奉行所の厳しい禁教策に倣うようになり、寛永二年（一六二五）には、雲仙の熱湯温泉で七人を殉教させることになる。

寛永七年（一六三〇）、重政が急死し、息子の勝家《かついえ》が松倉氏の家督を継承した。当初、勝家もキリシタンに寛容だったが、天候不順で凶作になっても容赦なく年貢を取り立てた。

それでも領民は「信仰に寛容なら」と堪えていたが、寛永十一年（一六三四）になり、長崎奉行所が率先して取り締まりを厳しくしたことに影響され、勝家も迫害を強化し始める。

しかも勝家は、十万石相当の江戸城普請課役を担ったため、さらに領民に重税を課さねばならなくなった。そこに天候不順による飢饉《ききん》が襲い掛かり、領民の疲弊は限界に達しつつあった。

そんな矢先、長崎にやってきた井上政重から使者が来て、松浦左平次重能を送ると言われた勝家は、二つ返事で了解した。


寛永十二年（一六三五）一月、島原城の対面の間で待っていると、帳台構えが開き、小姓二人を伴った松倉勝家が現れた。

「苦しゅうない。面を上げい」

勝家は三十九歳。青白く下膨れした顔は、戦場働きで成り上がった父重政の片鱗《へんりん》もない。

顔を上げた左平次が挨拶の口上を述べると、勝家が重々しい口調で言った。

「横目としてのそなたの働きは聞いている。これからも励んでくれ」

左平次は前年の四月に島原半島に着任し、代官たちを統括する横目という地位に就き、キリシタン取り締まりの陣頭指揮を執っていた。

「過分なお言葉ありがとうございます」

「いずれにせよ、そなたを呼んでよかった。これでキリシタンの灯は消えるはずだ」

「お任せ下さい」

「だが事は、そう容易ではない。宣教師が密航してくれば、収まっていたキリシタンの灯が再燃するやもしれん。それゆえその前に檀家制度を整え、すべての領民をどこかの寺に所属させ、相互に監視させせたいのだ」

「尤もなことです。キリシタンどもが仏教に帰依したというのは表向きだけで、彼奴らは何かきっかけがあれば、すぐに立ち帰りします。それを防ぐためには、檀家制度によって相互に監視させるのが一番です」

「そなたもそう思うか。そこでだ――」

勝家は一拍置くと、もったいをつけるように言った。

「江戸の松平伊豆守様から、寺院制度に精通した高僧を送っていただいた。なんとあの金地院崇伝様の高弟の一人だという」

「ほほう、それは申し分なきお方かと」

江戸からやってくる高僧などに関心はないので、うわの空で聞いていた左平次だったが、次の言葉を聞いた時、思わず聞き返してしまった。

「その高僧は、どうやらそなたのことをよく知っているという」

「えっ、それはどうしてですか」

「聞くところによると、小西家の者だったという」

「ああ、それなら分かります」

「ここに呼んであるので会うがよい。なんでも十五の時に別れたのが最後だというから、かれこれ三十五年ぶりだな」

勝家が明るい口調で言う。

「そのお方とは、いったい誰ですか」

「会えばわかる」と言うや、勝家は控えていた近習に「元良殿をお連れしろ」と命じた。

――げんりょうだと。さような名の坊主は知らぬが。

やがて長廊を渡る足音がすると、近習が一人の僧を連れてきた。中肉中背で、とくに特徴のない顔をしている。

——此奴はいったい誰だ。

僧の方は左平次のことを聞いているのか、落ち着いた挙措で左平次の右手の座に着いた。

「元良殿、後は任せた。互いに旧交を温めるがよい」

それだけ言うと、勝家は近習や小姓を引き連れ、帳台構えの奥へと去っていった。

気まずい沈黙を経て、元良がため息交じりに言った。

「左平次、すべて聞いたぞ」

「御坊はどなたですか」

「わしか」と言って笑みを浮かべると、元良と名乗る僧が言った。

「元の名は日吉善大夫元房。洗礼名はコンスタンティーノ。今は最嶽元良と名乗っておる」

「ま、まさか善大夫か」

言われてみれば、ふくよかな顔つきの中に、かつての面影が残っていた。

「どうだ。驚いたか」

「関ヶ原で死んだと聞いたぞ」

「紆余曲折《うよきょくせつ》あってな。何とか生き残った。だが足は見ての通りだ」

善大夫は左足を負傷したのか、正座できずに足を開いていた。

「生き残るために棄教して坊主になったのか」

「それについては改めて話そう」

友との再会を喜ぶというより、善大夫の口調には棘《とげ》があった。

——そうか。わしのことを詳しく聞いているのだな。

それを思うと居たたまれなくなる。

「善大夫、そなたに事情があるのと同じく、わしにも事情がある」

「それはあるだろう。だが心優しく虫一匹殺せなかったそなたが、かつての同胞を迫害しているとは思わなかった」

「何を言うか。そなただって『転び』ではないか」

「そうだ。だがこの世の衆生を救うために転んだのだ。そなたのように、かつての仲間を率先して迫害してはおらぬ」

「ははは」と左平次が膝を叩いて笑う。

「何が可笑《おか》しい」

「転び坊主がよく言うわ。そなたもわしも、寝返ったのは同じではないか」

「そこまでは同じだ。しかしわしは、同胞を殺すのではなく救うために僧になった」

「救うためだと。キリシタンが仏教に救われるはずがなかろう」

「分かっている。だがこれ以上、殉教という名の無駄死にを増やしてはならぬのだ」

「無駄死にか――」

キリシタンの間では、最も崇高なものとして称揚されていた殉教を、善大夫はいとも簡単に無駄死にと言った。

「そうだ。死んでどうする。たとえハライソがあったとしても、そこに行くだけで救われるのか。そうではなかろう。人の生涯には楽しいことも辛いこともある。そうしたものを経験してこそ生きる喜びを感じられるのだ」

「生きる喜びか――。まあ、よかろう。こうして幼馴染《おさななじみ》が再会し、一緒に仕事をすることになったのだ。楽しくやろうではないか」

「いいだろう。そなたと楽しくやるつもりはないが、一つ約束してくれ。もう誰も殺さぬとな」

「それは分からん。転宗に応じない者は入牢の上、拷問によって棄教させるのだ。その過程で死ぬこともある」

「それでは殉教になる」

「では、棄教する者などおらぬ。殉教はキリシタンを利するだけだ」

善大夫の甘さが自分の仕事の足枷《あしかせ》になるのではないかと、左平次は危惧した。

「それは分かっている。だがわしに任せてくれぬか」

「任せれば、間違いなく棄教させられるのか」

「間違いなくとまでは断言できんが、真摯な姿勢で接すれば、必ず受け容れてくれる」

左平次が首を左右に振る。

「善大夫、この地のキリシタン信仰は根強い。そなたの思うようにはいかぬだろう」

「それでも宿望を追い求めるのが僧というものだ」

「分かっておらぬようだな」

左平次がため息をつく。

「たとえそなたがお釈迦様だろうと、言葉だけで転ばせるのは難しい」

「それをやり抜くのだ」

「分かった。頑として棄教しない者を、そなたの前に連れてくる。そなたの言葉とやらで転ばせてみろ」

左平次は善大夫に機会を与えてみることにした。

「そうしてくれ。必ずや翻意させてみせる」

「だと、よいのだがな」

それだけ言って立ち上がった左平次に、善大夫が問うてきた。

「昔の仲間のことを、あらためて聞かせてくれ」

「加藤家が改易されてから肥後には戻っておらぬので、わしもあまり知らん」

「彦九郎のことは知っておるか」

一瞬躊躇した後、左平次は言った。

「それらしき者の顔を見たことはあるが、彦九郎かどうか定かではない」

「その彦九郎らしき者とは、どこで出会った」

「島原の大江だ。わしが見た時は宣教師を船に乗せて逃がそうとしていた」

「それで逃げられたのだな」

「ああ、逃げられた。昔から彦九郎はすばしこい」

一瞬、善大夫の顔がほころんだ。

「生きていれば、そのうち会うこともあろう」

「彦九郎と会う時は彼奴を捕らえた時だ。三人で旧交を温めるなどあり得ない」

「分かっている。それがわれら三人の運命《さだめ》だ」

自分たちではどうにもならない運命という大きな力に翻弄された三人は、三者三様の人生を歩んできた。三人の今の立場には隔たりがあり、若い時のようには相見えることはできないはずだ。

「かつては手を伸ばせば触れられた友とは、今ではこの世の果てほどの距離がある」

「それが歳月というものよ」

それだけ言うと、左平次は対面の間を後にした。

ふと中庭を見やると、もう梅が蕾《つぼみ》をつけていた。それは明日にも花開かんばかりに、大きく膨らんでいる。

――われらにも若き日々があった。

もはやそうした日々は戻ってこない。だがそんな感傷に浸っている暇はないのだ。

長廊を大股で歩きつつ、左平次は自分の顔が次第に険しいものに変わっていくのを感じていた。

十一

善大夫と左平次は、松倉氏のお膝元となる島原周辺の村から檀家制度に組み込むことにした。島原の城下町と近隣の島原村に居住する八百人余はもちろん、すぐ南の安徳《あんとく》村の六百八十人余の村人は城に近いだけあって従順で、容易に檀家制度を受け容れてくれた。

しかし島原のすぐ北の三会《みえ》村は二千六百人余の村人を抱える大規模な村だからか、足並みがそろわない。村内は棄教する一派と棄教を拒否する一派に分かれ、なかなか埒が明かなかった。

左平次からその報告を聞いた善大夫は、五日の猶予をもらい、棄教しない一派の説得にあたることにした。

島原城内に設けられた「キリシタン改所」で、善大夫は三会村に含まれる佐野《さの》村の大庄屋・源《げん》左衛門《ざえもん》と対峙《たいじ》していた。源左衛門は後ろ手に縛られ、その背後には、妻と幼子たち五人が同様の姿で座らされている。

一段高い縁に設けられた座から下りた善大夫は、蓆に座す源左衛門の眼前まで行き、同じ目線で語り掛けた。

「源左衛門、何度申したら分かるのだ。心の中では棄教せずともよい。形ばかり寺の檀家となってくれぬか」

だが源左衛門は、頑として首を縦に振らない。

背後にいた左平次が口を挟む。

「今日で五日目だ。この男は拷問せねば転ばぬ」

「さようなことはない。少し黙っていてくれぬか」

「よかろう。だが本日がそなたに許した期限だ。明朝を期して、此奴の眼前で妻子を水責めの刑に処す」

善大夫が源左衛門に告げる。

「聞いた通りだ。意地を張り通せば、幼子たちも辛い目に遭う。水攻めは水牢《みずろう》とも呼ばれ、頭だけ出せる池に何日も浸けられる厳しい刑だ。幼子の場合は母が抱いていなければ溺れる。人は下半身が水に浸かっていると三日と持たぬ。そなたが棄教しない限り、妻子たちが棄教すると言っても許されないのだぞ」

この頃になると拷問の数も増え、温泉山《うんぜんさん》（雲仙温泉）の熱湯の中に浸けては出すことを繰り返すもの、竹籠に入れて炭火の上を回転させる炙籠《あぶりろう》と呼ばれるものまで行われるようになっていた。それらに比べて水責めの苦痛は少ないものの、死に至る拷問なのは言うまでもない。

それでも源左衛門は俯いたきり、口を開こうとしない。

「そなたの信心が強いのは分かった。だがどんな辛い目に遭おうと、神は救ってくれぬぞ。自分を救うのは自分なのだ」

それを聞いた源左衛門の顔が上がった。そこに希望を見出した善大夫が、さらに言葉を続けようとした時だった。

何かが飛んできて顔に当たった。思わず目をつぶったが、慌てて顔に手を当てると、ねばねばしている。あまりに近づいたため、顔に唾を吐きかけられたのだ。

「ははは、こいつは愉快だ」

背後に立つ左平次が笑い転げる。それを無視して、善大夫は手巾を出して顔を拭った。

「これが答えなのだな」

「そうだ。悪魔の手先め！」

ずっと沈黙していた源左衛門が口を開いた。

「まあよい。唾を吐きかけられようと、わしはあきらめぬぞ」

源左衛門の顔に、初めて動揺の色が走る。

「わしは拷問など一切せず、この半島に檀家制度を布くつもりだ。そのためには、このくらいのことは何でもない」

「それだけの覚悟があるのに、なぜ転んだ」

「では聞くが、『転び』とは何だ」

「信仰を貫けなかった負け犬どもの総称だ」

「そうか。では信仰を貫いた者は勝者なのか」

「そうだ。殉教者としてハライソに入れてもらえるのは、信仰を貫いた者だけだ」

源左衛門が対話に乗ってきたことで、善大夫は手応えを感じた。

「いかにもな。その通りかもしれん。ということは、わしはハライソに入れてもらえぬのだな」

「当たり前だ。坊主は誰一人入れてもらえぬ」

「そうか。でも極楽浄土には入れてもらえるぞ」

「ははは」と、源左衛門が高らかに笑う。

「さようなものはない」

「どうしてないと分かる」

「誰も見てはおらぬからだ」

「では、ハライソを見た者はおるのか」

源左衛門の顔色が一瞬変わったが、すぐに気を取り直したようにして言った。

「パードレの中には、見た者がおると聞いた」

「そうか。だがそれは伝聞だな」

「――――」

源左衛門が視線を外して横を向く。

「ハライソがあるかないかは、誰にも分からぬ」

「さようなことはない！　パードレたちは絶対にあると言っていた」

「だが、そう言った者たちも見てはおらぬはずだ」

司祭ともなると嘘偽りを言うことを許されないので、こうした話は、すべて伝聞となる。

「でも、あるものはあるのだ」

「では、極楽浄土もある」

「いいや、ない！　キリシタン信仰以外はすべて邪教であり、悪魔の手先が作り上げた戯論《けろん》（虚構）だ」

「そうか。戯論などという難しい仏教用語をよく知っているな」

「ああ、叔父に禅僧がおったからな」

「さようか。わしと同じ宗旨だが、禅門は駄目か」

「禅門など銭の亡者だ。信じたところで、お布施を寄こせと言うだけだ」

「ははは、銭の亡者はよかったな」

高らかに笑って見せた後、善大夫は話題を転じた。

「では、キリシタン信仰と仏教は、心の内で共存させられないか」

「駄目だ。パードレたちは、キリシタン信仰だけを一心に信じよと仰せだ。さもないと異教徒として地獄に落ちることになる」

「よし、分かった。信じるのはキリシタン信仰で、現世の方便として寺の檀家になればよい」

「さようなことはできん！」

源左衛門の顔に不安の色が浮かぶ。

「どうしてだ。信じるのはキリシタン信仰だけでよいのだぞ」

「それでも駄目だ」

「よいか、檀家制度は現世のものだ。仏教を宗教と考えずに法と考えればよい」

「法だと」

「そうだ。公儀によって定められた掟や置目と同じだ。それなら転んだことにはならぬ」

源左衛門の瞳が落ち着きなく動く。

「しかし礼拝もできず、イエス像やマリア像といった御像《みかた》やイコン（聖画像）、またクルスやロザリオなどの聖具を捨てねばならぬのだろう」

「当然だ。建て前上は仏教徒なのだからな」

「それはできない」

「宣教師どもは『神に祈るだけでよい』と言ったはずだ。それなら隠れて祈りを捧げればよいではないか」

源左衛門が唇を嚙む。

「さような裏切りはできん」

「それが裏切りだろうか。心ではキリシタンのまま、現世では法を守って寺の檀家となる。これのどこが裏切りなのだ」

「いいや、裏切りだ。裏切れば、われらはハライソに行けなくなる」

「では、そこまで意地を張ってハライソがなかったらどうする」

「ハライソはある！」

「そうだ。ハライソはある。そなたの背後にな！」

そこには妻と子供たちが座らされていた。

「妻子こそ、そなたのハライソではないか」

肩越しに背後を見ていた源左衛門が悲痛な声を上げる。

「ああ、どうしたらよいのだ」

その時、背後にいた妻が叫んだ。

「あんた、このお坊さんの言う通りだよ。私たちがハライソではないか」

「お前は黙っていろ！」

「いいや、黙らないよ。この子たちのためにも、お坊さんの言うことを聞いておくれよ」

「ああ、神よ」

源左衛門は天を仰ぐと、苦渋に満ちた声で言った。

「分かった。形だけだが転ぶ」

「それでよい。そなたは立派なことをした。これはデウス様への裏切りではない」

「そ、それは本当か」

「うむ。信仰と法は異なる。法に従ったからといって、信仰を捨てたことにはならない」

「ああ、デウス様——」

源左衛門は泣いていた。

「きっとデウス様も、『それでよい』と仰せのはずだ」

突然、源左衛門が顔を上げると問うてきた。

「御坊は転んだ時、苦しかったか」

「わしか――」

善大夫が過去に思いを馳せる。

「ああ、苦しかった。だがな、この世の衆生を救うことが大切で、どの神を信じるかなど二の次だと気づいてから楽になった」

その言葉を、源左衛門がどれだけ理解できたかは分からない。だが源左衛門は顔をくしゃくしゃにしながら、妻子の方ににじり寄ると、共に声を上げて泣いた。

善大夫が目配せすると、獄吏が縄を解き、源左衛門一家を城外に追い立てていった。

その場には、善大夫と左平次だけが残った。

源左衛門一家を見送る善大夫に、左平次が声を掛けた。

「善大夫、いや元良殿、見事な手際だった」

それだけ言うと、左平次は去っていった。

その後、左平次は善大夫に先駆けて半島を北回りで南下し、下役や各代官と一緒に、比較的従順な北目《きため》と呼ばれる島原城の北の村々に向かった。多少の軋轢《あつれき》はあったものの、これらの村々は村ぐるみで仏教徒になることに合意し、檀家制度に組み込まれていった。

十二

寛永十二年五月、益田甚兵衛らは、島原半島と大矢野島の間にある湯島という小島に集まり、今後の方策を語り合うことにした。島原半島では、棄教させて檀家制度に組み込むという政策が功を奏し始めており、その対抗策を練ろうというのだ。

湯島に集まっているのは、甚兵衛の縁者の渡辺小左衛門、その弟の同佐太郎《さたろう》、南蛮絵師の山田右衛門作、また大矢野島に近い離島の千束蔵々島《せんぞくぞうぞうじま》（現・維和島《いわ》）に潜伏していた五人の小西浪人といった面々だ。

五人の小西牢人とは、大矢野松右衛門《まつえもん》、千束善左衛門《ぜんざえもん》、大江源右衛門《おおえげんえもん》、森宗意軒《もりそういけん》、山《やま》善左衛門のことで、齢《よわい》は五十代半ばから六十代前半になる。

左太郎とそれぞれの家人たちは、屋敷の外で監視の任に就いた。

甚兵衛が強い口調で言う。

「このまま手をこまねいておれば、島原のキリシタンは根切りにされる」

小左衛門がうなずく。

「仰せの通りです。島原ではキリシタン改めが厳しくなり、村単位で転ばされています。しかも松倉殿は江戸から高僧まで招き、檀家制度を構築しつつあります。これを確立されてしまえば、立ち帰りは困難になります」

「では、どうするのだ」

右衛門作の問いに甚兵衛が答える。

「その対策を講じるために、ここに集まっていただいた」

松右衛門が問う。

「いよいよ挙兵するのか」

「お待ち下さい」と言って彦九郎が割って入る。

「それは飛躍しすぎです。彼奴らが檀家制度で領民をがんじがらめにしようというなら、こちらも信者たちの結束を固めるべく、島原に渡って説得に努めるべきです」

小左衛門が首を左右に振る。

「今、島原に渡るのはあまりに危い。すぐに捕まります」

「では、このまま何もせぬのか」

「さようなわけにもいきますまい」

小左衛門が腕組みして首をかしげたので、彦九郎が続けた。

「われらのような信者が健在なことを島原の信者たちに知らせ、強い信仰心を持ち続けてもらう必要があります。そのためには島原に行かねばなりません」

甚兵衛が問う。

「では、そなたが行くのか」

「もちろんです。これまで一度も捕まらなかった私です。島原でも逃げおおせてみせます」

「それはよいが、単に行くだけでは効果が薄いだろう」

「と仰せになられると――」

「何か新たな方策がないと、檀家制度に組み込まれた者たちを立ち帰りさせるのは難しい」

皆が腕組みしてうなる。

――その通りかもしれない。

これまで彦九郎は、転んだ者や転びそうな者たちの信仰を固めさせるために、自らの説得力を駆使してきた。だが「外国人宣教師の誰それが、こう仰せになった」という言い方をしたから、彦九郎の言葉は説得力を持ったのだ。ところが外国人宣教師の大半が海外に退去させられ、潜伏している者もほぼいなくなった今、彦九郎の言葉だけでは説得力を持たないはずだ。

「いかにも仰せの通りかもしれません。再び信心の熱狂を生み出す何かが必要です」

「だが外国人宣教師はもういない」

「そうです。だからこそ、その代わりとなる何かが必要です」

小左衛門が「わが意を得たり」とばかりに言う。

「そうか、代わりとなる象徴を作り出せばよいのだ！」

甚兵衛が問う。

「つまり『キリストが再臨した』という噂を流すということか」

「そうです。誰かをキリストの再来に仕立て上げ、奇跡を起こさせ、尊崇するように仕向けるのです。さすれば信者たちは熱狂し、信仰心を強く持ち続けるでしょう」

「恐れ多いことだ」

右衛門作が首を左右に振ったが、小左衛門は聞く耳を持たない。

「そうした熱狂を生み出す以外、立ち帰りを促す手立てはありません」

小左衛門が思案顔で続ける。

「しかし、それを誰にやらせるかが厄介です」

そこで皆はつまずいた。適任者がいないのだ。

彦九郎がぽつりと言った。

「大人では駄目でしょう」

甚兵衛がうなずく。

「そうだな。童子の純真さが必要だ」

小左衛門が口を挟む。

「しかし童子では何も語れません」

「それも困るな。となると、十五歳くらいになっていないと無理だな」

「あっ」と言って、何人かが同時に言った。

「四郎殿ではどうか！」

甚兵衛が言う。

「親が言うのもおかしいが、四郎なら賢い上に聖書や聖人伝をそらんじるほどだ。これ以上の適任者はおらん」

「待って下さい」と彦九郎が口を挟む。

「この仕事は表裏が必要です。それを四郎殿にやらせるのは酷かと」

小左衛門が彦九郎に確かめる。

「つまり奇跡は偽りや捏造《ねつぞう》なので、四郎殿に嘘をつかさねばならぬというのですな」

「そうです。大人の都合で嘘をつかせることになります」

「しかし昔から『嘘も方便』と言うではありませんか。確かに偽りの話を広め、奇跡を捏造するのは心苦しい。だが方法はどうあれ、すべては神のためなのです」

その言葉に、誰もが沈黙した。彦九郎もほかによい策を見出せない。

――だが四郎が引き受けるとは思えない。

四郎が拒否するのは明らかだ。

甚兵衛が瞑目しつつ言う。

「どうやらほかに対案がないようだな。致し方ない。私から四郎に申し聞かせる」

彦九郎が首を左右に振る。

「父上からさようなことを命じられれば、四郎殿は苦しみます。甚兵衛殿は反対したことにして下さい」

「では、誰が四郎に申し聞かせるのだ」

皆は互いの顔を見交わしている。

——わしがやらねばならぬのか。

小左衛門と目が合った。その目は、彦九郎がその役を引き受けるよう促していた。

「分かりました。私でよろしければ引き受けます」

「すまぬな」と甚兵衛が頭を下げた。

この後、彦九郎は重い気持ちで大矢野島に戻っていった。


汗を拭いつつ薪を割る四郎の背後に彦九郎は腰掛けた。この日は曇天だが蒸し暑く、四郎の背には、玉のような汗が浮かんでいた。

しばらく見ぬ間に、四郎は背骨や肩甲骨もしっかりしてきており、少年から大人になりつつあった。

「あっ、いらしたのですね」

気配に気づいたのか、四郎が振り向く。その顔にも、青年の面影が萌《きざ》し始めている。

——不正義を最も嫌う年頃だ。

もう少し小さければ、大人の言葉に素直に従うだろう。その一方、二十を超えていれば、納得してくれる可能性もある。だが十五という年齢は、大人に対する反発と正義感が最も芽生える年頃だ。

——それでも何とかせねば、神の教えは途絶える。

彦九郎は後ろめたさを捻じ伏せ、説得を試みることにした。

「四郎、少し休まんか」

「そうですね」と答えつつ、四郎が薪に腰を下ろす。そこら中に切株のように木が転がっているので、座る場所には事欠かない。

「元服の日取りも決まったというではないか」

「はい。半月後です。ようやく一人前の武士として船出できます」

竹筒の水を飲みつつ、四郎が答える。先ほど拭ったばかりなのに、その顔には玉のような汗が浮かんでいる。

「そうか。よかったな。そなたは体も頑健な上、才気にも溢れている。どのような大人になるか楽しみだ」

「私にとって最も大切なのは信仰です。これからは、様々な方法で神の教えを広めていくつもりです」

「その意気だ。われらは窮地に立たされているが、そなたのような若者がいれば安心だ」

「しかし島原では、次々と信者たちが転んでいるようですね」

「実は、そうなのだ」

彦九郎が島原の状況を語ったが、四郎は知っているようだった。

「われらは受難の時を迎えています。その対策を練るために、先日も湯島で会同したのでしょう。それで、どのようなお話をなさったのですか」

「父上からは聞いておらぬのか」

「はい。『そのうち分かる』とのことでした」

それが意味するところは、「彦九郎が語る」ということだ。

「実はな――」

彦九郎が方策を語り始めると、四郎の顔が曇ってきた。

「誰かが同じキリシタンを騙すのですね」

「騙すわけではないが――」

「いや、そうです。本物の奇跡ではなく、噂話や小手先のまやかしを使うわけですから」

「いかにも、この方法はよくないかもしれんが、これ以外に代案はないのだ」

「で、その『天の使い』を誰がやるのです」

質問は核心に入った。それに四郎も薄々気づいているのだろう。

「単刀直入に言おう。そなたにやってほしいのだ」

「やはりそうでしたか」

「どうだ。やってもらえないか」

「父は何と申していましたか」

「父上は反対したが、代案がないので最後には承諾した」

四郎の顔は穏やかなものから、怒りに溢れたものに変わっていった。

「これは小左衛門殿の考えですね。あのお方なら考えつきそうだ」

「いや、違う。わしの考えだ」

四郎の顔が驚きから失望へと変わる。

「まさか、彦九郎殿が――」

「そうだ。だから今、わしがこうして語っている」

「見損ないました」

彦九郎の胸に、言葉の白刃が突き立てられる。

「分かっている。だがこの苦境を打開するには、これしか手はないのだ」

「果たしてそうでしょうか。これまでのように地道に信者たちに説いて回れば、必ずや信仰心を保ち続けてくれることでしょう」

「わしは三十年以上にわたって九州各地を歩き回り、その役割を果たしてきた。だが今、われらを取り巻く状況は一変した。公儀や諸藩の締め付けは厳しく、外国人宣教師はおらぬ。こうした苦境に打ち勝つには『熱狂』が必要なのだ」

「その『熱狂』を生み出すのが私、というわけですね」

「うむ。天から降臨したイエス・キリストの再来として、信者たちをつなぎ止めてほしいのだ」

四郎が「ふふふふ」と自嘲する。

「皆さんが傀儡《くぐつ》師で、私が人形になるのですね」

「さようなわけではない。ただ――」

「ただ、何ですか」

「われらは、そなたに頼るしかないのだ。きっと神も分かってくれる」

「身勝手なものですね」

四郎が天を仰ぐ。

「そうだ。われらは身勝手だ。それでも信仰の灯を消したくはない」

「さような信仰に、どれほどの値打ちがあるのです！」

「そこまで言うのか」

「はい。イエス様は真実を広めるために現世に降臨しました。神の教えを古い信仰にすがりつく人々に伝えていくのは、容易なことではありませんでした。しかし一度たりとも偽りを言ったことはありません。イエス様が起こした奇跡は、すべて本物だったのです！」

「それは分かっている」

「しかし私はイエス様ではない。奇跡なんて何一つ起こせません。だからといって小手先のまやかしで、同胞たちを騙すこともできません」

――その通りだ。われら大人が間違っていたのだ。

彦九郎は深く悔いた。

「四郎、すまなかった。この話はなかったことにしてくれ」

それだけ言うと、彦九郎は腰を上げ、四郎に背を向けた。

その時だった。四郎の「あっ」という声に慌てて振り向くと、雲が切れて薄い筋のような日が差してきていた。しかもそれが四郎だけを照らしているのだ。

彦九郎は息をのんだが、すぐに好機が訪れたことを覚った。

「奇跡だ。奇跡が起こったのだ!」

四郎の前にひざまずき彦九郎が祈りを捧げると、家の中から甚兵衛とその家族も出てきた。その中には小左衛門もいた。おそらく室内で、息を殺して二人のやりとりを聞いていたのだろう。

「お待ち下さい。どうして私のところだけ――」

甚兵衛が叫ぶ。

「天意に達したのだ!」

「これは神のご意思です!」

四郎の母と姉もその場にひざまずくと、祈りの言葉を唱えた。

「本当に、これは天意なのでしょうか」

四郎の体だけが光に包まれていた。

――まさか、これは本物の奇跡ではないのか。

あまりに美しい光景に、彦九郎も奇跡を信じた。

甚兵衛が感涙に咽ぶ。

「これは奇跡以外の何物でもない!」

四郎もその場にひざまずき、天に向かって祈りを捧げた。

やがて日が陰ると、再び天は厚い雲に覆われ、二度と日が差すことはなかった。

四郎の顔を見ると、天を見上げて陶然としている。

——これでよいのか。

しばらくして冷静さを取り戻すと、彦九郎は喜びよりも不安を感じた。


この奇跡があってから、四郎は己に課せられた役割を果たすべく、「天の使い」になりきろうとした。

それを見た甚兵衛らは島原に渡らず、しばらくは天草で足固めをすることにした。そのため四郎を伴い、いったん肥後国の江部村に戻り、様々な準備をした。また目くらましの術（手品）が得意な者を長崎から招き、四郎に教授を依頼した。

そして十月十四日、天草上島《かみしま》に渡り、領民に様々な奇跡を見せた。例えば、天より鳩《はと》を招き寄せ、手の上で卵を産ませ、その中からキリシタン経文を取り出してみせた。むろん飼いならされた鳩なら舞い降りることは不思議でなく、卵も目くらましの術を使えば容易に取り出せる。

偽りの奇跡話は、千束蔵々島の五人の牢人が各地を回って広めた。とくに島原半島の各村落には、様々な手段で届けられた。

十三

寛永十三年（一六三六）二月、左平次の怒号が島原城内の白洲に響きわたった。

「寺請証文を返してくれなど言語道断だ！」

「なぜですか。私どもはキリシタンに立ち帰るとは申しておりません。ただ浄土真宗の寺では、納得がいかぬのです」

村人の寺請証文を取り戻しに来たのは、佐野村の源左衛門だった。

「源左衛門殿、まあ、待たれよ」

善大夫が間に入る。

「そなたの言うことも分かる。だが島原はキリシタンの地だったので、寺の数が少ない。それゆえ宗旨を選べぬのだ」

左平次が再び怒号する。

「善大夫、騙されてはならぬぞ。この者はキリシタンに立ち帰るために、寺請請文を取り戻しにきたのだ」

「公の場では善大夫ではない。元良と呼べ」

「それは分かった。だが此奴らの勝手を聞き入れてしまえば、つけ上がるだけだぞ」

「お待ち下さい」と源左衛門が悲痛な顔で訴える。

「元良様は臨済宗の僧ではありませんか。それがなぜ、浄土真宗の寺の檀那になることを勧めるのですか」

「今は、元々その地にあった寺の檀那になってもらうしかないからだ。先々は様々な宗派の寺を島原に誘致し、皆が自由に選べるようにする」

仏教は日本に土着してから長い歴史を有し、様々な宗派を生んできた。そのため常にこうした問題が生じる。とくに九州では禅門の勢力が強かった。しかし幕府の方針として、禅門よりも浄土真宗を優遇したので、新興の寺は後者の方が多くなった。

「しかし村人たちとて宗旨も意見もまちまちです。それを一緒くたに、一つの寺の檀那にするなど乱暴です」

「それは分かっておる。後で何とかするので、此度だけは承服してくれぬか」

「致し方ありませんな」

やっとあきらめた源左衛門が引き揚げていった。

それを見送った後、左平次が刀の柄を叩きつつ言う。

「そなたがおらねば斬ったところを！」

左平次は我慢ならなかった。

「まあ、待て。誰彼構わず斬れば田畑を耕す者はいなくなる。この場は仏教の慈悲深さを知ってもらい、徐々に感化していくのだ」

「それは分かったが、どうして寺請証文を返してくれなどと言い出したのだろう」

左平次にとって仏教の宗旨などどうでもよいことだったので、それを理由に寺請証文を取り戻そうという源左衛門の意図が理解できなかった。

「それは分からぬが、キリシタンにとって、やはり寺請証文は後ろめたいことなのだろう」

「ということは、かの者らはキリシタンに立ち帰るつもりか」

善大夫が難しい顔で言う。

「ある寺で噂を聞き込んだのだが、天草の上島で奇跡を起こす少年が現れたという。それが関係しているのやもしれぬ」

「奇跡だと。それは真か」

「取るに足らぬまやかしだとは思うが――」

「さようなまやかしなど、すぐに通じなくなる。だいいち、さようなものを使って信者を騙すなど、キリシタンの教えに反することだ」

「その通りだが、干天に慈雨となれば、誰でも一滴の雨露にすがりたくなる」

「宗教とは恐ろしいものだな」

「そうだ。恐ろしいものだ。そなたも身に染みているはずだ」

「うむ。ハライソを信じて、命をなげうつ者たちを数限りなく見てきたからな」

殉教者らに接する度に、左平次は後ろめたさを感じていた。それゆえそんな思いを払拭するために、誰よりも残虐になれたのだ。

「だが今、少年は天草の上島にいる。天草は松倉氏の領国ではないので、われらは手を出せぬ」

「そうだな。とにかくわれらは、さような小僧の影響を島原に及ばぬようにせねばならぬ」

島原半島の南に位置する天草諸島は、肥後国から薩摩国までまたがる島嶼《とうしょ》群のことで、上島と下島がその主島となる。今は肥前国唐津十二万石を領有する寺沢堅高《かたたか》の飛び地の領国となっており、行政の中心は下島の北西端の富岡城だった。

そもそも天草は大友宗麟《おおともそうりん》が領有していた時期が長く、その配下となった五人の国人すべてがキリシタンとなっていた。さらに秀吉の九州統一後は小西行長に与えられ、キリシタン化に拍車がかかった。寺沢氏の領国となってからも、領民の大半にあたる一万五千はキリシタンだった。それでも寺沢氏は独力で仏教への転宗を進め、ある程度は効果を挙げていた。その中心人物は富岡城代の三宅藤兵衛重利《みやけとうべえしげとし》だった。

その時、使者が駆け込んでくると、長崎奉行の長谷川藤正からの書状を左平次に手渡した。

それを早速、読んだ左平次は愕然とした。

「権六からだ」

「何と言ってきた」

「構わぬから読め」

それを黙読した善大夫が言う。

「寺沢殿がそなたの派遣を望んでいるのか」

「どうやらそのようだ。われらが思っている以上に事態は深刻なのだろう」

「分かった。行ってやれ。しかし酷いことをするでないぞ」

「それはどうかな」

そうは言ったものの、左平次は善大夫の誠意に感じるものがあった。

「力で鎮定しようとすれば、それだけ反発も強くなる。うまく懐柔していくのだ」

「分かっておる。そなたのやり方も少しは学んだ」

「その言葉を忘れるな。こちらのことは任せろ」

「うむ。くれぐれもつけ上がらせるなよ」

それだけ言うと、左平次は天草に渡る支度をするために、自らの屋敷に戻っていった。

三月、左平次が天草下島の富岡城に伺候すると、三宅藤兵衛重利が待っていたかのように姿を現した。

「よくぞお越しいただけた！」

藤兵衛は色白で理知的な面持ちだが、父は明智光秀《あけちみつひで》の重臣の明智光春《みつはる》、母は光秀の娘という血筋だからか、野心的な雰囲気を持っている。寺沢家では十二万石中一万石余を藤兵衛に給しており、重臣中の重臣と言える。

――さすが噂に聞く藤兵衛殿だ。松倉家の連中とは違う。

天草でキリシタンの沈静化が図れたのは、藤兵衛の手腕によるところが大きかった。

「それがしをお呼びいただき恐悦至極」

左平次が平伏すると、藤兵衛が上段から下りてきて「面を上げて下され」と言った。

「ご配慮かたじけない」

「当然のことです。これからキリシタン退治をご指導いただかねばならぬのですから」

「退治ですか。穏やかではありませんな」

退治という言葉を使うということは、武力を使って鎮圧するという意味に通じる。

「そうなのです。キリシタンどもは十五歳ほどの小僧をキリストの再臨などと偽り、仏教徒となった者たちの立ち帰りを促しています。当初はたいしたことにはなるまいと思い、捨てておいていたのですが、それは見込み違いだったようで、天草の各地で立ち帰る者が後を絶たぬのです」

「なるほど。それで、それがしを招致したのですね」

「そうです。松浦殿は島原で多忙と聞いておりましたが、天草の危難は島原に及びます。それゆえその小僧と一派を退治するまで、こちらでご尽力いただこうと思いました」

左平次は一つだけ確かめておきたいことがあった。

「ご存じだと思いますが、それがしは、どこの家中にも属しておりません。それゆえ――」

「分かっております」

そう言うと、藤兵衛は近習に目配せした。近習は背後の棚から蓋付きの折敷《おしき》を運んできた。

「これは手付としてお納め下さい」

中を見るのは無粋なのでやめておいたが、近習の運び方からして、かなりの数の慶長小判が詰まっていると思われた。

「お言葉に甘えて納めさせていただきます」

「住処《すみか》も酒食もご心配なきよう」

「かたじけない」

一礼すると、左平次は藤兵衛から情報を聞き出そうとした。

「まず、その小僧ですが、素性は分かっているのですか」

「様々な雑説が飛び交っており、定かなところは分かりませんが、どうやら小西旧臣に担がれているようで――」

「小西旧臣と――」

「はい。松浦殿のかつての傍輩かもしれません」

「そうでしたか。帰農したなら素直に農事に励めばよいものを。実にお恥ずかしい話です」

「仰せの通りです。われらは、島原のようには苛斂誅求が厳しくはありませんからな」

確かに寺沢氏の場合、無理な年貢の取り立てまではしていなかった。

「しかし安堵してもいられないのですね」

「そうなのです。彼奴らは小僧を使い、ありもしない奇跡譚《たん》や目くらましの術を使い、領民たちを惑わしておるようなのです」

「なるほど、賢い連中ですね」

――少年は見た目だけで純粋に思われる。むさくるしい男たちが神の使いなどと言っても、誰も信じないが、純真そうな少年が目くらましの術を使えば、信じる者も出てくるだろう。

弱り顔の藤兵衛に左平次が問う。

「ときに、その小僧は何と呼ばれているのですか」

「天草四郎とか」

――天草四郎か。此奴を討ち取れば、わが名は騰《あ》がる。

新たな目標を見つけ、左平次の闘志はかき立てられた。

「その小僧の首を三宅殿の前に持ってまいりましょう」

「それは本当ですか。ありがたい。頼りにしておりますぞ」

その後は酒宴となった。左平次はしたたかに酔い、これまで実績を挙げてきた拷問方法などを得意げに語った。

十四

七月、雲仙岳の西麓にある千々石村の真宗寺院が打ち壊されたという一報を受けた善大夫は、島原から船に乗り、南回りで千々石村に向かった。当初は一人で行くつもりだったが、善大夫より半年遅れで島原にやってきた服部半蔵が乗船してきた。また別の船には、松倉氏の三家老の一人でキリシタン対策を統括する多賀主水《たがもんど》も、百名余の配下と共に同行した。

千々石村は雲仙山系の山々が西以外の三方を囲んでいる半独立的地形にある村で、陸路で行くのは困難を伴うため、海路を使うのが常だった。そのため孤島のように独立性が高く、それもあってキリシタン信仰の根強い地だった。

善大夫と左平次の働き掛けで、いったんは村ぐるみで帰服したため、かつてあった真宗寺院を再建し、他村の次三男で僧になりたいという者たちを定住させていた。

やがて千々石村が見えてきた。海上から見ると、島原半島にありがちな何の変哲もない漁村だ。風は南から吹いてきており、二隻の小早船《こばやぶね》は、風に追い立てられるようにして一直線に湾内に入った。

「おい、元良」と半蔵が声を掛けてきた。

「何だ」

「あれを見ろ。われらは殺されるかもしれんぞ」

舳先《へさき》に立つ二人の視界に、浜を埋め尽くすほどの村人たちが見えてきた。

「さようなわけがあるまい。村人が総出で迎えに出てきたのだ。力を貸すことの印ではないか」

「いや、人が殺されたのだ。本来なら慌ただしい雰囲気のはずだが、落ち着きすぎている」

「だがわれらを殺せば、どうなるか分かっているはずだ」

「それもそうだな。とにかく事情を聞いてからだ」

やがて桟橋に船が着けられた。多賀主水は武装した兵を百ばかり率いてきたので、砂浜に緊張した雰囲気が漂った。

「火縄の種火を絶やすな！」

鉄砲足軽たちにそう命じると、主水が駆け寄ってきた。

「元良殿、輪の中に入られよ」

多賀主水が善大夫と半蔵を兵たちに囲ませた。

「かような備えは無用では」

「いや、御坊が殺されては江戸に顔向けできぬ。何としても守り抜けと、主から命じられた」

半蔵がにやりとすると言った。

「いかにもその通りだ。そなたが殺されれば、たいへんな殺戮《さつりく》が行われるぞ。それゆえ殺されるでないぞ」

――わし一個の命が失われれば、村一つがなくなるのか。

善大夫は、己の身を大切にせねばならないと思った。

やがて大庄屋の老人が前に進み出てきた。

「寺にご案内仕ります」

「よろしく頼む」

一行は人々の間を縫い、少し高台にある寺のあった場所に向かった。その後を村人たちがぞろぞろと続いてくる。

ようやく寺に着いたが、以前に来た時とは違い、寺は無残に打ち壊されていた。

「ああ、なんということだ」

瓦礫《がれき》の山の前に、三人の僧の遺骸が並べられていた。

善大夫はひざまずいて経を唱えると、三人に駆け寄り、「すまなかった」と言って泣き伏した。

「おい」と言って、主水が大庄屋の襟首を摑む。

「これは、そなたらがやったのか」

「滅相もない。ここらには盗賊の類も出没します。そうした輩の仕業でしょう」

「偽りを申すな！」

主水が大庄屋を突き飛ばす。

「われらの与《あずか》り知るところではありません。お坊様方に朝餉を届けようとした者が、この有様を見つけたのです」

「たいがいにせいよ！」

主水が大刀に手を掛ける。

「よせ」と言って、その手を押さえたのは半蔵だ。

「そなたは誰だ」

「服部半蔵と申す。名くらいは知っているだろう」

「な、何だと。嘘を申すな」

「嘘をついてどうする。わしの気分次第で、松倉殿は改易となる」

半蔵が平然とハッタリをかました。

「待て。斬るつもりはない」

その効果は覿面《てきめん》で、主水は慌てている。

「それならよい。何事も拙速はよくない」

半蔵が目配せしたので、善大夫が大庄屋に問うた。

「本当にそなたらの仕業ではないのか」

「はい。われらは何も知りません」

「しかし盗賊なら金銀を盗むだけで、寺を毀《こぼ》つはずがあるまい」

それは誰もが考えることだった。

「それだけではない。寺を毀つ音がしても、そなたらは朝まで気づかなかったというのか」

寺は村と少し離れた高台にあるとはいえ、寺の建物を壊す音や僧たちの断末魔の絶叫を、誰も聞いていないというのもおかしい。

「はい。全く気づきませんでした」

主水が口を挟む。

「此奴は嘘をついておる。知らぬわけがあるまい」

その言葉で主水が率いてきた筒衆に緊張が走る。それに驚いたのか、村人たちが包囲の輪を広げた。

――これは人が死ぬかもしれん。

緊張は極度に高まっており、双方が衝突することも考えられる。

その時、「はっははは」という声が聞こえた。

半蔵である。

「主水殿、何の証拠もない話だ。僧たちには気の毒だが、この場は引き揚げた方がよさそうだ」

「しかしそれでは、松倉家として収まりがつかない」

「収まりだと！」

半蔵が顔を真っ赤にする。

「こっちは公儀から派遣されているんだ。松倉家の面目などどうでもよい。わしが『引こう』と言って従わねば、老中に報告する」

――半蔵め、大きく出たな。

半蔵は単に善大夫の護衛役にすぎない。それを老中直属の名代のようなことを言っているのだ。それができるのも、初代から続く服部半蔵という名の大きさのゆえだ。

主水が口惜しげに言う。

「それがしは御坊に危害が加えられぬよう、殿から護衛役を仰せつかっている。まずは貴殿らを守らねばならぬ。だがそれだけではない。此奴らの仕業なのかどうかも確かめるよう申しつけられておる」

「貴殿の立場は分かっている。だがここで争ってどうする」

「分かった。では大庄屋と乙名《おとな》二人を島原に連れていく。元良殿、それを申し聞かせてくれ」

乙名とは惣村《そうそん》の指導的立場の者のことで、この場合は大庄屋を支える役割を担う者のことだ。

――難しい仕事だ。

村人たちは明らかに敵意を抱いている。おそらく今回の一件を、大庄屋たちは与り知らないのだろう。おそらく村内で意見が分かれ、若者たちが勝手にやったことに違いない。それでも大庄屋と乙名には、こうした暴挙を抑え込めなかった責任がある。

「皆、聞いてくれ」

敵意をあらわにした視線が善大夫に注がれる。

「われらは皆の言葉を疑っているわけではない。だが松倉家の派遣した僧が三人も殺されたのだ。

それゆえ口書《くちがき》（供述調書）を取り、吟味した上で『御仕置附』（裁可上申書）を作成し、そなたらに罪科があるかどうかを、お奉行衆に決めてもらわねばならぬ。こうした正当な手続きを踏むので、どうか大庄屋と乙名二人を連れていかせてくれ」

それを聞いた者たちの間で、一斉に怒号が巻き起こった。

「ふざけるな！　正当な手続きなど松倉家中にはない」

「きっと殺されるぞ！」

「そうだ、そうだ！　拷問されて口を割らされる！」

「渡してなるものか！」

村人たちの言葉で、その場は騒然となった。

「待て、話を聞いてくれ！」

善大夫の言葉により、村人たちは少し静かになった。

「われらは正当な手続きで取り調べを行う。拷問も行わない。三人が本当に知らなければ、すぐにここに戻す。それゆえ三人を渡してくれんか」

「嘘だ！」

怒号が再び巻き起こる。

「筒衆、折り敷け！」

主水が勝手に命じる。

「馬鹿をやめろ！」

半蔵が間に立ちはだかる。善大夫も両手を大きく広げる。

「待て！　話し合えば分かる！」

「致し方ない。筒を上げろ」

主水の命に応じ、筒衆が上空に筒口を向けた。

――よかった。

善大夫が安堵した時だった。どこからともなく飛んできた礫《つぶて》が、鉄砲足軽の陣笠を直撃した。すでに鉄砲に弾を装塡していた足軽が思わず引き金を引く。次の瞬間、轟音《ごうおん》が聞こえた。それに触発され、筒衆が村人たちを撃ち始めた。絶叫が聞こえ、何人かが倒れる。

「よせ、やめろ！」

「伏せていろ！」

筒衆の前に躍り出ようとした善大夫を、背後から半蔵が押し倒す。

すでに主水でも筒衆を制御できなくなっていた。蜘蛛《くも》の子を散らすように村人たちは逃げ散ったが、いくつかの遺骸が残されていた。その中には小さなものもある。

――ああ、なんと非道なことを。

善大夫はそちらに這い寄ろうとしたが、背後から半蔵に抱き留められた。

「堪えろ！」

その時、主水の声が聞こえた。

「皆、船まで走れ！」

鉄砲足軽たちが、てんでばらばらに元来た道を引き返す。半蔵に肩を支えられ、善大夫も懸命に走った。だが若い時に受けた傷が元で、全力では走れない。

「早くしろ！」

遂に主水がもう片方の肩を支えてくれた。

筒衆を露払いのようにし、三人は這《ほ》う這《ほ》うの体で浜に辿り着き、桟橋に係留してあった船に乗り込むことができた。だがその時、村人たちが続々と浜に詰めかけているのが目に入った。

「撃つな！」

善大夫の言葉に、鉄砲足軽たちが発砲をためらう。

主水が大声で水主《かこ》に命じる。

「船を出せ！」

二隻の小早船は瞬く間に桟橋を離れ、沖へと漕ぎ出した。

善大夫は浜に向かって手を合わせ、経を唱えることしかできなかった。

――これがキリシタンの怒りなのか。

善大夫は、こうした反発が島原全体に波及することを恐れた。

第五章　われらの祈りを聞き給え

一

寛永十四年（一六三七）は天候不順な上、阿蘇《あそ》山が噴火したことで未曾有《みぞう》の不作となった。島原半島では空が朱に染まり、冬に花が狂い咲き、魚の死骸が大量に打ち上げられるといった珍事が続出した。阿蘇山噴火の影響が随所に出たのだろうが、民にとっては天変地異のように感じられたのだろう。キリシタンたちは恐れおののき、不穏な空気が漂い始めていた。

それだけなら何事もなかったかもしれない。しかし誰かが、ある予言を残して国外に去っていった外国人宣教師のことを思い出した。

その宣教師とは、慶長十九年（一六一四）にマカオへと去っていった上津浦南蛮寺のマルコス・フェラロ神父だ。

その予言とは次のようなものだった。

「当年より二十六年目にあたる年に、必ず善人（天の使い）が一人出現する。その幼き子は習わずに諸字（学問全般）に精通した者で、出現の印が天に現れる。（その時）木には饅頭がなり、野山に白旗が立ち、人々の頭には十字架が立つ。（そして）東西の雲が必ず焼け、（それればかりか）人々の家々は焼け、野山も草木も焼けてしまうだろう」

要は、この予言のあった二十六年後に幼い善人が出現し、それを伝えるかのような天変地異が起こるということだった。

この話を流布させたのが、大矢野松右衛門、千束善左衛門、大江源右衛門、森宗意軒、山善左衛門の千束蔵々島に住む五人衆だった。彼らが島原半島を行脚《あんぎゃ》し、四郎の奇跡を喧伝していった。

一方、益田甚兵衛らは、天草上島の上津浦を拠点として、四郎の奇跡を演出し続けていた。その便宜を図ってくれたのが、上津浦一郎兵衛《いちろべえ》という富農だった。一郎兵衛は隠れ家を提供し、経済的援助もしていた。

この年の二月、一郎兵衛屋敷の広い庭で、近隣の農民や漁民を集めて集会が開かれた。

綾羅錦繍《りょうらきんしゅう》の美服を身にまとい、翡翠《ひすい》で作られたコンタツを片手にした四郎は、堂々たる態度で語った。

「聞け、皆の衆、インフェルノが恐ろしければキリシタンに立ち帰り、一途に祈りの言葉を唱えるのだ。神を信じれば必ず救いの手が差し伸べられる。われは、それをデウス様と約束した」

「おお」というどよめきが起こる。

「そなたらの中には、われに疑いの目を向ける者もいるだろう。それゆえ奇跡を見せてやろう」

そう言うと四郎は袖をまくり、白く優美な右腕を掲げた。次の瞬間、どこからともなく飛んできた白い鳩が、その指先に止まった。

「これを見よ。デウス様の使いがいらした」

その言葉に、人々からどよめきが起こる。

四郎は笑みを浮かべて鳩を抱き寄せると言った。

「われらの願いはデウス様の耳に届いた」

そう言うと四郎は鳩を右手の指先に載せ、天高く掲げた。鳩はどこへともなく飛び去っていく。人々の視線はそれに釘付《くぎづ》けにされた。

「今、デウス様の鳩が卵を産んだ」

皆の視線が四郎に戻る。四郎の手の平の上では、卵が割れており、その間から書付のようなものが見えている。

「これがデウス様のお言葉だ」

「おお」という言葉と共に、皆は手を合わせる。

「デウス様が仰せになるには、この世の終わりとなる最後の審判《ジュイゾ》の日、すべての人々のそれまでの行いが糾明《きゅうめい》される。それに応じて不退(絶対に変わらないこと)の報いを与える。だが、これまで後ろめたいことをしてきた者であっても、これから改心すれば、過去の悪行には目をつぶる。だが従わぬ者は、審判の炎に永遠に焼かれることになる。それゆえ、わが使いであるフランチェスコ四郎の言葉に従うのだ」

皆の視線が四郎に釘付けになる。四郎が瞑目し、十字を切って手を合わせ、祈りの言葉を唱え始めると、そこにいた者たち全員がそれに倣った。その荘厳な雰囲気は、彦九郎まで真実かと思わせるものがあった。

集会が終わり、四郎を奥に引き取らせようとすると、信者たちが四郎に取りすがり、様々な願いを訴え始めた。その大半は病気を治してほしいとか、飢饉を終わらせてほしいといった現世利益に関するものだが、四郎は「共に祈ろう」と言い、天に向かって祈りを捧げた。

それを茫然と見る彦九郎の肩に手が置かれた。甚兵衛である。

「四郎は信者たちの訴えごとを聞かねばならぬ。われらは別室で今後の方針を練ろう」

「分かりました」と言って、彦九郎は甚兵衛に従った。

隠れ家の一室に入ると、山田右衛門作と渡辺小左衛門が待っていた。二人は口之津などの島原半島南部に潜行してきており、久しぶりに上津浦に戻ってきた。

「右衛門作殿、まずは島原の様子を語ってくれ」

「はい。われらの思惑通り、いや、思惑以上に島原は熱狂しております」

小左衛門が言い添える。

「誰が言い出したか、四郎殿が天草から湯島まで海を歩いて渡っただの、雲を瞬時に消しただのといった奇跡が、まことしやかに流布されています」

甚兵衛が笑みを浮かべて言った。

「千束の五人衆が言い触らしたのであろう」

右衛門作が首を左右に振る。

「いや、かの五人にさような創作はできません。おそらく伝聞ゆえに、話が増幅して伝わっていったのでしょう」

「いかにもな。要は、われらが島原ではなく天草から始めたことが、逆に島原で効果的だったというのか」

「そうです。今では島原の方が熱狂的になり、四郎殿の到来を待つようになってきています」

「では、島原に渡る好機が到来したわけか」

小左衛門がうなずく。

「今こそ島原に渡り、キリシタン信仰を盛り返すべきです」

――それは危うい。

熱狂が熱狂を生めば、何が起こるかは分からない。皆の信心を維持することを目的として、彦九郎たちは四郎を天の使いに仕立てたのであり、自分たちが統御できない熱狂まで引き起こしてしまっては、弾圧や討伐を受けるだけだ。

彦九郎が口を挟む。

「今われらが島原に渡れば、いかにも熱狂的に迎えられるでしょう。しかし熱が高まりすぎれば、何が起こるか分かりません」

小左衛門が反発する。

「何を仰せか。今が好機ではありませんか」

「いや、ここは慎重に対処すべきです。われらが島原に行けば一揆が起こるかもしれません」

「一揆くらい起こさねば、松倉などという田舎大名は目が覚めません」

「いいえ、武士を甘く見てはいけません。松倉家の背後には公儀が付いています。しかもこの国の津々浦々には、食べていけない牢人どもが数えきれないほどいます。討伐となれば、此奴らは餓狼《がろう》となって押し寄せてくるでしょう」

この頃、牢人問題が幕府の頭を悩ませていた。しかも関ヶ原牢人なら、老いて死ぬのを待つばかりだが、その後、幕府が外様大名の改易減封を繰り返したため、日本国中に仕官を求める若い牢人が溢れていた。

「彦九郎殿は常に慎重だ。ここで思い切った手を打たねば信仰の灯が消える」

「さようなことはありません。いつの日か必ず信仰の灯はよみがえります。それよりも今は事の推移を見守るべきです」

甚兵衛が二人を制する。

「二人とももうよい。ここは少し様子を見よう」

小左衛門が不平をあらわに言う。

「それは分かりましたが、一つ懸念があります」

「懸念とは何だ」

「実は、島原から天草下島に一人の男が招かれました」

「まさか、あの――」

「そうです。肥後国出身のキリシタン目明しです」

甚兵衛の顔が憎悪に歪む。

「長崎や島原で弾圧を行ってきたという男か」

「そうです。島原で横目の地位に就きましたが、長崎の時ほど弾圧はひどくないようです」

「どうしてだ」

「聞くところによると、江戸から来た坊主が檀家制度を敷くために、弾圧を抑えているとか」

甚兵衛が問う。

「それなら懸念にはならぬのでは」

右衛門作が答える。

「しかしその坊主は島原に残ったままなので、下島に渡った横目は、また勝手し放題になるでしょう」

「三宅藤兵衛の下で弾圧を始めるというのか」

「おそらく――」

「そうか」と言って甚兵衛が考え込む。

小左衛門の目が冷たく光る。

「さようなことになる前に、先んじて殺すしかありますまい」

「殺す、と申すか」

「はい。弾圧が始まれば、元の木阿弥《もくあみ》です。機先を制してその者を殺せば、藤兵衛の弾圧の鉾先《ほこさき》も鈍ります」

彦九郎が口を挟む。

「しかし殺すと言っても、容易なことではあるまい」

「その通りです。しかしその者は単身で天草に来たようなので、島原にいる時と違って手下もおらぬようです。今を措《お》いて殺す好機はありません」

甚兵衛がため息交じりに言う。

「致し方ない。やろう」

彦九郎が問う。

「どうやって殺すのです」

それには小左衛門が答えた。

「飛び道具しかありません」

甚兵衛が問う。

「となると鉄砲だな」

小左衛門がうなずく。

「そうです。鉄砲を使うのがよいでしょう」

「しかし誰がやる」

三人の視線が彦九郎に向いた。

「いかにも若い頃、私は鉄砲を習っていましたが、戦場で使ったことはありません」

「それは分かっている。しかし誰かがやらねばならぬのだ」

小左衛門が口を挟む。

「甚兵衛殿も右衛門作殿も貴殿ほど俊敏ではない。わしは鉄砲の訓練を受けたことがない」

「待って下さい。私は人を殺したことがありません」

「それは、われらも同じだ」

今ここにいる四人に限定すれば、彦九郎以上の適任者はいない。

甚兵衛が言う。

「これも信仰を守るためだ。四郎も偽りの池に身を沈めた」

その一言が重くのしかかる。

「それを引き合いに出されては――」

「何とかやってくれぬか」

――四郎を巻き込んだ罪からは逃れられぬのだ。

しばし考えた末、彦九郎は言った。

「分かりました。私がやります」

「よくぞ承知してくれた。で、小左衛門、段取りはどうする」

「その男を誘い出す手立ては一つ」

小左衛門が指を一つ立て、皆の前に掲げると言った。

「四郎です」

「どういうことだ」

「敵が四郎を狙ってくるのは明らかです。その四郎が本渡《ほんど》辺りに出没していると聞けば、必ず姿を現すでしょう」

右衛門作が呟くように言う。

「それはあまりに危うい」

「では、ほかに方策がありますか」

皆が押し黙ったので、彦九郎が言った。

「何かの手違いが生じるやもしれず、それで四郎が殺されてしまえば取り返しがつきません」

「それは分かっています。それゆえわしと左太郎が身を挺《てい》して守ります」

左太郎とは小左衛門の弟のことだ。

「それでも万全とは言えない」

「では、どうしろと――」

「例えば――」

彦九郎が口ごもりつつ言った。

「別の者を四郎に仕立てたらどうでしょう」

「それは妙案！」

小左衛門が膝を叩くと、右衛門作が問うた。

「いったい誰を四郎に仕立てるのだ」

「心当たりはありませんが、年恰好の似た者を見つけ、本人と親に頼み込みます」

甚兵衛がうなずく。

「よし、それで行こう」

皆が立ち上がりかけたところで、彦九郎が問うた。

「で、そのキリシタン目明しの名は何と――」

小左衛門が言う。

「松浦という名字だけは聞いています」

「では、その松浦とやらの特徴は――」

「中肉中背で目立ったところはありません。どうやら陣笠をかぶっていることが多いようで、姿を見た者も顔までは見ていないようです」

甚兵衛が思案顔をする。

「そいつは困ったな」

彦九郎が思い切るように言った。

「さほど間近でなくとも、見極めはつけられると思います」

「どうしてだ」

「おそらくそのキリシタン目明しは、かつての知己だからです」

甚兵衛がうなずく。

「では、なおさらよい。彦九郎殿、ここは何とか仕留めてくれ」

「やってみます」

不本意ながらも、彦九郎はこの仕事を請け負った。

「では、そのキリシタン目明しを討ち取ってから、もう一度、島原に渡るかどうかを決めよう」

右衛門作も同意する。

「それがよろしいでしょうな」

四人がようやく合意に達した。

――だがわしに人が殺せるか。

いかに信仰のためとはいえ、これまで人を殺したことのない彦九郎だ。自分に人が殺せるか自信がなかった。しかも相手は左平次の可能性が高い。

――だが、やらねばなるまい。

彦九郎は強く自分に言い聞かせた。それが偽りの池に引き込んでしまった四郎への贖罪《しょくざい》でもあるからだ。

二

――天草四郎、か。

左平次は愛用の手槍の穂先を磨くと、旅の支度にかかった。

その時、表口が騒がしくなると、「三宅様の使いです。松浦殿はおられますか」という声が聞こえてきた。

表口に出ると、使者から「本渡に天草四郎が現れたという雑説が入りました。すぐに向かっていただきたいとのことです。また三宅様は、本渡の代官所にいる兵たちの指揮権を預けると仰せです」と告げられた。

天草下島の東部最大の町・本渡には、寺沢家の代官所があり、そこに五十人ほどの在番武士もいるので、その兵力を使う許可を得たことになる。

――いよいよ現れたか。

いつかは下島に姿を現すとは思っていたが、こんなに早くやってくるとは思わなかった。

「三宅殿に『承知した』と伝えてくれ」

そう言うと左平次は本渡に向かった。

三月下旬、本渡に着いた左平次は、代官所で代官の天草新助《しんすけ》に事情を聞いた。新助は知行三百石の土着家臣で、寺沢家から本渡の治安維持を託されていた。

「仏教徒の漁民から聞いた話ですが、先日の夜陰、何艘かの船が佐伊津《さいつ》浜に着き、二十人ほどの武士らしき者たちが船から下りてきたそうです」

佐伊津とは、本渡の北一里ほどにある小さな漁村のことだ。

「どうしてそれが天草四郎の一味だと分かった」

「その漁師によると、一行がたまたま漁師の家の前を通ったので、戸の隙間からのぞいていると、美々しく着飾った少年が、松明《たいまつ》で足元を照らされて通っていったそうです」

「そうか。それなら、まず間違いないな」

新助が媚びるようにうなずく。

「よし、まずは佐伊津に赴き、その漁師の話を聞こう。兵を十名ほど付けてくれ。それと近くの絵地図も用意せい」

「承知しました」と答えて走り去る新助に左平次が問う。

「そなたも来るか」

「いえ、それがしには本渡を守るという仕事があります」

「分かった。もうよい」

左平次が蠅《はえ》でも払うような仕草をしたので、新助はむっとした顔で去っていった。

それでも新助が十名ほどの兵と八挺の鉄砲を付けてくれたので、翌日、左平次は意気揚々と本渡を後にした。

佐伊津に着いた左平次一行は、目撃者となった漁師の家を訪れて事情を聞いた。

その話は、新助から聞いたものとさして変わらなかったが、信憑性《しんぴょうせい》があると思った左平次は、四郎らしき者たち一行の足取りを追うことにした。

——おそらくキリシタンどもの間を転々としているのだろう。

左平次は漁師や百姓の家を抜き打ちで訪れ、勝手に家捜しした。しかし一行の足跡は、きれいにかき消されていた。

それでも佐伊津に着いてから三日後、天草四郎らしき少年とその一行が、山中の隠れ家に潜伏しているとの情報が入った。

早速、その場所に駆けつけた左平次は、四郎一味が隠れているという炭焼小屋を包囲した。

――無理に押し入れば、相当の抵抗があるだろう。うまくおびき出そう。

左平次は密告によって捕らえたキリシタン農民の家族を人質に取ると、その農民に差し入れを持っていかせた。

農民が戸口を叩いて中の者を呼び出している。

戸口近くの井戸の陰に隠れた左平次は、手槍の覆いを外した。

その時、戸口が開き、四郎らしき若者が姿を現した。

「よし、踏み込め！」

異変を感じた四郎が戸を閉める。そこに配下の兵が殺到する。

その時だった。轟音がすると、背後にいた兵の一人が「ぐわっ！」という声と共に倒れ掛かってきた。

――しまった。罠だ！

即座にそう判断した左平次は兵たちに怒鳴った。

「隠れろ！」

灌木《かんぼく》の中に隠れた左平次が、背後の山の様子を窺《うかが》う。だが狙撃手の姿は見えない。

――わしを狙っていたのか。

角度からして、そうとしか思えない。ちょうど左平次の背を隠すように兵が続いたので、不運にも背後にいた兵に弾が当たったのだ。

続いて轟音がすると、絶叫を残して別の兵が倒れた。

「どこから撃ってきている！」

「分かりません！」

その時、炭焼小屋から矢が射掛けられ、またしても兵の絶叫が聞こえた。

――しまった。挟撃されたのか。

何らかの遮蔽物に身を隠してはいるものの、兵たちは明らかに浮足立っていた。炭焼小屋からは間断なく矢が射られてくるので、そちらに背を向けることもできない。

――致し方ない。

「おのおの引け！」

そう言うと左平次は身を隠していた場所から走り出した。続いて轟音が聞こえた時、左腕に痛みを感じた。

――しまった。撃たれたか！

藪の中に身を躍らせて傷を見ると、左腕の肉を少し剝ぎ取られていた。

――よかった。かすり傷だ。

血止めの応急処置を施した後、左平次がさらに移動しようとすると、弾丸が鬢《びん》をかすめた。何とか大木の陰に身を隠した左平次は、その間を縫うようにして移動した。

やがて安全な場所に出たと覚った左平次は、山道を一人で駆け下った。

代官所に帰り着くと、四人の兵が戻らないことが分かった。

「ご無事なようで何より」

新助が皮肉交じりに言った。

「うるさい！」

傷口がうまないように軟膏を塗りながら、左平次が言い捨てると、新助は不貞腐れたような態度で行ってしまった。

――これは罠だったのだな。わしの悪名も相当鳴り響いているわけか。

左平次はいったん富岡城に戻ることにした。

三

善大夫は島原半島の村々を走り回り、檀家制度の確立に奔走していた。

五月、その努力も実り始め、キリシタンが多かった半島南部の村人たちも、徐々に話を聞くようになった。

善大夫としては、最初の段階として、心の中でのキリシタン信仰を許し、形ばかりに檀家制度を受け容れてもらうという方針だったが、それが功を奏し始めたのだ。

そうした二重規範に強く反対する外国人宣教師がいないため、誰もが「致し方ない」という雰囲気になりつつあったからだ。

だが天草四郎なる者の噂が広がり、せっかく檀家制度に組み込んだ者でも、「寺請証文を返してくれ」と言ってくるようになった。というのも誰が言い出すでもなく、天候不順による飢饉や窮乏は、棄教したことへの報いと信じられるようになっていたからだ。

キリシタン対策を統括する多賀主水は怒り、「寺請証文を返せと言ってきた者は、問答無用で斬り捨てる」と息巻いたが、それを何とか抑え、善大夫は信者たちを説得した。

そんな中、佐野村の大庄屋の源左衛門が、寺請証文を返すよう再び島原城までやってきた。

そぼ降る雨の中、善大夫は村人たちを引き連れた源左衛門と対峙していた。善大夫の背後には、服部半蔵がいるだけだ。

「御坊は、何としても寺請証文を返せぬと仰せか」

「返すわけにはまいらぬ。返せば何かあった時、松倉家の者たちに真っ先に殺されるからだ」

「それでも構わぬ。われらは天草での奇跡の数々を聞き、キリシタン信仰に立ち帰るのだ」

「待て。それでは松倉家に弾圧の口実を与えるだけだ。今はわしの立場を慮《おもんぱか》り、松倉家も大人しくしているが、何か大事が出来すれば、わしの言うことにも耳を傾けなくなる。その時は、そなただけでなく村人全員が殺されるのだぞ」

だが源左衛門はひるまない。

「では、この有様を見ろ。御坊の口車に乗り、われらが形ばかりに棄教したことで、デウス様は怒り、これほどの飢饉をもたらしたのだ。このままでは、島原の農民は飢《かっ》え死にするだけだ」

「さようなことはない。不運にも、かような時期にあたったのだ」

「それは違う。デウス様の怒りを買ったのだ」

その言葉によって天の怒りを恐れたのか、背後にいる人々が祈りの言葉を唱え始めた。

半蔵が近づいてくると、善大夫の耳元で呟いた。

「此奴らは理屈ではない。寺請証文を取り返さぬ限り、飢饉は続くと思い込んでいる。しかも天草四郎なる小僧への期待が、信仰への熱狂を生んでいる。四郎が偽物だと証明できない限り、此奴らの熱狂は抑えられぬ」

それは善大夫も心得ている。

「源左衛門、寺請証文を取り戻せというのは、天草四郎なる者の指示か」

「ああ、そうだと聞いている。四郎殿は間もなくこの地に降臨する。その時、寺請証文を取り返していない者は救われないとのことだ」

「それを誰が申していた」

「使いの者だ」

これで四郎の手の者が島原の村々を回り、村人たちを扇動していると分かった。

「さような者たちの言葉を、なぜ信じる」

「信じなければ、どこに救いがある！」

源左衛門が涙ながらに言う。

「われら百姓は松倉家の苛政に堪えてきた。日々の暮らしは厳しくとも、信仰に寛容だったからだ。それが一変しただけでなく、天変地異によって田畑には何も実らぬ。それでも松倉家は作物《なりもの》を寄越せという。だがもう出せるものは何もない。子らは飢えて泣き、乳飲み子は次々と死んでいく。かような現世に何の望みがあるのだ」

「それは分かっている。それを救うのが仏の教えだ」

「よく言うわ。坊主は難しい教えばかり垂れ、われら百姓を救おうとはせぬ」

「さようなことはない。われらはわれらで、いかに民を救うかを日々考えている」

「ははは」と源左衛門が高笑いする。

「転び坊主が笑わせるな」

半蔵が口を挟む。

「おい、無礼ではないか」

「半蔵、わしに任せてくれ」

そう言うと善大夫が源左衛門に向き直った。

「どうしても寺請証文を取り返したいなら、わしを殺していけ。寺請証文はあの手文庫の中だ」

善大夫が背後の部屋を示す。

「御坊を殺す、だと」

「そうだ。キリシタンにとって坊主の命を奪うなど、何ほどのこともないだろう」

半蔵が背後で呟く。

「おい、物騒なことを言うな」

それを無視して善大夫が続ける。

「わしは信仰ごときのことで、人が死ぬのを見たくはない！」

「信仰ごときだと。われらは命を張ってデウス様を信じてきたのだぞ」

「おう、そうか。だが神仏などというものは、人が作り出したものだ。さようなものに命を張るなど実に下らぬことだ」

「では御坊は、仏を否定するのか」

「仏は実在の人物だから否定はせぬ。その教えも尊いものだ。だが宗教や信仰などというものは、人の命とは比べようがないのだ」

「宣教師たちはさようには言わなかった。信仰こそ最も尊いもので、デウス様を崇めることで救われると教えてくれた」

「よいか」

善大夫が開き直ったように言う。

「宣教師たちは、なるほど崇高な志を持ってこの地にやってきた。その精神も高潔だ。しかしデウス以外の神を信じるなという。しかも公儀が出した禁教令に従わず、キリシタンに棄教を認めず、殉教せよという。さような教えが正しいはずあるまい！」

「どうしてだ！」

「命より大切なものがどこにある！」

「それは違う。殉教すれば必ずハライソへ行ける」

「馬鹿を申すな。生き物は死ねば無になるだけだ」

「では、極楽浄土もないのだな」

「ない！」

その言葉に源左衛門をはじめとした人々が唖然とする。

「では、なぜ御坊は坊主をやっている」

「極楽浄土はなくとも、仏教には尊い教えがある。それを伝えていくことで、衆生を救うのだ」

「このゼンチョめ！」

ゼンチョとは異教徒のことだ。

「何と言われようと構わぬ。わしは一人でも多くの命を救うために、この地に来た。その邪魔は誰にもさせぬ！」

「御坊は――」

源左衛門が善大夫を指差す。

「四郎殿の指先から発せられる業火に焼かれるだろう」

「おう、焼けるものなら焼いてみろ。信仰などという下らぬものに、人の命を守ることが敗れてたまるか！」

「そ、それを本気で申しているのか」

「ああ、本気だ。キリシタン信仰も仏教も、人の命に比べれば鴻毛《こうもう》のようなものだ」

源左衛門の声が震える。

「御坊は――、御坊は、どうしてさように正直なのだ。さような坊主を見たことがない」

「わしは様々なこの世の欺瞞《ぎまん》を見てきた。坊主も宣教師も、理屈ばかり並べて自分の宗派に都合のよいことばかりを言う。わしはさような輩を好まぬ。わしが好きなのは、お前らただの人だ」

その言葉を聞いた源左衛門の瞳から、大粒の涙がこぼれる。

「ただの人が、それほど好きか」

「ああ、好きだ。汗水垂らして土を耕し、生きていくための作物を得る。これほど尊い仕事がほかにあろうか」

「それを本気で申しておるのか」

「本気だ」

源左衛門が絞り出すように言った。

「わしは――、わしは御坊に従いたい。もちろん仏教にではない」

「そうか。よく言ってくれた。だが、わしなどに従わなくてもよい。命の大切さを知ってもらえれば、それでよい。それゆえそなたの命をつなぐ寺請証文は返さぬ。それでよいな」

「分かった」

そう言って源左衛門がふらふらと立ち上がると、「御坊」と声を掛けてきた。

「何だ」

「わしは大切なものを見失うところだった。わしのハライソは妻子であり、村であり、この大地なのだ」

「そうだ。それを共に守っていこう」

「うむ。ありがとう」

「礼は要らん。それより命を大切にせいよ」

源左衛門と村人たちの姿が消えると、善大夫は片膝をついた。

「元良、大丈夫か」

半蔵が腕を取って起こしてくれた。

「すまぬ。ちょっと興奮してしまった」

「だが見事だった。そなたには熱意がある。四郎などという小僧がもたらす熱狂に勝てるのは、そなたの熱意しかない」

「そう言ってくれるか。かたじけない」

つい武士言葉が出てしまったが、半蔵は真顔で言った。

「わしもそなたを助け、この地に静謐をもたらしたい」

「分かった。頼りにしているぞ」

「任せてくれ」

半蔵の力強い腕が善大夫を抱き起こした。

四

島原半島では、今年の夏も干天が続き、収穫はほとんど望めない状態だった。人々は雑草を煮炊きし、草の根をかじり、何とか露命をつないでいた。

こうした状況から六月十日、島原半島南部の庄屋や乙名らが、加津佐に集まって密談を行った。それを受けて十四日、今度は湯島で、天草上島北部の庄屋や乙名らを交えて今後の方針を決めた。

その時に出た結論は、四郎一行を島原に招聘《しょうへい》すると同時に、四郎を総大将に祭り上げ、一揆を起こすというものだった。早速、その使いが上津浦の甚兵衛の許に来たが、甚兵衛たちは協議し、

「時期尚早」という判断を下した。

この時、すぐに島原に行くことを主張した小左衛門に対し、またしても自重を強く主張したのが彦九郎だった。

これを聞いた島原半島南部の庄屋や乙名たちは、思い切った挙に出る。

十月十五日、加津佐村の庄屋・寿庵《じゅあん》は死を覚悟で檄文《げきぶん》を作成し、半島の村々に回した。

それを要約すると以下のようになる。


「天人が天下り、異教徒どもがデウス様より火の責苦《スイチョ》を受けている間、誰であろうとキリシタンなら、ここへお越しいただきたい。とくに庄屋や乙名はお越しいただきたい。島原中にこの廻状《かいじょう》を送ってほしい。たとえ異教徒でも、キリシタンになるというなら、お許しいただける」


寿庵の檄文は遠回しながら一揆を促すもので、蜂起によって四郎一派を呼び寄せ、一揆を拡大させようという狙いがあった。

この檄文を受け取った村々では、庄屋や乙名らが寄合を持ち、村ぐるみで方針を固め始める。

同月十九日には、口之津の四人の庄屋を中心にした百人規模の寄合も持たれた。

その頃、南有馬村の角内《かくない》と北有馬村の三吉《さんきち》という者が、村を代表して上津浦に渡り、四郎の来訪を請うた。四郎は動かなかったが、二人に洗礼を授けることはした。

角内はベアト、三吉はガスパルという洗礼名をもらい、島原に戻るや、「審判の日は近い。四郎様も間もなくやってくる。今こそキリシタンに立ち帰ろう」と言って皆を鼓舞した。

これにより島原半島南部の人々は、連日のように松明を持って集まり、隠し持っていた殉教者の髑髏《どくろ》と聖画像などに群がり、礼拝を繰り返した。

こうした有様に、代官たちが何も手を打たなかったわけではない。だが多勢に無勢ではどうしようもないので、島原城に助けを求めるや、代官所で息をひそめるようにしていた。

一方、島原城にいる松倉家の重臣たちは強硬な姿勢を取らねばならないと感じ、目付と呼ばれる代官の督励役を半島南部の村々に送った。

十月二十四日、角内と三吉が集会を開き、キリストの絵を掲げて祈りを捧げていたところを役人たちに捕縛される。その後、島原城に引っ立てられていった角内と三吉は、その妻子ともども処刑された。

翌日、この知らせを聞いた南北有馬村の村人たちは、キリストの絵を掲げて殉教した者たちに祈りを捧げていた。ところがそこに南有馬村代官の林兵左衛門《はやしへいざえもん》らが踏み込み、キリストの絵を引き裂くという事件が起こる。

これに怒った村人たちは、衝動的に林を殺してしまった。さらに島原城から派遣されてきた目付の藤堂加兵衛《かへえ》をも殺してしまう。

この話は野火のように広まり、加津佐村代官の安井三郎右衛門《やすいさぶろうえもん》、小浜《おばま》村代官の高橋武右衛門《たかはしたけえもん》らも代官所を襲われ、同日中に殺された。千々石村に至っては代官、僧、神官、仏教徒の村人が残らず殺された。

一揆となったキリシタンの村人たちは、寺社に火を掛け、徒党を組んで鬨《とき》の声を上げながら島原城下へと向かった。

二十六日、ただならぬ事態が出来しつつあることを覚った城内の重臣たちは、協議の上、鎮圧部隊を編成することにした。

「島原でキリシタンが蜂起した」という一報が上津浦に入ったのは、同じ二十六日だった。甚兵衛は至急幹部を集め、今後の方針を決める会議を開いた。その席には四郎も呼ばれた。

甚兵衛が知り得る限りの情報を皆に伝える。それを聞いていた彦九郎は衝撃を受けた。

――これで多くのキリシタンが死ぬ。

小左衛門が断固として言う。

「われらが慎重になりすぎたことで、かような事態を招いてしまったのです！」

島原での四郎待望熱が高まりすぎていることを危惧した彦九郎の意見を容れた甚兵衛らは、あえて島原に渡らず、天草上島に留まっていた。それが裏目に出たというのだ。

右衛門作が反論する。

「それは違う。彼奴らが勝手にしたことだ。われらの知ったことではない」

彦九郎が言い添える。

「その通りです。今は沈静化するのを待ちましょう」

甚兵衛が首を左右に振る。

「沈静などせぬ。きっと一揆の嵐が島原中を吹きまくる」

右衛門作が問う。

「では、どうするというのだ」

小左衛門が答える。

「四郎を押し立て、島原に渡るしかありますまい」

「さようなことをすれば、たいへんなことになるぞ」

右衛門作は、その外見とは裏腹に慎重だ。しかし小左衛門も引くつもりはないようだ。

「このまま何もせねば、一揆は鎮圧されます。それを避けるには島原城を占拠するか、島原の一揆を引き連れて長崎に進むべきでしょう」

彦九郎が慌てて言う。

「冷静になって下さい。さようなことをしても、公儀は討伐軍を差し向けてくるだけです。さすればわれらは潰えます。それは信仰の灯が消えることにつながります。今は自重すべきです」

「では、彦九郎殿に問うが、いつなら自重せずともよいのか。こうして島原が熱気に包まれている今なら、挙兵は成功するやもしれん」

右衛門作が問う。

「何を以《も》って成功というのだ」

「公儀に信仰の自由を認めてもらうのです。そのためには、われらの力を示さねばなりません」

彦九郎が声を荒げる。

「さようなことをしても討伐されるだけで、公儀は聞く耳を持ちません。ここは隠忍自重し、信仰の灯を消さないようにすることが肝要です」

小左衛門が投げやりに問う。

「彦九郎殿は、四郎を島原に渡らせたくないのか」

「そうではない。今行けば、火に油を注ぐようなものだと言いたいのだ」

「それにしてもおかしいではないか」

小左衛門の顔に疑念の色が浮かぶ。

「何がおかしい」

「三月、われらは佐伊津まで赴き、うまくキリシタン目明しをおびき出せた。だが彦九郎殿はかの者を見つけると動揺し、引き金を引く好機を逃したではないか」

「それは――」

まさかとは思っていたが、キリシタン目明しは、かつての親友の松浦左平次だった。これに動揺した彦九郎は、絶好の射撃機会を逃した。それでも気を取り直して放った一弾は背後にいた兵士にあたり、左平次を討ち取ることはできなかった。

口ごもる彦九郎に、小左衛門が冷静な言葉を浴びせる。

「彦九郎殿、転んだ者をそのまま内通者として放っておくという話を聞いた」

「何が言いたい」

「彦九郎殿は内通者ではないか」

「ま、まさか、わしを疑っておるのか。わしはイエズス会のイルマンだぞ」

そうは言ってみたものの、甚兵衛や右衛門作も疑惑の目を向けてきている。

「しかし大矢野島に突然やってきて『匿ってくれ』と言われたので、貴殿をわれらの仲間に加えたが、われらが何をするにしても反対し、挙句にキリシタン目明しを殺せなかったではないか」

「しくじったからといって、どうして転びの内通者だと証明できる」

「証明はできない。だがあらゆることが、それを指し示している」

「違う！　わしの信仰は一度たりとも揺らいだことはない！」

甚兵衛が断を下すように言う。

「人を疑えばきりがない。だが小左衛門の言うことにも一理ある。彦九郎殿は当面、この家の敷地内から動かないでいただきたい。どこかに逃げ出せば、内通者として――」

甚兵衛が大きく息を吸うと言った。

「殺す」

「待って下さい！」

「彦九郎殿」

その声が誰のものか分かった時、四人は啞然とした。

「実は、私も疑っていました」

「四郎、何を言うのだ！」

「私にはすべてお見通しです」

その一言は決定的だった。

「わしが内通者だというのか」

だが四郎は首を左右に振った。

「そこまでは言いません。しかし私を島原に渡らせず、今の状況を生み出してしまった責は、彦九郎殿にあります」

「それは違う。島原で起こったことは残念だが、あの時、渡っていれば、もっとひどいことになったやもしれぬのだぞ」

「たとえそうだったとしても、今よりも力を結集できたでしょう」

「待て」と言って甚兵衛が覚悟を決めたように言う。

「では、四郎は今すぐ島原に渡るというのか」

「お待ち下さい」と言いかけた彦九郎を、四郎が制する。

「まずはお聞き下さい」

その澄んだ声に、彦九郎さえ口をつぐむ。

「私は天の使いです」

彦九郎が焦《じ》れたように言う。

「この場では、天の使い云々《うんぬん》はよい。自分の言葉で話してくれ」

「何を仰せか。わが言葉はデウス様のお言葉です」

「馬鹿を申すな。そなたは単なる――」

小左衛門が彦九郎を制する。

「まずは聞こうではないか」

四郎が人差し指を天に向けつつ言った。

「私が島原に渡れば、多くの奇跡が起こり、異教徒を島原から一掃できるでしょう」

彦九郎が四郎の肩を摑む。

「四郎、そなたは正気か。さようなことをすれば取り返しがつかないことになり、われらキリシタンは根絶やしにされる」

「いいえ。デウス様の庇護の下、島原と天草はキリシタン国となるでしょう」

「何を馬鹿な！」

さらに四郎の肩を揺さぶろうとした彦九郎を、背後から小左衛門が羽交い絞めにする。

「彦九郎殿、お静かに！」

「放せ！　四郎が島原に渡れば、また多くの者が死ぬ！」

四郎が決然とした口調で言う。

「さようなことはありません。デウス様のお力で敵を圧倒できます。そしてデウス様の威光が江戸にまで及び、徳川公儀は潰えるでしょう」

「何を申すか。公儀は鉄壁だ。武力で挑んだところで勝目はない。甚兵衛殿はそれをご存じのはずだ」

彦九郎が甚兵衛に同意を求める。

「戦はやってみなければ分からぬ」

「甚兵衛殿もさようなことを申すか。右衛門作殿はどう思われる」

「わしには分からぬ。だが戦で公儀と諸大名に勝つのは、容易なことではない」

だが四郎は確信を持っていた。

「奇跡を起こせば勝てます」

「さようなものを本気で起こせると思っておるのか！」

「起こせます」

それで結論は出たも同じだった。

甚兵衛が結論を出した。

「今を逃せば島原の民と一体化する機会を失う。島原に渡ろう」

「それだけはおやめ下さい！」

だが彦九郎の言葉を聞く者はいなかった。

「彦九郎殿、繰り返すが、この家の敷地から出てはならない。われらが島原に渡った後も監視させる」

「それはあまりの仕打ちではありませんか。私はイエズス会のイルマンですぞ！」

「分かっている。だから疑いが晴れるまでの辛抱だ」

「ああ、神よ」

彦九郎は島原に行けず、その後大矢野島の宮津に送られ、軟禁生活を送らされることになった。

だが嘆いてばかりもいられない。彦九郎の脳裏に「脱出」の二文字が浮かんだ。

「分かりました。私は言われた通りにします」

「よく聞き分けてくれた。まずは、われらに任せてくれ」

それで談合は終わり、四郎一派は島原へ渡る前段階として、大矢野島へと渡る準備を始めた。

五

島原で一揆が蜂起したと聞いた左平次は、三宅藤兵衛の了承を得て島原に戻ることにした。船を仕立ててもらい、有明海を北上して島原城に入った左平次は、知己の者たちから一揆の様子を聞いた。

一揆は南北有馬村を起点として、口之津、加津佐、小浜、千々石といった半島西の村々を巻き込み、さらに有家《ありえ》、堂崎《どうざき》、布津《ふっ》、深江《ふかえ》といった半島東の村々へと伝播していった。それぞれの村の神社仏閣は焼き払われ、僧や神官は殺され、代官やその下役の中には、妻子眷属ともども殺された者もいるという。

後に記録として書かれた『島原一揆松倉記』によると、半島南部を中心にした十三ヶ村二万七千六百七十一人のうち、二万三千八百八十八人がキリシタンに立ち帰り、一揆に加わったという。

左平次は事情を聞くために善大夫を捜したが、善大夫は三会村に出掛けた後だった。三会村は島原に近い村で最もキリシタンが多いので、先んじて沈静化に乗り出したらしい。

島原城内の重臣たちは、岡本新兵衛《おかもとしんべえ》と多賀主水に部隊を率いさせ、一揆を鎮定させることにした。牢人衆を率いることになった左平次も、多賀主水の部隊に編入された。

島原城を出た鎮圧部隊は、味方となった安徳村に着くと、一揆の情報の収集に努めた。それによると、一揆方はすぐ南の深江村に集結し、島原城を襲う勢いだという。

次々と入ってくる情報により、一揆の規模が予想を上回るものだと知った岡本新兵衛と多賀主水は、部隊を二つに分かち、先手の多賀主水が深江に向かい、岡本新兵衛は安徳村にとどまることにした。こうした場合、一丸となって平寄せしてしまうと、騙し討ちに遭った時、兵が四散してしまう恐れがある。それゆえ威力偵察も兼ねた部隊を先に出し、敵の出方次第で二の手が続く方法を取る。

早速、主水率いる先手部隊が深江村に向かった。

「慎重に進め」

村の入口にあたる冠木《かぶき》門が見えてきたところで、左平次は付き従う牢人たちに声を掛けた。

——敵の待ち伏せがありそうだな。

村が静まっていることから、その可能性は大だった。だが、それが怖くて村の外に留まっているわけにはいかない。

「前へ進むぞ」

十人ほどの前駆《さきがけ》を率いた左平次は、忍び足で冠木門に近づいた。

その時だった。耳朶《じだ》を震わせるほどの轟音が立て続けに起こると、悲鳴と絶叫が聞こえた。振り向くと、移動中だった牢人や足軽が倒れている。

——一揆どもの射撃は正確だ。

大名家の鉄砲足軽は的撃ちなどの形式的な訓練しか行わない。だが百姓たちは飢饉で窮乏し、鳥獣を撃っているので腕がよい。

「こちらも応戦しろ！」

左平次の命に応じて背後で筒音が聞こえる。しかし散発的で効果的ではない。突然のことで慌てているのだ。

「撃て、撃て！」という多賀主水の声が、後方から聞こえてきた。

ようやく背後の筒音が激しくなってきた。双方は「筒合わせ」と呼ばれる鉄砲の撃ち合いによって、敵を圧倒しようとする。それで味方が撃ち出したのはよいが、双方の間の窪地《くぼち》に身をひそめる左平次らは、たまったものではない。

「ぎゃっ！」という声と共に、隣にいた雑兵が頭を撃ち抜かれた。一揆方の射撃は正確だ。

――このままではまずい！

思い切って窪地を飛び出した左平次は、冠木門近くの藪に飛び込んだ。

ひとしきり双方は撃ち合うと、筒音が散漫になってきた。二十発も撃つと、鉄砲は熱を帯びて腔発《こうはつ》（自爆事故）の恐れが出てくる。その時こそ、抜刀突撃の好機だ。

――よし、今だ！

背に括り付けていた手槍を摑むと、左平次は藪の中から飛び出した。功を挙げるには、こうした蛮勇も必要になる。背後から何人かが続いたが、またしても誰かが撃たれたらしく、断末魔の絶叫が聞こえた。

「うおー！」と叫びながら、左平次は高所に築かれた土塁をよじ登り、その中に飛び込んだ。

すると、そこにいた一揆たちが恐慌状態に陥った。それでも勇気のある者が迎え撃った。だが接近戦では、農民は武士の敵ではない。手槍で二人ほど突き殺すと、残った一揆勢はどこかへ逃げていった。

遅れてきた味方が、それを追って走り去る。

「気をつけろ！」

そう声を掛けると、左平次も後を追った。その時、前方を走っていた数名の姿が突如消えた。

――陥穽《かんせい》か！

どうやら横堀状になった落とし穴に落ちたらしい。その底には竹槍が埋めてあるので、落ちた者はその餌食になる。

——馬鹿め、気をつけろと申したのに。

その時、何かの気配を感じて振り返ると、背後から一揆勢が追いかけてくるのが見えた。

——どういうことだ。

一揆勢はどこかに隠れていて、いつの間にか背後にいる主水らとの間に入り込んだのだ。

——しまった。挟撃されたか！

左平次は踵《きびす》を返すと、雨のように落ちてくる矢をかいくぐりつつ一揆勢に突入し、手槍を振り回した。それにたじろぐ一揆勢を蹴散らしつつ、主水らの主力勢に合流することができた。

クーケバッケルの『平戸オランダ商館日記』によると、「彼ら（一揆勢）は三つの組に分かれ、一組が敵を誘導するかとみれば、残りの二組が松倉勢を挟撃する作戦に出た。道には各所に落とし穴が掘られ、松倉勢は人馬共に転落し、散々な目に遭った」とある。

この戦いは深江村合戦と後に呼ばれ、一揆方は三十人ほど討ち取られたが、松倉勢も討ち死にと手負い多数を出し、島原城に引き揚げざるを得なくなった。結果的には一揆方の辛勝だった。

左平次は無念の臍《ほぞ》を噛みつつ、主水らと共に元来た道を戻っていった。

これを追った一揆勢は、布津、堂崎、有家の村々から駆けつけてきた味方を取り込みつつ、その途次に目についた神社仏閣に火をつけ、またそこかしこにある「キリシタン禁制」の高札を踏み倒し、島原城に向かった。

城方は岡本新兵衛と多賀主水率いる鎮圧部隊を収容するため、一部の部隊が押し寄せる一揆勢に正面から挑んだが、瞬く間に侍数人と雑兵三十四人が討ち取られた。

六

善大夫と半蔵が三会村の人々を城内に連れてくると、すぐに深江村から戻ってきた鎮圧部隊の収容が始まった。三会村の人々を収容した後だったのでよかったが、すぐに攻防戦が始まり、予断を許さない状況になってきた。

深江村から戻ってきた兵の中には左平次もいたが、お互い会話を交わすこともできず、防戦準備に没頭せねばならなかった。

城内には、近隣の村々から逃げてきた非キリシタンたちが溢れており、皆で右往左往しながら、武士たちが指示する防戦準備に従事している。

竹束を城壁際まで運びながら、善大夫が源左衛門に声を掛ける。

「源左衛門殿、よくぞ聞き分けてくれた」

「いや、こちらこそわれらを見捨てず三会村まで来ていただき、感謝の言葉もありません」

一揆が蜂起したと聞いた善大夫は、真っ先に三会村に駆けつけ、その小村《しょうそん》にあたる佐野村の大庄屋の源左衛門を説得し、源左衛門の妻子眷属三十人と佐野村などの村人百十人の、つごう百四十人余を連れてきた。

この時、源左衛門が「城に入る」と言ってくれたので、それに従った村人も多かった。

ただ残念だったのは、本来ならもっと多くの村人を城内に引き入れられたのだが、南部の村々の一揆が、松倉勢を深江村で破って北上中という情報が入ってしまい、一揆に味方すると決めた小村が多くなったことだ。

十月二十七日は一揆方も攻撃態勢を整えるためか、攻勢を取らなかった。それゆえ城方も十分な籠城準備ができた。

この時、島原城内にいた松倉家の家臣は、知行取り八十騎と足軽小者百ほどで、残りは参勤交代で当主の勝家と共に江戸に行っていた。後に勝家と共に戻ってきた時の松倉家の総兵力は、知行取り百七十七騎、足軽小者三千八百、陣借り牢人百十七という陣容なので、この時は籠城戦も覚束ない兵力だったことになる。

その夜、善大夫が与えられた足軽長屋の一室でうつらうつらしていると、突然怒号が聞こえ、人々の走り回る音が聞こえてきた。

——すわ、敵襲か！

慌てて善大夫が長屋を飛び出すと、武士たちに取り巻かれた人々がいる。

「何事ですか」

善大夫が人垣をかき分けて円の中心を見ると、後ろ手に縄掛けされた源左衛門がいた。

「あっ、源左衛門ではないか。どうしたのだ」

「元良様、お助け下さい」

走り寄って縄を解こうとした善大夫を、背後から誰かが押さえた。

「半蔵、放せ」

「待て。事情を聞いてからだ」

やがて人垣の一部が左右に開かれると、多賀主水が現れた。その背後には左平次もいる。

「話は聞いた。城外に使者を送ったのはこの者か」

——使者を送っただと。わしに従ったのは偽装だったのか！

善大夫は愕然とした。

「はい。使者は送りましたが、三会村に残っている縁者あてに送ったのです」

「どうしてだ」

「今なら一揆方の包囲も不十分なので、城に入れると伝えたかったのです。一揆は中立を許しません。一揆に加担しなければ、三会村に残った者たちは殺されるか焼き討ちに遭います」

それは事実だった。鎮圧部隊はその帰途、一揆に参加しなかった安徳村が焼き払われ、城に入らずに残っていた村人が殺されるのを目の当たりにしてきた。その話を聞いた善大夫は、安徳村に「城に入れ」という使者だけでも送っておけばよかったと後悔した。

「それなら、許しを得てから使者を出せばよかろう」

「はい。今は悔やんでおります。しかし城外に使者を出すことが禁じられていたので、即座に却下されると思ったのです」

主水が下役に問う。

「それで使者とやらは捕まえたのか」

「いいえ、取り逃がしました」

「では、敵方に内応を伝える使者だったかもしれないではないか」

源左衛門が懸命に弁明する。

「断じてさようなことはありません！」

主水がため息をつくと言った。

「分かった。疑い出せばきりがない。そなたを信じよう」

そこにいる者たちの緊張が解けた。善大夫も喜びよりも力が抜け、その場にへたり込みそうになった。

ところがその時、搦手方面で大声が聞こえると、足軽が走ってきた。

「たいへんです。三会村の者たちが逃げ出しました！」

「何だと！」

「しかも与えた鉄砲と長柄、それぞれ六十ほどを持ち去りました」

「何ということだ！」

主水が厳しい口調で源左衛門に問う。

「これはどうしたことか！」

「私は知りません。われらが囚われたと聞き、一部の村人が皆殺しを恐れて逃げたのでしょう」

「そなたが囚われたら逃げるように伝えていたのではないか」

「さようなことは決してありません」

だが主水の顔には、憤怒と疑心暗鬼が渦巻いていた。

「源左衛門、そなたは寺請証文を取り返しに来るほどの敬虔なキリシタンだったな」

「はい。その通りです」

「では聞く。敬虔なキリシタンのそなたが、どうして転んだ」

源左衛門が蚊の鳴くような声で言った。

「転んだわけではありません」

「転んでいないとはどういうことだ。まだキリシタンなのか。キリシタンを城内に入れるわけにはまいらぬぞ」

「お待ち下さい」と言って善大夫が間に入る。

「この者の寺請証文は、拙僧が持っております。つまりこの者は、法的には仏教徒です」

「そうなのか」

源左衛門が答えないので、善大夫が代わりに言った。

「間違いありません。今朝方、拙僧が三会村に出向き、仏教徒として連れてきたのです」

「しかしキリシタンだと本人が申しておるではないか。キリシタンなら、外を取り巻いている者どもと内通し、城内に火を放つかもしれないぞ」

その危惧は尤もだった。それゆえ籠城戦の際は、誰彼構わず城内に入れるようなことはしない。

だが善大夫は自信を持って言った。

「この者に限ってさようなことはありません。なあ、源左衛門」

だが源左衛門は黙ったきり、口を開かない。

「これでは埒が明かぬ。この者がキリシタンでないと申すなら許してやろう。だがキリシタンなら――」

主水の顔が険しくなる。

「この者のみならず、この者の妻子眷属、そして共に城に入ってきた者どもも斬る」

その言葉にどよめきが起こり、続いて女子供の泣き声が聞こえてきた。

その時、主水の背後で左平次の声がした。

「多賀殿、この者が元良殿の許に参り、寺請証文を取り返しに来た時、それがしも立ち会いました。その時の様子では、転ぶとは明確に申しませんでしたが、元良殿に従うと申しました」

「さような言葉はあてにならぬ。では松浦殿は、この者がキリシタンでないと保証できるのか」

「それは――」

善大夫が左平次に取りすがるように言う。

「左平次、保証できるだろう」

「いや、そこまでの自信はない」

「何を言うのだ」

「元良殿、わしはありのままを述べただけだ」

主水が言う。

「よし、分かった。源左衛門とやら、そなたはキリシタンではないな」

源左衛門は黙したまま口を開こうとしない。

「そなたの一言に百四十人の命が懸かっている。それが分かっておるだろうな」

源左衛門の背後から、「仏教徒だと言って」という妻の悲痛な声が聞こえる。村人たちも口々に「われらはキリシタンではない」と言ったが、源左衛門は俯いたままだ。

「どうだ。『私は仏教徒です』の一言で済むのだぞ」

善大夫が源左衛門の肩に取りすがる。

「源左衛門、何も考えずただ仏教徒だと言うのだ。外にいるキリシタンの連中も大半は立ち帰りだ。仏教徒になることは恥ではない」

「――――」

遂に主水の堪忍袋の緒が切れた。

「わしは多忙だ。答えなければキリシタンとして処刑する」

「なあ、源左衛門、そなたのハライソは妻子であり、村ではないのか」

肩を揺さぶる善大夫を、背後から半蔵が引き剝がす。

「もうよい。此奴に任せよう」

「し、しかし――」

半蔵によって、善大夫は数間下がらされた。

「これが最後の問いだ。そなたは仏教徒だな」

主水も殺戮を好むものではない。それゆえ何とか助けたいと思っているのだろう。

その時だった。突然、源左衛門が顔を上げた。

「ハライソが――、ハライソが見える」

「何を言っておる」

「私にはハライソが見えます。奇跡が起こったのです。もうすぐ天の使いが現れ、この世はすべてキリシタンとなります！」

「源左衛門、馬鹿なことを申すな！」

走り寄ろうとする善大夫を、再び半蔵が背後から抱き留める。

「では、そなたはキリシタンなのだな」

「わしはキリシタンだ。これまでも、これからもずっとキリシタンだ！」

その一言ですべては決した。源左衛門が連れてきた者たちの間からは泣き声と怒号が渦巻き、中には逃げ出そうとして捕まる者もいる。

「分かった。その心持ちは天晴だ。だが決まりは決まりだ。即刻――」

主水は一瞬躊躇したが、はっきりと言った。

「斬れ！」

「お待ち下さい。どうかお待ち下さい！」

善大夫は叫んだが、主水は踵を返すと去っていった。左平次もそれに続いた。

「ああ、何ということだ。待て、待ってくれ！」

身悶えする善大夫を、半蔵が背後から抱き留める。

「元良殿もうよい。此奴は自らの運命を自ら選び取ったのだ」

善大夫はその場にくずおれ、声を上げて泣いた。だがその間も、処刑の支度は進んでいた。

村人の多くは、天に祈りを捧げる源左衛門の許に集まり、共に祈りの言葉を唱えている。キリシタンとして死ぬ覚悟ができたのだ。

それを見ながら善大夫は泣き続けた。

結局、源左衛門が連れてきた妻子眷属と村人百四十人が、この時に処刑された。

この頃、天草の三宅藤兵衛重利は、天草四十八村のうち、キリシタン信仰が浸透している十四村から人質を取った上で自ら本渡に赴き、事態の鎮静化を図ろうとしていた。

だが天草上島では、下津浦、上津浦、赤崎《あかさき》、須子《すじ》、大浦《おおうら》、今泉《いまいずみ》、合津《あいつ》、阿村《あむら》、内野河内《うちのかわち》といった島原半島北面の村々が、密かにキリシタンに立ち帰っていた。

七

十月二十六日の夜、勢いに任せて島原城の大手門まで押し寄せた一揆方だったが、攻めあぐねた末に甚大な損害をこうむり、いったん攻撃の手を休めて城を包囲することにした。

翌二十七日、一揆勢はいったん島原城周辺から退去し、三会村などに陣を構えた。遠巻きの包囲に陣構えを変えたのだ。これは城方の反転逆襲に備えるというより、城方に城の放棄と逃走の機会を与えるという意味が大きい。

一揆方の包囲陣が緩んだことを知った城方は、熊本藩細川家に使者を送り、加勢を求めたが、細川家からは「御公儀の法度により加勢できない」というにべもない返事が戻ってきた。幕府が大名への締め付けを強くし、些細なことでも改易や減封に処していたので、大名たちも臨機応変に動けなくなっていたのだ。

天草・島原は沸騰していた。その熱気が大矢野島まで届かないはずがない。一揆方への参陣を決定した四郎たちの動きも慌ただしくなる。

そんな最中の十月三十日、渡辺小左衛門が肥後国の郡浦《こうのうら》で捕らえられた。挙兵にあたって郡浦で匿ってもらっている四郎の母や姉妹を大矢野島に移すため、郡浦潜入を図ったのだが、四郎の親族ともども囚われの身となってしまった。

小左衛門が生け捕りにされたことは、逃げ帰った船頭や水主によって、大矢野島に知らされた。甚兵衛は救出隊を派遣したが、代官たちが浜辺に無数の篝を焚くといった偽装工作を施していたので、それに騙されて引き揚げてきた。

最も大切な時に、四郎は軍師格の小左衛門はもとより、親族を人質に取られてしまった。

それでも甚兵衛の意志は固かった。十一月十日の夜、四郎一行二百余は大矢野島を出て長崎に向かった。長崎方面のキリシタンを引き連れて島原に参陣しようとしたのだ。しかしその途次、唐津藩兵が天草に向かっているという一報が入り、船を返して天草上島の上津浦へと上陸した。

その頃、彦九郎は大矢野島の宮津で幽閉生活を送っていた。

甚兵衛が働き盛りの者たちを根こそぎ連れていったので、彦九郎の監視役は老人と女だけになっていた。老人たちとは以前から顔見知りなので、親しく歓談するなどして隙はいくらでも見出せた。そもそも大矢野島からの脱出には船が必要で、船頭の数にも限りがある。それで油断しているのだ。だが女たちは甚兵衛の言いつけをよく守り、監視の目を光らせていた。

女たちの中でも、皆からウルスラという洗礼名で呼ばれている若い女は甚兵衛の命令に忠実で、彦九郎への監視を怠らない。

彦九郎が親しく声を掛けても、ウルスラだけは胸襟を開かず、雑談にも応じない。だが老人たちとの会話から、ウルスラが敬虔なキリシタンで、四郎を尊崇すること一方ではないと聞いた。

そこで彦九郎は一計を案じた。

ウルスラが食事を運んできた時だった。広縁で座禅を組んでいた彦九郎は「かっ」と目を見開き、厳かな口調で言った。

「ただ今、デウス様からお告げがあった」

ウルスラはもとより、その場にいた監視役の老人二人が啞然とする。

「見よ」と言うと彦九郎は手を天に差し伸べた。

「来たれよ、この大地に」

その時、どこからともなく白鳩が現れると、彦九郎の手先に止まった。

「天からの使いが来た！」

その言葉に、ウルスラと老人二人が膝をついて手を合わせる。

「ラウダーテ・エウム（主をたたえよ）！」

彦九郎が率先して祈りの言葉を唱えたので、三人がそれに合わせた。

「たった今、デウス様から手紙を授かった」

彦九郎は袖に隠した小さな紙片を取り出した。

三人は「おおっ」と言って驚くと、懸命に祈り続けた。

「ここに書かれていることを読む」

祈りの声がいっそう高まる。

「フランチェスコ四郎が危機に陥っている。アンドレ彦九郎は、すぐにフランチェスコを助けに行け」

その言葉に三人が深く平伏する。

「とのことだ。すぐに船と船頭を仕立てよ」

「ははっ」と答えて二人の老人が走り去った。

だがウルスラは首をかしげている。

「どうかしたか」

「それは真ですか」

「真に決まっている。わしはイエズス会が公認したイルマンだぞ」

「ああ、申し訳ありません」

ウルスラがたじろぐ。外国人宣教師たちが去った後、新たにイルマンに任命された日本人はいない。しかもそれ以前に公認された者も大半が殉教し、「イエズス会のイルマン」という彦九郎の地位は、揺るぎないものとなっていた。

「ウルスラよ、そなたは立派に役割を果たした。必ずやガラサ（聖寵）があるだろう」

「えっ、それは真で――」

女性が現世利益に敏感なのを、彦九郎は経験から学んでいた。

「当たり前だ。そなたとその縁者たちには、デウス様の栄光の光が降り注ぐ」

「あ、ありがとうございます」

ウルスラが手を合わせて涙する。

「余がこの島を去った後、そなたは島民を束ねていくのだ。よいな」

「はい。分かりました」

「しかし――」

彦九郎が厳しい口調で言う。

「四郎殿、甚兵衛殿、そして余が天に召されたと聞けば、役人たちに素直に従うのだ」

「それは信心を捨てよということですか」

ウルスラのつぶらな瞳が、射るように彦九郎を見る。

――見破られたか。

一瞬、そう思ったが、ここは強く出るしかない。

「それは違う。心の中でデウス様を信じ、表面的には仏教徒となるのだ」

「でも、それは間違いだと聞きました」

「そなたはイルマンの言うことが間違いだと言うのか。さようなことでは、ガラサは得られぬ！」

「申し訳ありません」

「分かればよい。当面は雌伏の時を迎えるが、必ずわれらは復活する。その時まで面従腹背を貫くのだ」

「分かりました」

敬虔なキリシタンだからこそ、ウルスラは彦九郎の言葉に従順だった。

――大矢野島の信者たちを救うためには仕方がない。

イルマンとして面従腹背は勧めたくないが、キリシタンを少しでも残すためには致し方ない。

彦九郎は広縁に腰掛けると、ウルスラの運んできた食事を悠然と食べた。そのうちに老人たちが戻り、船の支度ができたと告げてきた。

彦九郎は胸に提げたクルスを掲げると、あえてゆっくりと歩み、船に乗ると「天草下島へ向かえ」と船頭に命じた。

八

島原でキリシタンの蜂起があったという報告は十一月九日、江戸に達した。

これを聞いた幕閣は、上使（総指揮官）として板倉重昌《しげまさ》を、副使として石谷貞清《いしがやさだきよ》を派遣することに決定した。

板倉勝重の次男（厳密には三男）の重昌は五十歳。家康の近習として頭角を現し、この時は家光の「談判衆（秘書集団）」となっていた。

家康の「御近習の出頭人」と言われた重昌は、大坂の陣で大坂方との交渉にあたり、寛永九年（一六三二）の九州諸大名の国替えの折には、九州まで赴き、城引き渡し役を務めた。この時に九州諸大名に顔を売ったことが上使選定の理由になった。

その才覚は兄の重宗《しげむね》を上回ると言われた重昌だが、父の板倉勝重は家督と京都所司代の職を嫡男の重宗に譲った。それには理由があった。

かつてある訴訟を例に挙げ、勝重が兄弟別々に「そなたならどう裁く」という問題を出した。その時、弟の重昌はその場で理路整然と答えたが、兄の重宗は問題を持ち帰り、熟慮の末、数日後に重昌と同じ結論を申し述べた。これを聞いた周囲は「重昌に跡を取らすべし」と進言したが、勝重は「この仕事は熟慮する者が向いている」と答え、重宗に家督と京都所司代職を譲った。

すなわち重昌は頭脳明晰《めいせき》な反面、短慮な一面があった。

同時に幕府は、島原藩主の松倉勝家と天草諸島を含む肥前唐津藩主の寺沢堅高に帰国を許し、また肥前藩主の鍋島勝茂《なべしまかつしげ》と肥後藩主の細川忠利《ただとし》にも、松倉・寺沢両勢の手に負えない時は出陣するよう命じた。

島原城内にいた左平次は多賀主水に呼び出され、天草下島の富岡城に援軍を率いて行くよう要請された。三宅藤兵衛から援軍要請が届いたからだ。しかし正規軍を送っては島原城の守りが手薄になるので、牢人衆を送ることにしたというのだ。

これを聞いた左平次は五十余の牢人衆を率い、十一月六日には富岡城に到着した。

富岡城は使者が土煙を蹴立てて行き交い、武士たちが何事か喚きながら右往左往し、一種の興奮状態にあった。

——これだから戦慣れしていない連中は困る。

左平次は心中うんざりした。

本丸に入ると、三宅藤兵衛が手を取らんばかりに駆け寄ってきた。

「おお、来ていただけたか！」

「ご指名いただき、かたじけない。急ぎ馳せ参じ仕った」

「ご指名——。ああ、そうだったな。岡本新兵衛殿に貴殿ら牢人衆を送るようお願いした」

——此奴、見え透いた嘘を。

左平次は多賀主水から、「家中の兵を送れないので行ってくれ」と依頼されていた。

「島原のキリシタンどもは撃退したので、こちらも同じように退治できるでしょう」

撃退は大げさで、攻めあぐねた一揆方が兵を引いただけだったが、左平次はあえてそう言った。

「そうか。さすが島原城は堅固だの」

藤兵衛は動転しているのか、島原城をまず褒めたので、左平次は鼻白んだ。

「それはよいとして、本国に後詰要請の使者を出したのですか」

「もちろんだ」

十月二十九日、藤兵衛は唐津に援軍要請していたが、海が荒れていて船が出せず、援軍の到着が遅れていた。

「まずは絵地図で説明しよう」と言いながら、藤兵衛は左平次を一室に招き入れた。そこには、天草諸島の絵図が広げられていた。

「一揆方は上島の上津浦に集結しつつある。その兵力は八百弱だが、たいした武器は持っていないようだ」

「しかし、いつ来るか分からぬ唐津勢をあてにはできません。こちらから上津浦に渡りましょう。唐津勢には使い船を出し、富岡ではなく本渡に上陸してもらいましょう」

「しかし上島は一揆の勢力が根強い。敵が下島に攻めてきたところを迎え撃った方がよいのではないか」

「いや、機先を制すべきです」

「とは申しても――」

藤兵衛は煮え切らない。

「一揆は農民や漁民です。こちらが強気な姿勢を示せば腰が引けます。唐津勢を待たずに上津浦まで寄せるのが上策です」

「分かった。貴殿がそう申すなら、そうしよう」

それで話はまとまり、翌七日、三宅藤兵衛率いる富岡勢三百は本渡に向かい、そこで唐津勢と合流することになった。

その途次、藤兵衛は通過する村で片っ端から人質を取り、富岡城に送った。さらに取り調べの結果、キリシタンへの立ち帰りが明らかな者十一人を斬り捨てた。

本渡で待っていたのは代官の天草新助だ。実は新助は上島の島子《しまご》まで偵察に行き、敵情を視察してきていた。それによると一揆方は意気盛んで、「猪突猛進《ちょとつ》はかえって不忠となる」と言って、上島への渡海作戦をやめさせようとした。だが、これを聞いた左平次は新助の意気地なさをなじり、先制攻撃を進言したので、双方は対立した。

これには藤兵衛が弱った。牢人衆という強力な部隊を率いる左平次と、本渡周辺を勢力基盤とする新助双方の顔を立てねばならないからだ。

そうこうしているうちに十日、唐津からの援兵三千が天草下島の富岡城に到着した。連絡が間に合わず富岡に着いてしまったのだ。その部隊は海路で本渡に向かい、翌十一日に本渡近くに到着した。これで強気になった藤兵衛は渡海作戦を決意した。援軍が来たことで、新助も納得せざるを得なかった。

本渡を本陣とした藤兵衛は、三百の部隊を上島の島子まで進出させた。その中には左平次率いる牢人衆もいる。

十一月十四日の未明は霧が深かった。こうした時は哨戒《しょうかい》を怠らないのが基本だ。左平次は自ら松明を持ち、牢人衆を引き連れて島子陣の東の警戒に当たっていた。島子と上津浦の間には下津浦という村があるだけで、その距離は半里とない。

深夜になり、次の張り番となる呼子《よぶこ》平右衛門《へいえもん》がやってきた。

「おい、交代だ」

「交代など聞いていないぞ」

「今、並河《なびか》殿から命じられた。牢人衆が疲れておるのではないかと心配している」

並河殿とは、上島に派遣された先手衆三百を率いる並河太左衛門《たざえもん》のことだ。

「分かった。では休ませていただく」

左平次が傍輩を率いて本陣に戻ると、太左衛門はまだ起きていて、配下に指示を出していた。

「並河殿、お気遣いかたじけない」

「えっ、何のことかな」

「並河殿の配慮で、張り番を交代させてもらったことです」

「さようなことは誰にも命じておらぬぞ」

「先ほど呼子平右衛門殿がやってきて、さように申しましたが」

太左衛門が首をひねる。

「呼子が――。さような指示はしておらぬ」

「では、呼子殿が気を利かせたのでしょうか」

「いや、合戦においては軍律が一番大切だ。自己判断で動かないよう、とくに物頭には強く申しつけておる」

「ということは――」

二人の視線が東を向いた時だった。凄まじい鯨《げい》波《は》が聞こえると、人馬が押し寄せてくる振動が伝わってきた。

「並河殿、敵襲だ！」

「そうか。呼子めはかつてキリシタンだった。彼奴が引き入れたに違いない！」

「事ここに至れば是非に及びません。われらが敵を押さえている間に陣構えを整えて下され！」

そう言い捨てると、左平次は東に向かって駆け出した。朝が近いのか、空が白んできている。

後に書かれた太左衛門の覚書（報告書）にはこうある。

「十四日の未明に一揆数万人、大島子（島子東方の小村）へ逆寄せに押し候故、島子へ陣取り居り申し候侍ども不意の朝込め（朝駆け）に敵より押し懸け候故、うろたへ目をすりすり敗軍仕り候も御座候。具足ばかり着け、または冑《かぶと》ばかりかぶり、馬に乗り候も乗らざるも、しどろに引き取り申し候」

陣構えを整えるどころではなく、将兵が勝手に逃げ出したのだ。それでも太左衛門は、残った者たちをまとめて防戦の支度に掛かった。

一方、左平次は海岸沿いの道を東に向かっていた。だが、左平次に付いてきた者は二十に満たない。牢人たちに忠義心はない。功を挙げるよりも討ち取られる可能性が高いと、どさくさに紛れて逃げ出すことが多い。

――これでは戦えぬ。戻るか。

左平次が止まった時だった。

「イエズス、マリア！」「サン・チャゴ！」という声が聞こえてきた。聖母マリアとエスパニアの軍神サン・チャゴの名を唱えつつ、一揆勢が突進してきたのだ。

さしもの左平次も腰が引けたが、致し方なく手槍を構えて、敵を叩いては突き伏せた。

「繰り引きだ！」

狭い道で退《の》き戦する際は、繰り引きという戦法を取るのが常道だ。

左平次の命令で、五人が一列になって槍衾《やりぶすま》を作った。

誰かが倒されれば、背後の一人が前に出る。たとえ倒されなくても、しばらく戦うと槍の重さで疲れてくる。それゆえ敵の攻勢が緩んだ隙を突いて背後の者と入れ替わる。こうして崩れずに退却していく方法が繰り引きになる。

敵をいなしつつ味方の牢人たちと連携し、左平次は下がり続けた。

何とか大島子まで戻ったところで、太左衛門が加勢にやってきた。

「そのうちわれら方へ掛かり来る敵を、自身、槍を以てたたき伏せ、突いてははねはね仕り、手前の敵をば追っ払い申し候。槍も突き折れ、名物の一ノ谷の冑立物も打ち落とされ候ほどに働き候」と、後に太左衛門は覚書に書いている。

総崩れとなった唐津衆は船に乗って下島に逃れようとするが、一揆勢は海からも攻撃してきた。島子の浜まで左平次がたどり着いた時には、すべての船が焼き払われていた。一揆勢に使われるのを防ぐために、味方が焼いたに違いない。

——馬鹿め！

味方が残っているのを知っていながら船を焼くという腰抜けぶりに、左平次は憤った。だが何としても生き残らねばならない。

「みんな集まれ！」

ここまで付いてきた十人ほどの牢人に解軍を伝えた左平次は、それぞれが小舟を調達するなどして、下島の富岡まで戻るよう伝えた。それを聞いた牢人たちは、それぞれが思い思いの方角へと去っていった。

それを見届けた左平次は、夜まで身を隠し、夜陰に紛れて小舟を探すことにした。

九

善大夫は、この無意味な戦いをいかに終わらせるかに頭を悩ませていた。だが事態は、善大夫の手の届かないところまで来てしまっている。

——今できることをするしかない。

善大夫にとっての喫緊の課題は、城内に放置されている源左衛門らの遺骸を早急に埋葬することだった。

遺骸には、すでに悪臭が漂っていた。善大夫は重臣たちに掛け合って埋葬許可をもらったが、重臣たちは、「城の周囲半里内への埋葬は断じてならん」という条件を付けてきた。

殺しておいて「断じてならん」はないと思ったが、城の近くに埋葬すれば、野良犬が骨肉を掘り出すので、それが疫病の蔓延につながる可能性がある。だが城から半里も離れてしまえば、一揆勢に襲われるかもしれない。本来なら故郷の三会村の墓所に葬ってやりたいが、一揆勢が駐屯しているため、それもできない。考えあぐねた善大夫は、ある決意をする。

「敵陣に行くというのか。たいがいにせいよ」

半蔵があきれ顔で言う。

「もはや埋葬は待ったなしだ。三会村に陣を張る一揆勢に掛け合い、三会村の墓所まで遺骸を運ばせてもらうしかない」

「よせ。敵は殺気立っている。坊主が行けば殺される」

「それでもよい」

「馬鹿を申すな！」

半蔵が喚く。

「そなたは松平伊豆守様の命を受けて派遣されたのだぞ。気ままに動き回れる身ではない」

「それは分かっている。だが城内に遺骸を置いておけば、間違いなく疫《えやみ》（疫病）が発生する。ここ二、三日中なら遺骸から毒は出ない」

「しからば夜陰に紛れて、どこぞの林に埋めればよい」

「さようなことをすれば一揆方に必ず漏れ、そこを襲われれば、遺骸を運ばせた足軽や農民に死傷者が出る」

「では、どうするというのだ！」

半蔵が頭を抱える。

「そなたが困ることではない。わし一人で交渉に行けばよいだけのことだ」

「それはいかん。わしも行く」

「死ぬのは一人でよい」

「何も死ぬと決まったわけではない」

「では、こうした場合の使者は無傷で帰ってこれるのか」

「いや、その保証はない」

半蔵が苛立ちをあらわに言う。

「そなたが殺されれば、わしは腹を切ることになる」

「どうしてだ」

「そなたは武士だったのだろう。使命が全うできれば恩賞が下されるが、全うできなければ腹を切るのが武士というものだ」

「では、一筆書こう」

半蔵がため息をつく。

「分かった。根負けした。一緒に行こう」

多賀主水に会って事情を伝えると、即座に了解し、正規の使者であることを証明する書状を書いてくれた。

二人が「使」と大書された白旗を掲げて城を出ると、早速近くの藪がざわめいたので、監視役が注進に走ったと分かった。

半里ばかり歩くと三会村に着いた。監視役により使者が来ることは伝わっていたらしく、村の出入口に作られた急造の木戸には、甲冑を身に着けた武士数人が待ち受けていた。

「頼もう！」という善大夫の声に応じ、木戸の向こうから声がした。

「坊主が何用だ！」

「島原城から使者として参った」

「降伏の使者か」

「違う」

「では、何用か」

「それは中で話す」

背後で半蔵が呟く。

「おい、よせ。ここで話せ」

「心配要らん。死ぬ時は死ぬ」

「それはそうだが――」

そんなやりとりをしている間に、跳ね上げ木戸が上がった。

「御免」と言って善大夫は中に入ったが、続こうとした半蔵の前に槍が突き出された。

「何をする！」

「従者はここで待て」

「従者だと」

「では、そなたは何者だ」

「まあ、よい。従者ということにしておこう」

半蔵は渋々そこにとどまった。

武将に導かれて村内に入ると、小西家の家紋である「花久留子《はなくるす》」の描かれた陣幕が風を孕んで揺れていた。

――懐かしいな。

それを横目で見つつ陣幕の中に招き入れられると、対座するような位置に床几が置かれていた。

「まずは名を聞こう」

「わが名は最嶽元良。臨済宗の僧だ」

武将が名乗ろうとした時だった。

「確か、大矢野松右衛門殿だったな」

「なぜ、わが名を知る」

「背後に控えているのが、千束善左衛門殿、大江源右衛門殿、森三左衛門《さんざえもん》（宗意軒）殿、山善左衛門殿だな」

「どうして、われらの名を知る！」

武士たちが身構える。

「皆、壮健のようで何よりだ。こうして『花久留子』の陣幕の中で、皆と相見えることになるとは思わなかった」

善大夫の言葉に五人がたじろぐ。しばし顔を見合わせた後、松右衛門が問うてきた。

「そなたは何者だ」

五人が善大夫の顔をのぞき込む。

「覚えておらぬのも無理はない。それだけ星霜《せいそう》が積もったからな」

「もしや、そなたは――」

「ああ、そのもしやだ。わしはそなたらの傍輩、日吉善大夫元房だ」

「おお、善大夫か」

「よくぞ生きていたな」

「まさか、この世で会えるとはな」

四人が歓喜に咽ぶ。だが松右衛門は首を左右に振った。

「偽者だろう。善大夫が転ぶわけがない」

「いや、本物の善大夫だ。ゆえあって今は坊主をしている」

「何たる様か！」

松右衛門が天を仰ぐ。

「アグスティノ様の小姓まで務めたそなたが転ぶとは、天のアグスティノ様はどう思われるか。情けない限りだ」

「それは違う。宗教とは人を救うためにある。大切なのは、どの神を信じるかではなく衆生の救いになるかどうかだ」

「詭弁を申すな！」

「わしは、そなたらと宗教談義をしに来たわけではない。まずは話を聞け」

善大夫が城内にある遺骸のことを話すと、松右衛門が憎悪をあらわに言った。

「何と酷いことをしたのだ」

「止められなかったわしにも責はある。斬りたければ、埋葬が終わった後に斬れ」

しばし五人で密談した後、松右衛門が言った。

「分かった。三会村の墓所近くに大穴を掘っておく。そこに運ばせてくれ」

「言いにくいことだが、埋めるだけでは駄目だ。疫の根を断つために焼かねばならん」

「そのくらいのことは分かっている」

「皆を天に帰してやってくれ」

「うむ」と言ってうなずくと、松右衛門が改まって言った。

「そなたが生きていてよかった」

「そなたらもな」

談合がうまくいったので、善大夫と半蔵は城に戻り、足軽と農民を使って二百に及ぶ遺骸を運ばせた。指定された場所には大穴が掘られており、そこに遺骸が投げ入れられていった。

——あれは源左衛門か。

ちょうど源左衛門の遺骸が投げ入れられるところだった。遺骸は早くも腐り始めていたが、その着衣から源左衛門だと分かった。

——あの世でも皆をまとめてくれよ。

善大夫は悲しみを堪え、心の中で祈りの言葉を唱えた。

十

四郎たちを追うように天草上島の上津浦に行った彦九郎は、四郎たちが下島の本渡に向かったと聞き、行き先を本渡に変えた。

本渡は戦勝気分で大騒ぎになっていた。そこかしこに人が集まって祈りを捧げ、「クレド」や「パーテルノステル」といった聖歌を歌う声が聞こえてくる。中には車座になって酒盛りをしている一団もある。キリシタンは酒を禁じてはいないが、その野卑な有様は、とてもキリシタンには見えない。

——主よ、彼らをお導き下さい。

彦九郎は人ごみをかき分けるようにして、内陸部へと進んでいった。

彦九郎は面が割れないように、頰被《ほおかぶ》りをして口元にも手拭いを巻いていた。周囲には同じような姿の者たちが溢れている。そこら中に敵の遺骸が放置され、悪臭を放っていたからだ。しかもその首は、ことごとく取られていた。

やがて四郎の本陣らしき場所に着いた。そこには小西家の家紋の「花久留子」の描かれた陣幕が張られていた。

その本陣前に晒された首を見た時、彦九郎に戦慄が走った。

——三宅藤兵衛殿を討ち取ったのか。

そこには、「三宅藤兵衛重利之首」という木札が掲げられていた。その横には「佐々小左衛門之首」「林又左衛門之首」という木札も立っている。彼らは藤兵衛の腹心格で、二百石から三百石取りの大身だ。

敵を討ち取ったのはよいとしても、晒し首は武士たちの合戦の作法で、キリシタンのすることではない。

——これで後に引けなくなった。

寺沢家の重臣の一人を討ち取ったからには、寺沢家も面目を掛けて鎮圧に乗り出してくるだろう。近隣の大名や幕府も、背後から寺沢家を支援するに違いない。そうなれば和睦などという生易しい方法で、この乱を終息に導けなくなる。

——左平次の首はないか。

藤兵衛の周囲に並べられた家臣の首の中に左平次のものがないか探したが、どうやらないようだった。

——まだ生きているのか。

幼い頃の左平次の笑顔が脳裏に浮かぶ。彦九郎や善大夫と同年齢にもかかわらず、左平次は文武共に二人に劣り、それが心に暗い翳《かげ》を落とすのか、いつも口数が少なく、背後で笑みを浮かべているような少年だった。

――だが今は違う。油断はできない。

左平次は、戦慣れした強靱《きょうじん》な武士になっているのだ。

その時、遠方から「おおっ」という声が聞こえると、そこにいた人々が平伏するのが見えた。

――何事か。

それを確かめることもできず、彦九郎も皆に倣った。目立つわけにはいかないからだ。

やがて行列がやってきた。

――そうか。四郎が戻ってきたのだな。

四郎たちは、神の威光を示すために戦場を巡視してきたに違いない。

行列の先頭は益田甚兵衛と山田右衛門作が担い、その背後に数人の武士が付き従っている。

行列の中央あたりを行く四郎は、薄く瞑目しながら葦毛の馬に乗せられている。その姿は、白い綾《あや》の着物に裁着袴《たっつけばかま》を穿《は》き、頭には苧《からむし》で三つ編みに編んだ緒を付け、その先を喉元で止めている。額には小さな十字架の付いた鉢金を巻き、御幣のようなものを手にしている。

――かようなものを着せられているのか。

かつて陽気な少年だった四郎が、今では神になろうとしている。だが、そうなるきっかけを作ったのは彦九郎なのだ。

彦九郎は罪の意識に苛まれた。

――今からでも遅くはない。だがどうやって四郎に近づくか。

その時、鳥籠を持つ男が目に入った。彦九郎は男に近づくと、イエズス会のクルスを見せて、四郎の側近だと名乗り、鳩の代金を支払い、鳥籠を手にした。

皆が寝静まった深夜、野宿していた彦九郎は起き出すと、忍び足で本陣に向かった。だが本陣には、多くの篝が昼のように焚かれ、警固の番役が行き来している。それでも彦九郎は、何食わぬ顔で番役に近づいていった。

「四郎様から仰せつかったものをお持ちしました」

「そなたは何者だ」

「鳩飼《はとかい》です」と言いながら、彦九郎は覆いを取って鳥籠の中の鳩を見せた。

「ああ、鳩飼か。かような夜中に持ってくるとは、どういう了見か」

「それがしは上島に在住しておるのですが、まとまった数の白鳩を捕まえたら、大急ぎで持ってこいと命じられ、白鳩ばかりを懸命に捕まえ――」

「分かった。もうよいから置いていけ」

番役が吐き捨てるように言う。

「それでは困るのです」

「どうして困る」

「せめて内衆のどなたかに直接お渡ししないと、礼金がいただけません」

この場合の内衆とは、側近という意味になる。

「ああ、さようなことか。だが内衆の皆様は寝静まっている」

「では、朝まで待たせてもらいます」

「そうだな。あの小屋に筵《むしろ》などがあるので、勝手に寝ていろ」

こうした仕事に慣れていないのか、番役は難なく中に入れてくれた。

そこは小屋というより、馬や牛の餌となる干し草を蓄えておく飼葉小屋だった。

小屋の中には、多くの者たちが寝ていた。反対側にも出入口があり、そこから厠《かわや》に通じている。

彦九郎は厠に行くように見せかけ、反対側の出口から外に出た。

そこからは擦れ違う者たちに腰をかがめて挨拶しつつ、奥へ奥へと進んでいった。

――あそこがそうだな。

四郎の寝所らしき場所の周囲にも番役が巡回していたが、鳥籠を持って歩いていると、誰も怪しむ者はいない。

――起きているようだな。

農家の母屋に設《しつら》えられた四郎の部屋らしき場所からは、灯りが漏れていた。どうして四郎の部屋と分かるかというと、広縁の前に先ほど見た葦毛の馬がつながれていたからだ。厩に入れないのは、厩が兵の寝場所となっているからだろう。

彦九郎は大胆にも広縁まで行くと、中に声を掛けた。

「フランチェスコ様、まだ起きていらっしゃいますか」

「誰だ」

「鳩飼です」

「鳩飼がこんな夜半に何用だ」

中からは、以前の四郎とは思えないような大儀そうな声が聞こえた。

「内衆の方に依頼された鳩をお持ちしました」

「鳩だと。聞いておらんぞ。内衆の誰だ」

彦九郎は益田家の勝手方の名を挙げた。それは、益田家の内情に通じている者でないと知らない名だった。

襖が少し開くと、四郎が顔を出した。

「こちらでございます。つごう四羽になりますので、礼金は――」

「もうよい。分かった。明日の朝に礼金を支払わせるので、籠はそこに置いていけ」

「鳩が冷えますので、せめて籠を中に入れて下さい」

「仕方ない。上がれ」

彦九郎は「ご無礼仕ります」と言って広縁に上がると、四郎に鳥籠を渡そうとした。

四郎が不愛想にそれを受け取ろうとした時だった。四郎の手首を引き寄せた彦九郎は、体を反転させて片手で四郎の口を押さえた。

「うぐ――」

「お静かに。彦九郎です」

鎧通《よろいどお》しを首筋に突きつけると、四郎の顔に恐怖の色が浮かぶ。

「わしを殺すのか」

「殺しませぬ。中に入って話がしたいだけです」

四郎の体から力が抜けた。彦九郎はすっと体を室内に引き入れた。

「放せ」

「騒がないと約束してくれますか」

「分かった。約束しよう」

彦九郎は四郎を解放したが、誰かを呼ばれると覚悟した。だが四郎は、憎々しい視線を投げるだけで沈黙している。

「ありがとうございます」

「島を抜け出してきたのか」

「はい」と答えると、彦九郎は対面する位置に座した。

「そなたは、やはり敵の刺客だったのだな」

「もし刺客なら、とっくに四郎殿を殺しています」

四郎の顔に浮かんでいた疑念が、少し和らいだ。

「どうやら、われらの思い違いだったようだな」

「私はイエズス会のイルマンです。ただの一度も神を裏切ったことはありません。しかし――」

彦九郎は険しい声で告げた。

「かようなことをするような者たちとは、行を共にできません」

「かようなことだと」

「さよう。この有様は何ですか」

四郎が目を剝く。

「われらは汚れた異教徒どもと戦い、勝利したのだ。これも神のご加護があってのものだ」

「首を斬って晒すことが神のご意思でしょうか」

「わしは知らぬ。下々がやったことだ」

「下々とは誰ですか。われらキリシタンに上下はないはず」

四郎の顔が歪む。

「われらは軍でもある。信者に分け隔てはないが、軍としては上下をつけねばならぬ」

「さような考えが間違いなのです！」

「なぜだ。われらにも犠牲者が出ている。これは合戦なのだ」

「何のための合戦か！」

つい声が大きくなる。

「デウス様のための合戦だ」

「それは違う。デウス様を信じるなら、隠忍自重して再起を期すべきです。このままでは討伐を受け、われらは壊滅します」

「さようなことはない！」

その時だった。襖ががらりと開くと、甚兵衛と右衛門作が立っていた。その背後には取り巻きもいる。

「声がしたので来てみたら、やはりそなたか」

「私が大人しくしているとお思いでしたか」

「いつかは来るとは思っていたが、こんなに早いとはな」

右衛門作が口を挟む。

「殺しましょう」

四郎が首を左右に振る。

「彦九郎殿は裏切者ではありません」

甚兵衛が問う。

「なぜそう言える」

「先ほど私を殺す機会がありました」

その一言で甚兵衛は納得したようだ。

「座るぞ」と言うと、彦九郎と四郎の間に甚兵衛と右衛門作が座を取った。四人は車座のようになった。

「甚兵衛殿、右衛門作殿、この有様はいかなることか」

右衛門作がさも当然のように返す。

「これは合戦なのだ。殺さなければ殺されるだけだ」

「それは尤もですが、かようなことをして、この後に起こることが思い描けますか」

「知ったことか」

右衛門作が鼻で笑う。

「ほどなくして公儀と諸大名の大軍が押し寄せ、われらは根絶やしにされますぞ」

「さようなことはない！」

甚兵衛が二人を抑えるように言う。

「まあ、待て。われらも一方的に負けるつもりはない」

「では、勝算をお聞かせ下さい」

右衛門作が話を替わる。

「よろしいか。この戦いは合戦ではない。一揆だ。それゆえ勝算などない」

「では、どのような形で、この戦い、いや一揆を収めるというのです」

それには甚兵衛が答えた。

「われらの望みを公儀が聞き入れてくれれば、われらは解散する」

「さような身勝手な望みを公儀が聞くとお思いか」

「聞く」

甚兵衛が自信を持って答えた。

「われらが挙兵したことが九州から四海（全国）に広まれば、次々とキリシタンが旗揚げする。それによって公儀は収拾がつかなくなり、われらと談合し、われらの望みをのんだ形で事態を収拾させるはずだ」

「甘い！」

彦九郎が断じる。

「よろしいか。敵は公儀だけではありません。国中に放浪する牢人どもが仕官先を求め、この地に集まってくるでしょう。大名たちも家中の者を死傷させたくないので、これ幸いと牢人たちの求めに応じて陣借りさせる。となれば牢人たちは功を求め、餓狼のように襲ってくるはずです」

　右衛門作が反論する。

「望むところだ。われらには名うての筒放ち（鉄砲撃ち）がそろっている。公儀や大名どもに目にもの見せてくれるわ」

「さような戦いになるとは限りませぬぞ」

「さような戦いにするのだ」

「どうやって」

　甚兵衛が答える。

「われらの強みである筒放ちを有効に使うには、要害に拠って敵を迎え撃つのがよい。それで敵に痛手を負わせる。それが伝われば四海のキリシタンが起ち上がる。さすれば公儀は『蜂起を抑えてほしい』と言ってくるはずだ。それで和談に持ち込み、信教の自由を認めてもらうのだ」

「さように都合よくいくとは思えません」

　そこまで黙って聞いていた四郎が、冷静な声音で言った。

「彦九郎殿、われらは寺沢家中に勝利し、富岡城代まで討ち取ったのだ。島原でも対峙が続いているという。ここまで来てしまったら、こちらから兵を引くと申しても、公儀は聞き入れてはくれないだろう」

　それは彦九郎も思っていたことだった。

「後には引けないのは分かります。しかし一人でも多くのキリシタン、とくに足弱を救う算段をめぐらせねばなりません」

甚兵衛が強い口調で言う。

「それゆえわれらは戦っている。明日にも富岡城まで押し寄せるつもりだ」

「城を落とすのは容易なことではありません。島原城も攻めあぐねたではありませんか」

「それゆえ富岡城を落とし、そこに拠って敵に甚大な損害を強い、それによって四海のキリシタンに蜂起を呼び掛けるのだ」

――いかにも、ここまでやってしまってから談合を呼び掛けても、唐津藩も公儀も聞く耳を持たぬだろう。公儀の屋台骨が揺らぐくらいの痛手を与えないと、事態は収拾できまい。

彦九郎にとって苦渋の選択だが、戦い続けることを選択するしかないのだ。

「どうやら当面は戦うしかないようですな」

「そうだ。そなたにも、ようやく分かったようだな」

甚兵衛の顔に初めて笑みが浮かぶ。

「しかし戦うのは和談のためです。それを忘れては、皆を泥沼に引きずり込むだけです」

「分かっている。で、どう戦うかだが」

甚兵衛が額に皺をよせて続ける。

「何としても富岡城を落とし、そこに拠って戦うしかあるまい」

「しかし、あれほどの大要害を落とせるとは思えません」

天草下島の西北端にある富岡城は、砂州の先にある島の頂に築かれた梯郭《ていかく》式の平山城で、大手道となる砂州以外から陸路では近づくことはできないので、守りに徹すればいかようにも戦える。

甚兵衛が苦渋に満ちた顔で言う。

「分かっている。われらも相当の損害を覚悟せねばならぬ」

「では、私に先手を率いさせて下さい」

甚兵衛と右衛門作が顔を見合わせる。

「それはできない」

「まだ私を疑っているのですね」

「違う。そなたには島原半島に赴き、こちらの情勢を伝え、島原城包囲陣を督戦してほしいのだ」

「私に島原へ行けと仰せか」

その言葉は、まだ彦九郎を全面的に信じていないと言うに等しいことだった。

「そうだ。時間に余裕があれば、長崎まで足を延ばし、多数のキリシタンを連れてきてほしい」

右衛門作が言い添える。

「諸方面に顔の利く彦九郎殿にしかできない仕事だ」

――致し方ない。

本来なら四郎たちと行を共にし、幕府が少しでも融和の姿勢を示せば、それに乗って和睦しようとしていた彦九郎だが、島原半島も気になる。

――そうか。島原での戦いが収まれば、こちらも戦い続けられなくなる。

四郎や甚兵衛がいない島原なら、彦九郎は自由に動ける。

「ただし、勝手な動きは困りますぞ」

四郎が釘を刺してきた。

「何が言いたい」

「島原にいる大矢野松右衛門や千束善左衛門にあることないことを吹き込み、戦を終結させてもらっては困ります」

「さようなことはせぬ」

「では、こうしたらどうか」

甚兵衛が四郎の書状を松右衛門らに託すことを提案してきた。

「それで結構」

「では、島原に行ってくれ」

「分かりました。早速、島原に渡る算段をつけます」

そう言い残して三人の前を辞そうとした彦九郎に、四郎が声を掛けてきた。

「不思議なこともありますな」

「何が不思議だ」

「私をこの大乱に巻き込んだご本人が、戦をやめさせようとしているのですからね」

「それは――」

彦九郎に続く言葉はない。

「まあ、それが大人というものです」

「四郎、すまなかった」

「もうよいのです。これは私が選んだ道ですから」

そう言うと四郎は瞑目し、口をつぐんだ。

十一

何とか富岡城に帰り着いた左平次は、三宅藤兵衛が討ち取られたと聞き、わが耳を疑った。

「それは真か」

その唐津藩の足軽は得意げに続けた。

「主立つ方々も、生きているやら死んでいるやら分かりません。それゆえここ富岡城で指揮を執る方がおらず、皆で撤退しようということになりました」

「撤退だと」

「はい。物頭の方々は唐津に戻り、捲土重来を期そうと話していました」

「物頭はおるのか」

「はい。幾人かは――」

「すぐに集めろ」

足軽が首をかしげる。

「どうしてですか」

「よいから集めろ！」

左平次の剣幕に驚いた足軽は、弾かれるようにして走り去った。

――腰抜けどもめ。

左平次の胸底から沸々と怒りが湧いてきた。

やがて物頭らしき者たちが十人ほど集まってきた。

「今から、わしが指揮を執る」

物頭の一人が驚いて問う。

「そこもとは牢人ではないか」

「そうだ。牢人だ」

「この城は寺沢家の城ですぞ。それを牢人が――」

「さようなことは分かっておる！」

左平次の剣幕に、物頭たちがたじろぐ。

「では、そなたが指揮を執るか」

「いや、さようなことはできぬ」

「だったら戦慣れしている者が指揮を執るべきだろう」

物頭たちは顔を見合わせると、最も年を取っていると思しき一人が言った。

「われらは語り合い、唐津に戻ることに決した」

「馬鹿を申すな！」

「いや、今のうちなら船もあるし、唐津に逃れられる。そこで加勢を得て再び戻ってくるのだ」

「さようなことをすれば、そなたらは城を捨てて逃げた卑怯者として、よくて家禄没収、悪くて切腹だぞ」

「さようなことはない。われらは物頭にすぎぬ」

「そうか。寺沢家中というのは、かような腰抜けばかりなのだな」

「何だと！」

物頭たちが色めき立つ。

「その意気だ。その怒りをキリシタンにぶつけろ」

「しかし――」

「では、勝手にせい。わしは一人となっても、この城を退かぬぞ」

「どうしてだ」

「武士たる者、敵に尻を見せて逃げ出すわけにはまいらぬからな」

それまで黙っていた若い物頭が言う。

「わしも残る！」

同年代の物頭が続く。

「わしもだ！」

「キリシタンどもに、目にもの見せてくれようぞ」

年を取った物頭も覚悟を決めたように言う。

「分かった。城を枕に討ち死にしよう」

「よし、これで決まった」

「ところで松浦殿は、籠城戦の指揮を執ったことがあるのか」

「ない」と、左平次がきっぱりと言う。

「ないのに、この城を守れるのか」

「やってみなければ分からぬ」

「しかし――」

「では、ほかに籠城戦の指揮を執れる者はおるのか」

物頭たちが首を左右に振る。

「この城で戦うということは、われら牢人も命を賭場に張ることになる。それゆえわしを信じてくれないか」

物頭たちがうなずくと、その中の一人が言った。

「よかろう。松浦殿に命を預けよう」

「よし、では防戦の手配りをする」

「おう！」

年を取った物頭が問う。

「では、最初に何をする」

「そうだな。まずは船を焼け」

「何と――」

「船を焼いてしまえば、誰も逃げられぬ。さすれば不退転の覚悟で戦えるというものだ」

物頭たちの顔が青ざめる。

「戦いはそれからだ」

左平次がにやりとした。

それから一刻（約二時間）も経たずに、敵が姿を見せ始めた。さらに富岡城の眼下に広がる巴《ともえ》湾にも、敵の船が出没し始めていた。

味方も次々と帰り着いてきた。その中には千石取りの武者奉行・原田伊予種次《はらだいよたねつぐ》、藤兵衛の弟の三宅新兵衛《しんべえ》、また唐津から送られてきた並河太左衛門や天草新助もいたので、左平次は致し方なく指揮を原田伊予に替わった。

原田伊予から「船を焼いて城兵を踏みとどまらせたのは真に天晴れ」と功績を称えられた左平次は脇差を拝領した。だが主立つ者らが帰ってきたことで、左平次は指揮官としての名を挙げる好機を逃した。この時ほど、左平次が牢人の悲哀を味わったことはなかった。

城方は、侍分二百、足軽・小者千三百で防備を固めた。

十一月十八日、志岐に進出してきた一揆勢は一万二千に膨れ上がっていた。三宅藤兵衛らの首を本陣前に飾って戦意を高めた一揆勢は、一気に城攻めに掛かった。

しかし城攻めといっても、キリシタンの旗幟を押し立て、「サン・チャゴ！」と叫びながら城に向かって突進するだけだ。城には大筒もあり、鉄砲も豊富だったので、キリシタンたちの遺骸が砂州の上に次々と積み重ねられていった。それでも一揆勢は突進をやめない。その無謀な攻撃によって、遂に城際までキリシタンに制圧された。

十九日の夜、城下にある侍町から足軽町まで焼き払った一揆勢は、城下の浜口門と渡止口《とどぐち》門を破り、大手門まで攻め寄せた。しかしここまでで甚大な損害をこうむっていたため、行き足が鈍っていた。

――よし、今が勝機だ！

左平次は大手門を開けさせると、牢人衆を率いて城外に打って出た。

勢いだけで攻め続けた者たちは、引き揚げとなると弱気になる。城方は一揆方を押しまくり、志岐まで撤退させることに成功した。この時の攻防で、一揆方は二百人もの死者を出した。

二十二日の夜明け、一揆方は何の防御も施さずに城を攻めたことを反省し、この三日間で作り上げた竹束八百六十を盾に再び寄せてきた。

しかし城方も心得たもので、竹束には火矢で対処し、一揆方の進軍を鈍らせた。

それを見た左平次は、再び城から打って出た。

これに竹束の消火に当たっていた一揆たちは驚愕した。その中に討ち入った左平次は当たるを幸いと手槍を突きまくり、何人もの敵を討ち取った。

城に戻った時、左平次は返り血を浴びて全身が真紅となり、籠城衆からは、「鬼神もかくあらん」と恐れられた。

城方はこの日の攻撃も凌いだ。

翌二十三日の夜明け、城方は巴湾から去り行く百艘余の船を見た。

――どうやらこの城を守りきったようだな。

歓声が城内に渦巻く。だがキリシタンとの戦いがこれで終わらないのを、左平次は知っていた。

朝焼けに染まる海を見ながら、これから始まるはずのキリシタンとの激闘を思い、左平次は気を引き締めた。

十二

十一月二十四日、江戸に参勤交代で行っていた松倉勝家が、大船百艘を連ねて島原城に戻ってきた。一揆勢は遠巻きにしているだけで、入城を阻止する行動を何も取らなかった。本来なら海陸で待ち伏せし、討ち取れないまでも城に入れないようにすべきだが、一揆方は統制が取れておらず、あたら貴重な機会を逃してしまった。

勝家が大手門から堂々の入城を果たすと、籠城衆から歓喜の声が上がった。

これで戦力的に有利になった城方は、遠巻きにしている一揆方を攻撃することで一致した。ところがそこに幕府の使者が着き、板倉重昌と石谷貞清の上使二人がもうすぐ到着するので、城の守りを固めて待つようにという命令が届いた。これにより城方は、城の守りを強化すると同時に、上使一行を迎える支度に大わらわとなった。

十一月二十五日に博多に到着した上使一行は、小倉城に入った。

その情報を得た善大夫は、半蔵と共に小倉に向かった。上使たちを説得して攻撃を止めさせるためだ。

だが上使の二人との面談の機会は、なかなかやってこなかった。二人は諸大名から派遣された家臣たちとの軍議に多忙だったからだ。

ようやく二十九日、面談が許されたので、善大夫は半蔵を従えて二人の待つ大広間に向かった。

上段の間に座す上使二人は、旗本の正装の大紋を着用し、風折烏帽子《かざおり》をかぶっていた。諸大名を指揮するのに権威が必要なので、礼服で面談しているのだろう。

「そなたが最嶽元良か」

重昌が居丈高に問う。

「はっ、亡き金地院崇伝様の薫陶を受け、弟子の一人にしていただいた最嶽元良と申します」

崇伝の名を出すことで、善大夫は上使の権威に対抗しようとした。

「背後にいるのは半蔵殿か。久しいの」

「はっ、板倉様も石谷様も息災のようで何よりです」

どうやら半蔵は二人と顔見知りらしい。

「そなたらは島原城に入っていたと聞くが――」

善大夫が答える。

「はい。城に籠もり、籠城衆の手助けをしておりました」

「それは大儀であった。で、此度は何用か」

重昌は多忙なのだろう。さっさと用件を済ませたいらしい。

「はっ、かような遠方までお越しいただき、お礼の申し上げようもありませんが、今しばらくここにとどまってはいただけませんか」

重昌が色をなす。

「ここにとどまるだと。わしは将軍家から一揆の討伐ないしは鎮定を命じられて参ったのだぞ」

討伐とは軍事力によって敵を攻撃し、討ち果たすこと。鎮定とは乱を収めることになる。前者は有無を言わさず殲滅《せんめつ》するという意味が、後者には降伏に応じる余地があるという意味がある。

「それは重々承知しております。しかしながら此度の一揆は、公儀の政に異議を唱えるわけではなく、松倉家や寺沢家の仕置に抗議するためのものです。それゆえ話せば解軍させられます」

「和談だと――。城を攻められたのだぞ。その段階は過ぎている」

「仰せご尤も。しかしながら、ご慈悲によって民草の声を聞いていただきたいのです」

「まかりならん！」

石谷貞清が声を荒げる。

「石谷殿、この場は任せてもらえぬか」

「承知いたした」

どうやらこの手の面談は、重昌が主になって応対することになっているらしい。

「元良殿、われらの立場はお分かりかな。すでに将軍家と幕閣で討伐の方針が決定し、和談によって事態を打開する道は閉ざされた」

「そこを曲げて、この元良に一任いただけないでしょうか。ご存じのように、拙僧は松平伊豆守様の名代を仰せつかっております」

信綱の名を出したことに鼻白んだのか、重昌が皮肉交じりに言う。

「御坊は僧であるにもかかわらず、どうしてキリシタンに同情するのだ」

「拙僧は元キリシタンで、此度蜂起したキリシタンの中には、知己が多くおります。それゆえ拙僧なら和談にも応じてくれるはずだからです」

「噂では聞いていたが、まさか御坊は元小西家の小姓だった御仁か」

「いかにも。紆余曲折あり、崇伝様の引き立てによって僧となり、今に至っております」

重昌が蔑むような視線を向ける。

「いわゆる転びだな。それはよいとして、逆に転びは、キリシタンたちから憎まれておるのではないか」

「さようなことはありません。別の神を信じようと、旧知の者たちは心を開いてくれます」

むろん事実はそれと違っている。だが事実を言えば、和談の使者には指名されなくなる。

「御坊は、正式な使者として敵陣に赴きたいと申すのだな」

「いかにも。できれば上使名代を仰せつけていただきたいのです」

名代なら決定権があるので、一揆方の条目をすべてのむこともできる。だが単なる使者では、上使にいちいちお伺いを立てねばならない。

石谷貞清が再び声を荒げる。

「名代だと。御坊は正気か！」

「石谷殿」と制しつつ、重政が穏やかな口調で言う。

「名代とはわが身も同じ。常の場合、名代を仰せつける場合、その者をよく知っていなければならない。ところがそれがしは、御坊のことを全く知らない」

「では、名代でなくても使者として敵陣に遣わしてもらえませんか」

「困った御仁だ。しばし待て」

そう言うと、重昌は貞清を伴って次の間に消えた。

小半刻ほどそうしていると、二人が再び姿を現した。

「元良殿、使者として行ってもらうことにした」

「あ、ありがたきお言葉！」

元良が額を畳に擦り付ける。

「ただし即時に解軍、武器はすべて召し上げ、一揆に加わった十五歳以上の男は全員出頭させること。これらの条目をのませられるか」

——男たちすべてを殺すのか。

一揆方がこの条件をのむとは思えない。だが使者として行かないことには、何も始まらない。

——うまく双方に譲歩させていければ、何とかなるやもしれぬ。

「承知しました。必ずや承服させます！」

「よし、任せたぞ」

「ただし一つだけお願いがあります」

「何だ」

重昌が不快そうな顔で問う。

「拙僧が交渉の首尾をお伝えする前には、兵を動かさないでいただきたいのです」

「それは無理だな」

「なぜに」

「わしにも立場がある。兵を動かし、討伐の構えだけでも見せておかねばならぬ。松倉家からも出陣の催促が連日来ておる」

「そこを曲げて――」

重昌が貞清と小声で語り合う。

――何とか譲歩してくれ。

しばらくして二人の考えがまとまったらしく、重昌が言った。

「御坊が戻るまでは、攻め寄せないと約束しよう」

「ありがとうございます。くれぐれも頼みましたぞ」

善大夫が平伏してその場から去ろうとすると、重昌が半蔵に声を掛けてきた。

「半蔵、随分と大人しくなったな。そなたは暴れたいのではないか」

「ははは、これまでならその通り。しかしながら、慈悲をもって民を鎮撫することこそ、キリシタンを根絶し、民に仏神のありがたさを知らしめることにつながります」

「何を分別臭いことを言っておる。そなたも年を取ったのか」

「年を取らぬ者はおりません。大切なのは、どう年を取るかです」

――半蔵、よくぞ申した。

善大夫はうれしかった。

「そうだな。様々なものに接し、様々な場所に行くと、人はそれまでの考えが変わるという。そなたもそうなのだろうな」

「おそらく」

「わしも、よき年の取り方をしたいものよ」

それは幕閣に身を置き、何年にもわたり、同じような面々と同じような日々を送る重昌の本音なのだろう。

いずれにせよ善大夫は正式な使者となり、双方の橋渡し役を担うことになった。


この日、江戸でも動きがあった。第一の上使を派遣した幕閣は戦後処理を見据え、第二の上使を派遣する腹を固めた。それが正使の松平信綱と副使の戸田氏鉄《とだうじかね》だった。

一方、十二月一日、板倉と石谷の二人は、追いかけるようにしてやってきた使者から肥前・肥後・筑後《ちくご》三国の諸大名に対する軍事指揮権を与えられた。これは諸大名を指揮下に置くことを意味し、幕藩体制に矛盾するものだったが、非常事態ということで、幕閣が決定したのだ。

十三

幕府から派遣された上使が小倉に着いたという一報は、一揆方の耳にも入った。となれば討伐軍を差し向けてくるのは確実だ。情勢は一変し、一揆方は一転して守勢に転じざるを得なくなる。

甚兵衛たちは、討伐軍が差し向けられる前に各地のキリシタンに蜂起させ、その手当で幕閣が右往左往している隙に、島原と天草を支配下に置こうとした。しかし島原では島原城を、天草では富岡城を攻略できず、当初の目論見は崩れ去った。

甚兵衛は各地のキリシタンに飛札を送り、すぐさま蜂起するよう促したが、各地のキリシタンと言っても、島原や天草のように組織化されているわけではなく、それらを率いる者が誰かも分からない。組織的に蜂起するという結論に達した集団は皆無だった。それでも敬虔な者は単身でも島原に向かったが、途次にある関に阻まれ、捕まるか道を引き返すしかなかった。

四郎たちに先駆けて島原に向かった彦九郎は、一揆方が不利になりつつあると知り、早急に防戦態勢を整えなければならないと思った。そうなれば、城を拠点にして抗戦するしかない。

だが慶長二十年（一六一五）に発布された「一国一城令」により、島原半島の城は島原城だけになっていた。それを落とせなかったことで、一揆は唯一の防御拠点を失ったことになる。また天草に移るとしても、天草の城も同様に富岡城しかない。

天草の領主の寺沢家は唐津を本拠としているので、天草は飛び地になる。そのため「一国一城令」があっても、唐津城のほかに富岡城を維持することが許されていた。

彦九郎は考えに考えた末、ある結論に達した。

――廃城を利用するしかない。

島原半島に廃城はいくつかあるが、最も攻め難い城と言えば原城しかない。

原城は戦国時代初期の明応五年（一四九六）、島原半島を領有していた有馬貴純によって築かれた。有馬氏の本拠は、原城とは指呼の間《かん》にある日野江城だが、内陸部に位置しているため、港を守る城として原城を築いた。その後、慶長四年（一五九九）に有馬晴信によって大幅に改築されるが、晴信が岡本大八事件に関与して自害させられ、子の直純が転封され、松倉重政が島原半島に入部して島原城を築き始めることで廃城とされる。

だが形ばかりの廃城だったらしく、建築物もそのまま放置されていた。それを修築すれば、籠城もできる。

彦九郎は天草にいる甚兵衛に使者を送り、この案を提案したところ、甚兵衛も二つ返事で合意し、大挙して島原に移ってくることになった。

彦九郎は五人衆と協力し、信者たちをかき集め、原城を防御拠点たるべき城にすべく、城域の拡大と建築物の修復を始めた。

この時、彦九郎は宣教師たちから聞いていた西洋の城の防御法を取り入れた。すなわち本来の城壁の外側に板と土で防弾壁を築き、上面に石を敷き詰め、敵の砲弾が当たった時でも衝撃を吸収できるようにした。

「原城に集結せよ」という触れは、島原と天草に瞬く間に広がり、続々とキリシタンたちが駆けつけてきた。また村々が蓄えていた米を残らず原城に入れ、さらに口之津に蓄えられていた島原藩の米五千石も分捕った。

十二月三日、彦九郎らは原城に四郎一行を迎えた。これを聞きつけ、天草からやってくる者も多く、最終的に三万七千余のキリシタンが原城に集結することになる。

原城内に設けられた軍議の場には、沈痛な空気が漂っていた。

山田右衛門作が憔悴をあらわにする。

「もはやこれまでだ」

だが甚兵衛はあきらめてはいない。

「何を言っている。戦いはこれからだ。この城を拠点にして粘り強く戦えば、活路を見出せる」

四郎が冷静な声音で問う。

「父上、どのような活路ですか」

「どのようなと言われても――」

「和談をお考えなら無駄ですぞ。公儀はわれらを許しません」

右衛門作が嘆く。

「それでも抵抗をやめれば、足弱だけでも救ってくれるやもしれぬ」

四郎が首を左右に振る。

「さようにに甘い考えはお捨て下さい。われらには戦うしかないのです」

ここまで黙っていた彦九郎が口を挟む。

「戦って何を得られるというのだ」

「異教徒の首です」

四郎の顔に笑みが広がる。

「さようなものを得たところで、われらの末路は知れている。だったら足弱だけでも助命してもらえるよう交渉するしかない」

「さようにに無駄なことをしてどうするのです」

「やってみねば分からぬ」

「待て」と言って甚兵衛が間に入る。

「まずは戦う態勢を整え、敵から和談の使者が参ったら話を聞こう」

四郎が吐き捨てるように言う。

「聞いてどうするというのです。和談の条目を詰めたところで、われらが武装を解けば、皆殺しにされるだけです。それが公儀のやり方です」

彦九郎もそう思う。だが戦っても全滅が必至なら、敵の慈悲にすがるしかない。

彦九郎が言う。

「いかにも公儀のやり方は汚い。武士は『嘘も方便』などと申して約束を守りません。しかし上使となって来る方の人柄次第で、何とかなるかもしれません」

だが四郎が首を左右に振った。

「無駄なことです。もう戦うしかないのです。粘り強く戦っていれば、神が奇跡を起こしてくれるやもしれません」

四郎がどれほど本気で、神の奇跡を信じているのかは分からない。だが四郎の立場では、そう言うしかないのも確かなのだ。

「四郎、それを本気で言っているのか」

「神を頼って何が悪いのです」

「いざとなれば神が助けてくれるという思い込みが、われらをここまで追い込んだのだぞ」

三人が沈黙するのを見て、彦九郎が続ける。

「われらは皆、神を信じています。しかし戦で神を頼むことはできません。この場は私に任せていただけませんか。敵方には、かつての友もいます」

四郎が蔑むように言う。

「転び坊主ですか」

「そうだ。わが友だった坊主も、かつてはキリシタンだった。それゆえ一人でも多くの者を救いたいはず。われらが談合し、折り合いをつけるしか残された手はない」

右衛門作がうなずく。

「彦九郎殿の意見に賛成だ。その僧は高位にあると聞く」

四郎が膝を叩いて怒りをあらわにする。

「甘い！　皆甘すぎる。それゆえ、かような仕儀に相成ったのだ！」

「四郎、うろたえるな」

甚兵衛の注意にも、四郎は聞く耳を持たない。

「うろたえてはおりませぬ。ただ皆様の言葉を信じ、ここまで来た自分に腹を立てておるのです」

甚兵衛に返す言葉はない。

彦九郎が強い口調で言う。

「四郎、わしに任せてくれぬか」

「致し方ありませんな。では、和談の話はこちらからは出さない。和談の使者が彦九郎殿の友の僧だったら、話を進めていただくことで異存はありません」

ようやく妥協点が見出された。

右衛門作はため息をつき、甚兵衛は腕組みし瞑目している。

その後、四人は和睦条件を吟味した。その結果、敵が以下のような条件をのむなら、城を開けることで合意した。

・女子供は無条件で助命する
・投降者はすべて助命する
・処罰するのは侍分だけとし、足軽・小者また庄屋階級以下は助命する

——これではとても無理だ。

これだけの大乱を起こしたにもかかわらず、処罰の対象が侍分だけというのは、虫がよすぎる。

だが、ここでもめていても仕方がない。

「その条目で話をしてみますが、あつかい（停戦）になるかどうかは分かりません」

「彦九郎殿、譲歩はしませぬぞ」

四郎はあくまで強気だった。

「とにかくお任せいただきたい」

「もう一つあります」と言って、四郎が指を一つ立てた。

「足弱を解放した後、一日の猶予をもらうこと。その間に、われらは刺し違えて死にます」

キリシタンは自殺できないので、こうした場合、互いに刺し違えて死ぬことになる。

「もちろんだ。それだけは武士の情けでもらうつもりだ」

だが功を焦る武士たちが、それを容認するとは思えない。場合によっては、足弱の命を救う代わりに、城攻めを断行してくるかもしれない。

――その時はその時だ。

まずは、一人でも多くの命を救わねば。

彦九郎は、和談の使者が善大夫であることを祈った。

第六章　讃美歌の海

一

十二月五日、島原城に幕府の上使一行が到着した。松倉勝家は大手門まで迎えに出て、駕籠を下りた二人を大広間まで先導した。その平身低頭ぶりには家中の者たちも顔をしかめるほどで、江戸で将軍家光から、よほどの「お叱り」を受けてきたことの証しだった。

――松倉家は駄目かもしれんな。

松倉家を仕官先の選択肢の一つにしていた左平次は、松倉家の将来が決して明るいものではないと覚った。

――勝家自ら原城に討ち入って、キリシタンの首を十ほど取っても改易は免れまい。

少なくとも松倉家が大幅減封の上、転封させられるのは確実と思われた。

城内の屋敷に戻って飯を食っていると、使いの者が来て、上使と勝家が呼んでいるという。

左平次は着衣を改めると本丸に向かった。

上段の間には上使が二人、その下段右に勝家が控えている。城主は勝家なのだが、上使の方が格上なので、こうした座次《ざなみ》になる。

互いに名乗ると、勝家が言った。

「この松浦左平次という者は、長年にわたってキリシタンの弾圧に従事してきました」

――わしは喜んでキリシタンを弾圧してきたわけではない。その時々の主の命に従ったまでだ。

左平次は鼻白んだが、黙って顔を伏せていた。

「松浦とやら」

正使の板倉重昌が口を開く。

「はっ」と答えて左平次が額を青畳に擦り付ける。

「そなたのことは松倉殿から聞いた。それで問いたいのだが、もし、こちらから和睦を持ち掛けたら、キリシタンどもは乗ってくると思うか」

――何を甘いことを言っている。

板倉らがこれまでの経緯に明るくないと、左平次はすぐに察した。

「それは騙し討ちなしで、ということですか」

「当たり前だ。わしは嘘偽りが大嫌いだ。たとえ相手がキリシタンだろうと、約束は守る。のう、石谷殿」

「申すまでもなきこと」

副使の石谷貞清が、さも当然のようにうなずく。

「ご無礼仕りました」

左平次が恐れ入ったように平伏する。だが左平次は、武士の方便を知っていた。たとえ上使二人が足弱を救うという条件をのんだとしても、将軍家から「処分せよ」と命じられれば、「上意に候」とでも言いながら、平気で約束を破ることを。

重昌が問う。

「で、貴殿はどう思う」

――ここが運命の岐路か。

ここで和睦を勧めれば、左平次が功を挙げる機会は失われる。これほどの大乱は二度とないかもしれないので、下手をすると、左平次は牢人のまま生涯を終えることになる。

「恐れながら、それがしもキリシタンだったので分かりますが、かの者たちは己たちの信じる神だけを信じ、公儀のことなど毛ほども尊重しません。此度は許しても、十年、いや五年もすれば、また蜂起するでしょう」

「では、聞くが、彼奴らはいかなる勝算を抱き、公儀に盾突いたのだ」

「天草と島原合わせて二万余のキリシタンが蜂起すれば、混乱は飛び火し、各地でキリシタン一揆が巻き起こり、公儀が手に負えなくなると目論《もくろ》んでいたはずです」

「だが、そうはならなかった」

「仰せの通り。彼奴らの見込みが甘かったのです。しかし、まだ油断はできません。この場は和睦などせず、あくまで討伐すべきです」

「うーむ」とうなって重昌が腕を組む。

「何をお考えですか。事ここに至れば討伐あるのみです」

「そなたはキリシタンに恨みでもあるのか」

予想外の問いに、左平次はたじろいだ。

「恨みなどありません」

「では、なぜキリシタンを嫌う」

「それは――」

「聞くところによると、転びの者ほどキリシタンに厳しいという。そなたもキリシタンだった己の過去を消し去りたいがために、キリシタンに過酷なのではないか」

「さようなことはありません」

とは言ってみたものの、左平次の心の片隅に、そんな思いがあるのも事実だった。

――わしは過去を消し去りたいのか。なぜなんだ。

左平次がキリシタンだった頃は、楽しいことばかりだった。友と学び、武術の腕を磨き、将来を語り合った。左平次は何かに秀でていることはなかったが、友は左平次を仲間外れにしなかった。というのも小西家中は、キリシタン信仰によって強い絆で結ばれていたからだ。

――では、なぜそうしたよき思い出を消し去りたいのだ。

その理由は分かっていた。キリシタン信仰を貫く者たちが羨ましく、今の自分が後ろめたいからだ。

「もうよい」

「はっ、何でしょう」

「もう下がってよい。そなたの率いる牢人衆を頼りにしている」

「ありがたきお言葉」

「ただし――」

重昌が嫌悪もあらわに言う。

「まずは使者を送る。それで折り合いがつかなければ戦になる。それまでは大人しくしていろ」

「分かりました。で、使者には誰を――」

「最嶽元良殿だ」

「ああ、あの――」

「そなたは元良殿と共に籠城していたというではないか」

「は、はい」

「適任だと思うか」

左平次の脳裏に、籠城中の善大夫の懸命な姿が思い出された。

「はい。適任だと思います」

左平次としては戦になってほしい。だがそれとは逆に、善大夫と彦九郎が話し合い、戦いを未然に防いでほしいという思いも芽生えていた。

――いったいどうしたのだ。

自分でも分からないが、最後の決戦を前にして、これまでのような闘志が湧いてこないのだ。

――しかし道は引き返せない。わしは戦うしかないのだ。

左平次は、無理にでも自らの心を奮い立たせようとした。

二

十二月七日、一揆方が籠もっている原城を望める丘に善大夫は着いた。

「おう、やっておるな」

半蔵が手庇《てびさし》を作り、城内を眺める。

「どうやら一揆方は、この城に籠もるつもりのようだ」

「うむ。間違いない。徹底抗戦の構えだ」

「半蔵、この戦いをどう見る」

「激しいものになるだろう」

「どうしてだ。戦いが始まれば、兵力が優位な上に士気も高い寄手《よせて》が圧倒するのではないか」

半蔵が苦い顔で首を左右に振る。

「いや、そうとも言い切れぬ。勝敗は決まっていても、寄手も相当の損害をこうむる」

「それほど難儀な城攻めとなるか」

「ああ、この城は後ろ堅固なので、攻め口は北に限られる。しかも城の前に広大な湿地が広がっている。寄手の兵が功を焦って攻め寄せれば、泥土に足を取られ、狙い撃ちされるだろう」

半蔵の目には、これから繰り広げられる惨劇が映っているかのようだ。

「では、寄手も相当の損害を覚悟せねばならぬのだな」

「ああ、容易なことではこの城を落とせぬ」

「では、そなたならどうする」

「一番乗りや一番槍はあきらめ、誰かが血路を開いてから城内に討ち入る。だがわしも年だ。それができるかどうかは分からぬ」

半蔵が顔をしかめる。その顔には皺が刻まれ、半蔵も若くはないと教えてくれていた。

「半蔵、無理はするな」

「分かっておる。何事も命あっての物種だからな」

「その通り。だからここから先は、わし一人で行く」

半蔵が目を剝く。

「何を申しておる。わしはそなたの警固役だ。そなたが殺されれば、わしは腹を切らねばならん。だから共に城に入る。斬られるときは一緒だ」

「そうか。かたじけない。だが、もうよいのだ」

「どういうことだ！」

半蔵が目の色を変える。

「わしはかつてキリシタンだった。今は違うが、わしだけの方が、話に耳を傾けてくれると思うのだ」

「しかし――」

「警固役のそなたに落ち度がないことは、松平伊豆守様あての書状に書いておいた」

「それは手回しのよいことだ」

善大夫の胸内に、しみじみとした感懐が広がってきた。

「考えてみれば、これほど晴れがましい死に場所はないと思うのだ。結句、わしも最期は武士に戻りたいということだ」

半蔵がため息を漏らす。

「分かった。そなたがその方がよいと思うなら、そうせい。わしはここで待っている」

「すまぬな。一刻（約二時間）経って出てこなければ殺されたと思い、陣に戻ってくれ」

「承知した。日没までは待つ」

半蔵を丘の上に残し、善大夫は一人丘を下っていった。


大手門が近づくと緊張が高まってきた。城の防備を固める作業をしているキリシタンたちが、手を休めて善大夫を注視する。本来なら袋叩きに遭うところだが、善大夫は「使」と書いた旗を掲げているので、誰もが黙って見送っている。

「頼もう！」

大手門前で大声を上げると、五人衆の一人の大江源右衛門が門上の櫓から顔を出した。

「善大夫か。何用だ！」

「これは大江殿、知己がいて幸いだった」

「坊主に知己などおらぬ！」

「まあ、そう申すな。わしは公儀の使者だ」

その言葉に緊張が走る。

「分かった。正規の使者なら通そう」

源右衛門が下りてきたので、善大夫が上使の委任状を見せた。念入りにそれを確かめた源右衛門は、「入れ」と言って善大夫を城内に導いた。

源右衛門の先導で枡形《ますがた》に入ると、無数の視線が善大夫に注がれた。そのすべてが怒りと憎悪に満ちている。それを無視して進んでいくと、善大夫は朽ちかけた屋敷の中に招き入れられた。

「ここで待て」

その丸茣蓙《まるござ》とてない板敷の一室に正座した善大夫は瞑目し、誰かがやってくるのを待った。

やがて複数の足音がすると、自分の対面に何人かが座った。

「善大夫か」

懐かしい声が聞こえたので目を開けると、三人の男が座していた。

「彦九郎か、久しいな」

「風の噂では聞いていたが、本当に出家したのだな」

「そなたは初志を貫徹したというわけか」

「そうだ」

彦九郎の目には憐れみの色が浮かんでいた。

「わしも信念を貫いた」

「その姿が、そなたの信念だと言うのか」

「うむ。大切なのはどの神を信じるかではない。いかに衆生を救うかだ」

「もうよい。聞きたくない」

彦九郎が顔を背けると同時に、中央に座す男が咳払いをした。

「わしが益田甚兵衛だ」

「一揆衆の代表と思ってよろしいな」

「うむ」

「拙僧の名は最嶽元良。公儀の上使・板倉内膳正《ないぜんのかみ》様から使者を仰せつかった」

続いて山田右衛門作が名乗ると、彦九郎が胸を張って言った。

「イエズス会のイルマン、駒崎アンドレだ」

――イルマンになったのだな。

それがいかに輝かしいことか、善大夫にも分かる。

使者を証明する書付を懐から取り出した善大夫は、それを前に押した。

それを読んだ甚兵衛が「分かった」と言ってうなずいたので、善大夫が口火を切った。

「まず申し上げたいのは、貴殿らが速やかに武器を棄て、城を出て投降すれば、板倉殿には貴殿らの話を聞く用意がある」

「さように虫のよい話はない。武器を捨てて城を出れば皆殺しにされるだけだ」

「それはない。即時に解軍し、武器をすべて提出し、一揆に加わった十五歳以上の全男子が出頭すれば、女と童子の命を救い、残る者たちにも慈悲ある裁きを行うとのことだ」

「慈悲ある裁きとは何か」

「それは分からぬが、板倉殿は仁義に厚いお方だ。嘘偽りは申さぬ」

右衛門作が吐き捨てる。

「さようなことはあてにならぬ」

右衛門作を手で制し、甚兵衛が一揆方の条目を伝える。それを聞いた善大夫は天を仰いだ。

「それを正気で仰せか」

「正気だ。これらの条目が認められなければ、最後の一人まで戦うしかない」

その時になって初めて彦九郎が口を挟んだ。

「待たれよ。これでは和談になりません。いかに歩み寄るかが、和談ではありませんか」

「では、端的に言おう。要は、われらの首だけで話をつけてもらいたいのだ」

「四郎殿は『われら』の中に入っているのですか」

甚兵衛が言葉に詰まったので、彦九郎が言った。

「われら三人は首謀者なので、覚悟はできている。だが四郎は巻き込まれただけだ。何とか救ってくれぬか」

「それは無理というもの」

善大夫は彦九郎たちの甘さに愕然とした。

右衛門作がなじるように言う。

「そなたは名代ではなく使者だろう。無理かどうかは板倉殿とやらに聞いてみねば分かるまい」

「使者とは申しても、拙僧は公儀の意思を担ってここに来ています」

「つまり、四郎の助命は叶わぬのだな」

善大夫がうなずくと、甚兵衛が続けた。

「では聞くが、投降者および足軽・小者や庄屋以下は救ってくれぬか」

「無理です。拙僧が許されたのは女や童子の助命だけです」

甚兵衛が腕組みすると、彦九郎が話を替わった。

「城内にいる者の中には信心の薄い者もいる。また足軽小者や下男の中にも、主人に従っただけの者がいる。こうした者たちの事情も勘案してほしいのだ」

「無理です。女と童子の助命だけで手を打って下さい。さもないと――」

善大夫が苦しげに言う。

「この城は攻められ、女と童子も殺されます」

その時だった。襖ががらりと開くと四郎が現れた。

「父上、私に内緒で降伏の交渉ですか」

「内緒にはしていない。事後に諮り、そなたの合意を得るつもりでいた」

「さて」と言いつつ、四郎が甚兵衛と右衛門作の間に座を占める。

「御坊、お引き取りいただこう」

「四郎――」と言いかけた彦九郎を、四郎が手で制する。

「われらは最後まで戦い抜き、天に召されるつもりだ。その覚悟は女や童子にもできている」

「お待ち下さい。板倉様は女と童子は助命すると仰せです。それさえも不要と仰せですか」

「ああ、要らぬ世話だ。わしが皆をハライソに連れていく」

善大夫の心に苛立ちと怒りが湧いてきた。

「四郎殿は聖人とお聞きした」

「そうだ。聖人だ」

「真の聖人なら、女と童子を死への旅路の道連れなどにしないはず」

「われらはハライソへ行くのだ。死への旅路の道連れではない」

「それを本気で仰せか」

善大夫の視線を、四郎がしかと受け止めた。

——此奴は聖人になりきろうとしている。

そのためにはまず己を欺かねばならない。四郎は懸命に己を欺こうとしているのだ。

「本気だ。女と童子を、かように過酷で理不尽な世に置いていくわけにはまいらぬ」

「では、ハライソを信じておいでか」

「当たり前だ。そなたらの極楽浄土は幻だが、ハライソは実在する」

「さようなことはない！」

善大夫の怒声に四人が驚く。

「ハライソも極楽浄土も信じる者の心の中にあるだけだ！」

「この似非《えせ》坊主が、遂に尻尾を出したな」

「そなたこそ似非聖人だろう」

「何だと！」

「そなたらは島原城も富岡城も落とせなかった。挙兵は失敗したのだ。失敗したからには、最悪の事態を避けるべく考えをめぐらすのが、聖人の役割ではないか」

「教えてやろう。聖人とは、ハライソにいるデウス様の前に、一人でも多くの異教徒の首を供する者のことだ」

「何を愚かな——。信者だろうが異教徒だろうが、もう人が死ぬのを見るのはたくさんだ」

その時、誰かが廊下を走り来る足音がすると、四郎と甚兵衛に耳打ちした。

それを聞いた四郎の顔が怒りに紅潮する。

「この坊主め、たばかったな」

「わしが何をたばかったと申すか！」

「たった今、公儀の軍勢が島原城を出たそうだ」

「何と――」

どうしたことか、善大夫の交渉の結果を待たず、板倉たちが出陣したというのだ。

彦九郎が冷静な声音で問う。

「善大夫、いや元良殿、これはいかなることか」

「板倉殿とて立場がある。この城を攻めるつもりはなく、包囲するだけだろう」

四郎が怒りをあらわにする。

「上使はそのつもりでも、松倉の犬どもは、こちらから矢を射たなどと言って戦端を開くつもりだ。これだから武士どもは信じられぬ！」

甚兵衛も善大夫に疑惑の目を向ける。

「和談の最中に兵を動かせば、和談は決裂ということだ」

「お待ち下さい」

善大夫が両手を広げる。

「まずは、拙僧が進軍を押しとどめてきます。それから再び和談の座に着くことでいかがか」

四郎が立ち上がる。

「駄目だ。御坊は、われらの覚悟を弱め、時間稼ぎのために派遣されたのだ」

「それは違う！」

「残念だがそなたを斬首とする」

彦九郎が間に入る。

「お待ちあれ。この者も騙されていたのかもしれませぬぞ」

「たとえ騙されていようと、われらの知ったことではない」

彦九郎が抗弁する。

「分かりました。しかし首を落としてしまえば、それだけのこと。捕らえておけば、人質交換の材料になります。この者なら小左衛門殿らと交換できるかもしれません」

甚兵衛がうなずく。

「そうだ。四郎、この者を小左衛門らと交換しよう」

「父上がそう申すなら致し方ありません。ただし――」

四郎が彦九郎に視線を据える。

「彦九郎殿、逃がしてはなりませぬぞ」

「当たり前だ。この者は大切な手札だ」

「それなら結構」

それだけ言うと、四郎は去っていった。

――もうどうとでもなれだ。

善大夫の心に、開き直りにも近い感情が湧いてきた。

三

十二月七日、松倉勝家の弟の重利《しげとし》が先手《さきて》を務める討伐軍が、島原城を出陣した。ここまで板倉重昌と石谷貞清は、和議が成立すれば一揆方の降伏を容認するつもりでいたが、それでは改易が必至となる松倉家からの強い要望により、ひとまず出陣させることにしたのだ。

左平次率いる牢人衆は重利の先手衆に編入された。

松倉勢先手衆に続き、二番備えに鍋島勢、さらに松倉勝家が松倉家の主力勢を率いて城を後にした。松倉勢主力が上使たちを守る陣形になる。その他の大名たちは、個々に現地に向かうことになった。

　こうした一報に接し、彦九郎は善大夫を解放しなければ、敵が攻め寄せてくると甚兵衛に警告したが、甚兵衛は人質交換の交渉をしたいと言い張り、彦九郎が敵陣に赴くことになった。

　八日、敵は原城を取り巻き始めていた。先着した部隊は築山《つきやま》を築き、複雑に屈曲した塹壕《ざんごう》を掘っていた。しかも一揆方から見える場所に、威嚇の意味か石火矢や大筒を配置した。

　築山とは、土砂や石を積んで小山のようにして角度を稼ぎ、城内に鉄砲を撃ち込みやすくするためのものだ。

　――そうか。これが大坂の陣を経て学んだことなのだな。

　彦九郎も武士だったので、敵が何をやろうとしているかは分かる。すなわち築山を築いて蔀《しとみ》のような目隠しとすると同時に、屈曲する塹壕によって敵に狙いをつけさせず、さらに前線と後方の行き来を安全にするのだ。

　これまでも塹壕用の掘はあったが、それだけだと前線と後方の行き来の際に撃たれることが多かった。だが連絡路も塹壕とすることで、行き来する兵の姿を隠蔽できるのだ。

　そうした作業を横目で眺めつつ、「使」と書かれた旗を持った彦九郎は、迎えに出てきた武将の前に立った。

　その武将が面頰《めんぽお》を外す。

「左平次か」

　――やはり生きていたのだな。

　夜の大江浜で見た人影は左平次だった。

「彦九郎、久しぶりだな」

「大江浜で追ってきたのは、そなただったのだな」

「そうだ。わしも半信半疑だったが、やはりそなただったか」

それには何も答えず、彦九郎が冷めた声音で言った。

「使者として参った。総大将に会わせてほしい」

「使者だと。笑わせるな。そちらに行った善大夫はどうした」

「城内にいる」

「囚われ人としたのだな」

彦九郎が苦い顔で答える。

「和談がまとまるまで、兵は動かさないと善大夫は言っていたが、そちらが兵を動かしたことで、主立つ者が怒り、善大夫を捕らえたのだ」

「それをそなたは手をこまねいて見ていたのだな」

「主立つ者たちがわしの言葉に耳を傾けていたなら、かような仕儀にはなっておらぬ」

「ははは、そなたも信用されておらぬということか」

こんなところで左平次とやりとりしている暇はない。

「そなたでは話にならん。板倉殿の許に連れていってくれ」

しばし考えた末、左平次が答えた。

「よかろう」

だが左平次が連れていったのは、松倉重利の許だった。

「おい、左平次、ここではない。板倉殿の陣所だ」

「わしは松倉殿の組下だ。板倉殿の許に連れていくかどうかは、松倉殿が決める」

――致し方ない。

命令系統からすれば当然のことだった。

「松倉殿、使者が参っております」

「使者だと――」

彦九郎が進み出る。

「小西家旧臣の駒崎彦九郎範茂と申します。上使に通してもらえませんか」

「まずは、わしが話を聞く」

彦九郎が人質交換の話をする。

「さようなことは無理だ。使者の僧は自ら申し出て使者となったと聞いた。それゆえ煮るなり焼くなり好きにすればよい」

「上使に話を通さずともよろしいのですか」

重利が渋い顔になる。

「分かった。しばし待て」

そう言うと、重利は使番を呼んで何事か耳打ちした。

――後陣にいる上使に指示を仰ぐのだな。

だが直接説得する機会は、それで失われる。

「使番を送った。そなたは陣幕の外で待っていろ」

陣幕の外に出された彦九郎は床几を与えられた。使者に対する最低限の礼は守るつもりらしい。

「彦九郎」と傍らに立つ左平次が声を掛けてきた。

「何だ」

「キリシタンと一緒にいるのは楽しいか」

「楽しいだと。では、そなたは餓狼どもと一緒にいるのが楽しいか」

「ははは、そなたらしい問いだな」

「左平次」と彦九郎があらたまる。

「どこで道を誤った」

「誤ってなどおらぬ。わしは己の信念を貫いただけだ」

「信仰を捨て、キリシタンの同胞を殺すことが、そなたの信念だったのか」

「違う！　わしは武士だ。武士として筋を通しただけだ」

「結句、今も牢人というわけか」

「何だと！」

左平次が腰の刀に手を掛ける。

「斬りたければ斬れ。わしは構わぬぞ」

彦九郎は立ち上がると、両手を広げた。

「そなたなど斬れば刀が汚れるわ」

「しょせん汚れた刀ではないか。わし一人斬ったとて何も変わらぬ」

「おのれ――」

左平次が歯嚙みしながら拳を固める。

「では、昔のように殴り掛かれ。昔は殴り返したが、今は一方的に殴られてやるぞ」

「うるさい！　昔のことを持ち出すな」

左平次が彦九郎に背を向ける。

「左平次、随分と遠くに行ってしまったな」

「何を言う。わしはずっとここにおる。遠くへ行ったのはそなたの方ではないか」

「わしは信仰を貫いた。どこにも行っておらぬ」

「わしはずっと武士であり続けた」

その二つを両立できた小西家というものがなくなった今、旧臣たちは、どちらかを選択せねばならなかった。

「われらは、武士か信仰のどちらかを選ばざるを得なかった。わしは信仰を、そなたは武士を選んだというわけだ」

「そうだ。武士として生きることの何が悪い」

「悪いとは言っておらぬ。だがキリシタン狩りの名人になることもなかろう」

「それは――」

左平次が言葉に詰まる。

「なあ、左平次、今からでも遅くはない。わしと一緒に城に入り、キリシタンとして死ね」

「今更それができるか！」

左平次の感情が爆発する。

「武士として生きる以外、わしに何ができたというのだ。わしは加藤清正公のおかげで出頭し、加藤家のために尽くしてきた。しかし加藤家は改易となり、わしは再仕官のためにキリシタンを狩るしかなかったのだ」

「その時、なぜ帰農しなかったのだ」

「土地を持たないわしが帰農すれば、誰かの小作になるしかない。それゆえわしは武士であり続けたかった。それだけのことだ」

彦九郎は左平次の運命を憐れむしかなかった。

「時は戻せず、人生はやり直せぬ。しかし悔い改めることはできる」

「わしに悔い改めろだと！」

「そうだ。誰でも過ちはある。しかし神はいかなる罪をも許してくれる」

左平次が動揺する。

「わしが城に入れば、すべての罪は許されるとでも言うのか」

「そうだ。神はすべてをお許しになる」

その時だった。使番が戻って来るや、陣幕の中に入った。

「左平次、悔い改めろ。神は両手を広げて待っている」

「無用なことだ。わしは武士として生き、そして死ぬ！」

「おい、使者とやら、こちらに参れ」

陣幕の中から、重利の呼ぶ声が聞こえてきた。

二人が陣幕を潜ると、重利が使番に「此奴に直接伝えろ」と命じた。

使番が彦九郎に向かって言う。

「板倉様と石谷様は、最嶽元良殿が戻ってくるなら話を聞く余地はあるが、使者の元良殿を捕らえ、人質交換したいなどと申すなら聞く耳は持たぬとのこと」

——さもありなん。

使者を捕らえておいて人質交換したいなどと言っても、聞く耳を持つわけがないのだ。

「では、そうしなかったら城攻めをすると仰せか」

「そういうことになる」

「分かった。では、女と童子を引き渡す」

「いや」と言うや、使番が言いにくそうな顔をする。

その背を押すように重利が促す。

「構わぬから申せ」

「分かりました」と答えるや、使番が彦九郎に告げる。

「女と童子の引き渡しは不要だ」

「待て。それでは話が違う。元々、女と童子は庇護すると言っていたではないか」

「上使のお二人とて、将軍家の命には逆らえぬ」

「ど、どういうことだ」

左平次が横から口を挟む。

「将軍家は女と童子も許すなと命じたのだろう」

「何だと。それでは話が違う」

重利が立ち上がると言った。

「使者の坊主を捕らえるから、こういうことになったのだ。話はここまでだ」

「お待ち下さい！」

「わしに何ができる。公儀に反旗を翻したのはそなたらだ。討伐は覚悟の上だろう」

それを指摘されては返す言葉はない。

「おい、連れ出せ」

左平次が背後から彦九郎の肩に手を掛ける。

「まだ話は終わっておらん」

「手間を掛けさせるな」

押されるようにして陣幕の外に出されたが、もう一度説得しようと引き返そうとする彦九郎の肩を、左平次が押さえた。

「すべては終わったのだ。後は戦うしかない」

「しかし――」

「そなたも覚悟を決めていたのだろう。それなら最期ぐらいは堂々と死ね」

――これで万事休したのか。

彦九郎が覚束ない足取りで陣の外に向かう。その背に左平次の声が聞こえた。

「彦九郎、次は戦場で相見えよう。おそらく――」

一瞬の沈黙の後、左平次が言った。

「わしも死ぬ」

「分かった。その首は――、わしが取ってやる」

歩き出した彦九郎の背に、もう声は掛からなかった。


当初、松倉家の嘆願によって城を包囲したものの、一揆方が降伏するなら受け容れるつもりでいた板倉と石谷だったが、八日の朝、島原城に衝撃的な一報が入った。

第二の上使として、正使の松平信綱と副使の戸田氏鉄の派遣が決まったというのだ。つまり交渉などで手間取っていれば、信綱らが到着し、板倉と石谷は信綱の下役とされてしまう。武士として、これほどの恥辱はない。

板倉と石谷の二人は、城を力攻めで落とすほか面目を保つ術がないと覚り、急遽《きゅうきょ》、島原城を出陣した。かくして大坂の陣以来の大戦の幕が開こうとしていた。

四

十二月十日、松倉家の筒衆が城に向かって鉄砲を撃ち掛けることで、最初の戦いが始まった。だが双方は距離を取っての筒合わせに終始し、直接戦闘はなかった。城方の損害は分からないが、寄手に若干の手負いが出た。

この戦いで一揆方の鉄砲の数が予想以上に多く、原城に近づくことさえ容易でないと分かった板倉らは、仕寄《しより》の製作を命じた。仕寄や仕寄場とは城を攻撃するための最前線拠点のことだが、逆に城からの攻撃を防ぐために柵を並べ、竹束や土俵を盾代わりにする防御陣にもなる。

この日の戦いは筒合わせだけで終わったので、左平次の出番はなかった。地形によっては思い切って突入することも考えられたが、これだけ見通しのよい広闊《こうかつ》な地で泥土に足を取られると、撃ち殺される確率が高いので自重した。誰もが同じ思いを抱いていたらしく、功を焦って陣を飛び出す牢人はいなかった。

翌十一日、上使から正式に「一当たりせよ」という命令が発せられたので、松倉・鍋島両勢は、鉄砲を撃ち掛けながら前進を開始した。この戦いには石火矢と大筒も使われ、城方にも損害が出たことが認められた。

鍋島勢は最前線の陣を二十から三十間（十間＝十八メートル強）も進ませることができ、有利な地形を得たので、井楼《せいろう》を二カ所に設け、大筒を西南隅に据えた。

井楼とは材木を井桁に組んで作った簡易な櫓のことで、城内を見下ろせる角度から攻撃するために造られた。

だがこの戦いで松倉勢は陣を進めることはできず、左平次ら牢人衆の出番はなかった。

それでも翌十二日、これまでとは様相が一変する。鍋島勢が前進を開始すると、一揆勢の抵抗が微弱だったので、功を焦って城際まで迫ろうとする者が出てきた。これに対し、一揆勢は十分に引き寄せてから鉄砲を斉射したので、鍋島勢の死傷者は一瞬にして百人以上に上った。

それでも左平次は動かなかった。寄親の松倉重利からは「前に進め」という命令があったが、左平次は無視した。先手を担う牢人衆が動かないので、背後に控える松倉勢も動けなかった。

牢人衆を盾にして松倉勢が前進を図ろうとしていたので、左平次は「その手に乗るか」と思って前進しなかった。

この三日連続の攻撃で、城方の士気が高いことを認めた板倉らは、竹束や井楼の製作をさらに急がせた。ただひたすら攻め寄せるだけでは、あたら無駄に死者を増やすことになるからだ。

それでも二十日、左平次の出番が来る。


夜明け前、月明かりだけを頼りに城に近づいていった左平次は、凹凸地形の激しい場所に身を伏せると、背後に続く牢人仲間の奥田左京《おくださきょう》に言った。

「難しい戦いになりそうだな」

「そうですね。このまま素直に命令に従っていては、命を落とすだけです」

この日はこれまでと違い、ひた押しに押すのではなく、松倉家先手衆と立花忠茂《たちばなただしげ》勢が浦田方面から原城東北端の三ノ丸を攻撃し、その防戦に城方が掛かりきりになっている間に、西端の天草丸に鍋島勢が打ち掛かるというものだった。主攻は天草丸で、三ノ丸を攻撃する松倉・立花両勢は陽動になる。ちなみに天草丸は本丸のすぐ西にある曲輪《くるわ》で、堀切を隔てているので出丸のような役割を果たしていた。その前衛を成すのが鳩山出丸になる。

「われらは捨て石だ。しかし命令に従わなければ雇い止めとされる」

雇い止めとは、陣借りしている牢人が寄親となる大名の命令を聞かない場合、その名を諸大名に回され、仕官の道が閉ざされることだ。

「では、どうなさる」

「それぞれが自分の武運を信じるしかあるまい」

「やはりそうなりますか」

奥田左京がうんざりした顔をする。

――もちろん、わしはうまく立ち回る。

左平次は独特の戦場勘で、危険を事前に察知することができるようになっていた。だが皆に付きまとわれても困るので、こう言うしかない。

「さて、そろそろ空が白んできたな」

「いよいよですな」

鼻腔《びこう》に黒色火薬の臭いが漂ってきた。牢人衆の背後から、松倉家の筒衆が近づいてきていると分かる。

しばらくすると、筒衆の物頭が左平次の隠れる最前線の窪地に飛び込んできた。

「松浦殿、あと小半刻もすれば夜が明ける。われらは後方の陣から撃ち始めるので、それを合図に、日野江門に打ち掛かってくれ」

日野江門とは、三ノ丸北東端にある門のことで、ここが大手門にあたる。

「それは分かったが、われらはあくまで陽動だろう」

「いや、殿が三ノ丸を取ろうと言い出したのだ」

「おい、さようなことをすれば上使の命令に違背することになるぞ」

「わしは知らぬが、立花勢がそのつもりらしいので、殿も負けられぬと思ったらしい」

――さようなことで命を失ってはたまらぬ。

こうした抜け駆けがうまくいった例《ためし》はない。

「これほどあてにならぬ話はない。立花勢が本気を出さねば、われらは敵の餌食になるだけだ」

「本気で日野江門に打ち掛かってくれれば、牢人衆全員を召し抱えると、殿は仰せになっておる」

松倉家の将来を思えば、それが空証文になるのは確実だと思われた。

——だが雇い止めを出されても困る。

「それは分かったが、この地形では、そなたらが背後からわれらを撃つことになるだろう」

筒衆の陣は三ノ丸より低地になるので、牢人衆を背後から撃ってしまうことになりかねない。

「そうせぬよう足軽どもには言い聞かせてある」

「本当に大丈夫か」

「では、筒合わせなしで突入するのか」

それを言われてしまえば返す言葉はない。

「致し方ない。しっかり頼むぞ」

背後から味方に撃たれて死ぬことにでもなれば、いかに食い詰めた牢人でも浮かばれない。

「任せろ」と言うや、物頭が戻っていった。

「頼りにならんな」

奥田左京が嘆くように言う。戦場では味方の銃撃で死ぬ者も多い。家中の者なら顔見知りもいるので、鉄砲足軽たちも注意を払うが、他人同然の牢人衆ともなれば気にしないだろう。

周囲が明るくなってきたが、城方は松倉勢先手衆が城に接近していることに気づいていないようだ。緊張が空気を伝わってくる。さすがの左平次も一つ武者震いした。

——もう若くはないのだ。無理はするな。

そう自分に言い聞かせると、槍を持つ手の汗を拭った。

「肚を決めるしかありませんな」

奥田左京が大きく息を吸うと言った。

「ああ、運を天に任せるしかあるまい」

そう言いかけて左平次は黙った。

――運を天に任せるだと。まだわしはあの忌まわしい耶蘇教を信じているのか。

「松浦殿らしからぬお言葉。さては――」

奥田左京が何か言いかけた時だった。耳の奥まで筒音が轟いた。

「行くぞ！」

左平次が窪地を飛び出すと、牢人たちがそれに続いた。

――そろそろ二発目だ。

左平次がその場に伏せる。案の定、背後から斉射音が聞こえた。同時に撃たれたと思しき絶叫も聞こえた。予想した通り、背後からの銃撃にやられたのだ。

左平次は弾込めの間だけ駆け、そろそろ装塡が終わる頃に伏せたので、背後から撃たれることはなかったが、慣れない者は容赦なく背後から撃たれた。だがそれを三度ほど繰り返すと乱射状態になった。鉄砲足軽によって装塡速度が異なるからだ。

一方、城方の発砲も始まった。そのため窪地に身をひそめ、双方の筒合わせが終わるのを待つことにした。

「さすが松浦殿だ」

横に奥田左京が飛び込んできた。

「何がさすがだ」

「後方から見ていて、味方の筒込め（装塡）の時機を見計らっているのが分かりました」

「まあな。味方には撃たれたくないからな」

「次はどうします」

「知ったことか」

吐き捨てるように言うと、奥田左京が鼻白んだのが分かった。

「では、一番乗りはいただきます」

「勝手にしろ」

寄手と城方双方は激しく撃ち合い、上空に弾が飛び交っているのが見える。左平次は仰向《あおむ》けになり、耳を澄ませた。

――筒合わせが終わってから、すぐに飛び出せばやられる。

戦慣れした撃ち手は、筒合わせが下火になった時に寄手の兵が飛び出してくるのを知っている。それを奥田左京に伝えようかと思ったが思いとどまった。他人が功を挙げようとするのを押しとどめるのは、武士として控えるべきだからだ。

やがて筒合わせが下火になってきた。

――まだだ！

左平次は微動だにしなかった。

「よし、そろそろだな」

隣で奥田左京の声がする。

――馬鹿め、まだ早い。

「では、お先に！」

奥田左京が窪地を飛び出した。だが次の瞬間、もんどりうって倒れるのが見えた。それでも左平次のいる窪地に戻ろうとしているのか、奥田左京はしばらく土をかいていたが、やがて動かなくなった。その虚《うつ》ろな瞳は、左平次を捉えて離さない。

――教えてやればよかったか。いや、此奴のことなど知ったことか。

左平次はしばらくじっとしていた。すると双方の撃ち合いが、散発的になってきた。

——頃合いよし！

左平次が窪地を飛び出すと、日野江門まで走った。門までは二十間ほどだ。ここまで来れば、城方の鉄砲も見える。左平次に激しい銃撃が浴びせられる。筒音と同時にその場に伏せたので、左平次は撃たれなかったが、左平次に付いてきた何人かは絶叫を上げながら倒れた。

——思ったより鉄砲の狙いが正確だ。

周囲には、生きているのか死んでいるのか分からないが、多くの者たちが倒れていた。

——どうする。

門への接近は死を意味する。それが左平次には分かる。

——神がわしに罰を下せるかどうか試してみるか。

そんな気持ちも湧き上がってくる。

その時、背後から新手が現れると、躊躇せず門に突進していった。

——立花勢か。

勇猛果敢この上ないと謳《うた》われた立花勢が、松倉家の先手衆より前に出て、城に向かったのだ。

「相手は百姓だ。懸かれ、懸かれ！」

窪地で伏せる左平次の真横で、物頭らしき男が采配を振り回す。

「伏せていろ！」

左平次の声が終わるか終わらないうちに、その男は仰向けに倒れた。

男は左平次の方に倒れ掛かってきたので、抱きかかえるようにして横たえると、その男の眉間から血が滴っているのが見えた。

男の遺骸を寝かせて硝煙で煙る前方を見ると、すでに立花勢の何人かは日野江門の前で筒合わせをしている。立花勢は筒衆を伴ってきたのでここまで来られたが、松倉勢の筒衆は後方にとどまったままなので、牢人衆は門の近くまで迫ることさえできなかった。

沸々とした怒りが湧いてくる。だが敵は城方なのだ。味方への怒りを抑え、左平次は立花勢と共に日野江門に向かった。

そこでは地獄絵図が展開されていた。いかに筒衆を伴ってきたとはいえ、鉄砲戦となれば遮蔽物のある城方に有利で、立花勢は死屍累々《ししるいるい》となっていった。

その時、門が開くと一揆勢が飛び出してきた。

――陣前逆襲だ！

寄手が弱ってきたところで、城方が逆襲に転じるのは城郭攻防戦の常道だ。窪地から身を起こした左平次は手槍を構えた。周囲には硝煙が立ち込め、敵がどこから襲ってくるかは定かでない。だがここで背を見せれば餌食になるだけだ。

――それが戦だ。

それでも陣前逆襲が始まったためか、城方の鉄砲攻撃がやんだ。

その時、硝煙の中から現れた一人が左平次に打ち掛かってきた。それを手槍で受けると、相当の手応えがあったのか、相手の目に恐怖心が宿った。

――今だ！

左平次は相手の槍を摑むと、眼前まで引き寄せた。まだ二十歳にもならない若者だったが、左平次に容赦はない。揉《も》み合っている隙を突いて脇差を抜くと、若者の脾腹深くに突き刺した。

若者は声も上げられずに目を白黒させている。

――馬鹿め、武士に敵うはずがなかろう。

若者に馬乗りになった左平次が首をかこうとすると、若者が何か言葉を発していた。

「何か言い残したいことでもあるのか」

末期の言葉を聞いてやるのが武士の情けだと、左平次は教えられてきた。そのため耳を寄せると、喘《あえ》ぎ喘ぎ若者が言った。

「ハライソが、ハライソが見えてきた」

「何だと――、死に際に至っても嘘を申すか！」

「いや、本当だ。わしはハライソに行ける」

若者の顔に笑みが広がる。それは神の胸に飛び込もうとするかのような充足した笑みだった。

「嘘をつくな！」

左平次は若者をめった刺しにすると、笑みをたたえたままの首をかいた。

やがて「引け、引け！」という立花勢の声が聞こえてきた。周囲で戦っていた立花勢が急いで引いていく。それに遅れじと、首を一つ提げた左平次も後に続いた。


この戦いでの城方の火力の激しさと正確さは、目を見張るものがあった。三ノ丸を攻めた松倉・立花両勢は甚大な損害をこうむった。とくに立花勢は陽動を命じられながら、実際には三ノ丸攻略を目指したため、主立つ武将が十二人も討ち死にし、三百人余の死傷者を出した。これにより立花勢は撤退を余儀なくされ、三ノ丸攻略どころではなくなった。

それでも天草丸に攻め掛かった鍋島勢が天草丸を攻略していれば、立花勢の損害も無駄にはならなかったのだが、鍋島勢も本丸からの鉄砲攻撃に損害を出し、撤退を余儀なくされた。この戦闘で、鍋島勢の先手将をはじめとした武将十名が討ち死にし、それ以外にも、鍋島勢は二百七十人前後の死傷者を出した。

これを見ていた二の手の有馬勢は動けず、鍋島勢の撤退を助けるために、板倉重昌の手勢が前に出て援護するという有様だった。

一方、城方の損害はさしたることもなかった。

結局、この日の戦いは、討伐軍の惨敗で終わった。

その夜、城からは祈りを捧げる声がいつまでも続き、討伐軍の将兵を苛立たせた。

五

二十日に激しい攻防戦が行われたのは、半地下の土牢《つちろう》に押し込められている善大夫にも分かった。双方の銃撃音や雄叫びは日のあるうちはひっきりなしに聞こえ、善大夫は耳を覆いたかった。だが腕を背後で縛られていたため、ずっと聞き続けねばならなかった。

それでも翌日、縄が解かれたことで随分と楽になった。足枷を嵌《は》められていないのは、善大夫が走れないのを、彦九郎が知っているからだろう。

食事は日に一回で、命をつなぐ最低限のものだったので、善大夫は日に日に痩せていった。

それだけならまだしも、寒気が厳しい折でもあり、僧衣一枚の善大夫は風邪をひき、高熱を発して動けなくなった。一日に二度、世話役の婆《ばば》がやってきてくれるが、遂には起きられなくなり、二十四日には死を覚悟するところまで来た。

その夜、少しだけ熱が引いたので、善大夫は上体を起こし、外の動きに耳を凝らした。だが外は静かで、二十日に激しい戦闘が行われたことが夢のようだった。

善大夫は夢と現《うつつ》の区別がつかなくなっていた。

――死が近いのだ。

善大夫が上体を起こしたままうたた寝していると、突然「元良」という声が聞こえた。

「誰だ」と目を開けずに問うと、「彦九郎だ」という言葉が返ってきた。

「熱は下がったか」

どうやら彦九郎は、世話役の婆から善大夫が病いに苦しんでいると聞いたらしい。

「わしのことは心配無用だ。それより何の用だ」

「飯を持ってきた」

彦九郎が善大夫の前に座す。彦九郎が差し出したのは、粗末な茶碗に数えられるくらいの米粒が浮いた薄粥だった。

「食べてくれぬか」

「死んでいく者に食い物は不要だ。子らにやってくれ」

「何を言う。そなたには、まだ働いてもらわねばならぬ」

「人質交換の手駒としてか」

「そうではない」

彦九郎が思いつめたような顔をする。

「話してみろ」

少し躊躇した後、彦九郎が語り始めた。

「城内にいるのはキリシタンだけではない。キリシタンだとしても、信心が足らぬ者もいる」

「仏教徒もいるだろう」

「そうだ。村ぐるみで入城した者もいれば、拒否すれば殺されるから入った者もいる」

「だろうな。酷《むご》い話だ」

「致し方なかったのだ」

彦九郎が俯く。

「それで、かような者たちを連れていってほしいというのだな」

「いや」と答えると、彦九郎が言いにくそうに言った。

「わしは人質交換の交渉役として寄手の陣に行った」

「それが不調に終わったのだな」

「ああ、残念ながら無駄だった」

「そうか。将軍家の御諚が出たのだろう」

彦九郎が苦渋を顔ににじませる。

「そうだ。撫で斬りの御諚が出た」

撫で斬りとは皆殺しのことだ。

「足弱も撫で斬りするのか」

「そうだ。この城に籠もる者すべてが撫で斬りとされる」

善大夫は天を仰いでため息を漏らした。

「何ということだ」

「それでもわしは、罪なき者を一人でも救いたい」

「で、わしに何ができる」

彦九郎が顔を寄せる。

「これまでわしは、不本意ながら入城したと思しき親に、子を逃がす機会があったらどうするか問うてきた。大半はわしの真意を疑い、『一緒にハライソに行く』と答えたが、何人かは『逃がしてほしい』と言ってきた」

「そなたのような重鎮が探りを入れても、本音を漏らさぬ者が多いのだろう」

彦九郎をさほど知らない者は、彦九郎が信心深さを確かめるために、探りを入れにきたと疑っているのかもしれない。

「だがわしには、長年培ってきた信用がある」

「しかしそなたはイルマンではないか。殉教を勧めるべきではないのか」

「そうだ。だが――」

彦九郎が苦しげに一拍置くと言った。

「ハライソが実際にあるかどうかは誰にも分からぬ」

「やっとそれが分かったか。現世がいかに辛くとも人は生きねばならない。現世にこそハライソはあるのだ」

「そなたは、かつてハライソどころか極楽浄土もないと言ったな」

「ああ、言った。誰も行ってきた者はおらぬからな。極楽浄土などで衆生は救えぬ。衆生を救えるのは粥施行などの救恤策だ」

彦九郎が力強くうなずく。

「わしもそう思う。だからこそわしを信じ、『子を救いたい』と言ってくれた者たちの子を逃がしたいのだ」

「しかしその方法をどうする」

「舟の一艘と船頭くらいは用意できる。四郎の近習に弥惣次《やそうじ》という漁師だった若者がおり、その奴も逃れたいと言っている」

「その弥惣次とやらの舟には何人乗れる」

「子供なら二十ほどだ」

「そなたとわしを入れて二十二から二十三人か」

「そうだな。そのくらいだ」

彦九郎が曖昧にうなずく。

「だが、ここから脱出できたとしても、寄手の大名陣のどこかに漕ぎ寄せれば、結句、子らは上使に突き出され、殺されるだけだ」

「われらは、それに賭けるしかないのだ」

彦九郎がうなだれる。

「だが、待てよ」

善大夫が膝を打った。

「寄手の陣に服部半蔵という男がいる」

「あの半蔵か」

「いや、有名なのは親父の方だ。息子は無名だが頼りになる男だ」

「その半蔵なら何とかしてくれるというのか」

「ああ、おそらくな」

善大夫が知恵をめぐらす。

「そなたは使者として再び寄手の陣に行けるか」

「ああ、行ける。だが半蔵に会う理由がない」

「いや、ある」

善大夫は身を乗り出した。

「わしは金地院崇伝様の法灯を守る一人でもある。わしの遺書を半蔵に託すと言えばよい」

「しかし直接は無理だろう」

「いや、さようなことはない。半蔵は松平伊豆守様から付けられた護衛役だ。その名を連呼すれば、板倉殿でさえ黙るはずだ」

「そういうものか」

「ああ、それよりも難しいのは、舟を出すのをいつとするかだ」

彦九郎が腕を組んで考えに沈む。

「戦闘が始まったら、こちらも監視の目は手薄になる。その時しかあるまい」

「しかしどこに舟を着ける」

「舟入だ。わしがここに迎えに来る」

「分かった。しかしどうやって子らを舟入まで連れていくのだ」

「子らを舟入に避難させることにする」

原城の縄張りからすると、舟入は最も安全な場所だった。

「そうなると、連れていく者以外の子も付いてくるぞ」

「そこはうまくやる」

「では、わしは半蔵にその旨を記した書状を書く。奴は勝手に動ける身なので、惣懸りの夜、どこかの港で待たせればよい。近くにちょうどよい港はあるか」

「そうだな」と言いつつ、彦九郎が考えに沈む。

「天草丸の西方四半里ほど先に、権現崎《ごんげんざき》という出鼻（岬）に囲まれた小さな入江がある。そこなら寄手も気づくまい」

「四半里か。風はどうだ」

「その日になってみないと分からん。だが弥惣次がいれば、逆風でもたどり着ける」

原城の面している海は潮の流れが速く、舟入以外に舟を係留できる場所がないほどだった。

この季節は昼と夜の二度だけ「潮どまり」と呼ばれる潮の流れが収まる時期があり、その一回が真夜中の八つ（午前二時頃）なので、その時間帯でないと、舟を目的地に着けるのは容易でない。

「弥惣次は頼りになるのか」

「うむ。この海で漁師をやっていたので、この辺りの潮の流れをよく知っている」

「そうか、それなら安心だ」

「では、筆と紙を持ってくる」

彦九郎が出ていったので、善大夫は薄粥をすすった。新たな目標ができたので、徐々に英気が湧いてくるのが感じられた。

――一人でも多くの子を救うのが、今のわしにできることだ。

やがて戻ってきた彦九郎に書状を託した善大夫は、横になって久しぶりに熟睡した。

六

十二月二十九日、四郎に呼ばれた彦九郎がその居室に入ると、甚兵衛と右衛門作もいた。

「何用ですか」

「何用ですかはよかったな」

四郎が白い歯を見せて笑う。

「四郎、それがイルマンに対する態度か」

彦九郎がたしなめると、四郎の顔色が変わった。

「何がイルマンだ」

「私はヴァリニャーノ様から叙階の秘蹟を授かった正式なイルマンだ」

「ほう、そのイルマン様が、こそこそと動き回って何をやっている」

――露見したのか。

一瞬、計画がばれたかと思ったが、彦九郎は胸を張って答えた。

「皆に声を掛け、励ますのがイルマンの仕事だ」

「それならよいが、毎日のように坊主の許に通っているとも聞く」

「そうだ。かの者は幼い頃からの友だからな」

「いったい、何を企んでいる」

「何も企んでおらぬ！」

彦九郎と四郎がにらみ合う。

「もうよい」

甚兵衛が疲れたような声音で言う。

「われらはキリシタンだ。互いに信じ合うことが大切なはずだ」

「しかし父上――」

「話を聞け！」

甚兵衛も苛立っていた。おそらく先々のことに不安を感じているのだろう。

「右衛門作殿、今の状況を二人に伝えてくれ」

「よかろう。二十日の戦いで、われらは敵を弾き返しただけでなく、敵に甚大な損害を与えることができた。これは和睦するには、またとない機会だ」

四郎が首を左右に振る。

「もはや和睦などあり得ませぬ」

「最後まで聞け」と言って甚兵衛が四郎をたしなめる。

「右衛門作殿、続けてくれ」

「此度の戦いに勝つには勝ったが、いつまでもかような勝利が得られるとは限らぬ」

彦九郎が問う。

「どういうことです」

「兵糧と弾丸が欠乏してきている」

「兵糧は不足気味だと聞いていましたが、弾丸も足りないのですか」

「そうだ。二十日のような戦いが繰り返されれば、もう戦えぬ」

四郎が口を挟む。

「要は勝っている今が、和睦する最後の機会だというのですね」

甚兵衛が答える。

「そうだ。これが最後の機会になるだろう。それゆえ彦九郎殿は、坊主を連れて敵陣に向かってくれ」

「元良を連れていくのですか」

「ああ、そうだ。さすれば敵の気持ちも、いくらかは和らぐだろう」

——しまった。どうする。

そんなことにでもなれば、子らを救出することはできなくなる。

彦九郎は機転を利かせた。

「実は、かの坊主は改心し、ここでキリシタンとして死にたいというのです。それを連れていくとなると、神のご意思に逆らうことになります」

四郎が首をひねる。

「かの坊主は『どの神を信じるかなど、さしたることではない』という趣旨のことを言っていたはず。それが急に立ち帰りたいと言うのか」

あの時の善大夫の言葉を、四郎は覚えていた。

右衛門作が媚びるように付け足す。

「確かにそう言いました。そして『キリシタン信仰にも間違いや矛盾はあります。それは仏教も同じ』とも申していました」

四郎が勝ち誇ったように問う。

「さような坊主が、唐突に立ち帰りしたというのも奇妙な話だな」

彦九郎が苦し紛れに答える。

「いや、かの坊主は一人になって考えに考えた末、キリシタン信仰こそが真実と気づいたのです」

「そうか。では、ここに呼んで確かめよう」

――しまった。

四郎は日に日に賢くなっていた。

「いいでしょう。私が連れてきます」

「アンドレはここにいて下さい。右衛門作殿、誰か寄越して下さい」

右衛門作にはジョハンという洗礼名がある。しかし四郎は子供の頃からの習慣なのか、右衛門作と呼ぶ。

「おい、誰か坊主を連れてこい！」

右衛門作が善大夫を連れてくるよう、外に向かって怒鳴った。

外からは、「分かりました」という若々しい返事が聞こえた。

その間、四人は兵糧と弾丸の不足をどう補うかを話し合った。その結果、相手陣を襲撃し、敵のものを奪う以外ないという結論に達した。

話し合っていると、善大夫が連れてこられた。

「さあ、こっちだ」という声を、彦九郎は俯いて聞いていた。

四郎がうれしそうに問う。

「上人様が来られたか。さて、上人様、宗旨を替えたと聞きましたが、それは本当ですか」

——万事休すだ。

これで彦九郎が何かを企んでいる疑いは濃くなり、彦九郎と善大夫が殺されるだけでなく、子供たちを救う術もなくなる。

ところが返ってきた答えは、意外なものだった。

「はい、立ち帰りました」

彦九郎が顔を上げると、善大夫が背後に腕を縛られ、土間に座らされていた。

——どういうことだ。

だが次の瞬間、善大夫の縄尻を持つ者が誰かと分かり、すべては氷解した。

——弥惣次だったか！

軍議の場の外に控えていたのは弥惣次だった。弥惣次は機転を利かせ、善大夫に「立ち帰った」と言わせたに違いない。

「そんなはずはあるまい！」

四郎が立ち上がる。

「拙僧、いや、私はキリシタンとなりました」

「嘘だ。嘘をつくな！」

「デウス様こそ、唯一無二の神です」

善大夫が首からロザリオを取り出すと、それを掲げて見せた。おそらく弥惣次からもらったのだろう。

甚兵衛がたしなめるように言う。

「四郎、これで気が済んだか。もうこの者は坊主ではない。自由にしてやろう」

「それは駄目です。自由にすれば、きっと逃れようとします」

「この者は足が悪いので、逃れることはできない」

右衛門作が間に入る。

「では、牢に戻しましょう」

「致し方ない。弥惣次、連れていけ！」

善大夫は連れていかれる時、彦九郎に視線で合図した。

この後、四人は話し合い、近いうちに、兵糧と弾丸を奪う目的で夜襲を掛けることにした。だが、それは実現することはなかった。

翌日、彦九郎は城外に出て和睦の交渉を訴えたが、上使二人は会おうともしなかった。

それでも彦九郎が「元良殿から預かった遺書を、服部半蔵殿に渡したい」と申し入れると、それは許可され、善大夫の書状を半蔵に手渡すことができた。

七

「何ということだ！」

十二月三十日の夜、板倉重昌が盾机《たてづくえ》を叩いた。

「こんなに早く来るとは――」

石谷貞清も苦渋に満ちた顔をしている。

「もはや猶予はない！」

重昌が手にしていた書状を叩きつけた。

そこには追加派遣された松平信綱と戸田氏鉄が、早くも小倉に到着したと書かれていた。

松倉勝家がおずおずと問う。

「ということは、昨日の取り決めはどうなります」

重昌が吐き捨てるように言う。

「さようなものは反故だ」

参陣諸大名や家老たちを集めて行われた二十九日の大軍議において、板倉と石谷が惣懸りを行うかどうかを諮ったところ、「諸家の仕寄がまだできていないので、少し延期してはどうか」という意見が大半を占めた。これに二人も「それは尤もであり、十日か二十日延期しても構わないから、満足のいく仕寄を作るように」と答えていた。

実は諸大名にも新たな上使が到着するという情報が伝わっており、「それなら新たな上使の下で功を挙げよう」となり、示し合わせて惣懸りを延期させようとしていたのだ。

細川忠利の書状には「内膳《ないぜん》（板倉重昌）、十蔵《じゅうぞう》（石谷貞清）は、もはや差図成りがたく云々」とあり、諸将は信綱ら新たな上使を待つ空気が満ちつつあった。

ところがそこに「信綱らが小倉に到着」という一報が入ることで、事態は一変する。

松倉勝家が確かめる。

「反故ということは、惣懸りを行うと――」

重昌が眦を決する。

「ああ、やらざるを得ない。さもないと、われらの面目は丸つぶれだ」

勝家の傍らで会話を聞いている左平次は、ばかばかしくなってきた。

――何が面目だ。そのために死んでいく者たちのことを考えたことがあるのか。

勝家がさらに問う。

「では、いつ惣懸りをするのです」

貞清が答える。

「本日小倉に着いたとなると、島原までは三日か四日の日程だ。それまでに雌雄を決する」

重昌が断を下すように言う。

「明日、日の出前から惣懸りを行う」

「明日は正月ですが――」

「われらに正月などない！」

実は、重昌は兄で京都所司代の重宗から、「（信綱の）下知を守りて賊城（原城のこと）を攻めるにおいては、諸人嘲弄し、まことに耳を穢《けが》すべし、所詮覚悟せらるべき時、この期にあり」と書かれた書状も受け取っていた。これは「信綱の指揮下に入って城を攻めれば、皆に嘲笑されるだけだ。覚悟を決めるのは今を措いてない」、つまり「信綱らが到着する前に城を落とせ」ということを示唆されていた。

これで死を覚悟した重昌は、討ち死に覚悟で城に攻め入ることにする。


寛永十五年（一六三八）の元旦となった。斎戒沐浴《さいかいもくよく》し、兜に香を焚きしめた重昌と貞清は、赤々と篝が焚かれた陣所に姿を見せた。

重昌は紺糸縅《こんいとおどし》の鎧に唐頭《とうのかしら》の兜をかぶり、「捨金半月《すてがねはんげつ》」の指物を差した出で立ちだった。

その場に拝跪しつつ、左平次はちらりと二人の顔を見た。

――死を覚悟しているな。

彼らの青白い顔を見れば、それは明らかだった。

左平次が上使の陣にいるのには、訳があった。

左平次が寄親の松倉勝家に、「上使は自ら先陣を切るおつもりです。われらが前駆《さきがけ》となれば、お二人の覚えもめでたいはず」と言うと、勝家は「好きにせい」とだけ言った。

二十日の戦いで半数近くが死傷し、三十人ばかりに減った牢人衆は戦力として期待されていなかった。それなら江戸への聞こえがよくなることを期待し、上使勢の前衛を担わせた方が得策だと、勝家も判断したのだろう。

左平次としては、功を挙げ、松倉家に認められたところで意味はないと思っていた。松倉家の将来が定かでないからだ。上使の前駆となれば死の危険と隣り合わせだが、そうでもしないと、仕官の道は閉ざされる。

その判断に残る牢人たちも異を唱えることなく、また板倉たちもこの申し出を受け入れたので、左平次たちは上使勢の前駆として、その露払いを担うことになった。

明け七つ（午前四時頃）、まだ空は白んでいないにもかかわらず、重昌は持っていた軍配を振り下ろした。

「懸かれ！」

その下知で、討伐軍の大砲や石火矢が一斉に火を噴いた。静寂に包まれていた戦場が、一瞬にして轟音の巷《ちまた》と化す。

攻め口は、鍋島勢が二ノ丸の松山口を、有馬豊氏《とようじ》・松倉勝家・立花宗茂《むねしげ》率いる諸勢は三ノ丸の日野江口を受け持つことになった。ただし立花勢は甚大な損害が出ているため、後方に回され、この元旦の戦いには参加していない。また軍役より七千も多い二万八千六百の兵を連れてきた細川忠利勢も、到着して間がないこともあり、背後を固める役割を担った。

二ノ丸への攻撃を一手で担う鍋島勢は三万の大軍を率いてきていた。また有馬勢は八千四百、立花勢は五千弱、松倉勢一千六百といったところだ。

この中でも、かつて島原半島を治め、原城を創築した有馬勢は、功を挙げようと必死だった。というのも十二月二十日の戦いで働きがなかったので、必死に戦わないと老中に報告すると、板倉から脅されていたからだ。

この時の先手大将は豊氏の嫡男忠郷《たださと》で、ひたすら押しに押して三ノ丸の塀際まで迫った。だが三ノ丸を守っていた一揆方三千五百は、櫓や狭間《さま》から冷静に狙いを定めて銃撃を行った。実は寄手の中にもキリシタンがいて、攻撃があることを事前に通報していたのだ。

忠郷は自ら先頭に立ち、一番乗りの旗を城内に投げ入れるところまでいったものの、自軍の損害が甚大なため、乗り入れは断念した。

一方、軍役の約三倍にあたる三万余の大軍を擁した鍋島勢は、「十死一生」を合言葉に、味方の損害を顧みず前進した。

「十死一生」とは生きる見込みが一割しかないという意味で、上下共に死を覚悟していた。

この十年ほど、豊臣大名や関ヶ原の戦いで西軍となった大名の改易や減封が相次いでおり、鍋島家も危機に立たされていたからだ。しかもかつての主家だった龍造寺《りゅうぞうじ》家からは、家老だった鍋島家が龍造寺家を乗っ取ったという訴えが幕府に出されており、この日の戦いいかんでは、鍋島家は存続の危機に立たされていた。

しかし城方の守りは堅く、さしもの鍋島勢も城を落とすことは叶わず、退却を余儀なくされた。

戦況はいっこうに好転せず、上使二人は焦っていた。

有馬勢と共に日野江門まで迫った上使勢は、有馬勢がひるむのも気にせず、三ノ丸の城壁に向かって前進していた。

「進め、進め！」

背後から重昌の絶叫が轟く。重昌の近習や馬廻衆らは懸命に押しとどめようとしているが、それを振り払い、馬を下りた重昌は左平次の這いつくばる窪地に飛び込んできた。それに続こうとした者たちが次々と銃撃の餌食になる。周囲は絶えまない筒音で満たされ、横にいる者の声さえ聞こえないほどだ。

左平次が答える。

「無理に進めば、お味方の手負いを増やすだけです。ここは慎重に進むべし！」

「さように悠長な心構えでは、城を落とせぬ！」

「敵の銃撃が激しいうちは忍耐です。敵も必ず疲れてきます」

「敵は意気軒高だ。このままでは、ここに釘付けにされて一日が終わる！」

一揆勢の士気は高く、討伐軍に物怖じせずに鉄砲を放ち続けている。

「この場は待つしかありません」

「いつまで待つというのだ」

その時、最前線にいた有馬勢が這う這うの体で引き揚げていくのが見えた。

「あれは有馬勢です」

「誰が引き太鼓を叩かせた！」

「引き太鼓を叩かせずとも、劣勢になれば兵は引いてきます」

——さようなことも知らぬのか。

重昌の世代は戦場に出ていない。それゆえ実戦となっても、馬揃え《うまぞろ》（演習）のように兵が動くと思っているのだ。

「もはや猶予はない。行くぞ！」

「お待ち下さい。今行けば犬死にです」

「それでも構わぬ！」

「こちらは構うのです」

　こんなところで命を失うなど真っ平ごめんだ。しかし左平次の心の片隅に、「ここで死んでも構わぬではないか」という気持ちも湧いていた。というのも仕官できる年齢は、せいぜい三十代までで、いかに功を挙げようと、五十三歳の左平次を召し抱えようなどという物好きはいない。しかも仕官できたところで、必死の思いで手にした禄を引き継ぐ肉親は、左平次にはいないのだ。

「そなたら牢人どもは頼りにならぬ。わしは行く！」

　そう言い捨てて進もうとする重昌の襟を、左平次が摑んだ。

「分かりました。では行きましょう。しかしわれらも命を懸けています。もし首尾よく城を落とせたら、板倉家に仕官させていただけますな」

「そなたをか――」

　重昌の目には、野良犬を見るような蔑みの色が浮かんでいた。

「いいえ、われら牢人衆の生き残り三十人ばかりです」

「何だと――、さような人数は無理だ」

「では、われらはここを動きません」

　苛立ちをあらわにしながら、重昌が言った。

「分かった。よかろう」

　根負けしたように重昌が認めた。それを聞いた左平次は周囲に怒鳴った。

「聞いたか。城を乗り崩せば板倉家への仕官が叶う。行くぞ！」

「おう！」

　左平次は重昌と共に窪地の外に飛び出すと、その身を守るようにして走り出した。その様子を見た牢人衆も、重昌の前に出て人盾になる。

それを見た城方は、その一団に集中砲火を浴びせてきた。

絶叫を上げながら、牢人たちが次々と倒れていく。それを踏み越え、左平次と重昌は前へ前へと進んだ。

重昌を囲むようにして走りに走り、ようやく城壁の下にたどり着いた。そこは死角となっており、一息つける。

「よし、石垣を登るぞ！」

「お味方が集まるまで、お待ち下さい」

「待ったところで、誰も来ぬ！」

左平次の制止も聞かず、重昌は石垣を登り始めた。その時、石垣の上にある多門櫓から顔を出した者の「あれは敵の大将ではないか！」という声が聞こえた。それを無視して重昌は石垣を登っていく。

鍋島家の軍記『勝茂譜』に書かれた重昌の最期の場面は、以下のようになる。

多門櫓の上から熊手が伸びてくると、重昌の旗指物を奪い取った。重昌が怒りで上を向いた時、大石が落とされて兜を直撃した。それでも何とか石垣にかじりついていた重昌だが、出塀《だしべい》の矢狭間（横矢部分）から放たれた弾によって、左の乳の下を撃ち抜かれ、たまらず落下した。

落下してきた重昌を横目で見つつ、遺骸をどうしようか迷っていると、後方で引き太鼓の音が聞こえた。

――致し方ない。置いていくか。

左平次が「引け、引け！」と声を上げると、重昌の遺骸を残し、周囲の者たちは一斉に引いていった。

元旦の戦いは一揆方の大勝利に終わった。終わってみると、討伐軍の死者は六百十二人、手負いが三千八百二十五人という惨憺《さんたん》たる有様だった。一方、一揆方の死傷者はわずか十七人だった。

この時の戦いで、石谷貞清と家光直属の目付役の松平行隆《ゆきたか》も深手を負い、鍋島勢の大頭（侍大将）の鍋島茂貞《しげさだ》も討ち死にを遂げた。

また小倉藩に陣借りしてこの戦いに参陣した宮本武蔵《みやもとむさし》は、城からの投石が足に当たって大怪我を負い、一揆勢と刃を交えることなく戦場を後にすることになる。

元旦の戦いは、城というものの有用性を再認識させるものであり、鉄砲が普及した時代での城攻めが、いかに困難かを証明していた。

八

土牢の中で寝ていると、突然筒音が響き渡り、戦闘が始まった。善大夫は出入口まで行って外の様子を窺ったが、人々が何事か喚きながら行き来するだけで、全く様子は分からない。

早朝に始まった戦闘は、夕方には下火になってきた。だが善大夫は気が気でなかった。城方が落ち着きを取り戻してしまえば、舟入にも従前のような警戒態勢が布かれるはずだからだ。

案の定、日が落ちると筒音は聞こえなくなり、城は再び平穏に包まれた。「これはまずい」と思っていると、飯を運んできた老婆から、一方的な勝利を祝し、盛大なミサが開かれることになったと聞いて安堵した。ミサが行われるなら、警戒は手薄になるからだ。

じりじりするような思いでいると、外から「元良」と呼ぶ声がした。

「彦九郎か」

「そうだ」

「子らはどうした」

「もう舟入に集まっているはずだ」

「四郎たちに見つからないか。密告する者はおらぬか」

「分からんが、もうやるしかない」

そう言いつつ、彦九郎が鍵を開けてくれた。

「元良、行こう」

「善大夫と呼べ」

「そうだな、善大夫」

彦九郎が白い歯を見せて笑う。それは少年時代、どこかに遊びに行こうと誘いに来た時の顔そのままだった。

二人は急がずゆっくりと歩いた。油を節約するため篝は多くはない。それゆえよほどのことがない限り、見つかることはない。

やがて二ノ丸と三ノ丸の間にある舟入が見えてきた。その時だった。

「アンドレではないか」

思わず息をのむ。

「おお、元良殿も一緒か」

「ど、どなたですか」

相手の持つ龕灯《がんどう》が彦九郎と善大夫を照らしているので、誰だか分からない。

「わしだ」と言いつつ、相手が己の顔を照らした。

そこにいたのは山田右衛門作だった。右衛門作は脱走を取り締まり、敵の夜襲を事前に察知するための城中見廻役を担っているので、ここにいてもおかしくはない。

　――万事休すだ。

　絶望がひたひたと押し寄せてくる。だが彦九郎は、とぼけたように返した。

「ああ、山田殿でしたか」

「わしは見廻役なので、ミサには出ていない。で、そなたらは何をやっておる」

「二人で静かなところで昔語りでもしようと思いまして――」

「元良殿は囚われの身ではないか」

「それは分かっていますが、私がいれば逃げ出すことはできません」

　訝しみながらも、右衛門作は納得したようだ。

「こんな時に昔語りとは、随分とのんきなものだな」

「どうせ死ぬ身です。元良も立ち帰りしたので、胸襟を開いて語り合えるかと」

「なるほどな。では聞くが、舟入にいる子らは何だ」

　舟入にいる子らの声がここまで聞こえてくる。子らが二十も集まれば、親が静かにしろと言っても聞かないのは当然のことだ。

「それは――」

　彦九郎が言葉に詰まる。

「まさか逃がそうとしているのではないか」

　二人が沈黙する。

「やはりそうだったか。かようなことをすれば、裏切りと見なされるぞ」

「分かっています。しかしあの子らの親は、キリシタンではない者や、子だけでも生かしたい者たちなのです。どうか見逃していただけませんか」

「見逃してほしいのか」

「はい。お願いします」

右衛門作は、何かを言おうか言うまいか迷っているようだ。

――何かある。

二人のやりとりを聞いていた善大夫は、右衛門作の態度に違和感を覚えた。

その時、右衛門作が突然切り出した。

「見逃してもよいのだが、実は一つ頼みがある」

右衛門作が媚びるような声になる。

「頼み、ですか」

「そうだ。わしも、あの舟に乗せてほしいのだ」

――何と、この者も逃れたいのか。

善大夫も驚いたが、彦九郎は啞然として言葉もない。右衛門作といえば、城内の序列では四郎と甚兵衛に次ぐ重鎮だ。それが城から逃げたいというのだ。

「しかしあなたは――」

「分かっている。だが、かような籠城を続けても埒が明かぬ。わしが投降し、足弱だけでも救ってもらうよう交渉したいのだ」

――此奴は、自分だけが助かりたいのだ。

交渉したいというのが、偽りなのは明らかだった。

「あの舟は、すでに子らでいっぱいです」

「そこを何とかしてほしいのだ」

善大夫が己の出番を察した。

「山田殿、突然投降しても殺されるだけです」

「では、舟を下りたところで行方をくらます」

「それでは、一緒に乗ってきた子らが迷惑します」

「ということは、子らは投降するのか」

「投降させます。二十人もの子を隠しおおせるものではありません」

それは嘘だった。善大夫は寺社関係者の伝手を使って、子らを隠し通すつもりだった。

「いかにもな――」

右衛門作が考えに沈む。

善大夫が親身になったふりをして言った。

「私がこの舟で先着し、山田殿が城内の様子を語るという話をします。それで上使が承知したら、矢文を射ます」

「それでは、ばれるではないか」

「たとえ矢文を読まれても、討伐軍の謀事《はかりごと》だと主張すればよいのです」

「舟はどうする」

彦九郎が口を挟む。

「それは手配しておきます。艪は使えますね」

「ああ、心配要らぬ」

「お一人ですか」

「うむ。わが妻子眷属は敬虔な信者だ」

「なぜ、あなただけが」と言いかけて、彦九郎が黙ったので、善大夫が言った。

「では、その段取りでよろしいな」

「分かった。わしは内部のことをすべて知っておる。さすれば討伐も容易になる」

――此奴！

善大夫は右衛門作の卑劣さにうんざりしたが、それを抑えて言った。

「では、われらは先に行かせていただきます」

舟入に下りようという二人の背に、右衛門作の声が追ってきた。

「わしは最初からこの蜂起に反対だった。貧しくとも平穏な日々を送りたかっただけだ。しかし巻き込まれてしまった。それはアンドレが知る通りだ」

それを無視して、二人は子らの待つ舟入に向かった。

「彦九郎、今の右衛門作の言葉は本当か」

「心の中ではそう思っていたのかもしれんが、それを言葉にしなかった時点で偽りだ」

「やはりそうか」

「ああ。これまでわしは常に慎重論を唱えてきた。だが右衛門作は味方してくれなかった」

それが右衛門作という男のすべてを表していた。

二人が駆け寄っていくと、子らが群がってきた。

「さあ、行こう」

彦九郎が子らを乗せようとすると、親が泣きながらすがってきた。

「この子のことを、よろしくお願いします」

「分かった。何とかする」

親たちの様子から、これが永の別れと覚ったのか、子らも泣き出した。

「彦九郎、急げ！」

「分かっておる」

善大夫と彦九郎は、親から離れまいとする子を引き剝がして舟に乗せていく。

「弥惣次、舟を出せ！」

予定した全員が乗ったところで彦九郎が命じると、「承知！」と答え、弥惣次が舟を漕ぎ出した。親たちは腰まで水に浸かり、子らと別れを惜しんでいる。

「心を鬼にするのだ！」

善大夫が叫ぶ。子らの泣き声が高まる。

彦九郎に尻を押され、善大夫も舟に乗った。

「彦九郎、早く乗れ」

舟を沖に押し出そうとする彦九郎に、善大夫が声を掛ける。彦九郎は胸まで水に浸かりながら舟を押している。

「おい、もう乗れなくなるぞ！」

この状態から舟に飛び乗るのは至難の業だ。

「彦九郎、何をやっている！」

だが彦九郎は言った。

「善大夫、これが別れだ」

「何を言う。一緒に行くのではないのか」

「わしはここで死ぬ。それがイルマンとしての使命だ」

「馬鹿を申すな。生きるんだ、彦九郎。そして布教を続けるのだ！」

首まで水に浸かった彦九郎が答える。

「わしの道はここまでだ。そなたが衆生を救え！」

舟から手を離した彦九郎は、身を翻して舟入へと泳いでいった。

「彦九郎！」

最後に手を高々と挙げると、彦九郎の姿は暗闇の中に消えた。

――ああ、行ってしまった。

気づくと、子らが善大夫にすがりついてきた。

「大丈夫だ。心配は要らん」

子らをなだめつつ、善大夫は舟入に一つだけ輝く篝を見つめていた。

――彦九郎、残った者をハライソに導くのだ。

善大夫は、この時ほどハライソがあってほしいと願ったことはなかった。

九

船尾に灯された龕灯が夜の闇の中に吸い込まれていく。

――行ってしまったか。

この瞬間、彦九郎にとって待っているのは死だけになった。

――わし一人の命などどうでもよい。それよりも、この戦を早く終わらせなければ。

この日の戦いで、一揆方が善戦したのは明らかだった。この勝利を生かして和睦に持ち込み、一人でも多くの者を救うことが何よりも大切なのだ。

彦九郎が幹部の陣屋がある方に向かって歩いていると、四郎の家の前で行われていたミサが終わり、皆がそれぞれの小屋に戻るところだった。その人の波をかき分けながら、甚兵衛の陣屋の前に立った彦九郎が「よろしいか」と声をかけると、中から「アンドレか。入れ」という甚兵衛の声が聞こえた。

陣屋の簾戸《すど》を開けて中に入ると、甚兵衛が誰かと語り合っていた。その後ろ姿から、四郎だとすぐに分かった。

怒りとも憎悪ともつかない感情が湧き上がる。それは四郎も同じなのだろう。

「これは、これは、イルマン・アンドレ様ではありませんか」

「もう皮肉は聞きたくない」と言って彦九郎が二人の間に座す。

「甚兵衛殿、本日の勝利まことに祝着でした」

甚兵衛が笑みを浮かべる。

「ああ、敵に相当の痛手を与えられたと思う。どうやら大将らしき人物も討ち取ったという知らせが入っている」

「というと、上使の板倉殿ですか」

「分からぬ。敵はいったん遺骸を残して去ったのだが、夜になってからやってきて、遺骸を運び去ったという」

板倉重昌が討ち死にした当初は戦場も混乱しており、遺骸を放置したものの、夜になって板倉家中らしき者たちがやってきて、遺骸を戸板に乗せて運び去ったという。

「もしそれが真なら、これ以上の好機はありません」

四郎が口を挟む。

「何の好機ですか」

「和睦に決まっている」

「和睦などしません。だいいち大将が殺された敵が、和睦の呼び掛けに応じるはずがない」

その観測は正しかった。武士は異常なまでに面目を重んじる。いかに大敗を喫しても、大将が討ち死にしたとなれば、その復仇を遂げない限り、和睦などあり得ない。

「交渉してみなければ分からぬ！」

彦九郎も苛立ちを隠せなくなっていた。

「いつまで、かように不毛なことを論じ合わねばならないのですか。この城が落ちるまで敵は攻撃をやめないでしょう。万が一、和睦すると言っても、それは偽計に違いありません」

「では、どうするというのだ！」

「もはや戦い抜くしかありません」

四郎が決然として言う。

「戦えば足弱も撫で斬りに遭うぞ」

「それは殉教です。私が皆をハライソに導きます」

「そなたは、人の命をさように粗末にするのか！」

「もうよい」

甚兵衛が間に入ろうとしたが、四郎は収まらない。

「まさか、イエズス会のイルマン様がデウス様やハライソを否定なさるのですか」

「否定はしておらぬ」

「では、戦い続け、皆で死ぬことになっても構わぬではありませぬか」

「それは違う。天から授かった命を全うしてこそハライソに到達できる」

「さようなことは、聖書に書かれておりませぬ」

四郎は誰よりも聖書を読み込んでいた。

「いや、命を全うした者にこそ、神の恩寵が下されるのだ」

「では、右も左も分からぬ幼子には、神の恩寵が下されぬのですか」

「そうは申しておらぬ。純真な者にも神の恩寵が下される」

「どうにも分かりませぬな。分からぬということは、イルマン・アンドレ様に迷いがあるのではありますまいか」

「私の信仰に迷いなどない」

「それは嘘だ。かの坊主に説得されて信仰が揺らいでいるに違いない」

「何を申すか。わしはただ——」

彦九郎が言葉に詰まる。

「やはり図星だったのだ。イルマンに任命されながら、あんたは背教者になろうとしている」

——そうなのかもしれぬ。

宗教というものの奥深さを知れば知るだけ、彦九郎の迷いは大きくなっていった。

甚兵衛が疲れたように問う。

「アンドレ、神もおらずハライソもないとしたら、われらは何のために戦っておるのだ」

「父上、何を仰せですか。父上の信仰が揺らいでは戦い抜けませんぞ」

「少し静かにしてもらえぬか」

甚兵衛が四郎に懇願するような口調で言う。甚兵衛にとっても、四郎は煩わしい存在になってきているのだろう。

ここぞとばかりに彦九郎が畳みかける。

「甚兵衛殿、われらは神のために十分戦いました。神もわれらのことを認めてくれるはずです。それゆえこの場は、何とか和談に持ち込み、信者たちをそれぞれの村に帰すべきです」

四郎が怒りをあらわに言う。

「敵が和談に応じ、こちらの望みを容れたとしても、武装を解けば反故にされ、撫で斬りにされるだけだ。それならいっそ、皆で一緒に死ぬべきだ」

「さようなことはない。足弱だけでも救ってもらえるよう交渉すべきだ」

「そのために、われらにはどのような手札があるというのです」

それが最も痛いところだった。手札がなければ、条件など提示できない。つまり降伏すれば、相手に身を委ねるしかないのだ。

甚兵衛が疲れ切ったように言う。

「どちらの言い分にも理がある。それゆえ四郎、一度だけ彦九郎に交渉の機会を与えてやってはどうか」

「一度だけですか」

「そうだ。それで敵の返答を持ち帰り、それを吟味した上で方針を決めればよい」

四郎が考え込む。気づくと、簾《すだれ》の隙間から陽光が差してきている。夜が明けてきたのだ。

その時だった。外で走り来る足音がすると、「甚兵衛殿、よろしいか!」という声がした。

「構わぬ。入れ」

入ってきたのは、千束蔵々島五人衆の代表格・大江源右衛門だった。その背後からは山田右衛門作と数名の兵が続いている。

四郎が冷静な口調で問う。

「源右衛門殿、何かあったのですか」

「あったも何もありません。ここにいるアンドレが子らを逃がしたのです」

「何だと!」と言って四郎が立ち上がる。

源右衛門が事情を説明する。

「夜明けになったので、それがしが見回りに出たところ、『アンドレが子らを逃がした』と、信者から知らせてきました」

──もうばれたのか。

多くの者に声をかけたので、その中の誰かが告げたに違いない。

怒る四郎を抑え、甚兵衛が問う。

「アンドレ、どういうことだ」

「城を出たいという者を募り、舟に乗せて私が逃がしました」

「さようなことをしたら、こちらの様子が敵に伝わるではないか」

「いいえ、元良がうまく隠し通します」

甚兵衛が啞然として問う。

「ということは、かの坊主も逃がしたのか」

「もちろんです。子らを寺に隠してもらわねばなりませんので」

四郎が彦九郎を指差す。

「この者は裏切者だ！」

「裏切者ではない。子を生かしたいという親たちの希望を叶えただけだ」

その時、源右衛門が右衛門作の腕を取って前に突き出す。

「この者が見逃したのです」

「さようなことはない！」

「いや、右衛門作がアンドレらと何か話していたという証言もある。もしかすると、そなたは次の舟で逃れようとしていたのではないか」

右衛門作が言葉に詰まると、甚兵衛が厳しい口調で問う。

「右衛門作、それは事実か」

「いえ、私は──」

兵が持っていた荷を受け取ると、源右衛門が言った。

「では、これは何だ！」

それは荷物をまとめた頭陀袋だった。

「そなたは、ハライソに行くのに荷物が要るのか」

「さようなことはない！」

それを無視して源右衛門が続ける。

「今朝になり、その話を聞いたそれがしが、右衛門作の陣屋に赴いたところ、右衛門作が荷作りしていたのです」

甚兵衛が天を仰ぐ。

「何たることか」

四郎が拳を固めていきり立つ。

「二人とも斬る！」

「待て！」

甚兵衛が立ち上がった四郎を制した。

「われらはキリシタンだ。それゆえ裏切ったからといって人を殺すことはできない。いったん土牢に放り込んでおこう」

興奮が収まらなかった四郎もどうにか納得したので、彦九郎と右衛門作は善大夫の入っていた土牢に連れていかれることになった。

——これも運命だ。致し方ない。

彦九郎は覚悟を決めたが、右衛門作は懸命に言い訳している。だが四郎は冷たく言い放った。

「裏切者はインフェルノに落とされるよう、神に頼んでおく」

その言葉を聞いた右衛門作は、「どうか、ご慈悲を」と言って泣き出したが、四郎は聞く耳を持たなかった。

十

元旦の城攻めが無残な敗北で終わっただけでなく、重昌が討ち死にを遂げたことで、個人的にも板倉家への仕官ないしは口利きという道は閉ざされた。

――あれでは討たれに行ったようなものだ。どうして一つしかない命を無駄にする。

重昌の暴走には同情する余地もあるが、命よりも名誉を重んじる上級武士たちの考え方に、左平次は付いていけなかった。

――あんな無謀な戦い方に付き合わされてはたまらない。牢人は命あっての物種だ。だが仕官のあてがなくなったのに、命を大切にしてどうする。

松倉家はよくて減封の上に移封。悪くすれば改易になるので、命を張って武功を挙げても意味はない。板倉家への道も閉ざされたとなると、仕官の可能性はなくなったも同然だった。

あきらめとも開き直りともつかない思いが、左平次の心に湧き上がってきた。

陣内に戻って休んでいると、板倉家の将兵によって、重昌の遺骸が運ばれてきた。遺骸を運ぶ際に死傷者も出たらしく、何人かが戸板に乗せられている。

――首を取られなかっただけましだな。

重昌の遺骸も戸板の上に乗せられ、金襴《きんらん》の陣羽織を掛けられていた。ざんばらになった髪が見えたので、首は取られなかったと分かった。

肩を落として遺骸を運ぶ板倉家中を左平次が眺めていると、そのうちの一人が口汚く罵った。

「やい、牢人、わが主を戦場に置いてきたな」

左平次は「やれやれ」と思ったが、牢人衆を統べる身として黙っているわけにもいかない。

「置いてきてはおらぬ。引き太鼓が叩かれたので引いたまでだ」

「何を言う。引き太鼓が叩かれたからといって、大将の遺骸を置いてくる奴がおるか！」

「わしと一緒に引いた者の中には、板倉家中もおったぞ」

「さようなことはない。人手が足らずにいったん引き揚げたまでだ。そなたらが手伝えば、遺骸を運べたはずだ。わが主は、そなたらを頼りにしていたのだぞ」

「それゆえ板倉殿の身を守りながら、あれだけ危うい場所まで行ったではないか」

左平次は、こんな不毛な会話を早く切り上げたかった。

「だが、運ぼうと思えば運べたはずだ」

「あの時は戸板もなかった。さような無理を申すな」

「もうよい」

別の家人が興奮した家人の肩を抱くようにして連れていこうとする。その時だった。

「さように憶病だから、いつまでも牢人なのだ」

——何だと！

それだけは言ってはいけない言葉だった。

「聞き捨てならぬ！」

板倉家中がその場に足を止めると同時に、左平次が立ち上がった。近くで休んでいた牢人たちも立ち上がる。

——ここで喧嘩したところで、どんな得がある。

冷静な声が耳元で呟く。だが損得の問題ではないのだ。

「おい、牢人の分際で何か言いたいことでもあるのか」

「よくぞ申した。いかにもわれらは仕官を宛所にして命を張っている。だが、そなたらの下風に立っているわけではない。抜け！」

「おう、望むところだ！」

双方は距離を取ると、腰のものに手を掛けた。

その時だった。

「まあ、まあ」と言いながら、間に入ってきた男がいる。

板倉家の者が怒鳴ったが、男は全く動じていない。

「どけ、邪魔だ！」

「誰にものを言っておる」

「そなたはいったい誰だ」

「わしか――」と言ってにやりとすると、男はひときわ大声で名乗った。

「徳川家御庭番、服部半蔵だ！」

「おお」というどよめきが空気を伝わってくる。

「まあ、そんなことはどうでもよい。それよりも味方どうしが喧嘩をしてどうする。今こそ力を合わせるべき時ではないか」

半蔵の登場によって、双方の殺気が収まっていくのが分かった。

すると板倉家の年寄らしき人物が走ってきた。

「ご無礼の段、平にご容赦を」

半蔵が左平次の方に目を向ける。

「こうして板倉家は謝ってきている。どうするね」

「われらは板倉殿の死に際し、卑怯なことは何一つしていない。それを分かってもらえれば、矛を収める」

年寄が汗をかきながら言う。

「状況は承知している。そなたらはよくやってくれた。これで酒でも飲んでくれ」

年寄がいくばくかの金を左平次に握らせた。

「よかろう。これで手打ちとする」

皆が三々五々、陣屋に戻る中、半蔵に礼を言おうと、左平次は背後から声を掛けた。

「かたじけない」

「なあに、たいしたことではない」

「貴殿は善大夫、いや、元良殿の警固役だったな」

「ああ、そうだ」

「元良殿は囚われの身となり、さぞ心配だろう」

「うむ、そうだな」

だが半蔵の顔に、心配な様子は一切ない。

「ということは、そなたはお役御免ではないか」

「まあ、さようなことになるだろうな」

何かしら不自然な感じがした左平次は、鎌をかけてみた。

「では、わしと一緒に夜討ちを掛けないか」

「夜討ちだと――」

「そうだ。貴殿は、功を挙げることにかけては誰よりも貪欲だと聞いている。三ノ丸の下に潜み、刈り働きに来る敵兵を討ち取らんか」

城内の食べ物は不足気味で、夜中に刈り働きのために城外に出てくる者がいる。そのため寄手は、あえて田畑の作物《なりもの》をそのままにし、出てきたところを討ち取ることを繰り返していた。だが一揆方も鉄砲によって刈り働きする者たちを援護しており、討ち取るのは容易ではなかった。

「わしも若くはない。危険を冒して雑兵首を一つ取ったところで、高が知れている」

「そうか。残念だが仕方ない。わしに内緒で夜討ちはせぬだろうな」

「そなたに義理立てするつもりはないが、夜は寝るためにある」

「そうだな。とくにわれわれのような老武者にはな」

二人は笑い合うと、その場で別れた。だが左平次は、半蔵が何かを隠していると思った。

――それは何だ。

その夜、半蔵の陣屋の近くで寝たふりをしていると、簾戸が突然開き、半蔵が外に出ていった。

――やはり何かを企んでいるようだな。

左平次は慎重に跡をつけた。

十一

舟入から原城の南側を回り、天草丸の沖に出たところで北に針路を取った善大夫らの乗る舟は、一路権現崎を目指したが、海は逆風の上に逆潮《さかしお》らしく、なかなか北に進まない。波も荒く舵が利きにくいのか、ずっとその場にとどまっているように感じられる。右手には天草丸の灯火が明滅しているが、次第に遠ざかっていくように感じる。

――沖に吹き流されているのか。

波が不規則になり、時折大きなうねりに乗せられる。

善大夫は声を嗄《か》らし、子らに「何かに摑まっていろ！」と怒鳴り続けた。

舳先にいる善大夫が、艫《とも》で舵を握る弥惣次に問う。

「弥惣次、どうだ」

「思ったより潮がきついですが、もう少しで『巻き込み』に入ると思うので、そうなれば陸《おか》まですぐです」

「巻き込み」とは、湾内で潮流が回っていることを言う。

——そうなればよいのだが。

海上は漆黒の闇だが、目的地の権現崎には瞬く灯が見える。

——それが見えなくなればおしまいだ。

善大夫は弥惣次に賭けたことを後悔し始めていた。

相変わらず風波は激しく、子らは泣き出し始めた。

「泣くな。黙ってあの灯りだけ見ていろ！」

善大夫が厳しい口調で言うと、子らは一様に黙るが、しばらくするとまた泣き出した。

「弥惣次、仕方ない。天草丸に寄せられないか」

そうなれば子らを逃がすことはできなくなるが、命だけは助けられる。

「しばし待って下さい」

「もうよい。子らの命が第一だ」

「いや——、手応えがあります」

「手応えだと」

「そうです。艪に掛かる潮の力が変わり始めています」

——こうなれば弥惣次に任せるしかない。

善大夫は天に祈った。

——仏でも神でも、どちらでもよい。どうか子らの命を救って下さい。

善大夫の口から自然に祈りの言葉が漏れた。

「アウディ・ノス（われらの祈りを聞きたまえ）、天に御座《まし》ますわれらの御親、御名を尊《たっと》まれたまえ、御代、来りたまえ」

声は次第に大きくなり、子らも懸命に唱えるようになった。

その時、弥惣次の「乗った！」という声が聞こえた。

「間違いないか」

「はい。もう心配は要りません」

その言葉通り、入江に瞬く灯は次第に大きくなっていった。

「祈りが通じたぞ！」

善大夫が声を上げると、子らから歓声が上がった。

やがて権現崎を回り込んだ舟は浜に乗り上げた。

弥惣次は「まだ降りるな！」と言うと、舟から飛び降り、舟を浜に押し上げようとした。それを見た善大夫も胸まで水に浸かりながら、それを手伝った。

やがて舟を浜に乗り上げさせると、善大夫は小さな子を抱き上げ、浜に降ろしていった。

「弥惣次、でかした」

「なんの」

その時、「おーい」という声が聞こえると、何人かが走り来た。

「半蔵か！」と問うと、人影は「そうだ」と答えた。

「よかった。矢文が届いたのだな」

「ああ、わしを恐れてか、拾った者は封を切らずに届けてきたわ」

半蔵と共に走り来たのは、近くの寺の僧たちだった。

「皆、すまない。この子らを匿ってくれ」

「引き受けました」

僧が子らを並ばせる。

「元良、やったな」

「ああ、二十人だけでも救えた。だが城内には、まだ多くの子がいる」

「この子らだけでも救えたことで満足しろ」

「さようなわけにはまいらぬ。また策を講じねば」

二人が子らの前を歩き出した時だった。行く先の暗闇に立つ人影が見えた。

「何者だ！」と言いつつ、半蔵が龕灯を照らす。

暗闇の中から現れたのは、手槍を持った左平次だった。

「左平次か。なぜここにいる！」

子らを背後に押しやるようにして、善大夫も前に出る。

「半蔵殿の跡をつけただけだ」

「こいつはしくじったわ！」

刀の柄に手を掛ける半蔵を、善大夫が押しとどめる。

「左平次、道を開けてくれぬか」

「そうはいかぬ」

「どうしてだ！」

「キリシタンの子らを引き渡せば、なにがしかの銭がもらえる」

「何と愚かな――」

半蔵が善大夫を押しのけるようにして前に出る。

「跡をつけられたのは、わしのせいだ。此奴はわしが斬る！」

「いや、待て」

善大夫が両手を広げて左平次の前に立ちはだかる。

「左平次、何があってもこの子らは渡さぬ」

「力ずくでもいただく。まあ、死骸でも褒美はもらえるだろう」

左平次が手槍を構える。

「待て、左平次、かような幼子たちを突き出したところで、いくばくの金にもならぬ」

「さようなことは分かっている。だがな、この戦が終われば、わしは再び流浪の身だ。その時に頼りになるのは銭だけだ」

「銭が必要なら、わしが出す」

「ははは、あてにはならぬな」

「問答無用だ。わしが斬る！」

前に踏み出そうとする半蔵を、抱え込むようにして善大夫が押さえる。

「待て、半蔵。この者にも良心はある」

左平次がため息交じりに言う。

「さようなものは、とっくの昔にどこかに置いてきた」

「いや、それは違う。そなたの胸の奥底にまだある」

「さようなものなどない！」

「いや、ある。かつて共に神に祈ったではないか。そなたの心には神が宿っている」

「坊主ごときに、さようなことを言われたくない！」

「ああ、わしは坊主だ。神などと言える立場にない。だがな、わしの心にも神がおられる。いかに仏の教えを聞き、経を唱えようと、わしの心の中にいる神の存在を消すことはできぬ。そなたとて、それは同じだろう」

「いや、違う。わしは武士として生きると決めたのだ。武士はお上の御諚を奉じねばならぬ。お上が禁教令を出したからには、それに従うのが武士というものだ」

善大夫が反駁《はんばく》する。

「わしやそなたが神などと言うのは、いかにもおこがましい。そなたは武士を貫き、わしは仏に仕えて飯を食っている。だが、それがどうしたというのだ。武士だろうと、坊主だろうと、神を信じてはいけない道理があるか」

「それが節に殉じていないということだ」

「節だと。さようなものはどうでもよい。さようなものに殉じるよりも、わしにはこの子ら一人ひとりの命が大切なのだ」

近くにいた少女の頭を撫でると、善大夫が続けた。

「わしにもそなたにも、こうした幼い時代があった。だが世の有為転変に翻弄され、胸を張って神を信じる道を歩めなくなった。だがな、子らを愛《め》でる気持ちは同じだ。この子らを愛でることと武士の節に殉じることに矛盾はないはずだ」

左平次が少したじろいだ気がする。

「そなたは変わらぬな」

「ああ、変わらぬ。姿は坊主でも心は変わらぬ。そなたも同じではないか」

「神とは、信仰とは、いったい何なのだ」

「大切なのは理屈ではない。この子らを愛でる気持ちこそ大切なのだ」

「慈愛《アフェクト》か――」

「そうだ。大切なのは慈愛の心だ」

左平次が笑みを浮かべる。

「まあ、よい。わしは長く生きすぎた。だが子らはこれからだ。ここはそなたの顔を立てよう」

そう言うと、左平次は踵を返した。

「左平次」と善大夫が呼ぶ声に、左平次の足が止まる。

「死ぬな」

善大夫の言葉には何も答えず、左平次は闇の中に吸い込まれていった。

それを見届けた善大夫が「行こう」と皆を促すと、「隠し通せるのか」と半蔵が問うてきた。

「分からんが、武士たちは戦に掛かりきりだ。その隙を突き、この子らを僧たちの手で長崎に送り届ける」

「その後はどうする」

「船で大坂に送り、わしの伝手を通じて隠し通す」

「そうか。蛇の道は蛇だな」

「ああ、僧には僧の手筋がある。さあ、行くぞ」

子らを促し、一行は近くの寺に向かった。

十二

牢に入れられてから何日経ったかは分からないが、突如として扉が開けられると、「出ろ」と声を掛けられた。

彦九郎がよろよろと立ち上がると、体を左右から支えられ、四郎の居室に連れていかれた。そこには甚兵衛もいた。

「イルマン・アンドレ殿、随分と痩せられたな」

四郎が皮肉交じりに言う。

「当たり前だ。一日一食、薄粥椀一杯では誰でもこうなる」

甚兵衛がやつれた顔で言う。

「われらも同じだ」

――そうか。食い物がなくなってきたのだな。

籠城当初から最も心配されたのが食糧だった。島原半島は物成が悪い上に耕地面積もさほど広くなく、近隣の村から食糧を集めるだけ集めたところで、高が知れている。

「私を殺せば、一人分の食べ物が節約できるものを」

四郎が苛立つように叫ぶ。

「簡単に殺してたまるか！」

四郎の言を無視して甚兵衛が見通しを語る。

「敵は、いっそう強固な仕寄陣を造っているようだ。もはや一月一日の再現はできないだろう」

「では、私を呼んだのは――」

「もう分かっていると思うが、敵は上使も替わり、元良という坊主も敵陣にいる。それゆえ以前より和談を進めやすくなっただろう」

「父上、無駄なことです！」

どうやら四郎は、彦九郎に和睦交渉をさせることにまだ反対のようだ。

「無駄だとしても、もう食い物も弾薬もない。座して死を待つよりはましだ」

「いいえ。ここで足弱たちを敵に引き渡しても、殺されるか改宗させられるだけです。そんなことにでもなればハライソへの道が遠のくだけです」

彦九郎が口を挟む。

「それを本気で申しておるのか。ハライソに行くのは、天寿を全うさせてからでも遅くはない」

「イルマンともあろうお方が何を仰せか。殉教こそキリシタンの誉れです」

「殉教だけが正しい道ではない！」

「何を仰せか。では、これまで父上やアンドレが私に教えてきたことは、すべて偽りだと言うのですか」

「偽りではない。デウス様を信じる者にハライソはある。だがハライソに行きたいあまり、死を望んではいけないのだ」

彦九郎は追い込まれつつあった。それだけキリスト教の教理は矛盾だらけなのだ。

「どうしてですか。ハライソがあるなら殉教者となることが正しい道ではありませんか」

「さようなことはない。殉教は――」

彦九郎は次の言葉を口にすることを躊躇した。

――だが、言わねばなるまい。

大きく息を吸うと、彦九郎は言った。

「殉教は間違った道だ」

当然のように四郎が強く反発すると思っていた。だが四郎は予想もしなかった反応を示した。

「では、なぜかようなことになったのですか」

四郎は涙声になっていた。

——此奴も弱っているのだ。

甚兵衛も肩を落とす。

「わしが間違っていた。此度の一揆に乗じて決起すれば、四海のキリシタンが決起し、公儀を倒し、この国をキリシタン国にできると思っていた」

「だが、そうはならなかった。となれば、一人でも多くの者を救うしかありません」

「分かっている。四郎——」

四郎は嗚咽を漏らしていた。

「アンドレを使者に立てる。よいな」

四郎が俯いたままうなずく。

「よし、アンドレ、足弱だけでも救ってくれ」

「承知しました。きっと願いは通じるでしょう。われらには——」

一拍置くと、彦九郎は思い切るように言った。

「神のご加護がありますから」

だが事態は予想外の展開を見せた。


一月四日、新たな上使となった松平信綱と戸田氏鉄が原城包囲陣に到着した。二人は板倉重昌の遺骸に手を合わせると、その復仇を誓った。その後、包囲陣と原城の惣構を検分し、容易なことでは落とせない城だと確認した。二人は早速「築山と井楼を急いで造ること」という触れを出す。二人は持久戦と消耗戦を覚悟したのだ。

五日付で大坂城代に送った書状では、「城中がくたびれるほど大砲と鉄砲を撃ち掛けるつもり」と書いている。これは、城内を眠らせないために取られた措置だった。

十三日、突如沖合から現れた二隻の船が、城に向かって大砲を撃ち掛けた。その船はポルトガルの国旗を掲げていたが、実は平戸にいたオランダ船だった。この二隻は商船だが、海賊の襲撃に備えるため大砲を装備していた。

これには、砲撃の効果以上に一揆方の孤立感を深めるという狙いがあった。

実は籠城前、甚兵衛は長崎のポルトガル商館に使者を送って支援を求めていた。そのためポルトガルの援軍が来たと喜んだのも束の間、逆に攻撃されたのだ。

四郎らは「あれは新教徒《プロテスタント》のオランダ船だ」と言って城内を落ち着かせようとしたが、大半の信者たちは意気消沈した。

これは「知恵伊豆」の謀略だった。このような事件があったため、城方は彦九郎を和睦の使者として送るどころではなくなっていた。

二十一日深夜、一揆方は最後の力を振り絞り、三手に分かれて寄手の陣に攻撃を仕掛けた。一手は黒田陣に、一手は寺沢陣へ、一手は鍋島陣へと向かった。この急襲により黒田家は宿老の一人の黒田監物が討ち取られた。また鍋島勢は大井楼を焼き払われ、弾丸を二荷（車二台分）も奪取された。だが一揆方は、お目当ての兵糧を分捕れなかった。寄手の陣の防御力は当初より上がっていたからだ。結局、城方は二百九十二もの首級を献上した。

この時、寄手に生け捕りにされた者は、「飢え死にするよりましなので打って出た」と供述した。また別の者は「城内に米はなく、大豆や胡麻《ごま》などを食べ、海岸に出てわかめや貝まで取っている」と証言した。これにより城方の食べ物の枯渇は、想像以上のものになってきていると分かった。また弾丸も足りなくなり、城方の主な防御手段は礫攻撃（投石）だけになりつつあった。

二月二十三日、松平信綱の陣屋で諸大名が一堂に会し、大軍議が催された。この時、将軍家光の要請によってやってきたのが、備後国福山《びんごのくにふくやま》十万石の水野勝成《みずのかつなり》だった。勝成は七十七歳。初陣の高天神《たかてんじん》城攻防戦で功を挙げて以来、関ヶ原の戦いでの大垣《おおがき》城攻防戦や大坂夏の陣での奮戦をはじめ、その実績には申し分のないものがあった。

勝成は、「板倉を討ち死にさせた今となっては、妥協は許されず、一揆には凄惨な最期を遂げさせねばならない」と力説した。

それが将軍家光の意向だと勝成に言われたことで、信綱も惣懸りに合意した。攻撃予定日は二十六日。作戦としては、立花・細川・松倉勢が三ノ丸から二ノ丸へと攻め上ることになった。

二月二十四日、一つの変事が起こった。鍋島陣から放たれたと思しき砲弾が、四郎の陣屋に着弾し、その破片が中で囲碁を打っていた四郎の左の袖を撃ち抜き、側近の一人が死亡したのだ。

これに城内の人々は「ことのほか恐れ驚き」、「四郎殿でさえ弾が当たり、そのご恩寵が深い側近が殺されるとは不吉なことよ」と言い合った。これ以後、四郎の神通力が疑いの目で見られるようになった。

十三

海風が強く吹くようになり、寒さが身に染みるようになった。左平次は襟を合わせると、松平信綱の陣所に向かった。

「松浦左平次、罷り越しました」

陣幕の外から声を掛けると、「入れ」という声が聞こえた。

「ご無礼仕る」

陣幕内に入ると、城内の絵地図を中心にして信綱と戸田氏鉄、そして善大夫が座していた。

「そなたがキリシタン取り締まりで名を馳せた松浦左平次か」

左平次はうんざりしながら「仰せの通りに候」と答えた。

「ここにいる元良殿から聞いたが、二人は城内に知己も多いとか」

「はい。元良殿とそれがしは、小西家旧臣でキリシタンでした」

「元良殿から聞いている」

「で、何用ですか」

「こちらの元良殿が、使者として城内に行きたいと申すのだ」

――善大夫、まだそれを申すか。

だが左平次は、一人でも救いたいという善大夫の熱意にほだされるものがあった。

「一揆方が降伏すると申せば許すのですか」

信綱が複雑な顔をする。

「わしが最初から上使になっていれば、それもあり得た。だが板倉殿が討ち取られたからには、許すわけにはまいらぬ。それが将軍家のご意向でもある」

「お待ち下さい」と善大夫が制する。

「あれは板倉殿が自ら招いたことです。一揆方は攻められたので応戦しただけです」

「とは申しても、股肱《ここう》の臣が討たれ、顔に泥を塗られた形の将軍家はお怒りだ。わしと戸田殿の判断だけでキリシタンを助命するわけにはまいらぬ」

「それなら、迅速に乱を終わらせましょう。そのためには城内の士気を阻喪させるというのはいかがでしょう」

「阻喪させるとは――」

「確か、渡辺小左衛門を捕らえていましたね」

「ああ、捕らえている」

「小左衛門に説得させたらいかがか。一揆方の柱石の一人だった小左衛門が降伏を勧めれば、一揆方の士気は阻喪します。それを見て惣懸りすればよろしいかと」

氏鉄がうなずく。

「なるほど、ただ使者を送るよりもよいかもしれぬ」

信綱が首を左右に振る。

「小左衛門を城内に送り込むのは危うい」

小左衛門が城内に入れば、一揆方に取り戻される可能性があり、そうなると一揆方の士気は下がるどころか天を衝くほどになるに違いない。

「では、係累はいかがか」

「四郎の母のマルタと姉のレシイナ（福）、妹のまん、さらにレシイナの息子で八歳になる小兵衛《こへえ》を手中にしている」

「では、まんと小兵衛を連れていきましょう」

しばし考えた末、信綱が断を下した。

「分かった。貴殿と元良殿に任せよう。ただし足弱を連れてきても命の保証はしない。われらは将軍家の御諚に従うだけだ」

「ありがたきお言葉」と言って善大夫が平伏した。

連れてきてしまえば救ってもらえるかもしれないと、善大夫は思っているのだ。


「使」と大書された旗を掲げ、四人が城に向かっていく。

「善大夫、そなたは一人でも多くの者を救いたいのだな」

「そうだ。連れ帰っても殺されるかもしれぬ。だが城にいるよりは助かる見込みがある」

「そなたには、頭が下がる思いだ」

「わしは人として当たり前のことをしているだけだ。それよりも権現崎ではすまなかったな。どうしてあの時、子らを見逃してくれたのだ」

左平次が口辺に苦い笑みを浮かべる。

「この戦いに、どれほどの意義があるか分からなくなってきたのだ」

「わしもそう思う。キリシタンは信仰の自由を求めただけだ。だがそれさえも許されず、討伐を受けるとは、あまりに酷い話ではないか」

善大夫が天を仰ぐ。

キリシタンたちは飢饉や重税という苦境が続いても、「神にすがる」という一事において救われていた。例えば飢饉で乳飲み子が死んでも、神の身許に召されるための儀式を行えば、親たちは救われたのだ。しかしそれさえも禁止されてしまえば救いはない。

「転がり始めた石は誰にも止められぬ。とくにわれら牢人のように、功を挙げたくて仕方がない者もいる」

「そうか。戦いがなくなれば、牢人たちは仕官する道が閉ざされるというわけか」

「そうだ。だがわしの年では、もう仕官は無理だ。それゆえ、もうどうでもよくなってきた」

それは本音だった。これまで左平次は、多くの牢人たちが仕官の道を求め、無駄に死んでいくのを見てきた。

――仕官できたところで、どうなるというのだ。

これまでは、どこかに仕官して安楽な暮らしをしたいと思ってきたが、一人の子もいない身にとって、知行をもらったところで一代限りにすぎない。

――そうか。権現崎でわしが子らを見逃したのは、そういうことだったのか。

たとえ自分の子でなくても、次の時代を担う子らを一人でも救いたいという気持ちが無意識裡《り》に芽生えていたのかもしれない。

――わしも年取ったのだな。

左平次は自嘲するしかなかった。

やがて城門が見えてきた。櫓門の上には、大矢野松右衛門の顔が見える。容易には入れてくれないと思ったが、まんと小兵衛を連れているのを見て、「開門！」という大声が聞こえた。

「松右衛門殿、すまぬ」

「お二人を連れて、いかなる用か」

「和睦の使者だ」

「まさか背後にいるのは――」

「ああ、貴殿もよく知る松浦左平次だ」

「此奴――」と言って松右衛門が絶句する。

「松右衛門殿、久しぶりだな」

「そなただけは許さん！」

松右衛門が刀の柄に手を添える。

「わしは使者の一人だ。斬れば交渉は決裂だ」

それを聞いた松右衛門は、渋々一行を四郎の陣屋まで先導した。

まんと小兵衛の姿を見つけた四郎は喜び、小兵衛を抱き上げた。まんも泣きながら甚兵衛にかじりつく。それを横目で見ながら彦九郎が言った。

「しばし彼らだけにしてやろう」

「そうだな。では、これを――」

善大夫が持ってきたのは、小左衛門とマルタから四郎にあてた書状だった。

「降伏の勧めか」

「そうだ」

「城を開けば撫で斬りにされるだろう」

「わしにも分からぬ。だがここで戦って死ぬよりは、助かることもあるだろう」

「あいわかった」と言うと彦九郎は、四郎と甚兵衛の許に赴き、何か説明している。

善大夫と左平次は少し離れた場所に佇み、事の成り行きを見守っていた。

「善大夫、四郎は城を開くと思うか」

「開いてもらわねばならぬ」

四郎は厳しい顔つきのまま、こちらをにらみつけている。

しばらくすると、暗い顔をした彦九郎が戻ってきた。

「二人は降伏開城するつもりはない。オランダ船からの砲撃が態度を硬化させたのだ」

善大夫が反論する。

「あれは事前に伊豆守様が決めてきた話だ。伊豆守様も止めようがなかった」

こちらに来る前、信綱は平戸に使いを派遣し、オランダ船の船長に砲撃を依頼していた。知恵伊豆と呼ばれた信綱らしい策だが、すべては後の祭りだった。

「城を出たいという足弱だけでも連れていく」

「それも駄目だと言っている」

「どうしてだ。望む者を募るくらいはよかろう」

「いや、四郎は聞く耳を持たぬ。昨夜のミサで、四郎は城を出た者はインフェルノに落ちると宣言した」

「なんと酷いことを」

そんなことを四郎から言われれば、城を出る者はいなくなる。

「ここで話をしていても埒が明かない。わが小屋に来い」

三人が立ち話をしている周囲を、信者たちが取り巻き始めていた。

彦九郎は左平次にも声を掛けた。

「そなたも来い」

「よかろう」

三人が彦九郎の小屋に入った。

「こうして三人で膝突き合わせるのも何十年ぶりかな」

左平次が苦笑いを浮かべて答える。

「過去を振り返ってどうする。われらはもう立場を違えたのだ」

「それは分かっている。だがこうして三人でいると、昔が懐かしくなってな」

善大夫が言う。

「そうだな。様々なことがあったが、こうして三人とも生き残っている」

彦九郎がうなずく。

「その通りだ。よくぞ戦乱の時代を生き抜いたものだ。左平次、そなたもだ」

「わしは背教者というだけでなく、多くのキリシタンを殺してきた。どうしてわしに過去を懐かしむことができよう」

「それは違う」

彦九郎が慈愛に満ちた眼差しを向ける。

「神は罪を悔いた者すべてを許してくれる」

「罪か――」

左平次はその時その時を懸命に生きてきた。与えられた仕事を誰よりもうまくこなした。だからこそキリシタン狩りの名手として名を馳せた。それを罪と言われては身も蓋もない。

善大夫が口を挟む。

「彦九郎、左平次は酷いこともしてきた。だが左平次は生き残るために必死だったのだ」

――どうしてわしを弁護する。

左平次は善大夫の言葉が意外だった。だがそれ以上に意外だったのは、彦九郎の反応だった。

「そうかもしれぬな」

左平次が反発するように言う。

「人は運命の頸木からは逃れられぬ。わしもそうだった。その時その時の判断の集積が今のわしなのだ」

善大夫がうなずく。

「わしとて同じだ。まさかこうして坊主となり、皆のいる場所に戻ってくるとは思わなかった」

彦九郎がしみじみと言う。

「わしは幸いにして己の信じるものを貫けた。だがそれが何だというのだ。わしはイルマンでありながら、こうして挙兵に加担し、多くの信者を死に追いやろうとしている。わしの生涯こそ意味のないものだったのではないかと考えていた」

左平次の胸底から何かが湧き出してきた。

「さようなことはない。われらはその時その時、最善を尽くしてきたのだ」

善大夫が言葉を引き取る。

「最善か。こうして三人三様の姿で会うことが、最善を尽くした末のことなのか」

三人に沈黙が訪れる。

しばらくして彦九郎が言った。

「何が最善なのかは、誰にも分からない。ただ一つ言えることは、われらは三位一体の神のように、本を正せば一体だったものが、三様の姿を見せたということだ」

三位一体とは、全く異なる三つの様相が、その本質においては一つのものだということだ。

三人はそれぞれの迷いや悔恨の中にいた。

善大夫がぽつりと言う。

「われらは別の道を歩んできたが、同根《どうこん》だったということだ」

左平次が宣言するかのように言う。

「わしは、このあたりで手仕舞いにするつもりだ」

善大夫が問う。

「何を手仕舞いにする」

「命だ。わしはここで死ぬつもりだ」

それについて二人は何も言わない。左平次の気持ちが痛いほど分かるからだ。

彦九郎が苦笑いを浮かべて言う。

「われらは少しも遠くになど行っていない。互いに道に迷い、右往左往していただけなのだ」

善大夫がうなずく。

「その通りだ。われらは運命の荒波に翻弄されていただけだ」

左平次が笑いながら言う。

「彦九郎、戦場で会おう。その時は——、わしを殺してくれ」

「あい分かった。最後は互いに刺し違えて死のう」

「だが、戦場で出会えるかどうかは分からぬな」

「いや、われらには神の導きがある」

「そうだな。わしもそんな気がする」

しばし笑い合った末、彦九郎が善大夫に言った。

「そなたは生き残り、衆生を救うのだ」

「ああ、そうさせてもらう」

左平次は清々《すがすが》しい気持ちに満たされていた。

「これで、それぞれの道も決まった」

彦九郎がしんみりとした口調で言う。

「われらは互いに道を違えたが、結句、最後は同じところに戻ってきたな」

善大夫がうなずく。

「そうだ。彦九郎はキリシタンであることを貫いた。左平次は武士であることを貫いた。そしてわしは衆生を救うことを貫いた。まさに三位一体の生涯だ」

左平次が「行こう」と言って立ち上がる。

彦九郎の小屋の前に出ると、四郎と甚兵衛が、まんと小兵衛を伴い待っていた。

四郎が苦渋に満ちた顔で言う。

「もはや何も申し上げることはない。まんと小兵衛をよろしく頼む」

「分かりました。運命を委ねるということでよろしいな」

「もちろんだ。もし——」

四郎が言葉に詰まる。

「この者たちを生き残らせることができたら、それ以上のことは望まない」

「できるだけのことはする。だが――」

甚兵衛が暗い顔で問う。

「難しいのだな」

「上使といえども将軍家の意には従わねばならぬ」

「そうか。不憫《ふびん》なことになるな」

左平次と善大夫は、来た時と同じようにまんと小兵衛を伴い、城を出ていった。

――やっと終わりが近づいてきたな。

背後に強い視線を感じながら、左平次は心が澄み切っていくのを感じていた。

十四

城を出て松平信綱のいる陣屋に戻った善大夫は、城方の覚悟を伝えた。

それを聞いた信綱は、ただ「大儀であった」とだけ答えた。それでも善大夫は「まんと小兵衛、そして城内の足弱を救って下され」と頼んだが、信綱は何も答えなかった。

落胆して信綱の陣屋を出た善大夫を迎えてくれたのは半蔵だった。

半蔵が気の毒そうな顔で言う。

「そなたは、やるだけのことをやった。だが将軍家の上意とあらば、致し方なきことなのだ」

「わしは二十人の子しか救えなかった」

その後、善大夫の助けた子らは、無事に長崎に着いたという知らせが届いていた。

「何を言う。二十人もの子らを救えたではないか」

「慰めは要らぬ」

半蔵がため息をつきつつ言う。

「そなたはたいした男だ」

「そう言ってくれるのはうれしいが、わしは無力な坊主にすぎぬ」

絶望がひしひしと迫ってくる。

二人は語り合いながら、善大夫の陣屋に入った。

「そなたとも長い付き合いになったな」

善大夫が徳利に入った酒を半蔵の盃に注ぐ。

「そうだな。腐れ縁とはこのことを言う」

半蔵が「飲むか」と問うてきたが、善大夫は首を左右に振った。

「わしは坊主だ。酒を口にするつもりはない」

「分かった。だが、わしはいただく」

半蔵がうまそうに盃を上げる。

「半蔵、長い間、すまなかったな」

「あらたまって何を言う」

「明日は城に向かうのか」

半蔵が照れ臭そうに首を左右に振る。

「わしも年だ。昔のような槍働きは、もうできない」

「そうか。それがよい」

半蔵が赤い顔をして問う。

「そなたは坊主になって悔いはないのか」

善大夫が苦笑いを浮かべる。

「正直な話、これでよかったのかと思うことはある」

「やはりそうだったか。そなたの顔に、そう書いてある」

「金地院崇伝様の弟子ともあろう者が、この年になっても迷うとは恥ずかしい話だ」

「さようなことはない。誰にでも迷いはある」

「そなたにもか」

「ああ、ある」

半蔵が神妙な顔で言う。

「どのような迷いだ」

「わしは若い頃から功を挙げることばかりを考えてきた。殺生もしてきた。だが殺すよりも救う方がいかに尊いことか、そなたに出会って分かった」

「いかにも武士は人を殺し、その尻拭いを坊主がしてきた」

平安時代末期に武士どうしの戦いが始まってから、夥《おびただ》しい血が流されてきた。殺した者の悔恨と殺された者の怨念を慰めるべく、仏教は極楽浄土を編み出し、殺戮の受け皿となってきた。

「わしは殺す方はもうこりごりだ。幸か不幸か子がいないので、家督を弟に譲り、そなたの下で坊主になりたい」

「それで救う方に回るのか」

「うむ。それが殺した者らへの、せめてもの償いだ」

「そなたも迷っていたのだな」

「そうだ。生きていて迷わぬ者などいない。左平次殿も、われらと同じ顔をしていた」

左平次も、自らの歩んできた道に自信が持てなくなっているのだろう。

――事ここに至れば、左平次は死を選ぶしかないのだろうな。

左平次の気持ちが、善大夫にも痛いほど分かる。

「しょせんわれらは、道に迷ったまま馬齢を重ねただけなのだ」

半蔵が苦笑いを浮かべた。

十五

二月二十四日から降り出した雨は二十六日まで降り続いた。大地がぬかるんでは城方の恰好の標的になる。それゆえ寄手の惣懸りは二十八日まで延期された。それを城方は知る由もないが、寄手の陣で焚かれる篝が多くなり、それに照らし出された将兵の動きが慌ただしくなってきているのは、城方にも分かる。これにより城方は守りを固め、惣懸りを待ち受ける態勢を整えた。

二十六日の夜、籠城戦も最終局面に近づいてきていると覚った彦九郎は、皆に励ましの言葉をかけるべく、城内を歩き回っていた。望む者には堅信の秘蹟を与えた。さらに昨日生まれたばかりの赤子に洗礼を施し、洗礼名を授けた。

――この子が生き残り、この地に新たな木を植えられますように。

それが望み薄なのは分かっている。だが同情心の厚い武士に見つけられ、何とか保護してもらえるよう彦九郎は祈った。

彦九郎が赤子を抱き、その母たちと談笑していると、背後から声が掛かった。振り向くと四郎の小姓を務める少年だった。

「アンドレ様、フランチェスコ様がお探しです」

「四郎がわしを探しているというのか」

少年が点頭する。

――また皮肉でも言いたいのか。

戦局が厳しくなるに従い、四郎の苛立ちが伝わってきた。それゆえ四郎と顔を合わせるのをできるだけ避けていたが、会いたいというなら仕方がない。

「いいだろう。連れていってくれ」

少年の先導で歩いていくと、行き先は四郎の小屋ではなく断崖だった。そこに四郎は一人で佇んでいた。四郎の取り巻きは五間（約九メートル）ほど後方で祈りを捧げている。どうやら四郎が遠ざけたようだ。

降り続いていた雨はやんできていたが、冬の風は強く吹きつけてくる。それに抗うように、四郎は長く伸びた髪をなびかせながら、夜明けの海を見つめていた。

「四郎、何用だ」

四郎が彦九郎の方を見ずに言う。

「あの海の彼方には、キリシタンだけの国がある」

白み始めた空と黒々とした海の彼方を、四郎は見つめていた。

「そうだ。誰もが同じ神を信じる国がある」

「われらの国だけが、どうしてそうならぬ」

二人の関係の悪化によって、四郎の口調はいつしか対等になっていた。

「この国は――」

彦九郎とて、それを説明するのは難しい。だが答らしきものは持っていた。

「長い歴史を持ちすぎた。それゆえ仏教が根付いてしまった。その仏教は権勢を持つ者と癒着し、下々を救うという本来の宛所を喪失した。だからこそ、真の宗教であるキリシタン信仰の到来に皆が熱狂した」

「では、どうしてわれらは、ここまで追い込まれてしまったのだ」

「追い込まれてしまったのではない。自ら追い込んだのだ」

「さようなことはない！」

四郎が彦九郎をにらみつける。だがその眼差しには、かつての英気が薄れ、不安と戸惑いの色が表れていた。

「四郎、われらが愚かだったのだ」

「だが何もしなければ、この国のキリシタン信仰は衰退するばかりだったではないか」

「そうだ。しかし時を待つことも、われらには必要だった」

「その時が来るのは、いつなのだ」

彦九郎が首を垂れて唇を嚙む。

「それは分からない。だがこの挙兵が、キリシタン信仰の未来を閉ざしてしまったのも確かだ」

「そんな馬鹿な――」

四郎が膝をつく。その背に彦九郎は手を置いた。

「そなたには、皆をハライソに連れていくという大切な使命がある」

おそらく四郎が生き残ることはないだろう。それならハライソの存在を肯定し、四郎に最後の使命を思い出させる以外にない。それが、信者たちの死の恐怖を和らげることにつながる。

「ハライソはあるのか」

「分からぬ。だがそなたがそれを信じれば、皆の気持ちも落ち着き、進んで殉教していける」

「やはりハライソはないのだな」

「わしはハライソを見たわけではない。だから分からぬと言っただけだ」

「そうか。わしは騙されていたのだな」

彦九郎が四郎の肩を摑む。

「さようなことはない！　そなたは特別な使命を授かっている。それを信じて皆をハライソに導くのだ」

「きれいごとばかり並べるな。わしは餓狼どもに切り裂かれて死んでいくのだ。そしてわが首は腐るまで晒され、誰もが目を背けるようになる」

「四郎、それは違う。たとえ肉体は朽ちようと、魂はハライソへと駆け上がっていく」

「さようなことはどうでもよい！」

彦九郎の手を振り払うと、四郎が言った。

「わしだって生きたい。いや、生きたかった。貧しくても構わない。大地を耕し、皆で収穫を喜び合いたかった」

四郎の瞳から大粒の涙がこぼれる。

「四郎、すまなかった」

四郎を天草四郎とした責任の一端は、彦九郎にもある。

「もうよい。わしは益田四郎時貞《ときさだ》ではなく、天草四郎として死んでいくだけだ」

「四郎、それこそ誇らしいことではないか。そなたは天上の聖人に列せられる」

「天上の聖人か――」

「そうだ。たとえ短い生涯でも、そなたは信仰を貫き、苦しむ民を救った。それが聖人の証しだ」

「いかにもな。だが、わしが何をしたというのだ。奇跡なるものを見せ、皆を欺き、この城に入れただけではないか」

「さようなことはない。皆の顔を見ろ。そなたと共に天上に召されることに喜びを感じている」

「本当にそうなのか。最期の時まで皆を欺いて、わしは神に許されるのか」

四郎の顔が苦しみに歪む。

「それは違う。目くらましの術は方便にすぎぬ。皆はそれにすがりたいから信じた。そなたに罪はない。罪があるとしたら――」

彦九郎が言葉を絞り出す。

「私にだ」

波濤の砕ける音が激しくなる。それが彦九郎の苦しみを表しているかのようだった。

「アンドレ、いや彦九郎殿に罪はない」

予想もしなかった言葉に、彦九郎は戸惑った。

「どうしてだ。わしはイルマンだ。多くの者を殺してしまう責めは負わねばならぬ」

「その罪は私も背負う。だからもう己を責めないでくれ」

「四郎――、大人になったな」

「そうかもしれぬ」

四郎が皮肉な笑みを浮かべる。

「だが皆と共に死しても、ハライソがなかったらどうする」

四郎の顔が恐怖に引きつる。

「四郎、ハライソがあるかないかなど、どうでもよいことではないか」

「ど、どうしてだ」

「信仰とは、何かがあるから信じるというものではない。何かがあると信じるということは、見返りを求めていることになる。つまりハライソに行き、幸せになるという見返りのために信じていることになる」

「しかし皆は、ハライソを信じているからこそ――」

「皆は仕方ない。だがわれらは、それを求めてはいけない。何かがあるからではなく、純粋にただ神を信じるのだ。それだけが唯一の道だ」

「信仰とは、さようなものだったのか」

「そうだ。それが神に近づく道だ」

彦九郎が海の彼方を見つめる。

「そうだな。ハライソがあるかないかなど、どうでもよいことだ」

「その通り。そなたに迷いがなければ、皆は笑みを浮かべて死んでいける」

四郎が彦九郎の手を握った。

「彦九郎殿、ありがとう」

「何を言う。わしもそなたも同じキリシタンではないか」

「うむ、同じキリシタンだ」

「おそらく今日、われらは死ぬ。だが、それがどうしたというのだ。われらはわれらの信じることに殉じる。これほどの幸せがあろうか」

「そうだな。われらは信じることに殉じるだけだ」

四郎の顔に爽やかな笑みが浮かんだ。

「では、ミサを執り行おう」

「ああ、やろう。一緒にやってくれるな」

「もちろんだ」

彦九郎は四郎の肩を抱くと、ミサの行われる四郎の家の前へと向かった。

そしてミサが行われた。これまでになく皆の心が一つとなり、敵に対する憎悪の念など一切ない素晴らしいミサとなった。

十六

二十七日の正午頃、甚兵衛は鳩山出丸を放棄するという苦渋の選択をした。もはや食糧もなく、兵も疲弊しており、無駄に兵を分散させることを避けたのだ。

これを見た鍋島勢がすかさず出丸を占拠しようとすると、城中から激しい銃撃があった。

これに鍋島勢も応戦することで、最後の戦いが幕を開けることになる。


突如として筒音が轟くと、喊声が沸き上がった。

――惣懸りは明日のはずだが。

食べている途中の握り飯を放り出し、左平次は甲冑を身に着けると、上使のいる本陣に走った。

本陣でも詳しい状況は把握できていないらしく、慌ただしい雰囲気が漂っていた。それでも松平信綱と戸田氏鉄は絵地図を見ながら、周囲に侍《はべ》る使番に様々な指示を出している。

「松浦左平次参上しました」

その声に、信綱が顔を上げる。

「大儀！」

「どうやら始まったようですな」

「そのようだ。敵が出丸を放棄したのを機に、二ノ丸で敵と鍋島勢との間で筒合わせが始まった。

それを聞きつけた立花・黒田・松倉勢も惣懸りが早まったと勘違いしたのか、三ノ丸への攻撃を開始した」

――鍋島勢は抜け駆けを図ったのやもしれぬな。

敵の銃撃をきっかけにして戦いを始めてしまえば抜け駆けにはならないので、それに乗じたのかもしれない。

「やはりそうでしたか。で、このまま惣懸りを掛けるのですな」

「そのつもりだ。孫子の言葉に『勝者の戦いは、積水を千仭《せんじん》（千尋）の谷に決するがごときは、形なり』とある。それだけ勢いとは大切だ」

「尤もなことです。では、それがしも行ってよろしいか」

「牢人衆は進退自由だ」

「ありがたきお言葉。一揆どもに目にもの見せてくれましょう」

そう言って二人の前を辞した左平次は、槍先の覆いを取ると、それを投げ捨てた。もう槍をしまうこともないからだ。

左平次は激戦の展開されている二ノ丸や三ノ丸ではなく天草丸に向かって駆け出した。その後に牢人衆も続く。とくに声は掛けなかったが、誰もが左平次に従っていれば功にありつけると思っているのだ。

天草丸周辺は奇妙な静寂に包まれていた。敵の注意が二ノ丸や三ノ丸に向いている間に、牢人衆は湿地の中をにじるようにして城に近づいていった。だが天草丸の土塁の上から垣間見える鉄砲の数は十分にあり、功を焦ってこのまま攻め掛かれば、かなりの損害が出そうだった。

――さて、どうする。

その時、名案が浮かんだ。

「ここで待て」

　牢人衆を背丈ほどの草が生い茂る湿地に残したまま、いったん後方に下がった左平次は、寺沢堅高の陣に向かった。

「上使の使いの松浦左平次に候！」

　陣所の前で名乗ると、本陣まで連れていかれた。

　それほど「キリシタン狩りの名手・松浦左平次」の名は通っていた。

「何用か！」

　堅高は興奮していた。堅高は父の広高の跡を継いで五年、三十歳という働き盛りだが、これが初陣になるので高ぶっている。

「寺沢殿はいかなるおつもりか。松平伊豆守様はお怒りですぞ」

　左平次が居丈高に出る。

「えっ、何に怒っておる」

　堅高の顔が蒼白になる。

「決まっています。すでに戦いが始まっていながら、なぜに寺沢殿は城に取り付かぬのか、伊豆守様は首をかしげておいでです」

「惣懸りは明日と聞いている」

「戦場では臨機応変な動きが必要です。それができなければ愚将のそしりは免れませぬぞ」

「し、しかし命令が出ておらぬ」

「寺沢殿は命令がないと兵を動かせぬと仰せか。では、伊豆守様にそう伝えてもよろしいか」

「何を言うか。隣の黒田勢も沈黙しているではないか」

「何と！　天草丸へ寄せるのは寺沢勢が先手で、黒田勢が二の手と決まっていたはず」

左平次は適当なことを言った。

「さようなことは聞いておらぬ！」

左平次が木で鼻をくくったように言う。

「軍議の詳細までは、わしも知りませぬ。しかし伊豆守様は、さように仰せでしたぞ。大切なのは何が決まったかではなく、伊豆守様の心証ではありませんか」

「では、どうしろと言うのだ！」

「かくなる上は、城に寄せるしかありますまい」

「ああ、どうしたらよいのだ」

左右に控える重臣たちに諮るが、誰もがどうしたらよいか分からない。

「寺沢殿、考えてみて下され。これこそ天草での不始末を挽回《ばんかい》するよき機会ではありませんか。黒田勢が先に攻め寄せれば、すべての功を黒田殿に持っていかれ、再び面目を潰すことになりますぞ。その時、伊豆守様に何と申し開きされるおつもりか」

堅高は天草の領主なので、一揆の責任は松倉勝家に続いて重い。

堅高が床几を蹴って立ち上がる。

「分かった。惣懸りだ！」

「それがよろしいかと」

惣懸りの用意をする寺沢陣を後にした左平次は、元いた場所に戻ると、牢人たちに言った。

「寺沢勢が露払いしてくれる。その後に続けば功は思いのままだ」

やがて寺沢勢が天草丸に向かって突進を開始した。これまでたいした攻防がなかったためか、天草丸の火力は盛んで、次から次へと寺沢家の兵が倒れていく。

——頃合いよし。

左平次が持っていた軍配を振り上げる。

「惣懸りだ。功は取り放題ぞ！」

それを聞いた牢人たちが、「おう！」と応えて駆け出す。

寺沢勢の突入場所から離れたところから牢人衆が突入を図ったので、虚を突かれた城方は、慌てて鉄砲を回そうとしている。だがその前に石垣に取り付いた牢人たちは、次々と城内に乗り込んでいく。年齢的に走るのがきつい左平次だったが、少し遅れて城内に入ることができた。

城内に入ると、早くも牢人と一揆の白兵戦となっていた。だが食うや食わずの一揆たちは押され気味で次々と討たれていく。やがて大江口の城門も押し破られ、寺沢勢も城内になだれ込んだ。その背後からは、黒田勢や有馬勢も続く。そこかしこから、金物を打ち合う音と断末魔の絶叫が聞こえてくる。

――この城は今日落ちる。

それを確信した左平次は、戦う者たちの間を縫うように本丸に向かった。

だが天草丸から本丸に至る低地を通る時、本丸の擁壁上の銃火に晒される。左平次は凹凸地形をうまく利用しながら走った。これまでは命が惜しいので慎重には慎重を期していたが、もはや失っても惜しくはない命なので、左平次は直線的に走った。だが不思議なもので、そんな時ほど銃弾は左平次を避けるようにして当たらない。

やがて本丸と天草丸をつなぐ田町門が見えてきた。その背後には櫓があり、そこから一揆勢は激しい銃撃を浴びせてきた。

――ここは辛抱だ。

左平次は窪地に身を隠すと、後続する兵が増えるのを待った。

気づくと味方の数は増え、それに反するように城方の鉄砲の勢いは衰えつつある。

――弾が足りないのだ。

城内から逃げてきた者によると、城内には食糧以上に弾が不足してきており、夜間に城外に出て弾を拾ってくる者もいるとのことだった。

明らかに筒音が衰えたと感じた時、左平次は田町門に向かって走った。だが門を破るための大木など用意していないので、坂を駆け上がり、門脇の壁を乗り越えるしかない。

気づくと日は暮れ、篝だけが頼りになっている。

敵の激しい銃撃の中、坂を駆け上がった左平次は、その勢いで壁を乗り越えた。

――一番乗りか!

どうやら本丸に一番乗りを果たしたようだが、すぐに一揆たちに囲まれた。だが幸いにして鉄砲を手にする者はいない。一揆は、先端部が鉈《なた》状になった筑紫薙刀《なぎなた》や手槍を持つ者はましな方で、鋤《すき》や鍬といった農具を振りかざしている。それらを打ち払いつつ、怒号を発すると、一揆たちは一目散に逃げ散った。もはや戦う気力を失っていたのだ。

左平次は槍を振り回して威嚇しながら田町門内側まで行くと、そこにいた者たちを追い払い、閂《かんぬき》を開けた。

待っていたかのように、味方が突入してきた。瞬く間に本丸も修羅場と化す。

これにより本丸の連続枡形で足止めを食らっていた鍋島勢も勢いを得た。

原城の誇る連続枡形も、内側から攻撃されてはたまらない。鍋島勢は瞬く間に連続枡形を制圧し、本丸になだれ込んできた。一方、一揆たちは本丸の奥へ奥へと逃げ散る。いよいよ戦いは白兵戦から殺戮戦へと変わっていった。

左平次は雑兵など見向きもせず、奥へ奥へと進んだ。一揆たちも逃げることに精いっぱいで、左平次に見向きもしない。筒音と叫び声が絶え間なく聞こえ、殺戮が広範囲で行われていると分かる。

しばらく走っていると、一揆たちが向かっている場所が分かった。そこは古い石垣に囲まれた場所で、十字架を掲げた家が二軒立っていた。かつて交渉の折に本丸まで来た左平次だが、これほど奥までは通されなかったので、この場所は知らなかった。

――そうか。ここが四郎の寝起きしている家だな。

いくつもの篝の焚かれた家に向かって、人々はひざまずき祈りを捧げている。皆を祝福しているのは四郎と彦九郎だった。篝に照らされているだけなのだが、後光が差しているかのように、二人だけが輝いて見える。

一揆と相前後するようにして寄手の兵もやってきた。だが祈りを捧げる四郎たちの姿に圧倒されたのか、誰も打ち掛かろうとしない。皆は無言で佇む左平次の方を窺っている。だが左平次は沈黙し、祈りを捧げる一揆たちを見つめていた。

そこは戦場に一瞬生まれた空白だった。それでも功を挙げようと、その中に飛び込もうとする輩はいる。

「待て。最後の儀式だ。やらせてやれ！」

左平次の言葉に、そうした者の行き足も止まる。信者たちを寄手の兵が取り巻き、儀式を見守るという奇妙な光景が現出していた。

――これが神の威光というものか。

よく見ると、家の前で懸命に祈りを捧げているのは足弱ばかりだった。

やがて儀式が終わったのか、四郎が皆に手を振りながら家の中に消えていった。

それを見た左平次が言う。

「足弱を討っても功にはならぬ。連れていけ！」

その言葉に従い、寺沢家の兵たちが足弱を立たせて連れていく。戦いは峠を越えたのか、喧噪は収まりつつあった。

誰かが彦九郎の腕を取り、連れていこうとしている。

「待て。その者はわしに任せろ！」

左平次の迫力に気圧《けお》されたのか、兵たちが彦九郎から離れて遠巻きになる。

「左平次、よくぞ参った」

「ああ、そなたに相見えるまでは死ねないからな。必死に走ってきたぞ」

そう言うと左平次は、彦九郎の足元に脇差を投げた。

「左平次、イルマンであるわしの首を持っていけば仕官が叶うぞ。それでも差し違えるのだな」

「ああ、ここでそなたと刺し違える」

「よし」と言うと、彦九郎が脇差を拾った。

二人は二間（約三・六メートル）ほどの距離を置いて向き合った。

「左平次、一緒にデウス様の許に参ろう」

「わしにその資格はない。わしはここで骸《むくろ》となるだけだ」

「いや、デウス様の前では、すべての罪は許される」

左平次は鎧を脱ぐと下着だけになり、持っていた刀を抜いた。

「そうだな。ハライソでデウス様からインフェルノ行きを命じられるかもしれぬが、それもまた一興だ」

「さようなことはない。そなたが殺した者たちも、そなたを祝福してくれる」

その言葉に、熱いものが込み上げてきた。

「だったらよいのだがな」

「間違いない。贖罪は済んだのだ」

「分かった。では、参ろう」

「よし、二人であの日々に帰るのだ」

左平次の心に、幼かった頃の思い出が駆けめぐる。誰に憚ることなく、神を信じられた日々が懐かしい。

「ああ、楽しかった」

「楽しかったな」

二人はうなずくと走り寄った。次の瞬間、訪れるはずの激痛に体を硬くしたが、痛みはやってこなかった。しかし左胸の下あたりに脇差はしっかりと入っていた。続いて血がどくどくと流れ出した。

「彦九郎、痛みがやってこないぞ」

「わしもだ」

彦九郎の胸にも、左平次の刀が深く刺さっていた。

「不思議なものだな」

次第に意識が薄れてきた。だが痛みは、いっこうにやってこない。

「左平次、何かが見えてきたぞ」

「何が見えてきた」

次の瞬間、左平次は光に包まれていた。

「彦九郎、これは何だ」

「神の光だ」

「ま、まさか。さようなものは――」

「神を信じる者だけに見えるのだ」

彦九郎の言葉が遠ざかり、意識が薄れていく。だが気づくと、左平次は中空に持ち上げられていた。

――こんなことがあってたまるか。

隣には彦九郎もいた。

「左平次、共に行こう」

「行くと言っても、どこに行くのだ」

「ハライソだ」

「わしも――、わしも行ってよいのか」

「当たり前だ」

彦九郎の差し出す手に触れた瞬間、左平次は凄まじい速度で天空へと吸い込まれていった。

十七

二十八日の卯の刻（午前六時頃）、細川忠利の案内で信綱や氏鉄が本丸に踏み入った。

すでに戦闘は終わり、本丸は静寂に包まれている。

信綱が命じる。

「よし、火矢を射掛けろ」

家の中に四郎がいるのは分かっていたので、炙《あぶ》り出そうというのだ。

信綱が火矢を射掛けさせると、家が燃え上がった。それでも四郎が出てこないので、信綱は三宅《みやけ》半右衛門《はんえもん》という家臣に連れ出すよう命じた。半右衛門が中に入ると、一人の青年が絹をかぶって瞑目していた。その傍らには女が一人付き従っているだけだった。さすがに煙が苦しかったのか、二人が外に出ようとすると、突然現れた陣佐左衛門《じんのすけざえもん》という武士が四郎を斬って捨てた。

それを見て泣き叫ぶ女を半右衛門も斬った。

これが『島原陣始末記録抜書』による四郎の最期になる。

この時、討ち取ったのが四郎かどうか分からず、後に母・マルタに見せたところ泣き崩れたことで四郎と分かったというのは伝承で、討ち取られた若者は初めから四郎と分かっていた。

一方、四郎の父の甚兵衛は、別の場所で、小西家旧臣と刺し違えて死んだ。足弱を除く者たちも、ことごとく城内で討たれた。

だが投降した者たちも命を救われはしなかった。将軍家光は信綱に一揆勢の「撫で斬り」を命じていたため、二十七日の夜から翌二十八日の午前にかけて、そこかしこで凄惨な処刑が繰り広げられた。キリシタンの復活を阻止すべく、胴を生きたまま切断することまで行われた。


四カ月余り続いた島原・天草の乱は終焉《しゅうえん》した。

一揆方は当初城に引き籠もった三万七千人からは減ったものの、落城まで城内に残っていた老若男女のことごとくが撫で斬りにされた。その総数は二万五千余と言われる。

戦後、原城を視察した肥後藩軍総大将の細川忠利は、遺骸の多くに激しい抵抗の跡があることに感心し、「なかなか奇特なる下々の死」「さてさて強き男女の死に様」と書き残した。奇特とは称賛の言葉で、強きとは信仰の強さを表している。

一方、寄手となった諸大名軍の死者は合計千三百人、手負いは七千人弱、家中の定かでない者を加えた死傷者数は一万二千人とも言われる。動員総数が十二万人と言われているので、死傷者は約一割にあたる。これは、戦国時代でも稀有《けう》なほど高い死傷者率だった。

島原の乱により、幕府のキリシタン政策と農民政策は大幅に変わっていく。すなわちキリスト教信仰が幕府の屋台骨を脅かしかねないとなり、翌年に幕府はポルトガルと断交し、交易と布教を切り離しているプロテスタントのオランダとだけ交易を続けることになる。だがオランダでさえ、オランダ商館を出島《でじま》に移し、厳しい管理体制が敷かれることになる。これ以降もオランダとの交易は細々と続けられたが、キリスト教の布教活動は一切禁止となった。

島原藩二代目当主の松倉勝家は領国経営の失敗を指弾され、改易の上、斬首となった。大名として切腹を許されず斬首となったのは、江戸時代を通じて勝家一人だけだった。

肥前国唐津藩当主で、飛び地として天草諸島を領有していた寺沢堅高は、天草四万石を収公されたものの大名として存続を許された。だが周囲の冷たい目を苦にして九年後に自害して果てる。堅高に子はなく、唐津藩は無嗣改易となった。

山田右衛門作は落城の際に斬られそうになったが、寄手の矢文を持っていたことで赦免された。その後はキリシタン目明しとして江戸で生活し、天寿を全うした。その享年は不詳だが、この戦いの十九年後の明暦《めいれき》の大火後まで生存が確認されているので、かなりの高齢だったと思われる。

この戦いで功第一とされたのが松平信綱だった。戦後も信綱は、厳格なキリシタン探索によって島原・天草地域からキリシタンを一掃した。だが耕作する者のいなくなった地は、すぐに荒れ果ててしまう。それゆえ他国の次三男の移住政策を主導し、両地区の復興を早期に成し遂げた。

こうした功により、川越藩六万石の領主となった信綱は、由比正雪《ゆいしょうせつ》の乱を未然に防ぎ、明暦の大火後の復興計画にも関与し、江戸幕府の礎を固める役割を果たした。さらに川越領主として街道や河川の整備に力を注ぎ、川越に「小江戸」と呼ばれるほどの繁栄をもたらした。

二十八日の午後、城内に入ることを許された善大夫は、半蔵と共に本丸に至った。

遺骸の片づけは始まっていたが、四郎の家の前で刺し違えていた彦九郎と左平次の遺骸は、まだそこにあった。互いの肩に首を載せるかのようにして二人は朽ち果てていた。

「二人ともよくぞ――」

その後の言葉が続かない。嗚咽する善大夫の背後で半蔵が言う。

「二人とも見事な最期だ」

「左平次もキリシタンとして死んだのだな」

善大夫が二人の上に覆いかぶさる。

「もう何も心配せず、ハライソで楽しく語らってくれ」

しばらくそうした後、善大夫が二人に手を合わせた。その口から漏れてきたのは、キリスト教の祈りの言葉だった。

「アウディ・ノス（われらの祈りを聞きたまえ）、天に御座《まし》ますわれらの御親、御名を尊《たっと》まれたまえ、御代、来りたまえ」

やがて二人の遺骸の傍らから立ち上がった善大夫は、断崖まで歩いた。

「すべては終わったのだな」

「ああ、終わった」

半蔵が穏やかな口調で問う。

「これでキリシタン信仰は根絶やしにされるのだろうか」

「さようなことはあるまい。抑圧されればされるだけ信仰心は強くなり、深く深く潜行していく。そしていつか、それは火の山のように噴火し、この世のすべてを覆い尽くすだろう」

「では、仏教もそれにのみ込まれてしまうのか」

「それは分からん。仏教が正しき道を歩んでいれば、さようなことにはならぬだろう」

「そうだな。いかなる神を信じようと、衆生を救うという宛所は変わらぬからな」

「そうだ。この世から人がいなくなる時まで信仰は続く。原城は落ちてもデウスの城は永劫に続くのだ」

キリスト教徒の最後の拠点となった原城は落ちたが、デウスの城が決して落城しないのを善大夫は知っていた。

半蔵が明るい顔で言う。

「そうか。天上にはデウスの城があるのだな」

「天上だけではない。ここにもそこにもデウスの城はある」

「デウスの城は、人の心の中にあるのか」

「そうだ。人がいる限り、信仰の灯は消えない」

岩礁に砕け散る波濤を眺めながら、善大夫は祈りを捧げた。

「われらの生涯を清らかにして、われらの道を安らかならしめ」

やがて波濤の音は讃美歌に変わり、天の彼方へと消えていった。

【主要参考文献】

『バテレンの世紀』渡辺京二　新潮社
敗者の日本史14『島原の乱とキリシタン』五野井隆史　吉川弘文館
『島原・天草の乱』煎本増夫　新人物往来社
『島原の乱　キリシタン信仰と武装蜂起』神田千里　講談社学術文庫
『歴史ルポルタージュ島原天草の乱第2巻　原城の戦争と松平信綱』吉村豊雄　清文堂
『原城と島原の乱―有馬の城・外交・祈り―』長崎県南島原市［監修］服部英雄・千田嘉博・宮武正登［編集］
新人物往来社
『検証　島原天草一揆』大橋幸泰　吉川弘文館
『天草キリシタン史』北野典夫　葦書房
『上天草市史　大矢野町編3　近世　天草島原の乱とその前後』鶴田倉造　熊本県上天草市
『上天草市史　姫戸町・龍ヶ岳町編3　中世　戦国天草の領主一揆と城』稲葉継陽・鶴嶋俊彦　熊本県上天草市
『長崎キリシタン史―附考　キリスト教会の瓦―』山崎信二　雄山閣
『宣教のヨーロッパ　大航海時代のイエズス会と托鉢修道会』佐藤彰一　中公新書
『戦国日本と大航海時代　秀吉・家康・政宗の外交戦略』平川新　中公新書
『長崎奉行　江戸幕府の耳と目』外山幹夫　中公新書
『長崎街道―鎖国下の異文化情報路』丸山雍成（編著）　日本放送出版協会
『復元！　江戸時代の長崎　博物館にのこる絵図のかずかずを現代地図上に集大成』布袋厚（編著）　長崎文献社
『キリシタン大名』岡田章雄　吉川弘文館
『なぜ秀吉はバテレンを追放したのか―世界遺産「潜伏キリシタン」の真実』三浦小太郎　ハート出版

『一神教とは何か　キリスト教、ユダヤ教、イスラームを知るために』小原克博　平凡社新書
『一神教の誕生　ユダヤ教からキリスト教へ』加藤隆　講談社現代新書
『ふしぎなキリスト教』橋爪大三郎・大澤真幸　講談社現代新書
『沈黙』遠藤周作　新潮文庫
『長崎代官　村山等安　その愛と受難』小島幸枝　聖母文庫
『長崎のキリシタン』片岡弥吉　聖母文庫
『小西行長―「抹殺」されたキリシタン大名の実像』島津亮二　八木書店
『加藤清正と忠廣』福田正秀　熊本城顕彰会

初出／Ｗｅｂジェイ・ノベル
二〇二二年四月五日から二〇二三年八月十五日まで連載配信。
単行本化に際し大幅に加筆修正を行いました。

地図／ジェオ

［著者略歴］
伊東 潤（いとう・じゅん）
1960年神奈川県横浜市生まれ。早稲田大学卒業後、外資系企業に長らく勤務後、経営コンサルタントを経て2007年、『武田家滅亡』でデビュー。『黒南風の海——加藤清正「文禄・慶長の役」』で第1回本屋が選ぶ時代小説大賞を、『国を蹴った男』で第34回吉川英治文学新人賞を、『巨鯨の海』で第4回山田風太郎賞と第1回高校生直木賞を、『峠越え』で第20回中山義秀文学賞を、『義烈千秋　天狗党西へ』で第2回歴史時代作家クラブ賞（作品賞）を受賞。近著に『威風堂々（上・下）』『天下大乱』『一睡の夢　家康と淀君』『浪華燃ゆ』『英雄たちの経営力』など。

デウスの城《しろ》

2023年11月25日　初版第1刷発行

著　者／伊東 潤
発行者／岩野裕一
発行所／株式会社実業之日本社
〒107-0062
東京都港区南青山6-6-22　emergence 2
電話（編集）03-6809-0473　（販売）03-6809-0495
https://www.j-n.co.jp/
小社のプライバシー・ポリシーは上記ホームページをご覧ください。

ＤＴＰ／ラッシュ
印刷所／大日本印刷株式会社
製本所／大日本印刷株式会社

ISBN978-4-408-53845-7（第二文芸）